네가 나를 원할 때까지

네가 나를 원할 때까지

초판 1쇄 인쇄일 2019년 04월 08일
초판 1쇄 발행일 2019년 04월 18일

지은이 | 이은교
펴낸이 | 김기석

편집부 | 김아름, 박신혜, 김에너벨리, 유기웅, 배영주, 신현정, 전유정
디자인 | 한주희

펴낸곳 | 와이엠북스(YMBOOKS)
출판등록 | 2012년 7월 17일 (제382-2012-000021호)
주소 | 서울시 도봉구 노해로 379, 802호(창동, 대성빌딩)
전화 | 02)906-7768 / **팩스** | 02)906-7769
E-mail | ymbooks@nate.com

ISBN 979-11-322-4948-1 03810

값 9,000원

이은교 장편소설 • YMBOOKS ROMANCE STORY

네가 나를 원할 때까지

차 례

제1부

1. 그때의 너는 웃었고,
나는 웃지 못했다 7

2. 우리가 머금고 있던 온도는
불행히도 같았다 49

3. 너를 향한 감정의 균열 90

4. 그 미소가 참 예뻐서 139

5. 봄은 오지 않았다 161

제2부

1. 너를 다시, 만나다 186

2. 달라져야지. 달라진 관계이니까 227

3. 우리에게도 봄이 올까? 267

4. 데이트 307

5. 미묘하게 달라진 우리의 온도 341

6. 진짜 부부의 하루는 375

7. 우리의 밤은 너무 짧다 408

8. 네가 나를 원할 때까지 433

제1부

1. 그때의 너는 웃었고, 나는 웃지 못했다

시야를 압도할 만큼의 굵은 빗줄기가 쏟아지던 날씨였다. 가뜩이나 개 같은 기분이 더 개 같아지게 장마가 시작된 것이다.

살았던 인생도 그랬는데 가는 순간까지도 이렇게 우중충하다니, 가엾고 불쌍했다. 돈을 갚으라며 장례식장을 엉망으로 만들고 부조금을 몽땅 가져가 버린 사채업자들에 지쳐서 눈물조차 제대로 흘리지 못했다.

아니, 사실 그건 온전한 핑계다.

눈물이 나지 않았다. 오히려 그녀가 세상을 떠난 것이 지옥보다 더한 세상을 살아가는 것보다 낫다는 생각을 했을지도 모른다.

이 치열하고 각박한 세상에서 그래도 유일하게 곁에 있어 주던 피붙이인 엄마의 발인을 할 때, 얼마 오지도 않은 조문객 틈 사이에서 괘씸하게도 12년 만에 보는 할머니와 눈이 마주쳤다.

부조금을 뺏기지 않으려고 저항하다가 얻어터져 찢겨진 후, 차

마 제대로 닦지 못한 피와 이전부터 달고 살던 사그라지지 않은 멍이 잔뜩 덮인 얼굴을 하고 할머니를 마주 보았다.

할머니는 제 우산을 씌워 주고 있는 유 비서를 향해 눈짓했다. 그러자 유 비서가 우산을 건네주고선 빗줄기를 향해 뛰어들어 멀어져 갔다.

숨 막히는 정적이 흘렀다. 두 사람 사이로 퍼부어지는 빗줄기 소리를 제외하고는 숨소리조차 들리지 않을 정도로 무겁고 가혹한 침묵이었다.

표정 하나 흐트러지지 않고 위압감이 느껴지는 할머니의 차가운 시선을 채윤은 그대로 응수하듯 올려 보았다. 입술이 바들바들 떨리는 건, 결코 슬퍼서도 비로 인해 서늘해진 기온 때문도 아니다. 분노가 혈관을 자비 없이 헤집고 다니며 결국 이성이라는 감정까지 파괴시키기 일보 직전이었다.

"내가 널 찾아온 이유는 알고 있겠지."

"제 아버지가 고자셔서요?"

대답을 하는 순간, 날카롭고 둔탁하기까지 한 손이 날아와 채윤의 뺨을 내리쳤다. 칼에 손을 베어 봤다고 종이에 벤 상처가 아프지 않은 것은 아니다. 사채업자들에게 더 세게 맞았다고 할머니가 때린 뺨 정도는 아프지 않은 것이 아니었다. 아직 제대로 아물지 못한 상처 위에 또 나버린 생채기는 눈물이 찔끔 나올 정도로 고통스러웠다.

하지만 견디고 참았다. 아픈 것을 티 내지 않는 것은 무척이나 익숙한 일이니까. 아프다고 울어 봤자, 변할 것은 아무것도 없다는 것을 알고 있으니까.

"천박한 단어를 아무렇지도 않게 쓰는구나. 앞으로 고치고 배워야 할 것들이 많겠어."

사람을 때린 사람치고 참 표정이 없다.

"천박,이요?"

"그래도 피붙이라고 찾아왔건만. 날 실망시키지 말거라."

"몸도 성치 않은 내 엄마는 피붙이가 아니라 그렇게 쉽게 버리셨나요? 그래도 한때는 한 지붕 아래 함께 살던 가족이었는데!"

울지 마. 절대, 울지 마. 울면 지는 거야.

채윤은 울지 않기 위해 두 손을 콱 움켜잡고 악착같이 참았다. 여리고 하얀 손등의 뼈마디가 도드라지고 손바닥이 손톱에 세게 찔려 찢겨지는 아픔을 겪을 때까지.

"제대로 된 인간이라면…… 하다못해 키우던 개들도 그렇게 버리진 않아요. 그런데 함께 살던 가족을……. 천박한 걸로 따지자면 가족을 버린 사람이 더 천박한 거 아닌가요?"

작정하고 상처를 주려고 한 폭언인데, 상대방은 아무 타격도 받지 않은 듯 담담하다. 그래서 채윤의 속은 격분으로 더욱 뭉개지는 것 같았다.

"네가 내 피붙이인 것이 수치스러워."

"그런데도 찾아오셨잖아요."

아직도 그 기억이 선명하다. 추운 겨울날, 엄마는 인사도 하지 못하고 쫓겨났다. 엄마는 수시로 집 앞을 찾아왔었고 채윤은 엄마를 따라가고자 했다. 하지만 할머니는 피붙이라는 이유로 허락하지 않았고 식음을 전폐하면서까지 고집을 피웠다. 결국 할머니는 나를 엄마에게로 보내 주었지만, 자신을 두 번 다시는 볼 생각 말라며 넌 반드시 후회하게 될 거라고 엄포를 늘어놓았다.

몸이 불편한 엄마는 시댁에서 받은 위자료로 사업을 했다가 쫄딱 망했다. 몸이 불편해서 따로 일을 할 수 없었던 엄마는 남은 돈으로 또 다른 사업을 했지만, 사기로 또 망해 버리고 말았다. 어린 채윤과 함께해야 했기 때문에 일정하게 일을 할 수가 없었던 엄마는 수시로 떠돌다가 결국 사채까지 쓰게 된 것이다.

"더 이상의 건방짐은 너에게도 좋지 않을 거다."

자신이 받은 상처의 절반도 돌려주지 않았지만, 할머니의 경고처럼 더 자극을 해 봤자 좋을 건 없었다.

혼자 남겨지는 건 두렵다. 비록 살아생전 큰 도움이 된 적 없는 엄마라도 곁에 있는 것만으로도 의지가 되었는데…….

협박당하는 것도, 얼굴이며 몸이며 날아오는 주먹질과 발길질을 참는 것도, 변기통에 머리가 박히고 그들의 손에 옷이 찢기며 느끼는 극한 공포와 두려움을 혼자 감당하고 싶지 않았다.

그리고 무엇보다도 자신과 엄마를 이토록 극단적인 고통으로 떠민 그들이 끝까지 잘 먹고 잘사는 꼴은 보고 싶지 않았다.

"내일 데리러 가마."

할머니가 돌아서고 그곳에 혼자 남겨진 채윤은 아주 오래도록 우두커니 서 있었다. 그칠 기미가 보이지 않던 비가 서서히 그치고 더 이상 우산을 쓰지 않아도 될 때까지.

***

장례식장에서 흘리지 않았던 눈물은 집에 도착하자마자 터졌다. 엄마와 늘 함께 있던 공간에 혼자 있으려니 두렵고 서글픔이 한꺼번에 몰려왔던 것 같다. 아무도 없는데도 이불을 뒤집어쓰고 울었다. 눈이 시릴 때까지, 우는 목소리가 나오지 않을 때까지 새벽 내내 울었던 것 같다.

"후."

웅장하다 못해 위협적일 정도로 크고 장식 문양이 화려한 검은색 철제문이 열렸다. 승차감이 느껴지지 않을 정도로 고급스러운 세단이 미끄러지듯 부드럽게 안으로 들어갔다. 어느 해외 공원을 연상케 하는 잘 꾸며지고 널찍한 정원이 드러났다.

중앙에는 중세 시대에나 볼 법한 조각상으로 꾸며진 커다란 분수대가 아무도 보는 사람이 없는데도 열심히 물쇼를 하고 있었다.

자신들은 돈이 없어 그리도 핍박받고 살았는데, 이 집에 다시 들어오니 심술이 나고 허탈해져 속으로 연신 불만이 터졌다.

분수대를 지나 차가 멈추자 그 앞엔 그레이색의 카펫이 깔려 있었고 메이드들이 길을 만들어 서 있었다.

채윤은 무덤덤하게 안으로 들어갔다. 거실에는 등만 보이는 할머니, 그리고 아버지와 새어머니가 나란히 앉아 들어오는 채윤을 바라보았다. 몇십 년 만에 보는 딸인데, 반가운 기색 하나 없어 다행이다, 싶었다. 더 미워하고 상처 줄 기회를 스스로가 제공해 준 거니까.

"이리 와서 인사하렴."

할머니의 말에 당당히 두 사람 앞으로 다가간 채윤이 가볍게 고개를 숙여 인사했다.

"잘 지내셨어요? 아버지, 어머니?"

채윤의 호칭에 두 사람의 얼굴이 묘하게 일그러졌다.

어린 시절, 전규에게 떠밀려서 혜련을 '엄마'라고 불렀던 적이 있었다. 그때 혜련은 온화하게 웃으며 채윤을 끌어안아 주었지만, 며칠 후 단둘이 있을 때 채윤의 어깨를 아플 정도로 콱 붙잡고 말했었다.

'단둘이 있을 때는 엄마라고 부르지 마. 난 네 엄마가 아니니까. 네가 '엄마'라고 부르면 소름 끼쳐.'

그때 그 음성, 눈빛, 표정. 단 한 개도 잊힌 것이 없다.

'엄마'라는 호칭을 부르는 건 이번이 처음이자 마지막일 것이다. 채윤 자신에게도 저 여자는 엄마가 될 수 없었다. 엄마가 아니니까.

"그래. 오랜만이구나."

떨떠름한 목소리로 건네는 인사를 채윤은 덤덤하게 받아들였다.

"네. 그러게요. 거의 10년 만이죠. 아마?"

"대충 그런 거 같구나. 아주 작았던 네가 벌써 고등학생이 된 걸 보니."

"세월을 보낸 건 저뿐인가 봐요. 어머니는 여전히 곱고 젊어 보이세요. 돈이란, 참 좋은 거예요. 그렇죠?"

말에 가시가 박혀 있는 것을 단박에 알아차린 새어머니 혜련이 몸을 미세하게 부들부들 떨었다. 아버지인 전규는 그런 혜련의 반응을 보며 채윤을 괘씸하다는 듯이 노려보았다.

그들 사이에서 침착한 건 할머니 최 여사뿐이었다.

"네 방은 2층 복도 왼쪽 두 번째다. 올라가서 쉬어라."

"네."

대답을 하고 돌아서는데, 혜련이 크게 한숨을 쉰다. 곧 전규가 그녀를 달래는 소리가 들려오고 최 여사는 마시던 찻잔을 들어 입술을 축였다. 채윤은 제 방으로 올라가는 동안 한 공간에서 각자가 지니고 있는 감정을 고스란히 드러낸 행동들이 그저 우습기만 했다.

그렇게 찾아 들어온 방은 엄마와 살던 반지하보다 훨씬 더 컸다. 푹신한 침대에 벌러덩 드러누웠다. 분명 고급스러운 소재로 만든 침대일 텐데, 반지하 안방의 딱딱하고 습했던 바닥보다도 불편한 것 같다. 몸을 이리저리 뒤척이다 불현듯 뭐가 자꾸만 허전하다는 생각이 들었다.

"뭔가 빠진 것 같아."

움직이던 몸을 멈추고 아무것도 그려지지 않은 천장을 멀뚱멀뚱 바라보았다. 조용하다 못해 삭막할 정도로 적막이 흐르는 공간.

"서재완."

떠올랐다. 그 무거운 침묵 속에서.

재완은 유 비서의 아들이자, 어린 시절 이 대저택에서 함께 지냈던 친구이기도 하다. 채윤이 자리에서 벌떡 일어섰다.

'안 가면 안 돼? 여기 남아서 나랑 놀자. 내가 더 잘해 줄게.'

'싫어. 갈 거야.'

'앞으로 난 절대 의사 선생님 안 하고 환자만 할게. 네가 하고 싶은 의사 선생님 매일 하게 해 줄게.'

엄마를 따라간다고 울고불고 난리를 치던 저를 붙잡고 말하던 재완이의 목소리와 표정이 여전히 선명하다.

"지금 생각해 보니, 서재완 진짜 꼬마였네."

자신도 꼬마였다는 걸 채윤은 전제하고 중얼거렸다. 한번 떠올린 재완을 채윤은 지금 당장 보고 싶어졌다.

그대로 침대에서 내려온 채윤은 방을 빠져나왔다. 그들이 모여 있던 거실은 벌써 비워져 있었다. 복도를 지나 계단으로 내려온 채윤이 주변을 두리번거리다가 서관 쪽으로 향했다. 서관은 자신의 가족들이 머무는 건물 서쪽에 있었고, 그곳엔 메이드들과 유 비서 모자가 머물고 있었다.

깔끔하게 다듬어진 나무와 화려한 색을 지니고 있는 꽃들이 만든 길을 지나 서관에 도착했다. 지나가는 메이드를 잡고 물었다.

"서재완 어디 있어요?"

"아, 재완 학생은 방학을 맞이하여 친구들과 캐나다 여행을 갔어요, 아가씨."

메이드는 친절함을 머금고 답해주었다.

"언제 와요?"

"이번 주 금요일에 오는 걸로 알고 있습니다."

"아…… 알겠습니다."

채윤은 메이드에게 가볍게 묵례를 하고 서관을 나왔다. 이번 주 금요일이라면, 이틀 남았네.

10년 만에 보는 서재완은 어떤 모습을 하고 있을까?

"그때는 나보다 작았는데."

궁금했다. 아주 많이.

무의식중에 깨닫는다. 이 숨 막히는 곳에서 유일하게 숨통을 트여 줄 존재가 재완이뿐이라는 걸.

10년 전의 그때처럼.

***

뉴욕에서 출발해 직항으로 한국에 도착 예정인 비행기 안. 일등석 안에 있던 앳된 남학생들이 하나둘씩 찌뿌드드한 몸을 풀었다.

"아, 여행은 좋지만 왔다 갔다 꼬박 하루가 걸리니."

"그러게 박수 치면 캐나다, 다시 박수 치면 한국, 순간이동 능력이 있었으면 좋겠다."

일등석이었음에도 불구하고 그들은 불평불만을 터트렸다. 그러다 한수가 소란스러움을 제지시키듯 제 입술에 손가락을 올리고 '쉿' 소리를 냈다.

"강세온도 꽤 피곤했던 모양이야. 이렇게 곯아떨어진 거 처음 보네."

"그러게 사진 한 장 찍을까?"

휴대전화를 들이밀어 화면에 차게 된 세온을 보며 작게 한탄했다.

"입을 벌리고 자는데도 얜 왜 잘생겼냐. 재수 없게."

셔터를 누르려는 순간,

"더 재수 없는 짓 당하고 싶지 않으면 휴대전화 치워라."

자고 있을 줄 알았던 세온이 살벌한 음성으로 경고했다. 휴대전화를 들이밀고 있던 친구가 흠칫 놀라서는 얼른 거두었다.

"장난친 거야."

"장난?"

"응."
"여행 한번 같이 다녀왔다고, 네가 나랑 친해진 거 같냐?"
잔뜩 날이 선 눈빛에 친구는 숨까지 쉬지 못할 정도로 긴장했다.
"다들 나가자."
뒤에 있던 재완이 아니었다면 이 싸한 분위기는 계속 이어졌을지도 몰랐다. 재완의 말에 다른 친구들이 서둘러 나가고 안엔 재완과 세온 단둘이 남았다. 누군가가 말도 제대로 못 할 정도로 잔뜩 겁을 준 당사자답지 않게 지나치게 느긋하게 일어나는 세온을 향해 재완이 못 말린다는 표정을 지었다.
"뭐가 그리도 예민해. 다들 너랑 친해지고 싶어서 그러는 건데."
"그래서 예민한 거야. 지까짓 것들이 나랑 친해지고 싶어 하는 건방을 떨어서."
"휴……."
재완은 피곤하다는 듯, 그러나 절대 밉지 않다는 듯 고개를 내저었다.
"우리 집 차 타고 가."
비행기에서 내려 짐을 찾고 입국 게이트로 나오며 세온이 무심한 얼굴로 말했다.
"알았어."
재벌 아들들과는 달리 따로 데려올 만한 사람이 없어 택시를 타고 가려던 재완도 흔쾌히 받아들였다. 입국 게이트로 나오자, 사람들의 시선이 단박에 세온에게로 집중되었다. 그것도 그럴 것이 184센티의 커다란 키와 다부진 체격. 그리고 압도할 만한 묘한 분위기, 근처에선 쉽게 찾아볼 수 없는 잘생긴 외모는 여자뿐만이 아니라 남자들의 시선을 끌기에도 충분했다.

“다 좋은데, 너에게 너무 집중되는 시선, 부담스러울 때가 있다.”

재완이 머쓱한 미소로 말했다. 하지만 막상 당사자는 전혀 관심이 없다. 그렇게 공항 밖으로 나오자, 대기하고 있던 고급 세단에서 익숙한 얼굴이 내렸다. 세온의 집 운전기사였다. 기사는 세온에게 다가와 캐리어를 트렁크에 실었다.

“타.”

세온이 뒷좌석 문을 열고 권했다.

“캐리어 싣고.”

재완이 제 큰 캐리어를 들자, 세온이 막 제 캐리어를 실은 기사를 바라보았다.

“재완 학생, 내가 실을 테니 타요.”

“아닙니다. 제 건 제가 하겠습니다. 충분히 할 수 있는 나이니까.”

자신을 저격하는 듯, 그러나 매우 친절하고 다정한 재완의 핀잔에 세온은 실없이 웃었다. 기사가 말렸음에도 재완은 끝까지 자기 캐리어를 싣고 차에 올라탔다.

“진짜 재수 없는 건 넌데, 사람들은 그걸 몰라.”

올라타는 재완을 향해 먼저 타 있던 세온이 툭, 말을 던졌다.

“이건 재수 없는 게 아니라, 철이 들었다고 하는 거야.”

“이봐. 또 재수 없게 굴잖아.”

“맞는 말을 하면 재수 없다 생각하는 이상한 강세온이야.”

주고받는 두 사람의 음성엔 다정함과 장난기가 가득했다. 캐리어를 다 실은 기사가 운전석에 올라탔다.

“재완 학생 집으로 가면 되는 거죠?”

"네."

짤막한 세온의 대답과 함께 차가 천천히 출발했다.

"감사합니다, 기사님. 번거로우실 텐데."

"아닙니다. 이게 제 일인데요, 뭐."

"그리고 그때도 말씀드렸잖아요. 제발 말씀 낮추세요."

재완의 말에 운전기사는 기분이 좋은지 작게 웃었다. 두 사람의 대화를 듣고 있던 세온이 고개를 내저으며 입술을 떼어 냈다.

"피곤해."

세온은 의자에 머리를 깊숙이 기대며 말했다.

"너답지 않게 왜 이렇게 피곤해해?"

농구를 유난히 좋아하는 두 사람이었다. 하지만 늘 체력적인 한계에선 재완이 두 손 두 발을 다 들었다. 세온은 온몸이 흠뻑 젖을 정도로 두 시간을 뛰어다닌 후에도 별로 지치는 기색 없이 활동을 할 정도로 체력이 좋은 편이었다. 그런데 유난히 이렇게 피곤해하니, 재완은 의아할 수밖에 없었다.

"시차 적응이 안 돼서 그랬나?"

재완의 말에 세온이 또다시 늘어지게 하품을 했다. 시차 적응에 잠자리까지 민감해서 제대로 잠을 이루지 못했다. 아무리 체력이 좋은 세온이라도 잠을 자지 못하니 더욱 예민해져 있는 건 사실이었다. 하지만 세온은 미간을 확 구기곤 다른 얘기를 꺼냈다.

"들러붙는 벌레들 내쫓느라 그러잖아. 그러니까, 다음엔 걔들이랑 같이 가자는 소리 하지 마."

"애들은 너랑 친해지고 싶어 해."

"내가 싫다잖아."

"……안 외로워? 난 네가 친구들하고 좀 친해졌으면 좋겠어."

"걔들이 뭐 내가 좋아서 친해지고 싶겠어? 다 우리 집 배경 때문인 거지."

검찰총장을 아버지로 두고, 대법원장 외할아버지에 국회의원 외할머니, 대한민국 최고의 로펌 대표를 친할아버지로 둔 세온은 그야말로 권력의 금수저였다. 그렇다 보니 재벌가 자제들은 자연스럽게 세온에게 잘 보이려고 애를 썼다.

"그리고 걔들 하는 짓이 어디 친구 대하듯 대해? 무슨 상사 대하듯 굴잖아."

그 말에 대해선 재완도 공감을 하는 건지, 더 이상 대꾸를 하지 않았다. 대신 제 무릎을 툭툭 쳤다.

"베고 누워."

"지랄. 남자들끼리 그딴 거 하는 거 아니다."

"친구니까 하는 거지."

"네 허벅지 딱딱해서 별로야."

"하긴, 내가 너보다 한 허벅지 하지."

세온이 어이없다는 듯이 웃다가 제 허벅지를 들이밀었다.

"네가 더 단단하다고? 이걸 보고도? 눈이 있으면 제대로 봐 봐, 내 허벅지가 훨씬 굵고 단단해. 이게 다 근육이라는 거야."

"그래. 알았어. 피곤하다며. 눕기나 해. 돌베개라고 생각하고."

재완이 세온에게 헤드록을 걸고서는 제 허벅지로 눕혔다. 누우니 더 편한 기분이 들었다. 세온은 팔짱을 끼고 가만히 눈을 감았다.

세온에게 친구는 딱 한 명뿐이었다. 재완이.

다른 아이들과 다르게 재완은 자신에게 잘 보이려고 애쓰지 않았고, 가끔은 뜨끔할 정도로 옳은 잔소리도 했으며 무엇보다도 죽이 잘 맞고 함께 있으면 편안했다. 형 같았다. 죽은 제 형.

그래서 세온은 제 곁에 있는 사람이 재완이 한 명이면 충분했다.

***

까무룩 잠이 들었던 세온이 일어난 건, 뒤에서 들리는 미세한 인기척 때문이었다. 무겁게 내려앉는 눈꺼풀을 겨우 뜨며 몸을 일으킨 세온은 기지개를 켜며 차에서 내렸다.

"일어났어? 곤히 자는 거 같기에 그냥 가려 했더만."

"여기까지 온 김에 회장님께 인사드리고 가야지."

'HC(High Class)그룹'에 대한 거부감이 덜 드는 건, 온전히 재완 때문이다. 재완이 존경하고 좋아하는 인물이니까. 재완과 관련된 인물이 아니었다면, 그다지 신경을 쓰지 않을 사람 중 한 명이었을 거였다.

운전기사는 밖에서 대기하고 세온과 재완만 안으로 들어섰다. 넓은 정원을 지나 회장님이 계실 본관 안으로 막 들어설 때였다.

"서재완."

뒤에서 재완을 부르는 제법 낭랑한 목소리가 들려왔다. 저를 부른 것도 아니건만, 먼저 몸을 돌린 건 세온이었다. 시야로 제 나이 또래의 마른 여자가 서 있었다. 쇄골쯤 닿는 까맣고 부드러워 보이는 머릿결, 하얀 피부, 옅은 쌍꺼풀과 작은 콧방울, 아무것도 바르지 않아 자연스러운 다홍빛을 띠고 있는 입술. 그리고 재완을 바라보고 있는 투명할 정도로 밝은 다갈색 눈동자.

예쁘장한 얼굴이지만, 특별하게 예쁜 얼굴은 아닌 여자애.

"이채윤?"

반가움과 의아함이 희석된 재완의 음성과 표정.

누구지?

세온이 자신을 없는 사람 취급하며 한 뼘 더 가까워지는 두 사람을 번갈아 쳐다보았다.

"키 많이 컸다?"

채윤이라는 여자의 첫마디에 재완이 작게 웃는다.

"그땐 내가 너보다 좀 작았었지?"

"좀? 좀이라는 뜻을 모르고 쓰는 것 같은데, 서재완."

"그랬나?"

"기억 안 나는 척하지 마. 너 기억력 좋은 거 다 알아."

툭툭 내뱉는 말 같은데 그 안에 묘한 애정이 섞여 있다. 옆에서 유령 취급이나 당하고 있는 세온은 기분이 점점 언짢아졌다.

"너 온다는 소식 들었어."

"그래 놓고 놀러 가? 여기서 나 반겨 주는 사람이 너 말고 또 누가 있다고."

작고 여린 주먹이 무심하게 재완의 어깨를 툭, 하고 친다. 그 모습이 어색해 보이지 않았다. 자신이 이 집을 들락날락한 것도 10년 정도 다 되어 가는데, 재완을 대하는 처음 보는 여자에게서 어색함이 느껴지지 않는다는 건, 두 사람은 이미 오래전부터 익숙했던 관계라는 것을 유추해 볼 수 있었다.

여자도 은근히 반가운 건지 음성에 들뜸이 서려 있었다. 픽, 하고 싱겁게 웃던 재완이 문득 옆에 있는 세온을 이제야 떠올렸다.

"아, 내 친구. 강세온."

재완의 소개에 그제야 채윤의 눈동자가 처음으로 세온에게 향했다. 목례도 아닌 눈을 아래로 내렸다가 올려 뜨는 채윤의 인사. 방금 전까지 재완에게 보인 들뜸의 감정은 조금도 묻어 있지 않은 건조한 눈빛과 표정이었다.

그래서일까. 기분이 썩 유쾌하지 못했다.

"세온아, 얘는……."

"됐어. 별로 알고 싶지도 않아."

세온이 재완의 말을 까칠한 목소리로 끊었다. 그러고는 앞장서서 들어갔다. 집 안으로 한참 들어오고 나서야 깨달았다. 혼자 들어왔다는 것을. 돌아보니 두 사람이 마주 보고 서서는 무언가 대화를 나누고 있었다. 재완이 웃고, 채윤이 따라 웃는다.

"기분, 더럽네."

자신을 신경 써 주지 않는 재완 때문인지, 아니면 자신에겐 무미건조하게 굴어 기분을 상하게 만든 저 여자애의 건방짐 때문인지, 둘 다 때문인지 기분이 좋지 못했다.

"세온이구나."

그들에게 내리꽂혀 있던 까칠한 시선을 떼어 낸 건, 뒤에서 들려오는 최성은 회장 때문이었다. 외출을 하는 건지 그 뒤에 재완의 어머니 유 비서도 함께 있었다. 세온은 몸을 돌려 두 사람에게 예의를 갖추었다.

"잘 지내셨어요?"

"그래. 여행은 잘 다녀왔니?"

결코 다정하지 않은 음성이었지만, 세온은 도리어 그것이 편했다. 늘 부담스러운 다른 기업 사모님들보다 훨씬 나았다.
"네."
최 회장이 세온의 어깨 너머로 시선을 잠시 옮겼다.
"누구예요?"
면전에 대놓고는 궁금하지 않다고 해 놓고 뒤에서 물어보는 꼴이라. 하지만 이미 자신의 존재는 잊어버린 두 사람에게 물어보고 싶지는 않았다.
"손녀란다."
짤막한 대답을 한 목소리가 묘하다. 상황이 묘해서 그리 느끼는 걸까?
손녀.
그러고 보니 두 사람 눈매가 좀 닮은 거 같기도 하다.
"그럼 놀다 가렴."
"네."
다시 인사를 하고 두 사람이 세온을 지나 밖에 서 있는 둘에게 향했다. 세상 해맑게 웃으며 인사를 하는 재완과는 달리, 채윤의 표정은 데면데면했다.
"서재완에게만 웃어 주는 건가?"
제 감정에 솔직하네. 그건 그렇고 손녀인데 왜 여태 이 집에서 같이 살지 않았던 거지?
워낙 유명한 기업에다 회사에 관련된 것을 제외하고 사적인 것에는 절대 철저한 보안이 유지되는 곳이기도 했다.
때로는 침묵이 검증되지 않은 헛소문들을 퍼트리게 만드는 가장 좋은 증폭제가 되기도 한다. 퍼진 소문들에 의하면, 이 집 손녀를 어린 시절에 잃어버려 계속 찾고 있었다는 둥, 대리모가 아이를 훔쳐 달아났다는 둥, 처음부터 손녀는 없었다는 둥 아무튼 이상한 소문들이 많았었다.

그런데 저렇게 손녀가 버젓이 나타났고 어린 시절 잃어버렸던 손녀와 할머니의 재회라고 하기에는 너무 애틋함이 없어 보였다. 잠시 미미한 궁금증이 생겼지만, 세온은 금방 지워내 버렸다. 채윤을 향한 궁금증이 딱 그 정도뿐이기 때문이었다.

원래 이 집에 발을 들여 놓은 목적이 최 회장에게 인사를 하고 가려던 것이기 때문에 세온은 그대로 다시 집을 빠져나왔다.

"가려고?"

채윤과 얘기를 나누던 재완이 지나쳐 가는 세온을 향해 물었다.

"응."

"채윤아, 잠깐만 들어가 있어. 나 세온이 배웅해 줄……."

"됐어. 길 안 잃어."

뒤도 안 돌아보고 세온은 그대로 정원을 가로질러 대문으로 향했다. 뒤에서 두 사람의 시선이 잠시 닿았다가 떨어지는 것이 느껴졌다.

***

똑똑.

노크를 하는 소리에 침대에 누워 천장만 바라보고 있던 채윤이 자리에서 일어나 문 쪽으로 시선을 옮겼다. 문이 열리고 재완이 쟁반을 들고 들어왔다.

"이리로 와."

재완은 침대까지 오지 않고 중간에 놓여 있는 티 테이블 위에 쟁반을 내려놓고 채윤을 향해 말했다. 침대에서 내려온 채윤이 재완에게로 다가가 쟁반 위를 바라보았다. 노란 빛깔을 띠고 있는 차와 정갈한 모양을 이루고 있는 쿠키들이 놓여 있었다.

"캐나다에서 사 온 거야, 엄청 달아."

"캐나다 좋아?"

"응. 좋아. 다음 방학 때는 같이 가자."

채윤은 대답 대신, 쿠키 하나를 들어 한 입 베어 먹었다.

"으, 달아."

진저리를 치며 쿠키를 내려놓고 차를 마셨다.

"이건 너무 쓰고."

"그래서 두 개를 같이 먹어야 맛있는 거야."

"내 입맛에는 별로다."

쟁반을 슬쩍 밀어낸 채윤은 앞에 앉아 있는 재완을 가만히 바라보았다. 어린 시절 그대로 깔끔한 외모를 아직도 소유하고 있는 재완은 여자라면 누구나 한 번쯤 관심을 가질 정도로 잘생긴 편이었다. 그래서 궁금했다.

"학교에서 인기 많아?"

"아니."

"거짓말."

"정말이야, 인기 없어. 인기는 내 친구, 세온이 많아."

"세온이?"

"아까 집에 왔었잖아."

"……아. 그 뾰족하게 생긴 놈?"

아무 생각 없이 반문했다.

분명 지나치게 달고 쓴맛이었는데, 왜 자꾸 생각이 나는 거지? 채윤은 그리 생각하며 밀어냈던 쟁반 위로 시선을 떨어트렸다.

"채윤아."

"응?"

"웬만하면 '놈'이라는 단어 쓰지 마."

"회장님이 듣기 싫어하실 테니까?"

"아니. 네가 세온이를 '놈'이라고 평생 기억할까 봐서."

딱히 기억을 하고 싶지는 않았는데, 재완이 계속 세온이라는 이름을 꺼내니 오늘 낮에 잠시 스치듯 만났던 모습이 떠오른다. 순하고 부드러운 인상을 소유하고 있는 재완과는 판이하게 반대의 인상을 소유하고 있던 애.

가뜩이나 사나워 보이는 눈매에 감정을 싣지 않고 쳐다보니, 무슨 산속에서 만난 맹수 한 마리 같았다.

아니, 돌이켜 생각을 해 보니 그건 감정을 싣지 않았다고 하기엔 좀 애매하다. 감정이 실려 있었다. '나 너 마음에 안 들어.' 하는 듯한 반감과 경계가 섞인 감정.

첫인상이 썩 좋지 않았다.

"걔랑 친해?"

"응. 제일 친한 친구야. 겉으로 보기에는 차가워 보여도, 마음은 여리고 좋은 애거든."

"전혀 그렇게 안 보이던데. 그리고 너랑 되게 안 어울려."

"친구끼리 어울리고 안 어울리는 게 어디 있어."

"……하긴, 누가 봐도 너랑 나랑도 안 어울릴 거야."

"방금 말했잖아. 친구끼리 어울리고 안 어울리는 게 어디 있냐고."

"세상에는 끼리끼리라는 게 있는 거야, 바보야. 뭐든 어울리는 게 보기 좋지, 안 어울리는 것보다는."

"맞아. 세상에는 끼리끼리라는 게 있는 거지. 그렇게 따지면 내가 영광이네. 너희 둘이 나랑 친구 해주는 게."

채윤이 말한 '끼리끼리'는 결단코 금수저를 갖고 태어난 사람들을 말한 것이 아닌데 재완이 이해한 '끼리끼리'는 본의 아니게 그렇게 해석이 되고 말았다. 그럼에도 재완에게선 절대 열등감이나 자격지심으로 인한 억지가 느껴지지는 않았다.

그저 더 이상 이 이야기에 대해서 감정을 소비하고 싶지 않다는 의견을 전달하는 것처럼 느껴졌다.

그리고 무엇보다도 저런 말을 잘도 웃으면서 한다. 눈이 반달로 휘어지며 세상 해맑게 웃고 있는 재완에 결국 채윤도 피식, 웃어버리고 말았다.

"캐나다 가서 놀았던 얘기나 좀 해 줘."

"그럴까?"

부드럽고 다감한 목소리를 내는 재완의 얘기를 들으며 채윤은 오랜만에 아무 생각 없이 웃었던 것 같다. 그러면서도 과자를 향해 손을 뻗었다. 너무 달다. 차를 한 모금 마셨다. 이건 정말 쓰다.

그런데 묘하게 매력이 있어 자꾸만 손이 갔다.

***

답답하다. 지루하고 무의미하다.

지금 채윤은 저를 앞에 두고 침묵을 일관하고 있는 최 회장을 보며 그런 생각들이 몰려왔다. 더는 버틸 수 없다고 판단하여 앉아 있던 몸을 일으켰다.

"하실 말씀 없으시면 먼저 일어나요."

"앉아."

채윤이 크게 한숨을 내쉬며 최 회장을 바라보았다. 최 회장은 조금의 흔들림도 없이 냉정함을 유지하며 채윤을 마주 보았다.

"차분하게 끝까지 인내를 해야 하는 것도 앞으로 네가 배워야 할 몫이야. 그러니 앉아."

자존심이 꺾이는 것 같아 끝까지 반항하고 싶었지만, 채윤은 그러지 않았다. 적어도 핏줄 섞인 손녀에게 나쁜 일을 가르쳐 줄 사람은 아니라는 것을 무의식중에도 알고 있기 때문이었다. 채윤은 또다시 최 회장을 마주 보고 앉았다. 주름 진 얼굴, 새하얀 백발을 귀부인처럼 올린 머리, 날씬한 몸에 잘 맞는 슬림한 검은색 원피스, 그리고 감정 없는 표정.

"학교에 입학하게 되면 많은 아이들이 너에 대해 궁금해할 것이야."

"그래서요?"

"함께 살던 친엄마가 돌아가셔서 아버지에게 왔다는 말을 해도 좋아. 어차피 네 아버지가 두 번 결혼을 했다는 건 세상 사람들이 다 알고 있으니까."

공식적으로는 이혼이었다. 비공식적으로는 내쫓긴 거였지만.

"하지만 그 이상의 세세한 것은 다른 이들이 알아봤자 너에게 좋을 것이 없을 게다."

"저도 딱히 말할 생각은 없었어요."

누군가의 입방아에 오르는 건, 기분이 꽤나 불쾌할 테니까.

"다행이구나. 그 정도 사리 구별을 하고 자존심은 있는 애라는 게."

"이제 나가 봐도 되죠?"

최 회장은 대답 대신 앞에 놓인 차로 손을 뻗었다. 채윤은 숨 막힌 그 공간을 빠져나왔다. 채윤이 갑갑한 가슴을 주먹으로 콱콱 내려쳤다. 뭐 먹은 것도 없는데 잔뜩 체한 것처럼 속이 쓰라릴 정도로 갑갑했다.

"후."

기분 전환이 필요했다. 이렇게 갑갑한 제 숨통을 트여 줄 유일한 존재가 필요했다. 그래서 재완이 머물고 있는 서관으로 몸을 돌렸는데, 혜련과 마주치고 말았다. 그녀는 시어머니와 피 한 방울 섞이지 않았지만 법적으로 딸이 될 채윤이 무슨 얘기를 하는지, 시종일관 초조해하며 주변을 배회하고 있었던 듯싶었다.

"대화는 잘했니?"

"네."

"……뭐, 내가 특별히 도와줄 건 없고?"

마음에도 없는 소리를 하다 보면 사람은 티가 나는 법이다. 혜련은 분명 욕심이 많고 못된 사람이지만 제 감정을 철저하게 숨기는 사람은 되지 못했다. 미세하게 떨리는 입술 끝과 정착하지 못하는 눈동자만 봐도 알 수 있었다.

정말 마음에서 우러나 묻는 질문이 아니라, 이런저런 대화를 하다가 채윤이 실수로라도 최 회장과 나눈 이야기를 흘려보내길 바라는 얌체 같은 짓을 하고 있는 거였다.

그런데 어쩌나.

그럴 생각도 없지만, 특별히 중요한 얘기를 하지도 않았으니.

"지금 재완이한테 가려고요. 길 좀 비켜 주셨으면 좋겠는데."

"어? 어, 어. 그래."

혜련이 막고 있던 길을 비켜 주었다. 언제까지 이렇게 지내게 될까. 아마 서로 늙어서 눈을 감는 순간까지도 이렇게 지낼 수밖에 없겠지. 채윤은 뒤도 돌아보지 않고 곧장, 정원을 가로질러 서관으로 향했다.

채윤은 스스럼없이 재완의 방으로 향했다. 노크를 하자 안에서 들어오라는 재완의 목소리가 들려왔다. 재완은 침대 옆에 있는 책상에 앉아서 공부를 하고 있었던 듯했다.

"아직 방학 끝나려면 일주일이나 남았는데, 벌써 열공 하는 거야?"

"어디 전교 상위권 자리 유지하는 게 쉬운 줄 알아?"

재완이 스탠딩 불을 끄고 자리에서 일어나 막 침대에 걸터앉는 채윤에게로 다가왔다.

"오올, 서재완 전교 상위권이야?"

잘난 척하듯 재완이 장난스럽게 턱을 살짝 추켜세우고 거만한 포즈를 해 보였다.

"이제 개학 얼마 안 남았어."

"그러게. 처음 가는 학교라 조금 긴장돼?"

"뭐, 딱히. 나 원래 긴장 같은 거 잘 안 하는 성격이라."

"맞아. 어렸을 적부터 꽤나 씩씩했지. 채윤인."

"그랬나?"

"항상 대장 역할도 네가 해야 했고 인형이 아니라 칼을 가지고 놀았잖아. 너."

"아, 맞아. 그랬어. 인형놀이보다 뛰어다니는 것에 더 신나 했었지."

한참 말을 잇던 채윤이 입술을 굳게 다물었다. 그런 채윤을 가만히 바라보던 재완이 말을 걸어왔다.

"손 줘 봐."

"응?"

"얼른."

재완의 말에 채윤은 아무 말 없이 손을 내밀었다. 재완은 채윤의 엄지와 검지 사이를 꾹꾹 눌렀다.

"나 소화 안 되는 거 어떻게 알았어?"

"척, 하면 척이지."

재완이 정말 어떻게 알았는지가 딱히 중요하지는 않다. 그저 재완이 알아준 것에 채윤은 의미를 두고 싶었다. 매우 정성스럽게 제 살을 눌러 주는 재완을 바라보던 채윤이 대뜸 말했다.

"나가자."

"응?"

"여기 너무 답답해. 내 소화불량은 밖으로 나가서 놀아야 할 것 같아. 그러니까, 좀 놀아 줘."

문제를 다 풀지 못했는지, 재완이 미련 가득한 얼굴로 책상 쪽으로 시선을 잠시 돌렸다. 채윤은 괜히 서운했다.

"공부가 더 중요해? 나보다?"

그래서 저답지 않게 불쑥 말을 꺼냈다. 10년 전에는 자신이 놀자고 굳이 안 해도 매일 곁에 있어 주던 재완이었다. 물론 어린 시절이었고 만나지 못한 공백도 커서 서운해하는 것 자체가 우스울 수도 있지만, 지금 채윤에게 이 갑갑한 집에서 무조건 제 편을 들어 줬으면 좋겠다 싶은 사람은 재완뿐이었다.

그러므로 그런 재완이 제 기분을 헤아려 주지 않고 있다는 것이 서운할 수밖에 없었다. 잠시 입술을 닫은 재완이 갑자기 얼굴 가득 환한 웃음을 띠고 말했다.

"아니. 네가 훨씬 더 중요하지. 나가자."

***

[오늘은 네가 이긴 것 같다. 소원 생각해 놔.]

세온은 재완과 해답지를 서로 찢어 버린 것을 인증샷으로 시작하여 같이 시간을 정해 놓고 누가 먼저 문제를 빨리 푸나 내기를 했다. 하지만 정해 놓은 시간보다 훨씬 이른 시간에 재완에게서 문자가 날아왔다. 전교 1등을 해야지 어머니가 가장 기뻐한다는 이유로 자신과 1등 자리를 두고 엎치락뒤치락했고 이런 소소한 내기를 하더라도 대부분 이겨 왔던 재완이었다.

그런데 제대로 시작도 안 하고 포기라니. 재완답지 않아 무슨 일이 있나 싶어 통화 버튼을 눌렀다.

-응, 세온아.

"집에 불이라도 났어?"

-아니, 그런 건 아니고, 갑자기 약속이 생겨서.

"또 벌레들이 자꾸 주변에서 껄떡대? 귀찮으면 내가 싹 다 밀어 줄까?"

-그런 거 아니야.

-어디로 갈까?

재완의 대답과 동시에 희미하게 여자의 목소리가 들려왔다. 세온은 그 목소리가 그 집안의 손녀, 이채윤이라는 것을 바로 알아차렸다.

"아."

약속은 자신과 먼저 했는데, 채윤 때문에 자신과 한 약속이 밀려났다는 사실이 세온을 짜증스럽게 만들었다.

"주인 집 딸 보필하러 가는 길이구나. 너."

-세온아.

"잘 보필해 드려라. 그래야 콩고물이 한 방울이라도 더 떨어지지."

그대로 전화를 끊었다. 전화가 두 번 정도 다시 울렸지만, 세온은 받지 않고 그대로 침대 위에 던져 버렸다. 재완이 약속을 어긴 일은 은근히 많다. 함께 농구를 하기로 해 놓고 어머니 일을 도와드려야 한다는 둥, 학교 끝나고 쇼핑 센터를 간다고 해 놓고 반 친구들과 남아서 공부를 하는 둥, 그 외에도 약속을 어긴 적이 꽤 있었다.

그런데 그때와 느낌이 확연히 다르다. 그때는 그냥 그러려니 하고 넘어갔던 것들이 왜 지금은 이렇게 몸이 뜨거워질 정도로 화가 나는 거지?

아직 여름이 끝나지 않았다는 것을 알려 주기라도 하듯, 밖에서 매미 우는 소리가 들려왔다.

"시끄러워. 씨발."

창문을 깨트리고 나가서 모조리 죽여 버리고 싶다는 충동을 자제했다. 세온은 지끈지끈거릴 정도로 아픈 머리를 부여잡고 방에서 빠져나왔다. 지하에 마련해 둔 헬스 방으로 가서 정신없이 땀이라도 빼면 이 짜증스러움이 조금이나마 누그러질까 싶어서였다.

그렇게 빠르게 계단을 밟고 내려오는데, 하필이면 거실 한편에 마련되어 있는 바(Bar)에서 이미 한껏 취해 있는 어머니 성희와 마주쳤다. 세온은 눈이 마주치자 모른 척하고 그냥 지나가려 했으나 성희는 그걸 허락할 사람이 아니었다.

"강세온."

양주가 담겨져 있는 잔을 들고 몸을 비틀거리며 다가온 성희에게선 지독한 술 냄새가 풍겨 왔다. 코끝으로 스쳐 지나가는 고약하고 역겨운 냄새에 세온은 미간을 구겼다. 알코올에 패한 신경세포들로 인해 풀어지고 붉어진 게슴츠레한 눈동자가 자신을 담는다.

"엄마를 봤는데도 인사를 안 해?"

어느 자식이 집에서 엄마를 본다고 매번 인사를 하던가?

하지만 세온은 입술을 굳게 다물고 아무 말도 꺼내지 않았다. 어머니가 이렇게 알코올에 빠져 삶의 원동력을 묵살시키게 한 건, 온전히 자신 때문이었으니까. 평생을 이렇게 비아냥거림을 받고 원망을 받아도 할 수 있는 말이 없으니까.

"죄송해요."

"죄송하다, 죄송하다……. 그 죄송하다는 말로 죽은 우리 성온이를 살릴 수 있다면, 얼마나 좋을까아?"

결혼을 하고 그토록 원하던 자식은 쉽게 찾아와 주지 않았다. 시부모님의 온갖 구박을 받으며 몇 번을 유산하고 그렇게 결혼 생활 5년 만에 찾아온 귀한 첫 아이. 며느리를 탐탁지 않게 여겼던 시부모님이 온화해지고 귀하게 얻은 아들이니만큼, 스스로도 참으로 소중하게 여겼던 아이.

그리고 무엇보다도 어머니를 좋아하고 말도 잘 들었던 아들. 그래서였을까. 형이 살아 있을 때도 어머니는 늘 자신이 아닌 형만 찾았었다.

'넌 어리니까, 널 시키기에는 좀 애매해서 그러신 거지. 열 손가락 깨물어서 안 아픈 손가락 없다잖아. 어머니는 똑같이 너랑 날 사랑하시는 거야.'

그것을 서운해하던 세온에게 형은 늘 그렇게 말하며 다정하게 머리를 쓰다듬어 주거나, 숨도 쉬지 못할 정도로 끌어안아 주고는 했었다. 그런 형이 좋았지만, 친척들에게 '네 형이 힘겹게 만든 길을 너는 쉽게 걸어왔다. 그러니, 형에게 잘해라.'라는 말을 들을 때면 괜히 마음이 이상해지고는 했었다.

하지만 그 말에 쉽게 부정을 할 수는 없었다. 그들의 말처럼 자신은 형과 다르게 너무 쉽게 임신이 된 아이였으니까. 기왕 태어날 때부터 편하게 살라고 길을 만들어 줬으면 자신이 죽을 때까지 좀 곁에 있어 주지.

그렇게 생각하다가도 형이 죽은 게 자신 때문이니까, 세온은 그리워하는 것조차도 죄책감이 들었다. 성희의 원망스러운 눈동자가 세온을 향해 한참 내리꽂혔다가 결국 돌아섰다.

"그날 네가…… 집을 뛰쳐나가는 일만 없었다면…… 없었다면."

"……."

"난 네가 보기 싫어. 꼴도 보기 싫어."

비틀거리며 다시 바(Bar) 의자로 가서 앉는 성희의 뒷모습을 응시하던 세온은 지하로 걸음을 옮겼다. 크고 넓은 헬스 방으로 들어온 세온은 전면이 거울인 그 앞에서 자신과 마주 보았다.

"표정이 가관이네. 내가 봐도 꼴 보기가 싫어질 만큼."

'집에 들어가기 싫어.'

'그럼 오늘 내 방에서 자고 가.'

그래도 지금은 좀 나아진 편이었다. 예전에는 술을 마시고 폭력까지 서슴지 않고 행했던 어머니였으니까.

세온은 언젠가 성희에게 모진 말을 듣고 뺨까지 얻어맞은 후, 곧바로 집을 뛰쳐나가 재완을 만난 적이 있었다.

소나기를 홀딱 맞은 사람들처럼 농구로 땀을 빼고 어두컴컴해진 운동장에 누워 중얼거렸던 세온에게 재완이 한 말이었다.

그날은 정말 재완의 집에서 잤다. 함께 있으면 편안하고 이상하게 잡생각을 떨치게 만들어 주는 재완과 오랜만에 편안한 밤을 보냈던 것 같다. 자신을 좋아해주고 의지하게 해주는 유일한 안식처.

하지만 이제 그마저도 힘들어질 것 같았다. 세온은 깊게 한숨을 내쉬었다. 그럼에도 통증까지 느껴지는 듯한 갑갑한 마음은 뚫리지 않았다.

***

방학이 끝나는 주말에 개학을 맞이해 파티가 열렸다. 상위 3프로 안에만 드는 기업의 자녀들 파티라 채윤도 참여를 해야 했다.

재완은 해당 조건이 되지 않았지만, 최 회장의 권한으로 채윤과 함께 파티장을 가게 되었다. 고가의 원피스를 입고 숍까지 들러 도착한 파티장은 화려했다.

채윤은 자신의 등장에 각자 음식을 앞에 두고 대화를 나누던 사람들의 이목이 쏟아져 불편했지만, 애써 신경을 쓰지 않으려 노력했다.

"회장님 말씀에 의하면 잠시 얼굴만 비치고 와도 된다고 하셨어."

옆에서 에스코트를 해주던 재완이 낮게 속삭였다.

"괜찮아."

도망가고 싶지 않았다. 피하고 싶지 않았다. 어차피 앞으로 1년을 넘게 봐야 할 사람들을 매번 피할 수는 없다고 생각하고 있기 때문이었다.

"가고 싶을 때 언제든 말해."

"응."

재완이 주변을 두리번거리며 누군가를 찾는 듯했다. 채윤은 재완이 찾고 있는 상대방이 누구인지 단박에 알아차렸다.

"네 친구 찾고 있는 거지? 세온이라는 애."

"응? 응. 아까 출발한다고 연락을 받았는데, 아직 도착을 안 했나 봐."

"나 여기서 이거 먹고 있을 테니까, 찾아서 인사만 하고 와."

채윤은 테이블 위에 고급스러워 보이는 디저트와 알코올이 없는 샴페인에 눈짓하며 말했다.

"아니야. 곧 오겠지, 뭐."

"왔어도 이렇게 넓은 곳에서 만나기 어렵겠다. 너 계속 걔 찾을 것 같아서 신경 쓰이니까 갔다 오라면 갔다 와."

"알았어. 그럼 금방 갔다 올게."

재완이 채윤의 어깨를 가볍게 다독여 주고서는 사람들 사이를 뚫고 연회장 밖에 있는 수영장으로 향했다. 마치 그리스를 연상케 하는 인테리어로 꾸며진 수영장 주변에는 많은 학생들이 있었다. 전체 학년들의 상위 3퍼센트가 모이는 자리이니, 꽤나 북적거리는 건 당연했다.

채윤은 주변에서 저를 향해 속닥거리는 소리를 들었다. 서로 말을 걸어 보라며 등을 떠밀다가도 싫다고 무리를 지어 사라지기를 반복했다.

"강세온 왔냐, 안 왔냐?"

여자 무리들에서 익숙하지만 그다지 반갑지는 않은 이름이 들려왔다.

"아직 안 왔네."

"확신해?"

"당연하지. 걔가 좀 튀냐? 여기 있는 애들 다 오징어로 만들어 버릴 정도로 왔으면 후광이 날 텐데, 안 나잖아."

"하긴. 아니, 근데 강세온 걔는 대체 뭘 먹기에 매일 외모 리즈 갱신이냐."

"내 말이."

채윤은 주위를 살펴보았다. 몇몇 여자들이 어딘가를 기웃거리는 모습이 전부 세온을 찾고 있는 것처럼 보였다. 관심을 끄며 채윤은 샴페인을 향해 손을 뻗었다. 인사만 하고 오라고 했던 재완은 보이질 않았다. 샴페인을 한 모금 마셨다. 달달한 사과 향이 입 안 가득 퍼져 나가고 있을 때, 얼굴 위로 까만 그림자가 드리워졌다. 시선을 옮겨 보니 난생처음 보는 남자가 서 있었다.

"안녕? 난 3학년 김진우. 너 HC그룹 최 회장님의 하나밖에 없는 손녀 이채윤 맞지? 2학년."

"……어떻게 아셨어요?"

"이번에 전학 온다고 들었어. 여기 파티 참석하는 사람들 얼굴 내가 다 아는데, 너만 처음 보는 얼굴이라서 딱 네가 채윤이라는 걸 알게 됐지."

"아, 네."

처음에는 머리를 말리지 않은 건가, 생각했다. 그런데 자세히 보니 머리가 축축해 보일 정도로 왁스를 들이붓다시피 머리를 만진 거였다. 전체적으로 김진욱이라는 사람은 능글맞은 인상이었다. 처음 만남부터 반말을 찍찍 내뱉는 것도 마음에 들지 않았다.

"최 회장님이 워낙 미인이셔서, 손녀딸도 예쁘겠구나 생각했는데. 너 생각 이상으로 예쁘다. 다 예쁘네."

그리 말하며 눈을 슬쩍 위아래로 훑는 것이 불쾌하고 가소로워 보였다. 이런 시답지 않은 발정난 놈이 눈앞에 알짱거리자 가뜩이나 속닥거리는 무리들 때문에 날카로워진 신경이 더욱 긁혔다.

하지만 더 거슬리는 건, 살짝 거리가 떨어진 곳에서 이곳을 노려보고 있던 여자 무리들이었다. 눈이 마주치자 그들은 단체로 몸을 돌려 사라졌다. 분명하다. 저 중 하나가 쥐도 내다 버리고 싶은 이 녀석과 썸을 타고 있든지, 짝사랑을 하고 있든지 둘 중에 하난

하고 있을 것이.

"감사합니다. 그런데 어디 그룹 자제분이세요?"

"아, 나는 TOT그룹, 차남."

"아, TOT그룹. 거기가 우리 HC그룹보다 더 잘나가나요?"

돌려 말하지 않고 직설적으로 묻는 채윤에 진우는 살짝 당황해하는 눈치다.

"어, 그러니까……."

"제가 이쪽과는 별로 관계가 없는 어머니랑 살다가 와서 잘 몰라서 물어보는 거예요. 그러니까 쉽게 말씀해주세요."

싱긋, 웃으며 묻는 채윤에 진우는 큼큼 헛기침을 하더니 어렵게 입술을 떼어 냈다.

"우리가 더 잘나가진 않지. HC그룹은…… 대한민국 경제를 좌지우지한다고 해도 과언이 아닐 정도로 큰 규모의 기업 중 하나니까."

"아. 우리 HC그룹, 생각 이상으로 잘나가는 곳이구나."

마치 다른 집안을 얘기하듯 깊은 깨달음을 얻었다는 듯한 채윤을 보며 진우는 피식, 웃었다.

"앞으로 모르는 거 있으면 오빠한테 물어봐. 친절하게 대답해줄게. 뭐, 심심하거나 다른 거 하고 싶을 때 와도 되고."

진우가 제 휴대전화를 내밀며 자신감에 찬 얼굴로 말했다. 채윤이 그런 휴대전화를 멀거니 내려다보다가 받았다. 번호를 누르는가 싶더니, 갑자기 그것을 테이블 위에 있는 물이 찬 꽃병에 집어넣었다.

"너, 너 지금 뭐 하는 짓이야?"

붉으락푸르락한 얼굴을 하고서는 자신을 노려보는 진우를 향해 채윤은 여전히 입꼬리에 웃음기를 머금고 말했다.

"그쪽보다 잘난 그룹의 하나밖에 없는 손녀딸 몸을 그렇게 위아래로 훑어보니까 기분이 엿 같잖아요. 감당하실 수 있어요?"

살벌할 정도로 아주 나지막한 저음의 목소리였다. 진우는 입꼬리는 웃고 있지만 눈빛은 저를 사납게 올려다보고 있는 채윤이 섬뜩해 보이고, HC그룹의 후폭풍이 있을 수도 있다는 생각에 뒤로 주춤 물러섰다. 그러고서는 다급하게 몸을 돌려 채윤에게서 멀어졌다.

"서재완은 어디에 있는 거야, 대체."

여전히 나타나지 않는 재완에 채윤이 툴툴거리며 걸음을 옮겼다. 수영장이나 아래 연회장 근처, 호텔 로비까지 찾아봤지만 재완은 보이지 않았다. 그러다 볼일을 보고 싶어 연회장 2층에 있는 화장실로 향했다.

"야, 아까 봤니?"

채윤이 볼일을 보고 나가려던 찰나에 구두 굽 소리와 함께 여자의 앙칼진 목소리가 들렸다.

"응. 봤어. 어떻게 파티에 들어온 지, 10분도 안 돼서 그새 남자가 꼬여?"

"진우 선배 아주 난리가 났더라. 인경이 너 괜찮아?"

"……그 소문 사실인가 봐."

"무슨 소문?"

"걔네 엄마, 술집 여자라는 소문 있었잖아. 처음에 걔네 아빠가 들락날락했던 룸살롱에서 만난 여자였다고, 근데 걔네 엄마가 임신을 하는 바람에 결혼을 하게 되었다고."

"아, 맞아. 그런 소문 있었지."

"그 피가 어디 가겠어? 창녀 피."

소란 같은 거 피우고 싶지 않았다. 가뜩이나 저를 못마땅하게 여기고 있는 집안 어른들에게 흠 잡히는 짓은 하고 싶지 않았다. 하지만 돌아가신 엄마를 알지도 못하는 것들이 저렇게 능멸하는 것은 그냥 넘어갈 수 없었다.

쾅!

소리와 함께 거칠게 문을 열고 나온 채윤은 거침없이 그들에게 다가가 손을 뻗어 머리끄덩이를 잡았다.

"악!"

아무 태세도 없이 순식간에 채윤에게 머리끄덩이가 잡힌 여자가 고함을 지르며 발버둥을 쳤지만, 악착같은 채윤의 손아귀를 벗어날 수는 없었다. 채윤은 자신을 말리려는 다른 여자들까지 뿌리치고는 칸 안으로 들어가 문을 걸어 잠갔다. 그러고는 변기통 뚜껑을 열어 여자의 얼굴을 처박았다.

"미친년아, 네가 뭘 알아. 네가 우리 엄마에 대해서 뭘 안다고 지껄이냐고!"

"이거 놔, 놔아! 너 내가 누군 줄 알고 이래? SDG그룹이라고!"

"문 열어, 야! 문 열라고!"

"유진아, 유진아!"

변기 앞에서 발버둥 치는 여자와 칸막이 밖의 소란은 그야말로 총체적 난국이었다.

"사과해. 우리 엄마한테, 나한테 사과하라고!"

"싫어. 내가 왜!"

"싫어? 그래, 그럼. 사과하고 싶도록 만들어 줄게."

결국 악바리인 채윤이 이겼다. 양손으로 있는 힘껏 얼굴을 밀었고 결국 유진이 '어푸푸푸푸' 괴로운 소리를 내며 얼굴이 처박혔다. 유진은 살려 달라는 말을 대신하듯, 손으로 변기통을 마구 내리쳤다. 채윤이 머리끄덩이를 잡고 일으켰다.

"푸하!"

유진이 눈물과 변기물이 범벅이 된 얼굴로 숨을 거칠게 몰아쉬었다.

"사과해. 취소해. 우리 엄마는 그런 사람 아니니까."

"또라이 같은 년!"

고함을 내지른 유진이 또다시 제 머리에 채윤의 힘이 들어가자 두 눈을 질끈 감고 다급하게 외쳤다.

"미안해!"

"……."

"미안하다구……."

자존심이 미칠 듯이 상했지만 다시 변기통에 얼굴이 처박히며 죽을 것 같은 고통과 괴로움을 느끼고 싶지는 않았다. 채윤은 거칠게 유진의 머리를 놓고 칸에서 나왔다. 악다구니를 쓰며 친구를 구할 것처럼 들던 그들은 막상 채윤이 나오자, 겁먹은 얼굴을 하고서는 슬금슬금 물러섰다.

"한 번만 더 그따위 말들 지껄이고 다녀 봐. 그땐 이 정도로 안 끝내."

경고를 하고 화장실을 나서는데, 그 앞에서 반갑지 않은 얼굴을 보게 되었다. 세온. 재완이 찾으러 간 그 애였다. 그 애는 처음부터 끝까지 상황을 지켜본 것 같았지만 별 관심이 없는 건조한 눈빛을 하고서는 채윤을 응시했다.

"재완이 어디 있어?"

시간이 꽤 됐으니 당연히 재완이와 만났을 거라 생각하고 물어본 질문이었다.

"서재완을 왜 나한테서 찾아. 너하고 왔을 거 아니야."

아직 둘이 못 만났구나.

채윤은 대꾸도 하지 않고 그대로 세온을 지나 연회장 안으로 들어갔다. 재완이를 찾아야 했다. 더 이상 이 파티장에 있고 싶은 기분이 아니었다. 집으로 돌아가고 싶었다. 아니, 집으로 돌아가고 싶은 것보다 그냥 재완이와 이곳을 빠져나가고 싶었다.

채윤은 연회장을 다시 나왔다. 재완은 수영장에서 돌아다니고 있었다. 자신을 찾는 듯했다. 재완을 발견한 채윤이 곧장 수영장으로 향했다.

"서재……!"

재완이를 부르려던 채윤의 입으로 물이 한 움큼 밀려들어 왔다. 누군가가 뒤에서 채윤을 밀었고 몸이 순식간에 수영장으로 빠져버린 거였다. 수영을 할 줄 모르는 채윤은 살기 위해서 발버둥을 치다 넘실거리는 물 위로 흠뻑 젖은 유진이 보였다.

저게 민 것이 확실하다. 저걸 움직이지도 못할 정도로 맥을 빼놓았어야 하는데.

입과 코로 거침없이 들어오는 물로 인해 격한 고통을 느끼는 와중에도 억울해서 미칠 것 같았다. 채윤은 발버둥을 쳤다.

살려 줘, 살고 싶지 않은데.

살아야 해. 그러니까, 제발 누가 나 좀 살려 줘.

점점 혼미해지는 정신 속으로 그렇게 외치고 있는 도중에 누군가가 수영장으로 뛰어들었고 제 몸을 감싸는 것이 느껴졌다. 겨우 눈을 떠서 확인해 보니 재완이었다.

재완이 채윤의 어깨를 잡고 흔들었지만, 여전히 코와 입으로 들어오는 물로 인한 괴로움이 채윤을 짓눌렀다.

재완아.

이름을 부르고 싶은데, 말이 나오지 않았고 정신이 점점 혼미해지는 것 같았다. 채윤이 막 정신을 잃기 직전에 수영장으로 또 한 번의 큰 파동이 일으켜졌다.

정말이지, 정신이 번쩍하고 돌아왔다.

아주 찰나의 순간 죽었다가 다시 태어났다고 해도 과언이 아닐 정도로 희귀한 경험이었다. 눈을 뜬 채윤은 곧바로 누군가에게 와락 끌어 안겨졌다. 굳이 확인을 해 보지 않아도 그 사람이 재완이라는 걸 알았다.

"다행이다, 다행이야."

재완이 불안정한 호흡을 내뱉으며 채윤을 끌어안은 채로 머리를 쓰다듬었다. 모여 있던 사람들이 하나둘씩 흩어지고 채윤은 재완의 품에 안겨 수영장을 빠져나왔다.

"이대로 집에 못 가……."

채윤이 재완의 품에서 죽어 가는 목소리로 중얼거렸다. 물론 오늘 있었던 일이 소문은 나겠지만 이렇게 물에 빠진 생쥐 꼴을 보이고 싶지 않았다. 가더라도 정신을 좀 차리고 가고 싶었다.

"알았어. 위에 올라가서 좀 쉬고 옷도 갈아입고 가자."

기업 자제이기도 하고 상황이 상황이니만큼, 호텔 방을 잡을 수 있었다. 재완은 채윤을 널찍한 침대 위에 조심스럽게 눕혀 주었다.

"쉬고 있어. 갈아입을 옷 사 올게."

돌아서는 재완의 옷자락을 채윤이 겨우 손을 올려 잡았다. 재완의 옷도 제 옷만큼 축축하게 젖어 있었다.

"……바보야. 그러고 나가면 사람들이 너 이상하게 쳐다볼 거 아니야."

"상관없어. 쉬고 있어. 금방 올게."

그때 문이 열리고 안으로 세온이 들어왔다. 그의 손엔 쇼핑백이 들려 있었다. 무심하고 거칠게 바닥에 쇼핑백을 집어 던지듯 놓았다.

"고마워, 세온아."

쇼핑백을 확인한 재완이 세온을 향해 말했다.

"채윤아, 옷 갈아입고 쉬자."

재완이 쇼핑백 하나를 건넸고 침대에 누워 있던 채윤은 그것을 받아 들고 욕실 안으로 들어갔다. 상태는 정말 엉망진창이었다. 몸에 기분 나쁘게 달라붙은 원피스를 벗고 미적지근한 물로 샤워를 했다. 그제야 경황이 조금씩 돌아오는 것 같았다. 앞으로 이런 일이 발생하지 않을 거라고 장담하지 못하지만 그때도 이렇게 너무 감정에 앞서서 행동을 하면 안 된다고, 스스로를 질책하고 달래며 샤워를 끝냈다.

채윤이 세온이 사다 준 검은색 면 티에 바지를 입고서는 밖으로 나왔다. 당연히 갔을 줄 알았던 세온은 여전히 그 자리에 있었다.

“나도 얼른 갈아입고 나올게.”

재완이 쇼핑백을 들고 안으로 들어갔다. 불편한 적막. 젖은 머리를 말리기 위해 드라이어 쪽으로 향하던 채윤이 걸음을 멈춘 건, 뒤에서 들려오는 세온의 차가운 음성 때문이었다.

“나대지 마.”

채윤이 돌아서 세온을 응시했다.

“뭐라고?”

“네가 나대서, 서재완…… 뒤질 뻔했잖아.”

창문 난간에 삐딱하게 기대고 서 있던 세온이 채윤의 지척까지 다가와 섰다.

“몰랐어? 저 새끼 수영 못하는 거?”

정신을 잃기 직전, 물의 커다란 파동이 한 번 더 느껴졌었다. 지금 이렇게 정신을 차리고 보니 세온의 머리와 옷이 젖어 있었다.

너였구나. 마지막에 뛰어든 사람.

한마디로 자신과 재완이를 구한 사람은 세온이었다.

“너 때문에 서재완 다치면, 그래서 행여나 서재완한테 무슨 일 생기면.”

세온이 상체를 낮추어 마치 채윤을 날카로운 창으로 찌르듯 바라보았다.

“넌 내 손에 죽는 거야.”

지지 않고 바라보았다. 피하지 않고 끝까지 응수했다. 서로를 향해 으르렁거리던 눈빛이 거두어진 건, 욕실 문이 열리고 재완이 나온 후였다.

“세온이 너도 갈아입어.”

젖은 머리를 수건으로 탈탈 털며 재완이 말하자, 세온이 바닥에 마지막으로 남은 쇼핑백을 거칠게 들고 안으로 들어갔다.

"왜 그러고 서 있어? 이리로 와. 머리 말려 줄게."

세온이 들어간 욕실 안에서 곧 물줄기가 떨어지는 소리가 들려왔다.

"걔 좀 이상해."

채윤이 화장대 의자에 앉자, 재완이 드라이어 코드를 꽂았다.

"낯가림이 심해서 그렇지, 절대 이상한 애 아니야. 그리고 오늘 우리 두 사람을 구해 준 것도……."

"알아. 걔인 거. 근데, 재완아."

채윤이 몸을 돌려 재완을 올려다보았다. 빗나가는 추측일 수 있다. 괜히 섣불리 말을 했다가 민망해지는 일이 생길 수도 있었다. 그래서 채윤이 목구멍까지 나왔던 말을 마른침과 함께 삼켜 넘기며 몸을 다시 돌렸다.

"아니야."

"뭔데? 말해 봐."

"아니야. 정말. 아무것도."

"싱겁기는. 그럼 머리 말린다."

윙윙위윙, 요란한 소리와 함께 뜨거운 바람이 나오고 부드러운 재완의 손길이 채윤의 머리를 헝클어트렸다.

그래, 괜히 예민하게 반응한 것일 수도 있어……. 그래.

그렇게 단념하며 채윤은 재완에게 머리를 맡기고 조용히 눈을 감았다.

2. 우리가 머금고 있던 온도는 불행히도 같았다

파티에서 있었던 일은 다음 날 지체 없이 가족들의 귀에까지 들어갔다. 그래서 채윤은 아침부터 제대로 잠에서 깨어나지 못한 상태로 거실에 소환되다시피 앉아 있어야 했다.

"미쳤어. 네가 지금 제정신이야? 깡패야, 뭐야. 그 자리가 단순히 애들 놀러 가는 자리인 줄 알고 그런 일을 저지른 거야? 대체 서재완은 같이 가서 뭘 한 거야?"

아버지 전규가 펄쩍 뛰며 윽박지르듯 물었다. 최 회장은 오늘도 감정을 읽을 수 없는 무미건조한 얼굴을 하고서는 빳빳한 자세를 유지하며 침묵했다.

"네가 그런 만행을 저지르면 누구 얼굴에 먹칠을 하는지 몰라서 그런 거야? 네 아버지, 네 할머니, 더 나아가 HC그룹에 먹칠을 하는 거라고."

아버지 역할을 한 번도 제대로 해 준 적도 없으면서 스스로가 '아버지'라고 말을 하고 있는 모습이 기가 찼다. 진짜 아버지였다면, 왜 그랬냐고 물에 빠져 많이 놀라지 않았냐고 차분하게 말을 들어 주고 걱정을 먼저 해 줬을 거였다.

하지만 상대방은 핏줄만 이어진 남자일 뿐이었다. 약혼녀와 격하게 싸운 후 술을 마시고 집에서 일을 하는 직원과 하룻밤 쾌락을 즐기고 임신을 시켜 놓곤 다시 화해를 한 약혼녀와 결혼을 하겠다고 아이까지 낳은 여자를 눈 하나 깜빡이지 않고 매몰차게 버렸던, 인간 망종이었다.

저 인간에게 그런 걸 바라다니, 스스로도 참 우스워지는 채윤이었다.

"이 일로 하여금 우리 HC그룹의 이미지가 어떻게 됐는지 알아? 정말 네가 내 딸이라는 것이 창피하구나."

딸이고 싶지 않다. 채윤도 저런 남자를 아버지를 두고 싶은 마음은 조금도 없었다. 하지만 부모를 선택할 수가 없었으니 억울할 뿐이었다.

"학교를 들어가기도 전에 이렇게 말썽을 피우면, 대체 학교를 들어가면 얼마나 말썽을 피우려 그러는 거야? 얌전히……!"

"걔들이 먼저 심한 말을 했어요!"

더 이상 참고 싶지 않아, 전규의 말을 끊고 쏘아붙였다. 전규는 몸이 부들부들 떨릴 정도로 분노에 차 있는 딸을 살짝 긴장한 모습으로 바라보았다.

"내 엄마를 욕 보였어요! 그러고도 가만히 있는 자식이 어디 있어요!"

그때까지도 최 회장은 아무 말 없이 허공을 응시하고 있었다.

아무 반응이 없는 시어머니와 저 어린 딸에게 긴장을 하는 남편을 보며 혜련은 깊은 한숨을 내쉬며 얼굴에 잠시 짜증을 드리웠다가 거두었다. 그걸 눈치챘는지, 전규가 긴장감을 거두어 내고 붉으락 푸르락한 얼굴을 했다.

"여기가 어디라고 감히 큰소리야? 그리고 네 어머니는 단 한 분이야. 지금 네 앞에 앉아 계신……!"

듣기 싫었다. 채윤은 이 자리에 더는 앉아 있고 싶지 않아 벌떡 일어섰다.

"앉아!"

"제가 반성하길 바라시는 거죠?"

"이채윤!"

귀를 찌르는 것 같은 전규의 고성에도 최 회장은 눈 하나 깜빡이지 않는다. 정말 대단한 사람이라는 생각이 들었다.

"망나니처럼 굴지 말고 당장 앉아. 어디서 못돼 처먹은 것만 배워 가지고!"

"제 어머니에 대해서 함부로 말씀하지 마세요."

"내가 몇 번을 말해, 네 어머니는……!"

전규와 채윤의 감정이 극에 다다르자, 여태 침묵으로 일관하던 최 여사의 입술이 떨어졌다.

"앉거라."

"후회하지 않아요. 그래서 반성 따위 하지 않을 거예요. 그러니까 아무도 제게 반성을 강요하지 마세요."

채윤은 그대로 자리에서 벗어나 본관을 뛰쳐나왔다. 미친 듯이 달리고 싶었다. 숨이 턱 끝까지 차오르는 고통만 느끼느라, 아무것도 생각이 나지 않을 정도로 달리고 싶었다. 그렇게 정원을 가로질러 길게 뻗어 있는 길을 달려 철제문으로 되어 있는 대문까지 달려왔다. 아직 숨이 덜 차올랐는데, 채윤을 멈추게 한 건 뒤에서 저를 붙잡은 누군가의 손길 때문이었다.

"채윤아."

자신을 유일하게 따라와 준 사람은 재완이었다.

"지금 여기서 나가고 싶어. 갑갑해."

재완이 손을 뻗어 걸어 잠겨 있던 철제문을 열었다.

"그래. 나가자."

그리고 나머지 한 손으로 채윤의 손을 잡고서는 밖으로 나섰다. 채윤이 다시 뛰었다. 그 뒤를 재완이 함께 따라가 주었다.

무작정 뛰다가 더 이상 뛰면 죽을지도 모른다는 고통이 느껴질 때, 두 사람의 뜀박질이 멈추었다. 그들은 잠시 상체를 수그리고 거친 숨을 가다듬었다. 붉어진 얼굴, 멋대로 흘러내리려는 타액, 살결을 찢고 나올 것같이 거칠게 뛰는 심장, 후들거리는 다리.

결국 채윤은 참지 못하고 그 자리에 주저앉아 버리고 말았다.

"아, 너무 힘들어. 미치겠어."

길바닥에 다리까지 뻗어서는 숨을 몰아쉬던 채윤은 지나가는 사람들의 시선이 제게 쏠리고 있다는 것이 느껴졌다. 하지만 다리에 힘이 너무 풀려 버린 탓에 쉽게 일어날 수가 없었다.

"창피해?"

"아니."

재완은 괜히 하는 소리가 아니었다. 채윤의 앞에 같이 쭈그리고 앉아 시선을 마주쳐 주고 있으니 말이다.

"하나도 안 창피해."

제 티셔츠를 끌어다가 채윤의 관자놀이에 흐른 땀을 가볍게 닦아 주며 환하게 웃어 준다. 채윤은 수분이 전부 날아가 버린 후, 챙겨 주지 않아 심술을 부리는 육체를 달래 주기로 했다.

"목말라. 너무 뛰었더니, 정말 목구멍이 메말라서 찢어지는 것처럼 갈증 나. 그리고 너무 배고파."

"뭐 좀 먹을까?"

"응."

채윤이 당당하게 고개를 끄덕였다. 자리에서 일어나던 재완이 바지에 손을 집어넣더니 당황스러운 표정을 지어 보인다. 채윤이 의아해하며 올려다보다가 천천히 일어섰다.

"왜 그래?"

"……그냥 뛰쳐나오느라 돈도 카드도 못 챙겼는데 이거 하나 있네."

재완이 꺼낸 건 휴대전화였다. 그러고 보니 자신은 그것조차도 챙겨 나오지 않고 그냥 재완의 손만 붙잡고 뛰쳐나왔으니 할 말이 없었다.

"집에 들어가고 싶지는 않지?"

"응…… 적어도 지금은."

"잠깐만."

휴대전화를 살피는 재완에 채윤은 느낌이 좋지 않았다.

"누구 부르는 거야?"

"세온이한테 부탁 좀 하려고."

'너 때문에 서재완 다치면, 그래서 행여나 서재완한테 무슨 일 생기면, 넌 내 손에 죽는 거야.'

어제 호텔에서 저를 보며 살벌하게 경고하던 세온의 모습이 떠올랐다. 그 일을 겪고 나서 도움을 청하는 입장이 되고 싶지는 않았다.

"나 걔 좀 불편해. 그냥 아무것도 안 먹어도 되니까 부르지 마."

"나하고 엄청 친한 친구인데도 불편해?"

심술이 난 아이를 달래는 듯한 다정한 말투. 재완이 좋아하는 친구이니까 함부로 싫다고 대답을 할 수가 없는 상황이었다.

자신에게 못되게 구는 사람에겐 못되게 굴 수 있어도, 자신에게 잘 대해주는 사람에겐 못되게 굴지 못하는 것이 대부분의 사람이 가지고 있는 심리다. 지금 상황이 채윤에게 그랬다. 재완에게만큼은 상처를 주고 싶지 않았고 최대한 못된 말을 하고 싶지 않았다. 저를 위로해주고 달래 주는 유일한 사람이니까.

"세온이 정말 좋은 친구야."

재완이 입장에선 충분히 그렇게 여길 만도 했다. 자신을 살리겠다고 수영장에 뛰어들 정도였으니 말이다. 더군다나 뒤에서 재완이에게 무슨 일이 생긴다면 가만두지 않겠다고 엄포를 놓을 정도니 친구에 대한 우의가 매우 두텁다는 걸 충분히 알 수 있었다.

뭐, 다른 감정으로 그런 거라면 난감하지만.

"세온아, 지금 뭐 하고 있어? 응. 나 부탁 하나만 하자."

재완이 갑작스러운 상황에서도 스스럼없이 말을 할 정도면 정말 많이 친한 사이인가 보다, 라는 생각이 스쳤다.

"응. 고마워. 조금 있다가 보자."

재완은 대화를 마무리 짓고 전화를 끊었다.
“세온이 이쪽으로 직접 온대.”
“의외로 되게 적극적이네.”
“‘내 사람이다.’라고 생각하는 사람에겐 그러는 편이야.”
“그렇구나.”
“조금만 참아. 세온이 오면 맛있는 밥 먹자.”
그 뒤로 얼마 기다리지 않아, 택시 한 대가 두 사람 앞에 멈춰 서고 뒷좌석에서 세온이 내렸다. 세온은 내리자마자 주머니에서 지폐를 꺼내 재완에게 건넸다. 전화를 받고 바로 나온 건지, 세온의 옷차림은 회색 추리닝과 슬리퍼로 아주 편안해 보였다.
“고마워, 세온아. 내가 바로 갚을게.”
“됐어. 별것도 아닌데, 뭐.”
세온의 시선이 재완의 옆에 있는 채윤에게로 향했다. 무슨 벌레를 보는 듯한 눈빛에 채윤의 기분이 상하려던 직전에 해맑은 목소리가 가로막았다.
“점심 먹었어?”
“아니.”
“그럼 우리랑 같이 먹고 들어가.”
재완의 제안이 불편해서 채윤은 저도 모르게 얼굴을 굳혔다. 그리고 제 얼굴 위로 세온의 시선이 와 닿는 것이 느껴졌다.
“그럴게.”
싫다고 대답할 줄 알았다. 어제의 껄끄러움이 남아 있었기 때문이었다. 하지만 세온은 무슨 생각인지, 기꺼이 채윤과 재완을 따라나섰다. 허기와 갈증이 져서 눈에 보이는 가장 가까운 국밥집으로 들어갔다. 자리를 잡고 앉자마자 주문을 하고 재완이 일어섰다.
"나 화장실 다녀올게."
재완이 가고 둘만 남겨진 공간.
단순한 침묵보다는 다소 날이 선 침묵이 팽팽하게 이어졌다. 먼저 그 팽팽한 줄을 끊어 버린 건, 세온이었다.
"또 너냐?"
"뭐가?"
"모른 척하네. 서재완이 대책 없이 돈도 안 가지고 밖으로 나올 애야?"
"……."
"왜, 어제 그 일 때문에 아침부터 부모한테 존나 깨졌어? 그래서 빡쳐서 서재완 데리고 집에서 뛰쳐나온 거야?"
또 이리도 민감하고 예민하게 군다. 채윤은 그를 이해할 수 없었다.
"너 재완이를 필요 이상으로 여기고 있다는 생각 안 들어?"
"뭐?"
"재완이 좋아해?"
그 의미를 파악하는 건지, 세온의 매서운 눈매가 잠시 일렁이다가 허탈하게 변해 버린다.
"……이거 미쳤네. 얼마나 정신이 빠졌으면 생각이 그쪽으로 흘러가냐?"
"그러지 않고서야, 이렇게 예민할 수가 있어?"
"예민? 네 하는 짓거리가 어디 예민하지 않게 생겼어? 너 때문에 서재완이 행여나 최 회장님에게 미움이라도 받으면. 서재완이 왜 그렇게 빨리 철들고 공부에 매달리는지 진짜 몰라서 묻는 거야?"

채윤은 누군가가 제 뒤통수라도 가격한 것처럼, 큰 충격을 받으며 깨달았다. 자칫 잘못하여 재완이 제 가족들에게 미움이라도 받으면 좋을 건 조금도 없었다.

피 한 방울 섞이지 않은, 그저 직원의 아들일뿐인 재완이다. 자신이 밉보여 일을 하는 엄마에게 피해를 갈까 봐서, 어린 시절에 생떼 한번 부려 본 적 없는 애였다. 재완은 늘 집에서 조용하고 친절하고 다정하고 겸손한 아이로 살아왔을 거였다.

'미쳤어. 네가 지금 제정신이야? 깡패야, 뭐야. 그 자리가 단순히 애들 놀러 가는 자리인 줄 알고 그런 일을 저지른 거야? 대체 서재완은 같이 가서 뭘 한 거야?'

전규가 했던 말도 떠올랐다. 제 경솔한 행동이 자신에게만 영향을 끼치는 것이 아니라 재완에게까지 번진다고 생각하니 채윤의 마음이 무거워졌다.

"거기까지는 대가리가 안 돌아갔나 봐?"

"……."

"네 사정 따위에는 관심 없어. 그래서 경고하는데 10년도 넘게 연락 한번 안 한 주제에 이제 와서 친구라는 이름으로 서재완 곤란하게 만들지 마."

세온의 서슬 퍼런 경고가 끝나자마자 화장실에 갔던 재완이 돌아왔다. 세온은 의자를 거칠게 밀쳐 내며 일어났다.

"화장실 가게?"

"아니. 집에 가게."

"왜? 밥 먹고 같이 가자니까."

"밥맛이 떨어져서. 그대로 먹다가는 위가 뒤집힐 것 같아."

저를 똑바로 쳐다보며 낮게 포효하듯 말을 이은 세온이 몸을 돌려 가게를 빠져나갔다. 재완은 잠시 몸을 움찔댔지만 세온을 부르지도 잡지도 않았다. 주문한 음식이 나오자 재완은 알뜰하게 채윤을 챙겼다.

"맛있어?"

"응."

재완이 채윤의 입술 옆을 손끝으로 살짝 매만졌다. 그의 손에는 밥풀이 묻어 있었다. 하지만 채윤은 그것에 신경 쓰이기보다는 제 입술에 닿은 재완의 손끝의 감촉에 기분이 이상했다.

"뜨거우니까, 식혀서 천천히 먹어."

"응."

먼저 가 버린 세온이 신경 쓰이면서도 제 앞에서 굳이 표현하지 않는 재완에 채윤도 더는 신경을 쓰지 않기로 했다. 숟가락을 들어 따뜻한 국밥을 입 안으로 밀어 넣었다.

***

세온은 밖으로 나와서도 분이 풀리지 않았다.

그렇게까지 독하게 말할 필요는 없었는데, 친구에 대한 자신의 감정을 그렇게 이상하게 변질시켜 놓은 채윤에 기분이 불쾌했다. 세온에게 재완은 죽은 형과 비슷한 존재였다. 자신을 잘 알아주고 자신과 잘 맞는 유일한 사람. 그래서 재완이 불행해지는 것도 난감해지는 일이 발생하는 것도 싫은 거였다.

그런데 저 여자애가 나타나고 나서부터 종종 재완이 곤란한 상황들이 발생된다. 특히 어제는 이채윤을 구하겠다고 수영장에 무턱대로 뛰어들곤 살기 위해 허우적거리던 재완을 떠올리면 세온은 금방 숨이 막힐 정도로 괴로웠다.

형처럼 재완을 잃고 싶지 않았다. 두 번 다시는 아끼는 사람을 잃고 싶지 않았다. 그래서 저도 모르게 재완에게 집착을 하고 있다는 것은 알고 있지만 절대 이성적인 사랑의 감정 따위는 아니었다.

"또라이 같은 년."

세온은 차오르는 분노를 끌어안고 집으로 돌아와 무작정 운동을 시작했다. 숨이 미치도록 가빠 오고 다리가 후들거릴 정도로. 한마디로 그 불쾌한 것을 신경 쓸 겨를도 없이 몸을 혹사시켰다. 그렇게 땀을 빼고 더는 아무것도 하지 못할 정도가 된 몸을 바닥에 뉘었다. 흉곽이 거칠게 오르락내리락했다. 아무것도 그려지지 않은 천장을 바라보고 있는데 휴대전화가 울렸다.

헤어진 지 벌써 세 시간은 넘은 재완이었다.

"응."

-집엔 잘 도착했고?

"응."

-숨소리가 왜 그래? 무슨 일 있어?

"운동했어. 머리에 잡것들이 하도 싸돌아다녀서. 그래서 아직도 집에 안 들어갔냐?"

-아니. 기분이 좀 나아져서, 집에 들어왔어.

"잘하는 짓이다."

-……비슷해.

"뭐가?"

-너랑 채윤이 말이야, 정말 비슷하다고.

세온의 미간이 확 구겨졌다.

"그런 재수 없는 소리 하지 마."

-왜 재수가 없어. 채윤이 낯가림도 심하고 경계도 심해서 까칠해 보일 수 있지만, 좋은 애야.

"너한테 좋지 않은 애가 있어? 넌 사람들 다 좋다고 하잖아."

-세온아.

"끊어. 샤워할 거니까."

또 한 번 전화가 울렸지만 받지 않았다. 숨은 여전히 진정이 되지 않고 거세게 세온을 위협해 왔다. 세온은 호흡을 가다듬었다. 어쩐지 자꾸만 짜증이 나는 것 같았다.

***

고급 세단이 줄 지어 멈춰 서 있는 학교 앞. 기다리지 않았던 개학날이 왔다.

채윤은 별 영양가 없어 보이는 밖을 바라보다가 옆에 두었던 가방을 어깨에 멨다.

"그냥, 내리자."

채윤은 그대로 문을 열고 내렸다. 재완이 급하게 가방을 챙겨 들고 운전기사에게 인사를 한 후, 채윤을 따라 내렸다. 조금이라도 더 걸으면 다리가 부러지기라도 하는 것처럼 교문 안까지 들어섰다 나오는 차들을 보며 채윤은 고개를 내저었다.

"같이 가."

걸음이 빨랐던 모양이다. 뒤에서 저를 끌어당기는 듯한 재완의 부름에 채윤은 걸음을 늦추었다.

"같은 반 아닌 게 아쉽다."

재완의 말에 채윤이 낮게 고개를 끄덕였다. 집에서는 재완과 같은 반을 넣어 주려고 했지만, 이미 정원이 다 들어찬 반을 들어가는 것은 무리였다.

"자주 놀러 와."

"응. 쉬는 시간마다 놀러 갈게."

"그럴 필요까지는 없어."

어느 대학교 못지않은 넓은 학교 로비로 들어갔다. 엘리베이터 앞엔 학생들이 빼곡히 줄을 서서 기다리고 있었다. 채윤이 중앙에 있는 커다랗고 높은 계단을 눈짓했다.

"계단으로 올라가자."

"그래."

나란히 계단에 한 발자국 발을 내딛는데, 재완이 입술을 떼어냈다.

"아, 채윤아."

"응?"

"우리 가위바위보해서 올라갈까? 예전에 그런 거 많이 했었잖아."

"유치하게."

그냥 돌아서는 채윤을 재완이 가볍게 붙잡았다. 제 손목을 그러잡은 재완의 손이 지극히도 따뜻했다.

"하자. 오랜만에."

"……아무튼 유치한 거 알아줘야 돼."

"내기가 빠지면 재미없잖아. 진 사람이 이긴 사람 소원 들어주기."

"그것도 유치해. 그래도 해 줄게."

말은 억지로 해 준다는 뉘앙스를 풍겼지만, 채윤은 이 유치한 가위바위보를 이기겠다고 손을 꼬아서 공중으로 들어 한쪽 눈을 가리는 포즈까지 취했다.

"가위, 바위, 보!"

채윤은 가위, 재완은 보를 냈다.

"유후."

채윤은 신이 나서는 계단 한 칸을 올라갔다.

***

학교에 도착했다는 운전기사의 말에 세온이 눈을 떴다. 너부러져 있던 가방을 챙겨 들고 차에서 내렸다. 많은 인파 속에서도 단연 눈에 띌 정도로 훤칠한 키와 외모를 소유하고 있는 세온은 수많은 여학생들의 이목을 단숨에 끌었다. 하지만 세온은 그들에게 눈길조차 주지 않고 빠른 걸음으로 학교 건물 안으로 들어갔다.

"가위, 바위, 보! 아싸! 왜 그렇게 못해? 서재완?"

"아, 또 졌네."

엘리베이터로 향하던 걸음이 귓가로 박혀 들어온 이름과 목소리에 멈췄다. 소리가 나는 방향을 보니 중앙 계단에서 재완과 채윤이 가위바위보 따위를 하며 계단을 올라가고 있었다. 별 꼴사나운 짓은 다 한다고 생각하며 몸을 돌려 엘리베이터로 향했다. 3층에 위치한 교실로 들어가자 책상 위에 먹을 것들과 편지가 쌓여 있었다.

또 시작이다, 이런 번거로운 일들.

세온은 책상을 들어 그대로 전부 털어 버렸다. 선물과 먹을 것들이 바닥으로 후두두 떨어진 걸 발로 치우며 자리에 앉아 가방을 대충 걸어 놓고 책상 위로 엎드렸다.

'아싸!'

즐거워하던 채윤의 모습.

'아, 또 졌네.'

채윤만큼 즐거워 보이던 재완의 모습.

이상하게 배알이 꼬인다.

'재완이 좋아해?'

세온은 혐오스러운 눈빛으로 그따위 말을 한 채윤이 떠올랐다.

달라도 너무 달라. 재수 없게.

"강세온."

자신의 어깨를 가볍게 쥐며 옆자리 앉은 인기척이 느껴졌지만 세온은 일어나지 않았다.

"자는 거야?"

재완이 장난을 친다고 세온의 몸을 내리눌렀다. 세온이 거칠게 재완을 뿌리치며 일어났다. 재완은 익숙한 듯 아무렇지도 않아 보였다. 그때 담임 선생님이 들어왔고 아침 조회가 시작되었다.

"방학 때 실컷 놀았지? 이제부터는 빡세게 공부 시작이다. 이제 곧 고3이니까 정신들 바짝 차려야 돼."

담임 선생님은 이것저것 더 공지를 한 후, 탁상 위를 유쾌하게 탁 쳤다.

"반장."

재완이 일어섰다. 인사 후, 선생님이 나가고 자리에 앉아 있던 애들이 흐트러졌다. 재완도 자리에 앉으며 세온의 어깨를 와락 끌어안았다.

"아침 먹었어? 간만에 매점 가자."

"됐어. 안 먹어."

"아침부터 우리 강세온이 기분이 안 좋네? 악몽이라도 꿨어?"

세온은 대답 대신 다시 책상에 엎드리려고 했지만, 재완이 방해를 해서 그럴 수 없었다.

"가자, 어? 나도 아침 제대로 못 먹고 왔단 말이야. 배고파."

재완이 유치하게 옆구리를 간지럽히는 바람에 세온이 몸부림을 치다가 결국 어이없는 웃음이 터져 버리고 말았다.

"매점 가자. 진짜 출출해."

세온은 못 이기는 척 일어나 재완과 교실을 나왔다. 매점으로 향하는 복도를 쭉 걸어가다가 재완이 한 교실 앞에 멈췄다.

"채윤이 3반이야."

"어쩌라고."

"인사하고 가."

"싫어."

다시 걸음을 옮기려는 세온을 재완이 잡아 세웠다.

"친해졌으면 좋겠어. 너랑 채윤이."

'재완이 좋아해?'

"왜?"
"음, 너는 내가 가장 좋아하는 친구고 채윤인……."
재완이 말을 잇지 않고 슬쩍 웃는다. 뒷말을 듣지 않아도 알 수 있었다. 재완은 채윤을 여자로서 좋아하고 있다는 것을.
"난 걔랑 친구 안 해. 그러니까 너도 헛바람 같은 거 갖지 마."
친구 사이를 이상하게 오해한 채윤과 친해지는 건, 불가능한 일이다. 세온이 매점 쪽으로 걸음을 옮겼다. 재완은 잠시 안을 바라보고 나서 세온을 따라갔다.

***

채윤은 조회가 끝나고 재완이에게 가 볼까 했지만 갔다가 저를 째려보고 못마땅해하는 세온을 마주하는 것이 귀찮아서 교실에 남기로 했다.
주변에서 연신 힐끔거리고 속닥거리며 손가락질까지 하는 것이 고스란히 느껴졌지만, 전학 온 첫날부터 사고를 칠 수는 없으니 최대한 신경을 쓰지 않으려 노력했다. 수업 시간이 될 때까지 자려는 생각으로 책상에 막 엎드릴 때였다.
"오빠, 쟤야. 쟤. 이채윤."
억울해 죽겠다는 음성으로 제 이름을 언급한 애가 누구인지 확인을 하기 위해 몸을 일으킨 순간, 채윤은 '억!' 소리를 내며 명치에 극한 고통을 느꼈다. 걷어찬 책상의 단면이 채윤의 명치를 세게 쳤기 때문이었다.
"너냐? 네가 내 동생을 파티에서…… 후……."

화를 참을 수 없다는 듯이 붉으락푸르락한 얼굴을 한 남자는 말을 차마 다 잇지도 못했다. 생각을 하면 부아가 치밀어 오르고 수치스러운 모양이다. 남자는 꽤나 많은 인원을 대동해 왔다. 제 친구들과 여동생의 친구들까지.

찌질해 보였다. 그러면서 온갖 센 척은 다 하는 꼴이 우스워 보이기도 했다.

"아, 네. 저예요. 그쪽 여동생 변기통에 머리 처박은 애."

"야! 그 입 안 닥쳐?"

남자는 또 한 번 책상을 걷어찼고 이번엔 아까보다 더 강한 힘이 실렸는지, 채윤이 그대로 의자와 함께 자빠지고 말았다. 시끄러웠던 교실이 찬물을 끼얹은 것처럼 고요해졌다. 바닥에 자빠지면서 팔과 다리가 쓸려 상처가 나면서 피가 살짝 고였다.

사고를 친 지 얼마 되지 않았다. 또 사고를 치면 보기도 싫은 그 사람들에게 듣고 싶지 않은 말을 또 듣게 될 게 뻔했다.

참자. 그래, 이번만은 참자.

"내 동생한테 당장 사과해."

하지만 싫은 건, 싫은 거였다.

"싫어."

"진짜 너 겁나 처맞고 싶냐?"

분노조절 장애인지, 남자는 기어코 바닥에 쓰러져 있는 채윤의 머리끄덩이를 잡았다. 바닥에 쓸린 상처도 아프고 남자가 억세게 잡은 머리카락도 두피가 다 뜯겨지는 것처럼 아팠다. 울고 싶지 않은데, 몸의 고통은 정신의 협박을 들어주지 않고 기어코 눈에 눈물을 맺히게 만들었다.

"여기 애들 다 보는 앞에서 망신 한번 제대로 당하고 싶어?"

채윤은 아랫입술을 지그시 깨물며 붉게 물들인 눈으로 남자를 노려보았다. 남자가 또 한 번 머리끄덩이를 세게 움켜잡을 때, 누군가가 외쳤다.

"선, 선생님 오신다!"

희미하게 얼른 교실에 들어가라는 선생님의 목소리와 각자 교실로 흩어지는 어수선한 소리가 들렸다.

"너 앞으로 두고 보자."

남자는 거세게 머리카락을 놓아 주고 교실을 나갔다. 선생님이 들어오고, 갑작스럽게 교실에서 일어난 폭행에 겁을 먹어 얼어붙어 있던 아이들이 하나둘씩 자리에 앉았다. 바닥에 엎드려 있던 채윤도 일어나서 책상에 앉았다. 여전히 명치가 얼얼하고 팔과 다리가 욱신거리고 쓰라렸다.

"양호실, 4층 오른쪽에 있어."

수업 시간이 끝나갈 때쯤, 짝꿍이 슬쩍 말해주었다. 교복에 상처가 계속 쓸려서 더 아픈 것 같았다. 채윤은 짝꿍이 알려 준 양호실로 가서 밴드와 연고를 얻어 화장실로 들어가 발랐다.

"후우……. 첫날부터 이게 뭐야."

가뜩이나 평탄치 않은 인생, 학교에서까지 엉망진창이 될지도 모른다는 생각에 채윤의 한숨은 그 어느 때보다 무겁고 깊었다.

***

집에 들어가고 싶지 않았다.

집에만 있어야 하는 방학 때는 어쩔 수 없지만, 이렇게 개학을 해서 바깥에 있는 시간이 많을수록 더욱 평온하다는 것을 알기에 세온은 최대한 늦게 집에 가고 싶었다. 적어도 엄마가 술에 취해 잠이 든 후에.

"농구 한 판 해."

그래서 종례가 끝나고 가방을 챙기는 재완에게 툭, 하고 내뱉었다.

"농구?"

평소 같으면 바로 그러자고 했을 재완이 망설인다. 이채윤 때문이겠지.

"됐어."

치밀어 오르는 짜증을 고스란히 노출시키며 가방을 거칠게 챙겨 드는 세온을 재완이 붙잡았다.

"되긴 뭐가 돼. 농구 한 판 하고, 햄버거까지 먹고 들어가는 걸로, 콜?"

"안 내키잖아. 이채윤 때문에."

"……채윤이랑 같이 가야 하니까 잠시 망설이긴 했는데, 괜찮을 것 같아. 어차피 채윤이도……."

재완은 말을 하다 말고 잠시 허공을 멍 하니 응시하더니 이내 입가에 옅은 미소를 띠었다.

"햄버거 좋아하거든."

느낌상 알 수 있었다. 결코 재완이 이으려던 말이 햄버거가 아니라는 것을. 자신이 햄버거를 먹으려고 농구를 하는 것이 아니듯, 정말 농구가 하고 싶어서 집에 가지 않으려고 하는 것이 아니듯.

그래서일까, 아주 미묘한 감정이 미세하게 퍼져 나갔다.

그냥, 그런 느낌이 들었다.

***

"농구?"

반문을 하며 채윤은 저도 모르게 재완의 어깨 너머에 고집을 피우는 아이처럼 서 있는 세온에게 시선을 옮겼다. 마치 농구하는 것을 허락하지 않으면 농구공으로 널 맞혀 버리겠다, 라는 의미를 담은 것 같은 눈빛에 채윤은 피식, 웃어 버렸다.

세상에 무서운 거 하나 없다. 그저 귀찮은 것만 있을 뿐.

"그래. 같이 가자."

어차피 집에 가 봤자 뭐 딱히 할 일도 없고, 재완이 없으면 지루하고 불편하기만 하다. 그래서 흔쾌히 승낙을 하며 두 사람을 따라 나섰다. 학교 뒤편에 위치한 커다란 강당으로 향했다. 안에서는 이미 남자아이들이 농구를 하고 있었지만, 두 사람이 등장하자 갑자기 급하게 경기를 마무리 짓는 분위기를 풍겼다.

"위에 올라가서 구경해."

재완이 강당 위의 관중석을 눈짓하며 말했다. 앉아 있을 곳이 없어 채윤은 위로 향했다.

"강세온 선배잖아?"

"우리 오늘 완전 땡 잡았다. 여기 오길 잘했어."

"저 피지컬 무엇?"

관중석에 있던 여자아이들의 소란스러움을 뒤로하고 채윤은 구석에 앉았다. 여자아이들이 전부 세온에 대해서 얘기를 하고 있었지만, 채윤의 눈에는 재완이 훨씬 더 잘 띄고 멋있었다. 재완이 가볍게 손을 흔들어 인사했다. 채윤도 그에 응답하듯, 손을 흔들어 주었다.

퉁, 퉁.

한 손으로 농구공을 드리블하고 있는 세온의 시선이 자신과 재완을 번갈아 쳐다보다가 이내, 예고도 없이 공을 재완에게 던져 버렸다.

"강세온?"

채윤과 눈을 마주치고 있던 재완이 제 어깨 쪽으로 날아온 농구공에 당황해하며 냉큼 몸을 돌려 잡았다. 재완의 관심과 시선이 제게서 떨어져 세온에게로 향했다. 두 사람이 서로 어깨를 부딪치고 밀치고 가볍게 뛰어다니며 농구를 했다. 채윤은 재완을 응원했지만, 세온은 너무 월등한 실력을 가지고 있었다. 악바리 근성으로 승부욕이 꽤나 센 듯 보였다.

얼마간의 시간이 흘렀을까.

두 사람의 몸이 땀으로 흠뻑 젖고 나서야 농구는 끝이 났다. 세온을 구경하려고 남아 있던 여자아이들도 일어서고 채윤도 일어나 아래로 내려갔다.

"끝났어?"

차갑고 딱딱한 강당의 맨바닥에 누워 있는 재완에게로 다가가 물었다.

"응. 그런 거 같아. 후…… 나는 언제쯤 강세온 이기려나."

재완이 목까지 차오르는 숨을 헐떡이며 말했다.

"못 이길걸. 아마, 평생."

세온은 천장을 보며 호흡을 가다듬었다. 나란히 누워 있는 두 사람을 바라보고 있던 채윤이 자리에서 벌떡 일어났다.

"배고파."

"계속 가만히 앉아서 보기만 하고 있던 게."

여전히 천장을 보며 세온이 무미건조한 목소리로 말했다. 눈으로도 시비를 거는 세온은 입을 열면 싸움에 기름을 붓는 격이다. 채윤은 제 발 밑에 있는 농구공을 들어 세온의 배 쪽으로 살짝 집어 던졌다.

윽!

농구공으로 배를 맞은 세온이 앓는 소리를 내며 벌떡 일어나 살벌한 눈으로 노려보았다.

"화내지 마. 일어나기 힘들어하는 거, 일으켜 준 거니까."

채윤이 능청스럽게 말을 하고서는 재완에게 손을 내밀었다.

"배고파. 햄버거 먹으러 가자."

재완이 웃음을 잔뜩 참는 얼굴을 하고서는 채윤의 손을 잡고 몸을 일으켰다.

"가자, 세온아."

여전히 농구공을 잡고서는 짜증스러운 표정을 하고 있는 세온을 재완이 달래듯 일으켜 세웠다. 채윤은 뒤에서 저를 따라오는 두 사람의 발걸음 소리를 들으며 걸음을 옮겼다.

***

시내에 위치한 햄버거 가게.

"뭐 먹을까?"

재완의 말에 모두가 메뉴판을 바라보았다.

"난 새우 들어간 햄버거에 초코라테 먹을래."

"듣기만 해도 토 나온다. 그 조합."

채윤의 선택에 세온이 딴지를 걸었다.

"지 먹으라는 것도 아닌데, 뭔 상관."

"채윤이 넌 어렸을 적부터 초코 우유 참 좋아했는데, 아직도 좋아하는 것 같아."

부드러운 재완의 목소리에 채윤의 감정이 그나마 누그러졌다.

"맞아. 난 아직도 초코 우유가 좋아."

세 사람은 각자가 주문해서 나온 메뉴들을 들고 의자에 앉았다. 어쩐지 재완의 모습은 두 사람과 다르게 살짝 들떠 보였다. 채윤은 햄버거 포장지를 벗기자, 재완이 말을 꺼냈다.

"이렇게 셋이 종종 모이자. 재밌는 거 같아."

"뭘 했다고 재밌대."

"넌 불만 아니면 할 수 있는 대답이 없니?"

제 햄버거 포장지를 벗기며 툭 내뱉는 세온의 멋대가리 없는 말을 채윤이 받아쳤다.

"세온이 원래 낯간지럽거나, 다정다감, 오글거리는 말을 잘 못해서 그래. 그게 또 애 매력이고."

재완이 세온의 행동을 해명하듯 나서서 말했다.

"매력은 무슨 얼어 죽을……."

이번엔 채윤의 말이 멋대가리 없이 흘러나왔다.

"매력은 얼어 죽을? 야, 너 남자 볼 줄 모르는구나. 눈을 장식으로 달고 다니냐."

"사람마다 매력을 느끼는 취향이 다른 거지, 여자면 무조건 너한테 매력을 느껴야 하니? 무슨 혹부리 영감 심보야."

"뭐? 혹부리 영감? 설마, 그거 개그 친 거냐? 어디서 저런 올드한 개그 따위를 배워 와 가지고."

두 사람 사이에 유치한 신경전이 펼쳐진다. 그런데 이 상황에 재완은 마치 눈치 없는 사람처럼 고개를 수그리고 웃기 시작했다. 두 사람의 시선이 단박에 재완에게 내리꽂혔다.

"왜 웃어?"

"너희 둘 귀여워서."

재완의 대답에 세온과 채윤이 동시에 최악이라는 표정을 지으며 서로 눈을 마주쳤다.

"표정 뭐냐."

"내가 할 말이야. 기분 나빠할 사람이 누군데, 네가 나빠해?"

"열 받아서 뛰쳐나가지 않은 것만으로도 감사하게 여겨."

"차라리 뛰쳐나가는 게 어때?"

"야, 이채윤."

"왜, 강세온."

두 사람의 유치한 2차 말싸움의 발동이 걸리려던 찰나였다. 테이블 위에 올려놓았던 세온의 휴대전화가 요란한 소리를 내며 울렸다.

"여보세요."

전화를 받던 세온의 얼굴이 시간이 지날수록 핏기가 사라지고 있었다. 넋이 나간 눈동자로 손에 들고 있던 햄버거를 그대로 떨어트린 세온이 정신없이 자리에서 일어섰다.

"세온아."

그런 세온을 재완이 붙잡아 세웠다.

"왜 그래? 무슨 일이야?"

"……엄마."

입술 사이로 겨우 흘러나온 목소리는 여태 채윤이 봐 온 세온이답지 않게 심하게 위태로워 보였다.

***

채윤은 정신이 반쯤 홀린 세온을 혼자 보낼 수 없다는 재완을 따라 응급실까지 오게 되었다. 채윤은 앞에서 다급하게 제 엄마를 찾는 세온의 뒷모습에 덩달아 마음이 불안해졌다.

세온을 오래 알고 지내진 않았지만, 이런 모습을 보이는 것이 생소했다. 늘 불만투성이에 감정을 쉽게 드러내지 않았던 세온에게서 느껴지는 불안전한 모습이 매우 위험해 보일 정도였다. 차라리 툭툭 멋없이 불평을 터트리던 모습이 나아 보일 정도로.

"놔, 놔! 우리 성온이 따라갈 거야. 우리 성온이 보러 갈 거야! 놔! 내가 살아서 뭐 해. 자식 먼저 보낸 부모가 계속 이렇게 살아서 뭐 해!"

구석에서 나는 소란스러움이 응급실에 퍼졌고 길을 헤매고 있던 세온의 걸음이 단박에 그쪽으로 향했다. 채윤은 그때 깨달았어야 했다. 거기까지는 따라가지 말았어야 했다고.

세온이 커튼을 거두자, 피 묻은 옷을 입은 여자가 남자에게 붙들려 격한 몸부림을 치고 있었다. 그리고 그 여자가 세온의 어머니, 남자가 세온의 아버지라는 것을 쉽게 알 수 있었다. 두 사람의 잘난 부분만 세온에게 옮겨 놓은 것처럼 닮아 있었다.

세온의 등장에 여자는 몸부림치던 것을 멈추고 아들을 바라보았다. 몸에 묻어 있는 핏자국처럼 눈은 붉어져 있었다. 결코 엄마가 아들을 보는 눈빛은 아니었다. 원망과 분노, 그리고 그 사이에서 아주 희미하게 보이는 처연함.

채윤은 자신을 바라보고 있는 눈빛이 아니었음에도 불구하고 그 눈빛에 충격과 상처를 받을 정도였다. 채윤의 시선이 여전히 등을 보이고 서 있는 세온에게로 향했다. 꼼짝하지 않고 버티고 서 있는 어깨가 금방이라도 바스라질 것 같은 버석한 낙엽처럼 아슬아슬해 보였다.

"엄마."

"……너만 아니었어도."

"……."

"너 때문에, 너 때문에, 성온이가 죽은 거야. 너 때문에!"

순식간의 일이었다. 여자가 손을 뻗어 세온의 뺨을 내리쳤다. 아무 태세도 갖추고 있지 않았던 세온의 얼굴이 그대로 맥없이 돌아갔다. 손톱으로 할퀴어진 뺨엔 선명한 자국과 함께 피가 고였다.

"그만 좀 해, 당신. 제발, 그만 좀 하라고!"

보다 못한 남자가 다시 여자를 말렸고 재완이 얼른 커튼을 거두어 그들로부터 세온을 차단시켰다. 거두어진 커튼 안에서는 여전히 발악하는 여자와 그것을 말리는 남자의 실랑이가 벌어지고 있었다.

"세온아."

거두어진 커튼 앞에 우두커니 서 있는 세온을 재완이 무거운 목소리로 불렀다.

"내가…… 내가 죽었어야 됐어. 그때."

두 주먹을 콱 쥔 세온의 고개가 처량하게 바닥으로 툭, 떨어졌다. 여전히 뒷모습을 하고 서 있는 세온에게로부터 채윤은 이상하게 전에는 느끼지 못했던 것이 느껴지는 것 같다.

"그래. 차라리 내가 죽었어야 했어."

동질감.

그래, 이건 전에는 세온에게 전혀 느끼지 못했던 동질감이었다. 기분이 이상했다.

"나가자. 나가자, 세온아."

혼자 모든 것을 버티며 서 있는 세온의 어깨를 끌어안아 주며 겨우 응급실 밖으로 데리고 나온 재완은 병원 앞 벤치에 그를 앉혔다.

"잠깐 여기 있어. 안에 편의점 가서 물이라도 사 올게."

재완이 안으로 다시 들어가고 따라갈 타이밍을 놓친 채윤은 얼떨결에 세온과 함께 있게 되었다. 몸을 짓누르는 것만 같은 무지근한 침묵. 채윤의 시선은 괜히 세온의 주변을 서성거리고 있었다. 그러다 뺨의 상처를 보게 됐다. 자세히 보니, 다행히 깊은 상처는 아닌 듯 보였다. 급한 대로 채윤은 챙겨 두었던 연고와 밴드를 꺼내 세온에게 건넸다. 제 시야로 불쑥 내밀어진 손에 세온은 시선을 천천히 옮겨 채윤을 바라보았다.

"발라."

"필요 없어."

"피나. 보기 흉해."

"……이런 모습 보니까, 내가 되게 우스워 보이지?"

"아니. 넌 전부터 우스워 보였어."

아무렇지도 않게 대답을 하며 채윤은 세온의 옆에 앉아 연고 뚜껑을 열었다.

"발라."

세온이 거칠게 연고를 빼앗아 상처 쪽으로 가지고 갔다. 하지만 자꾸만 근처를 배회했다.

"그쪽 말고 좀 더 위."

"참견하지 마."

"아래. 좀 더."

"안 발……!"

안 바르겠다고 손에 들고 있는 연고를 집어 던지려고 했는데, 그것이 그대로 채윤의 손으로 옮겨 갔다. 채윤이 뺏어 버린 거였다. 그러고는 상처 위에 연고를 짜서 발라 주었다.

톡, 톡, 톡.

의외로 채윤의 손길은 조심스러웠다.

"상처 나면 그때그때 치료해. 그래야 덜 아프고 오래 버티지."

상처를 발라 주느라 가까운 거리에 앉게 된 채윤의 뜨거운 입김이 세온의 귓가를 스쳤다. 세온의 옮겨진 시선에 가장 먼저 닿은 것은 아무것도 바르지 않아 자연스러운 다홍색을 두르고 있는 채윤의 입술이었다. 티끌 하나 없는 새하얀 피부, 그리고 마주친 투명한 다갈색 눈동자.

서로가 서로를 눈에 담았다.

"뭘 봐."

잠깐의 시간이었지만, 영겁의 시간처럼 느껴졌던 마주침. 채윤이 무심하게 말을 던지고선 밴드를 뜯어 상처 위에 붙여 주고는 그 부분을 꾹 눌렀다. 갑작스러운 통증에 세온이 미간을 확 구겼다.

"미쳤어?"

"안 아픈 척하더니. 표정 보면 너 총 정도는 맞은 줄 알겠다."

"또라이."

세온이 고개를 내저으며 핀잔을 둔다.

"누가 누구 보고."

채윤이 맞받아치더니, 세온의 팔목을 끌어다가 위에 연고와 밴드를 올려 주었다.

"꾸준히 발라. 가뜩이나 더러운 인상, 상처 때문에 더 더럽게 만들지 말고."

어디선가 솔솔 불어 온 미적지근한 바람이 두 사람 사이를 조용히 유영했다. 더 이상 오고 가는 대화는 없었다. 두 사람 사이에선 여전한 침묵이 흘렀다. 그런데 이상할 정도로 그 침묵이 여태 느껴왔던 것만큼 무지근하게 느껴지지 않았다.

그날 밤, 세온은 채윤의 꿈을 꿨다.

아침에 일어나서도 머릿속에 선명하게 남은 채윤의 존재에 세온은 어이가 없으면서도 당황스러웠다. 어제와 같은 일이 생길 때면 늘 악몽을 꾸다가 온몸에 땀이 흠뻑 젖어 일어났던 세온은 오히려 채윤의 꿈이 반갑기까지 했다. 꿈에서 채윤이 나타나 제 상처에 뜨거운 입김을 불어 넣어 주었고 그 순간 아팠던 통증이 거짓말처럼 완전히 사라졌다.

결코 나쁘지 않은 꿈이었다. 아니, 오히려 자고 일어났을 때 온몸으로 퍼지는 묘한 설렘이 느껴졌다. 그래서 어이가 없었고 당황스러웠다. 다사로운 햇살이 커튼 틈 사이를 기어코 비집고 침대 위로 쏟아져 내렸다.

세온은 오래도록 침대에 앉아 있었다.

***

어떤 상처든지 쉽게 아물어지는 건 없다. 다행인지 뭔지, 두고 보자고 했던 그 선배 놈은 며칠째 보이지 않았다.

채윤은 여전히 무릎에서 느껴지는 따끔한 쓰라림을 느끼며 겨우 샤워를 끝내고 나왔다. 젖은 머리를 말리며 늘어지게 하품했다. 어제 늦게까지 재완과 공부를 했기 때문이었다. 늘어지려는 몸에 힘을 주며 겨우겨우 학교에 갈 준비를 끝내고 방에서 나왔는데, 평소 같지 않게 아래가 어수선했다.

"잘 지내셨어요? 최 회장님."

거실에는 중년 남자와 대학생쯤으로 보이는 남자가 나란히 앉아 있었고 그 맞은편에 혜련, 그리고 그 중심에 최 여사가 앉아 있었다. 채윤이 내려오는 소리가 들린 모양인지, 네 사람의 시선이 단박에 날아왔다.

가까이서 보니 전보다 훨씬 늙은 중년 남자를 채윤은 바로 알아보았다. 외삼촌. 그러니까 피 한 방울 섞이지 않은 새어머니의 오빠였다. 그 옆에 대학생은 사촌이었다. 어린 시절, 유난히 욕심이 많았던 걸로 기억하고 있는데, 여전하겠지?

그 생각을 하며 그들 곁으로 다가갔다.

"채윤이니? 와, 채윤이 너 많이 컸구나."

짐짓 태석이 반가운 척하며 먼저 알은체를 해 왔다. 채윤은 우러나지 않는 반가움 대신 가볍게 묵례했다.

"네 소식 듣고 걱정 많이 했는데, 이렇게 집으로 다시 들어오게 돼서 삼촌은 참 다행이라고 생각해."

아무렇지도 않게 '삼촌'이라는 단어를 꺼내고 어쭙잖게 행세를 하려고 드는 태석에 채윤은 실소가 터져 나오려는 것을 가까스로 참았다. 채윤은 태석이 피 한 방울 섞이지 않은 조카를 진심으로 걱정했을 거라곤 믿지 않는다. 매우 탐탁지 않은 존재라고 여기고 있지만, 그것을 티 냈다가는 손해만 볼 것이라고 판단하여 저리 굴고 있다는 것을 알고 있었다.

"걱정을 해주셨다니, 감사드려요."

"어려운 거나 뭐 필요한 거 있으면 삼촌한테 언제든 말해."

"네. 말씀 감사해요. 학교 다녀오겠습니다."

"그래. 조심히 잘 다녀오고 다음에 또 보자꾸나."

본관을 나서니, 앞에 재완이 서 있었다. 채윤이 반갑게 달려갔다.

"오래 기다렸어?"

어제 늦은 밤까지 같이 있었다. 별관에 있는 공간에서 별로 하고 싶지 않은 공부를 해야 했던 건, 재완과 함께 있고 싶어서였다. 똑같은 수학 문제를 몇 번이고 물어봐도 표정 하나 구겨지지 않고 설명하는 재완을 넋 놓고 보고 있느라 아직도 그 문제를 어떻게

푸는지 몰랐다.

"아니. 나도 방금 왔어."

"그냥 내 방으로 올라오지."

"안에 손님 와 계신 것 같던데."

"뭐, 손님이라면 손님이라 할 수 있겠다."

두 사람은 앞에 멈춰 선 차에 나란히 올라탔다. 재완이 예의 바른 모습으로 기사에게 인사를 건넸다. 그래서 채윤도 얼떨결에 재완처럼 예의 바르게 인사를 건네게 됐다. 기사는 기분 좋게 인사를 받고서는 차를 출발시켰다.

"오늘 토요일이잖아."

재완이 먼저 말을 꺼냈다.

"응."

"일찍 끝나는 날이니까, 어디 놀러 갈까?"

"진짜? 어디?"

"가고 싶은 곳 있어?"

"음……."

가고 싶은 곳이 딱히 있지는 않았다. 하지만 그곳이 어디든지 재완과 함께라면 즐거울 거라는 것을 채윤은 알고 있다. 그렇게 싫은 집구석에서조차 재완과 함께 있으면 즐거우니까.

"날씨가 좋다. 자전거 타러 갈까?"

"자전거?"

"응. 한강으로."

"좋다."

그러다 채윤은 불쑥 떠오르는 세온에 다급하게 말을 꺼냈다.

"둘이서."

"응?"

"오늘은 둘이서, 둘이서 놀자."

세온과의 관계가 전보다 살짝 가까워진 것 같지만 여전히 불편했고, 무엇보다도 재완과 단둘이 있고 싶은 마음이 컸다.

"오늘은 둘이서 놀고 싶어. 그럴 때 있잖아."

말의 의미를 파악하는 건지, 재완은 입술을 유연하게 올려 미소 지으며 대답했다.

"그래. 알았어. 오늘은 둘이서 놀자."

***

세온은 아침부터 허기가 졌다. 그래서 차에서 내리자마자 바로 매점으로 향했다. 허기를 채울 만한 적당한 것들을 고르고 있던 세온의 시선으로 초코 우유가 들어왔다.

'난 아직도 초코가 좋아.'

자신도 모르게 초코 우유를 향해 손을 뻗어 잡았다. 계산을 하기 위해 몸을 돌려 나오는데, 벽에 걸려 있는 거울에 비친 자신을 보게 됐다. 아직 완전히 아물어지지 않은 뺨의 상처가 희미하게 보였다.

'상처 나면 그때그때 치료해. 그래야 덜 아프고 오래 버티지.'

그때 느꼈던 묘한 감정이 다시 슬그머니 제 존재감을 드러내는 바람에 세온은 당황스러웠다. 귓가를 스쳤던 채윤의 뜨거운 숨결과 연한 다홍색의 입술. 따끔했던 상처 위로 톡톡 닿았던 손길.

이상했다.

지금 느끼고 있는 이 감정이 너무 생소하고 낯설어서 뭐가 뭔지 감조차 오지 않아 짜증스러웠다. 그래서 머릿속에 틀어박혀 있는 채윤의 생각을 거두어 내고 손에 든 것들을 계산하고 매점에서 나와 교실로 향했다.

로비에 걸음을 내디뎠을 때, 앞에 익숙한 뒤통수 두 개가 보였다. 채윤과 재완이었다.

"오늘 재밌겠다. 그런데 나 자전거 탈 줄 몰라. 네가 가르쳐 줘야 돼."

"제대로 가르쳐 줄게. 또 내가 자전거 엄청나게 잘 타지."

"한 손 놓고 탈 수 있어?"

"두 손 놓고 타는 거 보여 줄게."

즐겁게 오고 가는 대화. 자신이 낄 곳은 없어 보였다.

재완이 살포시 웃는다.

"기대돼! 자전거 타고 거기서 라면도 먹자."

채윤이 몸까지 들썩이며 설렌 목소리를 낸다. 두 사람을 향해 걸어가던 세온의 걸음이 그대로 멈춰 섰다. 초코 우유를 들고 있던 손에 힘이 콱 쥐어졌다.

채윤이 웃는다.

……그게 짜증이 났다.

"세온아."

실컷 웃고 떠들던 재완이 무심결에 뒤를 돌아봤다가 서 있는 세온을 발견하고 손을 들어 알은체를 해 왔다.

"어."

세온이 가볍게 그 인사에 응답하며 간격을 좁혔다. 채윤은 눈길로 인사를 하는 둥 마는 둥이었다. 아니, 기분 탓일 수도 있지만 약간의 초조함도 느껴졌다. 아마도 방금 자신들의 대화를 들었나, 듣지 않았나를 확인하고 싶어 하는 것 같았다. 세온은 들고 있던 초코 우유를 제 몸 뒤로 감추었다.

"오늘 자전거 타러 가?"

"어? 어."

재완이 난감해하며 채윤의 눈치를 살핀다.

"나도 갈래."

왜 자신답지 않은 행동을 하고 있는지 세온은 스스로 이해할 수 없었다. 하지만 자신의 존재를 자꾸만 피하고 거부하려고 드는 채윤에게 억지를 쓰고 싶었다.

"집에 들어가기 싫거든."

한마디 하려고 달싹이던 채윤의 입술이 다음으로 던져 놓은 세온의 말에 곱게 다물어졌다. 아무리 자신이 싫더라도, 응급실에서 그 꼴을 보고는 거절을 할 수 없겠지. 그리고 그 생각은 정확히 적중했다.

"그러든지."

탐탁지 않은 허락을 하고서는 제 교실로 쏙, 들어가 버리는 채윤의 뒷모습에 끝까지 눈길을 두고 있던 세온의 어깨로 재완의 팔이 둘러졌다.

"이건 뭐야?"

눈짓하는 곳엔 채윤에게 전해주지 못한 초코 우유가 들려 있었다.

"초코 우유."

"너 초코 우유 안 마시잖아."

"……."

"초코 우유는 채윤이 좋아하는데. 혹시, 채윤이 주려고 사 온 거 아니야?"

"정신 나갔네, 서재완. 내가 뭣 하러?"

진짜 정신이 나간 건 자신이었다. 초코 우유를 산 이유도, 심하게 발끈하며 거짓말을 하고 있는 꼴도, 자신과 있기 싫다는 애한테 억지를 쓰고 있는 것도, 전부 정신 나간 짓이었다.

그럼에도 불구하고 세온은 초코 우유를 끝까지 버리지 않았고 그들을 따라간다는 것도 취소하지 않았다.

***

재완은 자신과의 약속을 지키지 않았고 세온을 거절하지 못했다. 하지만 타박을 할 수도 없는 것이 그건 자신 또한 마찬가지였기 때문이었다. 자살 시도를 한 엄마에게 온갖 원망을 받으며 싸대기를 맞고 상처까지 입는 걸 직접 목격한 입장으로서, 집에 들어가기 싫다는 애를 등 떠밀어 보낼 정도로 냉정하진 못했다.

집에 들어가기 싫은 마음을 누구보다 잘 알고 있는 건 자신이니까.

"세온이 정말 집에 들어가기 싫었나 봐. 나하고 단둘이 말고는 잘 따라간다고 하는 애가 아닌데. 그래도 같이 가자고 했을 때, 쉽게 그러자고 해 줘서 고마워."

택시 뒷좌석에 나란히 탄 재완이 바보같이 흐뭇한 미소를 지으며 낮게 속삭였다. 세온은 조수석에 앉아서 휴대전화를 매만지고 있었다.

뒤통수마저 눈치 없어 보이는 건, 온전히 제 기분 탓이겠지.

그렇게 한강에 도착한 택시가 멈추고 세 사람이 내렸다. 재완과 채윤이 앞서서 걷고 세온이 한 발자국 뒤에서 따라 걸었다. 자전거 대여소로 향하고 있는데, 갑자기 앞에 있던 여자 무리들이 광대를 들어 올리며 호들갑을 떨기 시작했다.

"야야, 모델인가 봐."

"겁나 잘생겼네? 와, 사람 맞냐?"

여자 무리들은 채윤의 어깨 너머를 힐끔거리며 속닥거리다 지나갔다. 살짝 뒤를 돌아보니, 지나가는 순간까지도 여자 무리들은 자신들에게 전혀 관심도 없는 세온에게 시선이 꽂혀 있었다.

"앞 똑바로 보고 걸어. 자빠져서 처울지 말고."

세온의 지적에 채윤이 거칠게 몸을 휙 돌렸다.

"세온이 너 넘어질까 봐, 걱정되나 봐."

달래듯 세온을 감싸는 재완의 변명에 채윤은 어금니를 물었다.

"저게 걱정하는 말투야? 시비 거는 말투지……."

"표현이 원래 저래."

채윤은 이해 못 한다는 듯 고개를 내저었다.

"배들 안 고파?"

자전거 대여소와 편의점을 사이에 두고 재완이 물었다. 어디선가 바람이 라면 냄새를 싣고 솔솔 불어왔다. 허기가 졌다.

"배고파. 뭐라도 먹고 하자."

들어가게 된 편의점에서 각자 먹고 싶은 것들을 사서 나와 파라솔에 앉았다. 뜨거운 물을 부어 놓은 라면이 익을 때까지 기다리며 세온은 삼각 김밥 비닐을 벗겼다. 이런 걸 별로 먹어 본 적이 없어서 까는 것이 익숙하지 못했다.

"아, 물티슈 좀 사 와야겠다."

재완이 일어나 편의점 안으로 들어가고 세온이 삼각 김밥을 벗기려다 그대로 놓쳐 파라솔에 떨어트리고 말았다.

"그거 하나 제대로 못 하니?"

채윤이 쓴소리를 하며 세온의 하나 남은 삼각 김밥을 가져가서는 능숙하게 비닐을 벗겨 건네주었다.

"그거 주워 먹을 생각 말고, 이거 먹어."

주워 먹는 거지 취급을 하는 채윤에 콧방귀를 뀌며 세온이 다시 도전을 하기 위해 채윤의 삼각 김밥으로 손을 뻗었다.

"괜한 짓 하지 마."

채윤이 세온의 손등을 가볍게 내리치며 뜯지 않은 삼각 김밥을 거두어 갔다.

"야."

"먹어."

전에도 그랬던 것처럼, 이번에도 채윤은 세온의 손목을 끌어다 손에 김밥을 쥐여 주었다.

"착한 척하지 마."

"착한 척 아니야. 네가 그거 하나 제대로 못 해서 아까운 김밥들 죄다 버릴까 봐 그런 거지."

세온이 제 손에 쥐어진 삼각 김밥을 내려다보다 한 입 크게 베어 물었다.

"아, 진짜 너 되게 손 많이 가는 타입이야. 입술 옆에 밥풀 묻었어. 추해. 빨리 떼라."

이번에도 채윤의 곱지 않은 지적에 밥풀을 떼어 내는데, 물티슈를 사러 갔던 재완이 돌아왔다. 재완은 물티슈를 하나씩 뽑아 채윤과 세온에게 나누어 주었다.

"이 삼각 김밥은 뭐야?"

재완이 테이블 위에 내동댕이쳐져 있는 삼각 김밥에 눈짓했다.

"어, 강세온이 까다가 실패한 거."

"그래도 두 번째는 잘 깠나 보네."

"내가 까 줬어."

당당하게 대답하는 채윤에 세온은 이상하게 웃음이 새어 나왔다. 방금 그 표정 너무 건방졌는데, 말도 안 되게 살짝 귀여워 보였기 때문이다.

진짜, 말도 안 된다.

"그래? 다행이네. 채윤이 덕분에 세온이 삼각 김밥 생존해서."

간단한 점심을 먹고 자전거 대여소에서 자전거를 빌렸다. 재완은 안전모와 팔과 다리 보호대를 함께 빌려 왔다.

"안 할래. 초등학생 같아."

"해야 돼. 넘어질 수 있거든."

"하기 싫은데……."

거부하는 채윤의 머리에 재완이 안전모를 착용시키고 팔과 다리에 각각 보호대를 해주는 동안, 세온은 자전거에 걸터앉아 가만히 그 모습을 지켜보았다. 채윤의 다갈색 눈동자가 초롱초롱 빛나고 있었다. 입꼬리가 간헐적으로 유연하게 올라가기도 했다. 그리고 그 앞엔 재완이 있었다.

"세온아, 자전거 타고 시원하게 한 바퀴 돌고 와. 나는 채윤이 자전거 타는 거 좀 도와줘야 할 거 같아."

균형도 잡지 못하고 있는 채윤의 자전거 뒤를 잡고 선 재완에 세온은 페달 위로 발을 올려 두었다가 내려놓았다. 목구멍까지 차오를 정도로 하고 싶은 말이 있는데, 그게 무슨 말인지 머릿속에서 정리가 되지 않았다.

그래서 하는 수 없이 다시 페달에 발을 올렸다. 그리고 힘을 주어 달렸다.

세게, 더 세게. 선선한 바람이 거칠어질 정도로, 이 혼란스러운 감정을 전부 부서트릴 정도로 센 바람을 맞고 싶었다. 그래서 달리고 또 달렸다.

그들에게서 멀어지고 있는 몸과는 달리 머릿속은 여전히 재완을 향해 웃고 있는 채윤의 모습만 떠오를 뿐이었다.

3. 너를 향한 감정의 균열

습관이라는 건, 참 얄밉고 짓궂다.

주말을 맞이해 늑장이라도 좀 피우고 싶었는데, 며칠 다녔다고 학교 갈 시간에 맞춰 일찍 일어나게 되었다. 10년을 넘게 떨어져 지낸 가족이지만 애틋함이라고는 조금도 없다. 그래서 주말을 맞이해 함께 아침을 먹는다든지 어디를 의무적으로 놀러 가야 하는 일은 없었다. 오히려 그게 더 편했다. 잠깐 마주치는 것도 불편한데, 몇 시간을 같은 공간에서 '가족'이라는 이름으로 있는 건 싫었으니까.

채윤은 대충 씻고 재완에게 가기 위해 방을 빠져나오니, 외출 준비를 한 혜련과 전규가 거실을 가로질러 나오고 있었다. 자신의 시선을 바로 외면해 버리는 혜련과 그런 혜련을 따라 똑같이 움직이는 아빠.

전학 간 학교생활은 어떤지, 어제는 왜 그렇게 늦게 들어왔는지, 오늘은 하루 종일 뭘 할 것인지, 자식에 대한 최소한의 궁금함도 없었다.
서로가 원하지 않는 상황. 채윤이 두 사람을 지나가려던 찰나, 최 회장이 거실로 나왔다.
"채윤아, 언제 내려왔니? 이이랑 얘기를 하느라 몰랐네. 지금 우리 백화점 가는 길인데, 혹시 뭐 필요한 거 없니?"
시어머니가 등장하자, 혜련은 세상 좋은 사람 미소를 지으며 다정하게 물어 왔다.
"아니요. 그런 거 없어요."
시어머니에게 잘 보이고 싶은 혜련의 연기에 맞장구를 치고 싶지 않아 어른들을 두고 본관을 나왔다. 별관에 있는 재완의 방까지 올라온 채윤이 노크를 했다. 안에서는 이미 오래전에 일어나 있었던 것처럼 말간 재완의 목소리가 새어 나왔다.
"네."
문이 열리고 재완이 웃는다.
"갑자기 노크를 했어?"
"그냥."
"일찍 일어났네."
"응. 더 자고 싶었는데, 몸에 이 시간에 일어나야 한다는 강박이 생겼나 봐."
채윤은 성큼성큼 안으로 들어가서 재완의 푹신한 침대 위에 앉았다. 세상에서 가장 편한 공간, 그래서 아주 오래오래 머물고 싶은 공간이었다.
"주말인데, 뭐 할 거야? 설마 아침부터 일어나서 공부하고 있던 거야?"

책상 위에 펼쳐진 책을 보고 채윤이 표정을 굳혔다.
"이제 곧 중간고사 다가오잖아."
"2주는 더 남았잖아."
"여태 수업 받은 것들 다 기억나?"
"……전혀 안 나."
"그럼, 오늘 같이 공부하자."
자리에 앉아서 적성에도 맞지 않는 수학 문제 따위를 푼다는 생각만으로도 지루함이 몰려왔다. 채윤은 고개를 내저으며 그대로 몸을 침대 위에 발라당 드러눕혔다.
"학교 수업 따라가는 것만으로도 벅차. 쉬는 날에는 좀 제대로 쉬고 싶어."
불만을 표출하는 채윤의 곁으로 재완이 와서 앉았다. 얼굴 위에 흐트러져 묻어 있는 머리카락을 뒤로 넘겨주며 재완은 듣기 좋은 목소리를 냈다.
"하고 싶은 거 있어? 가고 싶은 곳이나."
"오늘도 강세온 부를 거야?"
"오늘은 안 부를게."
재완과 단둘이 있을 수 있다는 것만으로도 채윤은 벅차올랐다.
"음!"
채윤은 고민을 하듯 한참 눈을 굴렸다.
"세온이랑 같이 있는 거, 그렇게 불편해?"
"바보야. 그런 것보다도 너랑 단둘이 있는 게 좋아서!"
제 마음도 몰라주고 또 세온 얘기를 꺼내는 재완에 채윤이 말을 거르지 않고 감성적으로 표출해 버리고 말았다. 그러다 너무 솔직한 제 말에 흠칫 놀라 입술을 다물었다. 재완이 싫지 않다는 듯이 웃었다.

"알았어. 오늘은 꼭, 꼭, 둘이서만 놀자."

"솔직히 말해 봐. 넌 나랑 단둘이 있는 것보다 강세온 껴서 셋이 있는 게 더 좋아?"

없어 보인다. 질문도 없어 보이고, 이 질문을 하고 나서 은근히 초조해하는 제 모습도 없어 보인다. 재완은 시간을 흘려보냈다. 별로 진지할 것도 없는데, 저렇게까지 진지한 걸 보면 참 융통성이 없어 보이기도 했다. 그러다 먼저 나가떨어진 건, 채윤이었다.

"됐어."

"좋아. 셋이 있는 거."

그럼 그렇지. 착해 빠진 서재완한테 뭘 바래.

채윤은 잔뜩 실망을 하며 침대에서 일어났다. 하지만 그곳에서 단 한 발자국도 나갈 수는 없었다. 재완이 손을 잡았고, 그 손길이 좋아 다시 그의 맞은편에 앉아 버렸기 때문이었다.

"그런데, 채윤아."

"왜."

"……셋이 있는 거 정말 좋은데, 그런데 나도 너랑 단둘이 있는 게 더 좋은 것 같아."

재완의 눈동자에 온전히 자신이 가득 들어차 있었다. 그와 얽힌 시선에 심장이 반응을 보였다.

콩콩콩.

제 손등을 쓸어 주는 재완의 손길에 심장이 반응을 보이는데, 공조했다. 심장이 제 귓가에서 뛰지는 것처럼 크게 뛴다. 행여나 이걸 재완에게도 들킬세라, 채윤은 얼른 화제를 바꾸었다.

"삼성역에 엄청 큰 대형 쇼핑몰 있잖아. 거기 놀러 가자. 한 번도 안 가 봤어."

"그래. 가자."

각자 방으로 가서 준비를 한 후, 대문 앞에서 만났다. 쇼핑몰 센터까지 한 번에 가는 버스에 올라타 나란히 앉았다.

"가서 영화도 보고, 게임도 하고, 맛있는 것도 먹자."

집에 있지 않다는 것 때문에 신이 나는 게 아니다. 재완과 단둘이 있다는 것이 채윤을 이렇게 들뜨게 만들었다.

"그래."

대답과 동시에 재완의 손이 채윤의 얼굴 옆으로 뻗어졌다. 그러자 자신을 괴롭히던 강한 햇빛이 사라지고 그림자가 드리워졌다.

"햇빛 조금 맞는다고 큰일 안 나. 팔 아플 거 아니야."

"괜찮아. 별로 안 아파."

입술 끝에 곡선을 그리며 웃는 재완을 마주 보았다. 너는 알고 있니? 내가 단 한 발자국도 내딛기 두려울 정도로 어두운 곳에 있을 때 넌 유일한 빛이고…… 내가 타 버릴 것 같은 고통스러운 빛 앞에 있을 때 넌 시원한 그늘을 드리우는 유일한 사람이라는 걸…….

그래서 네가 내 곁에 오래 머물길 바라고 있고, 나 또한 네 곁에 오래 머물 수 있기를 원하고 있다는 걸…….

얼마 가지 않아 두 사람은 도착한 정류장에서 내렸다. 주말이라 그런지 쇼핑몰 센터는 사람들로 북적거렸다.

"이쪽으로 걸어."

자꾸만 사람들에게 치이는 것이 마음에 걸렸는지, 재완이 채윤을 끌어다가 안쪽으로 세워 주었다. 손목에 닿았던 재완의 손은 바로 거두어지지 않았다. 채윤은 제 팔을 아주 조심스럽게 움직였다. 자신을 잡고 있는 재완의 손에서 떨어지지 않길 바라서였다. 심장이 묘하게 떨려 오고 얼굴이 붉게 달아오르는 것 같았다.

"인형 귀엽다. 구경할까?"

"그래."

재완의 말대로 인형들은 사고 싶은 충동이 들 정도로 귀여운 것으로 가득했다. 그중, 재완은 유명한 제품의 공주 인형 하나를 들어 올렸다. 제 손목에서 떨어진 재완의 손길이 아쉬웠다.

"너 이 공주 좋아했잖아."

"기억하고 있네?"

"그럼, 기억하지. 네가 맨날 자는 척하고 내가 왕자 역할 하면서……."

말을 이어 가던 재완이 갑자기 헛기침을 하며 멈추었다. 그때는 어려서 할 수 있는 놀이지만, 지금 와서 되새겨 말을 하기에는 조금 쑥스러운 기억 때문일 거였다. 채윤이 늘 자는 공주 역할을 하면 왕자 역할의 재완이 와서 입맞춤을 했다. 그러면 깨어나는 공주. 부끄러운 건지도 모르고 그걸 하루에 수십 번씩 반복해서 놀았었다.

괜히 채윤의 기분이 뒤숭숭해졌다.

"사 줄게."

"이제 인형 별로 안 좋아해."

"그래도 귀엽잖아. 책상 위에 올려놔."

채윤은 문득 재완이 사 준 이 인형을 방에 두면 덜 외롭겠다, 라는 생각이 들었다.

"그래. 사 줘."

인형을 사 들고 나왔을 때, 채윤의 눈길을 사로잡는 것이 있었다. 보기만 해도 사진을 찍고 싶을 정도로 예쁜 아이스크림.

"아이스크림이 무슨 예쁜 그림 같아. 저거 먹자."

재완이 잡았던 손목에 대한 아쉬움을 자신이 다시 채우기로 했다. 그래서 채윤은 재완에게 팔짱을 꼈다. 예상치 못했는지 재완이 잠시 흠칫하고 놀랐다.

"내가 팔짱 끼는 거 싫어?"

혹시 몰라서 물어본 말에 재완은 팔짱을 끼고 있는 채윤의 손을 깍지 껴서 잡았다.

"아니. 좋아."

예상하지 못한 그의 스킨십에 이번에는 채윤이 놀랐다.

"내가 손잡는 거 싫어?"

이번에는 반대로 재완이 물어 왔고 채윤이 고개를 내저었다.

"아니. 좋아."

채윤이 올려다보며 웃었다. 재완도 자신을 따라 웃고 있었다.

***

모두가 잠든 새벽녘.

최 회장은 자신의 방에서 나와 위층 채윤의 방으로 향했다. 조심스럽게 문을 열고 들어가자 영롱한 달빛을 받으며 곤히 잠들어 있는 채윤이 보였다. 천천히 안으로 들어가는 동안에도 채윤은 쉽게 잠에서 일어나지 못했다.

어렸을 때도 한번 잠이 들면 단 한 번도 깨지 않고 자던 순한 아이였다. 최 회장은 잠든 채윤의 곁으로 가서 침대의 귀퉁이에 앉아 바라보았다.

최 회장은 채윤의 흐트러진 머리를 정리해주고 싶어 손을 뻗었다가 거두었다. 혹여나 채윤이 깨어난다면 이렇게 볼 수 있는 시간이 줄어들 것 같아서였다.

이렇게 채윤을 보고 있으려니 최 회장은 기억나는 것들이 있었다. 그때도 매일 자신을 거부하고 속을 썩이던 남편과 아들. 자신을 유난히도 무서워해 피해 다니던 며느리. 하지만 그들과 달리 아장아장하게 걸어와 제 품에 풀썩 안겼던 어린 채윤이.

'하무니.'

어리숙한 발음으로 자신을 부르고 고사리 같은 손으로 제 손을 꽉 그러쥐었다. 자신을 향해 유일하게 환히 웃어 주던 볼살 통통하던 채윤의 모습을 아직도 잊을 수가 없다.

'하무이 따랑해요.'

'채유니는 하무이가 좋아. 너무 좋아!'

최 회장은 유난히도 자신을 잘 따르던 어리고 예쁜 손녀, 채윤을 곁에 두고 싶었다.

제 손을 그러쥐던 그 작은 아이의 손이 너무 따뜻해서, 이 아이만큼은 곁에 두고 진정한 사랑과 애정을 쏟아부어 주고 싶었다.

폭력성과 바람기가 다분했던 남편으로 인해 아이를 몇 번이고 유산하고 겨우 낳았던 아들 전규는 제 아버지를 닮아서 그런지 늘 최 회장의 속만 썩이던 자식이었다.

욕심 많은 집안으로 보여 혜련과의 결혼을 반대하자, 실컷 술을 처마시고 와서는 평소 자신을 좋아하던 채윤의 엄마와 밤을 보냈다. 그러고 채윤을 임신시키게 된 거였다. 최 회장은 전규를 전혀 보잘것없는 집안이지만, 그래도 자신의 핏줄을 임신한 채윤의 엄마와 결혼시켰다.

하지만 전규는 혜련과 다시 만나기 시작했고 반대를 하자, 자살 시도까지 하면서 헤어지지 않겠다며 고집을 꺾지 않았다.

채윤의 엄마와 한 집안에서 살 수 없다는 혜련의 말에 전규는 지속적으로 채윤의 엄마를 괴롭힌 것도 부족해서 어린 채윤까지 괴롭혔었다.

도저히 그것을 볼 수가 없었던 최 회장이 채윤의 엄마를 달래 충분한 보상금과 함께 내보낸 거였다. 어렸던 채윤이 그렇게 울고 불고 엄마를 쫓아가겠다고 할 줄은 몰랐다. 어렸기에 조금 저러다 말겠지 싶었지만 채윤은 끝까지 고집을 피웠다. 그래서 결국 보내 줘야 했다.

채윤이 보고 싶어 가끔 찾아도 갔지만, 채윤의 엄마가 아이를 절대로 보여 주지 않았다. 그때부터 자신의 마음에 오기와 집착이 생겼던 것 같다.

최 회장은 채윤 자신이 불행하다고 생각하는 순간, 이 집으로 다시 돌아올 거라고 생각했다. 결국 막연히 보고 싶다는 애달픔이 광적인 집착이 된 것을 인정했지만 멈출 수가 없었다.

그래서 잘돼 가는 채윤 엄마의 사업을 일부러 망치게 하고 사채업자들을 끌어들였다. 옳지 않다는 걸 알면서도 최 회장은 지금 제 눈앞에 와 있는 채윤을 보며 자신의 결정을 후회하지 않았다. 못나고 비이상적인 걸 알면서도 후회하지 않는 것이 참으로 모순적이었다.

최 회장은 채윤에게 이불을 덮어 준 후에도 오래도록 그곳에 앉아 있었다. 여전히 여리고 예쁜, 사랑하는 손녀를 두 눈에 꾹꾹 눌러 담으며.

***

병원에 입원해 있는 동안 마시지 않은 술 때문일까. 퇴원을 하는 세온의 엄마 성희의 모습은 술을 마셨을 때보다 훨씬 온화해 보였다. 하지만 여전히 맥없이 창 너머의 전경을 바라보는 눈은 구슬퍼 보이기만 했다.

"퇴원도 했고, 오랜만에 세 식구가 밖에 나오기도 했는데, 점심은 먹고 들어갈까?"

직접 운전을 하며 아빠 정우가 제안을 해 왔다.

"그래요."

힘이 조금도 실리지 않은 성희의 대답. 그럼에도 세온은 주책없이 심장이 미미하게 떨렸다. 형이 죽고 나서 처음으로 다른 평범한 가족들처럼 외식을 하는 날이었다. 여전히 저를 외면하고 있지만 심장에 비수를 꽂는 폭언도, 금방이라도 숨통이 끊어지길 바라는 듯한 원망 서린 눈빛도 없는 엄마와 함께하는 건 정말 오랜만이었다.

그래서일까, 평소답지 않게 세온은 살짝 들떠 있었다.

집으로 가는 길에 있는 큰 쇼핑몰로 들어간 세 사람은 고급스러운 레스토랑으로 향했다. 직원의 안내를 받고 안쪽 자리에 앉게 되었다.

"당신 뭐 먹을래? 세온이는?"

정우가 메뉴판을 두 사람에게 나누어 주었다.

"나는 해산물 로제 파스타 먹을래요."

메뉴판을 휘갈겨 보고 대충 메뉴를 정한 세온이 옆에 있는 성희에게 관심을 두었다.

"……엄마는요? 여기 봉골레 파스타가 베스트래요. 엄마 봉골레 파스타 좋아하잖아요."

눈을 마주쳐 주길 바라는 갈망.

원망스런 눈이 아닌, 하나밖에 남지 않은 아들을 단 한 번이라도 다정하게 바라봐 주길 바라던 바람은 결국 욕심이라는 것을 알게 되었다.

성희는 저를 바라보고 또 바라보고 있는 아들을 기꺼이 외면하며 정우에게 말했다.

"아무거나 시켜 줘요. 화장실 다녀올게요."

일어서는 성희를 세온이 눈으로 좇았다. 그런 세온을 안쓰러워하며 정우가 낮게 한숨을 내쉬었다.

"아빠로서, 너에게 이런 말 한다는 거 참 염치없다는 걸 알지만…… 네가 엄마를 조금만 더 이해해 줘. 여전히 많이 힘든 모양이야."

"형이 이 자리에 있었으면…… 괜찮았을까요?"

"세온아."

"형이 아니라, 내가 죽었다면…… 엄마는 조금 덜 힘들어했겠죠?"

"그렇지 않아. 자식은 다 똑같아. 그러니 제발, 그런 소리 말아라."

엄마에게 사랑을 받고 싶었다. 관심을 받고 싶었다. 그래서 굳이 울지 않아도 될 일에 울었던 것 같다. 그럼 엄마의 핀잔과 야단이 쏟아지지만, 어쨌든 그것도 관심이라고 여겼다. 그렇게라도 하지 않으면 엄마의 눈길은 조금도 받을 수 없었으니까.

일어나지 말아야 했을 끔찍한 사건이 일어났던 해는 세온이 중학교 1학년 때였다. 호기심에 피워 본 담배가 원인이었다. 책을 읽으러 들어간 서재에 아버지 책상 위에 있던 담배에 눈길이 갔고 저도 모르게 그것을 가져갔다.

속상한 일이나 기쁜 일이 있을 때, 곧장 담배를 물던 아버지를 떠올리며 한 개비를 꺼내 입에 물어 보았지만, 당장 펴 볼 용기는 있지 않아 그것을 그대로 서랍 안에 넣어 두었다.

그리고 얼마 있지 않아 중간고사를 봤고 성적표가 나왔다. 상위권이었지만 엄마가 보기에는 만족스럽지 못한 성적이었다. 늘 전교 1등을 놓치지 않았던 큰아들에 비하면 작은아들의 성적은 터무니없이 엉망진창처럼 느껴지는 것이 당연했다.

대체 누굴 닮아서 성격도 제멋대로고 머리도 좋지 않은 거냐며 속상해하는 엄마에 기분이 상해서 담배를 꺼내 물었다. 그리고 들켰다. 엄마는 가차 없이 손을 치켜들어 뺨을 때렸다. 제게 늘 차갑고 냉랭하던 엄마지만, 손을 든 것은 처음이었다. 큰 충격에 휩싸였고 그대로 집을 뛰쳐나왔다. 그래, 늘 엄마가 했던 말대로 그날 자신이 뛰쳐나가지만 않았다면…….

새벽 내내 자신을 찾아다니던 형과 그대로 집에 들어갔었더라면, 그 횡단보도에서 형의 손을 뿌리치지만 않았다면…… 형이 차에 치여 상상조차 할 수 없는 고통을 느끼며 그렇게 차가운 맨바닥에서 죽어 가진 않았겠지.

"미안해요, 아버지."

내가 태어나서.

"미안해요."

그때 하필이면 내가 살아서.

"미안해요."

그래도 살고 싶어서, 그래도 여전히 엄마의 관심과 사랑이 받고 싶어서.

"미안해요."

울음을 잔뜩 머금은 목소리가 처량하게 흘러나왔다. 평생을 지고 살아야 하는 죄책감에 무거워진 고개를 들 수가 없었다.

파스타 면을 씹는 건지, 고무를 씹는 건지 알 수 없을 정도로 편하지 못했던 식사를 끝내고 나왔다. 주차장이 위치한 쪽으로 가기 위해서 몸을 돌린 세온의 시야로 익숙한 사람이 보였다. 이 수많은 사람들 속에서도 제 시선에 단박에 들어온 사람.

아이스크림을 손에 든 채윤이었다. 웃고 있다. 물론 자신을 향해 짓는 미소는 아니었다. 그 옆에 뒤늦게 발견한 재완이 있었다. 이 채윤이 서재완을 바라보며 웃고 있다. 팔짱까지 끼고서.

그 모습을 보니 세온은 미묘한 짜증이 혈관을 타고 역류하는 것 같은 기분이 들었다.

"재완이 아니니?"

정우의 알은체에 서로의 세상에 빠져 있던 두 사람이 얼른 손을 빼고 정면을 응시했다. 세온의 눈동자는 채윤을 향해 있었다. 채윤은 놀라는 기색 하나 없이 세온을 보더니, 뒤에 있는 성희에게 잠시 시선을 옮겼다가 다시 세온을 바라보았다. 그러더니 낮게 안도의 한숨 같은 것을 내뱉었다. 제 직감이 맞는다면 엄마와 있는데도 상처 하나 없어 보이는 자신을 보고 안심해하는 듯싶었다.

제까짓 것이 뭔데, 그걸 걱정하고 또 안도를 하고 지랄이야.

하지만 왜 그런지, 그게 싫지 않다. 제게 꽂혀 있는 저 시선이, 저 마음이, 저 관심이…… 싫지가 않다.

"안녕하세요, 아저씨, 아주머니."

재완의 공손한 인사와 채윤의 침묵의 인사.

"그래. 어머니는 잘 지내고 계시지?"

"네. 저희 어머니는 잘 지내고 계세요."

대답을 한 재완이 성희 쪽을 힐끔거렸다.

"이제 괜찮으신 건가요?"

조심스럽게 물어보는 질문에 정우는 불편한 얼굴로 고개를 끄덕였다. 그러다 재완의 옆에 있는 채윤을 번갈아 쳐다보았다.

"최 회장님 손녀구나."

"네. 안녕하세요."

채윤이 대답을 하며 가볍게 묵례했다.

"최 회장님을 많이 닮은 것 같네."

정우의 관심은 여기까지였다.

"가자, 세온아."

"네."

세온이 돌아섰다. 예전 같았으면 자신을 잡고 같이 놀자고 권유했을 재완의 음성이 들려오지 않는다. 부모님을 따라 걸어가는 동안, 세온이 뒤를 돌아보았다. 이미 두 사람은 사라지고 없었다.

와중에 초코 아이스크림을 먹고 있던 채윤. 입술 옆에 묻은 줄도 모르고 온갖 도도한 표정은 다 짓고 있던 이채윤.

재완의 팔에 팔짱을 끼고 있던 이채윤. 제게 시선을 주고 안도의 한숨을 내쉬던 이채윤.

이채윤.

이채윤.

그 이채윤의 모습이 거슬릴 정도로 아른거렸다.

인식하지 못하는 사이에 마음에 균열이 생겼다. 처음 채윤에게 가졌던 경계의 벽에서 생겨난 균열, 그리고 절대적이었던 친구 재완에게 향해 있던 의지의 벽에서 생겨난 균열.

어떤 벽이 먼저 무너지게 될지, 그때의 세온은 알지 못했다.

***

중간고사가 얼마 남지 않았다.

병원 치료를 받는 동안 술을 마시지 않았던 엄마는 퇴원 후 다시 술을 마시기 시작했다. 틈만 나면 방으로 올라와 폭언을 쏟아내거나 아래층에서 소란을 피우며 세온을 또다시 밖으로 돌게 만들었다. 중간고사 기간에는 학교에 있는 도서관이 밤 12시까지 개방되었다.

그래서 세온은 오늘도 그곳이 닫힐 때까지 공부를 하다가 집으로 돌아갈 생각이었다. 매일 술을 마셔 제정신이 아닌 엄마에게 그래도 만족스러운 성적표를 보여 주면 아주 잠깐은 괜찮지 않을까 하는 희망을 안고 공부에 매진했다.

"같이 하자. 공부."

정규 수업을 끝내고 도서관으로 향하려던 세온에게 재완이 제안해 왔다.

"이채윤은?"

저도 모르게 불쑥 튀어나와 버린 물음. 그리고 그 물음의 감정이 결코 싫어서 내뱉은 것이 아니라는 것.

"채윤이도 같이."

"그러든지."

"이제 좀 편해졌나 보네."

재완이 뿌듯한 미소를 지으며 말했다.

"뭐가?"

"예전에는 채윤이 얘기만 꺼내도 정색하면서 싫다고 하더니."

"어차피 오늘은 공부만 할 거니까. 딱히 거슬리는 것도 없겠지."

가방을 챙겨 교실을 나왔다. 종례가 먼저 끝난 건지 채윤이 앞에서 기다리고 있었다.

"넥타이를 풀려면 제대로 풀고, 매려면 제대로 매."

채윤은 마주치자마자, 세온의 넥타이를 지적했다.

"무슨 상관이야."

"그러게. 무슨 상관이지. 그런데 넥타이를 그렇게 삐뚤게 매고 있는 거 너무 거슬려."

뒤에서 따라 나온 재완과 함께 몸을 돌려 걸음을 옮기는 채윤을 세온은 가만히 바라보았다. 짧지도 그렇다고 길지도 않은 머리를 하나로 올려 묶어 하얀 목덜미가 선명하게 드러나 있었다. 보일 듯 말 듯 한 솜털들이 열어 놓은 창문을 통해 들어오는 바람에 살포시 부대껴 금빛으로 반짝거렸다. 새하얀 목덜미, 좋은 냄새가 날 것 같은 작은 솜털.

저곳에 입을 맞추면 부드러울까?

뭐지, 이 이상한 충동적인 욕구는?

순간 제게 퍼진 생소하다 못해 발칙한 감정에 세온은 당황해하며 빠르게 걸음을 옮겨 손을 뻗어 채윤의 머리끈을 잡아 풀었다. 묶여 있던 채윤의 머리가 공중으로 흐트러져 풀리면서 코끝으로 향긋한 샴푸 냄새가 스쳐 지나갔다. 무방비한 상태에서는 뒤에서 살짝 잡아당기는 힘에도 속수무책이 될 때가 있다. 지금의 채윤이 그랬다. 그대로 몸이 살짝 휘청거리며 뒤에 있는 세온의 가슴팍에 닿았다. 두 사람의 시선이 잠시 엉켜 붙었다. 화들짝 놀란 채윤이 얼른 몸을 일으켰다.

"뭐 하는 짓이야? 강세온?"

"시비 걸지 말라고."

"머리끈 내놔!"

순식간에 머리를 풀어 버리고선 앞서가는 세온을 향해 채윤이 날카로운 고함을 내질렀다. 손에 들린 작은 머리끈을 세온은 바지 주머니에 넣으며 작게 웃었다. 심술을 부리고 싶었다. 그냥 그러고 싶었다. 걸음을 재촉해서 먼저 도착한 도서관에 자리를 잡고 앉자, 바로 맞은편에 채윤과 재완이 앉았다. 채윤은 앉자마자 세온에게 불쑥 손을 내밀었다.

"머리끈 내놔."

"시끄러워. 도서관에선 조용히 해야 하는 기본적인 에티켓도 몰라?"

"네 말이 더 시끄러워."

"버렸어."

"정말, 넌 또라이야."

버리지 않았다. 하지만 줄 생각이 없다. 또다시 시야로 저 하얀 목덜미가 드러나 버리면 자꾸만 이상한 생각을 하고 말 테니까.

이 학교에 다니는 여학생들이 몇 명인데, 목덜미를 내밀고 가끔은 실수로 벌어진 교복을 알지도 못하고 속살을 드러내며 다니는 여학생들도 있다. 하지만 한 번도 눈길을 준 적이 없었고 이런 감정을 느껴 본 적도 없었다.

그런데, 왜…… 이채윤에게만. 왜?

자신을 좋아해주는 하고많은 여학생들 중 한 명도 아니고 제게 또라이라면서 입만 열면 미친 취급을 하는 이채윤에게 반드시 설명이 필요한 혼란스러운 감정들을 느끼고 있는지 알 수가 없었다.

평소엔 그렇게 쉬웠던 공부에 집중이 되질 않았다. 앞에서 채윤이 샤프 뒤를 잘근잘근 씹으며 고뇌하고 있는 모습에, 어려운 문제를 혼자 끙끙거리다가 풀고서는 정답을 맞히고 좋아하는 모습에, 뻐근한 목을 돌리며 기지개를 펴고 늘어지게 하품을 하고 그러다가, 그러다가…… 턱을 괴고 옆에 있는 재완을 바라보고 있는 모습에도 시선을 거둘 수 없었기 때문이었다.

어느새 밤이 깊어졌고 세온은 제대로 문제도 풀지 못한 채 도서관에서 나와야 했다. 자동차가 대기하고 있다는 정문으로 향하고 있는데, 재완이 번뜩 무언가 생각이 났는지 걸음을 멈추었다.

"아, 잠깐만. 나 아까 복사한다고 공책을 옆에 두고 깜빡하고 안 가져왔네. 잠깐만 여기서 기다려. 금방 가지고 나올게."

같이 가자고 말하기도 전에 재완은 빠르게 도서관으로 질주했다. 채윤과 덩그러니 남은 상황. 갑자기 커다란 벌레 하나가 세온의 얼굴로 날아왔다. 무엇보다도 벌레를 질색하는 세온이 눈을 찔끔 감으며 피하려 했지만, 이 거지같은 벌레가 또다시 세온의 얼굴을 공격했다. 그때 채윤의 손이 휙 하고 벌레를 쳐냈다.

벌레가 사라지고 나서야 벌레에 쫄아서 어쩔 줄 몰라 하던 제 모습에 창피함이 몰려왔다.

"어이고, 온갖 센 척은 다 하더니, 고작 이딴 벌레를 무서워해? 덩치는 산만 해 가지고."

"내가 언제 센 척했다고 넌 맨날 나만 보면 시비야."

"솔직히 너랑 내 사이가 다정다감하게 대화를 나눌 만한 사이는 아니잖아."

서운함이 울컥 올라왔다. 재완에겐 그리도 다정하게 웃어 주고 다감한 말들만 하면서 왜 유독 제게만 이렇게 사나운 가시를 세우는 건지, 세온은 서운했다.

"너랑 내 사이가 뭔데. 왜 너랑 내 사이는, 그런 사이가 아닌 건데."

"새삼스럽게 뭘 물어?"

"모르니까 묻지. 대답해 봐."

정말 대답이라도 할 요량인지, 눈을 굴리며 말을 정리하는 듯한 채윤에 세온은 다시 입술을 떼어 냈다.

"아니. 너랑 내 사이가 다정다감하게 대화를 나눌 만한 사이가 되려면, 내가 뭘 어떻게 해야 되는 건데?"

"……."

"그걸 대답해 봐."

성급하게 정리되지 않은 감정을 누군가가 떠밀어 버린 것만 같았다. 제 입술에서 나온 제 목소리임에도 불구하고 이렇게까지 생경하게 느껴지는 건, 한 번도 경험해 본 적 없는 낯선 감정 때문일 거였다. 섣부른 물음이라고 생각을 하는 와중에도 대답이 듣고 싶었다.

"그거 알아?"

채윤의 목소리가 주변의 고즈넉함과 서늘함을 뚫었다.

"어둠에 어둠을 더하면, 더 어두워진다는 거. 추운 것에 추운 것을 더하면 더 추워진다는 거."

결코 친해질 수 없는 사이임을 채윤은 그렇게 일축시켰다. 아무 말도 할 수가 없었다. 어두운 네가 다가오면, 자신은 더 어두워질 것이고, 추운 네가 다가오면 자신은 더 추워질 것이니, 다가오지 말라는 무언의 경고를 묵살시킬 수가 없었다.

"그리고……."

"……."

"너 나 싫어하잖아. 그래서 늘 나한테 화를 내는 거고."

싫어하지 않아. 그렇게 대답하고 싶었다.

미미하게 생겼던 균열의 크기는 더욱 커져 갔다.

***

'그거 알아? 어둠에 어둠을 더하면, 더 어두워진다는 거. 추운 것에 추운 것을 더하면 더 추워진다는 거.'

그런 뜻이 아니라는 걸 알면서도 세온은 들고 있던 검은색 티셔츠를 옷걸이에 다시 걸고 얼마 있지 않은 흰색 티셔츠로 손을 뻗었다.

중간고사를 다음 주로 남겨 놓은 주말인 오늘도 도서관에 가서 공부를 하기로 했고 집에 있으면 집중이 잘 되지 않는다는 재완도 채윤과 함께 오기로 했다.

입고 있던 잠옷을 벗자, 탄탄하고 잘 다듬은 잔근육의 상체가 드러났다. 위에 그대로 셔츠를 입은 세온은 거울 앞에 서서 자신을 마주 보았다.

'너 나 싫어하잖아. 그래서 늘, 나한테 화를 내는 거고.'

무표정한 얼굴이 정말 화난 사람 같다. 늘 이런 표정으로 이채윤을 봤던 건가? 그럼 충분히 화났다고 오해를 할 수도 있었겠다. 물론 처음에는 채윤의 존재가 탐탁지 않아서 짜증이 치밀어 오른 감정을 가득 담은 표정을 짓기도 했지만, 어느 순간부터는 딱히 그러지도 않았는데…….

세온이 입꼬리를 슬쩍 올려 웃어 보았다. 어색한 것이 오히려 역효과만 낳을 것 같아, 다시 입꼬리를 내렸다. 학교에 도착해서 도서관으로 걸어가는 길에 재완에게 전화가 걸려 왔다.

"응."

-어디야?

"거의 다 왔어."

-밥 안 먹고 나왔지?

"응."

-동산 쪽으로 와. 밥 먹고 하자.

도서관으로 향하던 발걸음을 꺾어 건물 뒤쪽에 있는, 학교 측에서 화려하게 꾸며 놓은 동산으로 향했다. 푸른 인조 잔디밭 위에 돗자리를 깔아 놓고 가운데 도시락 통을 둔 두 사람이 나란히 앉아 무언가 재미난 이야기를 주고받고 있었다.

재완이 김밥 하나를 들어 채윤의 입에 넣어 줄 듯 말 듯 장난을 치고 있었다.

"세온아."

인기척을 먼저 느낀 재완이 김밥을 내려놓고 반가워했다. 세온이 옆으로 와서 앉았다.

"채윤이가 오늘 아침부터 갑자기 필 받았다면서 도시락 직접 준비한 거야."

세온은 시선을 도시락 위에다가 돌렸다. 모양이 제법 먹음직스럽다.

"공부하러 왔지, 소풍 왔……."

'너 나 싫어하잖아. 그래서 늘, 나한테 화를 내는 거고.'

세온은 하려던 말을 다 잇지 못했다. 자신이 들어도 목소리는 상투적이고 억양은 시비조였기 때문이었다. 어쩌면 자신이 아무렇지도 않게 내뱉은 말이 상대방인 채윤에겐 화를 내는 것처럼 들렸을지도 몰랐다. 재완은 늘 부드러운 사람이었고 늘 부드러운 사람 앞에서는 채윤도 웃고 있으니까.

"맛있어 보인다."

"뭐?"

전혀 예상하지 못했는지, 채윤이 살짝 놀란 눈으로 되물었다.

"맛있어 보인다고."

"……웬일이야? 공부하러 왔지, 소풍 왔냐고 비꼴 줄 알았더만."

의외라는 반응을 보이면서도 아주 잠깐이지만, 채윤의 입꼬리가 슬쩍 올라갔다. 칭찬에 기분이 좋아진 모양이다.

"잘 먹을게."

손을 뻗어 유부초밥 하나를 집어 먹었다. 새콤달콤한 맛이 입에 퍼지면서 없던 식욕도 자극시켰다.

"어때?"

재완의 질문에 채윤의 시선이 세온에게로 향했다. 살짝 기대한 눈빛. 누구나 맛있게 할 수 있는 유부초밥이지만,

"맛있어."

좀 더 다르게 말해주고 싶었다.

"이채윤 요리 좀 하네."

제 대답에 만족스러운 듯 채윤이 아까보다 더 오래 환하게 웃어 보인다.

"이 샌드위치 먹어 봐."

"이것도 네가 만든 거야?"

건넨 건 재완인데, 세온은 채윤을 향해 물었다.

"응. 나 나중에 꿈이 샌드위치 장사하는 거거든."

HC그룹 유일한 후계자가 꿈꾸기에는 지나치게 소박한 꿈이었다. 채윤이 직접 만들었다는 여러 개의 샌드위치 안에는 각기 다른 재료들로 차 있었다. 세완이 이번에도 크게 한 입 베어 물었다.

"맛있다."

이번엔 일부러 마음을 먹고 해 준 말이 아니라 진심이었다.

"그래?"

"응."

"장사해서 대박 내야지."

무슨 엄마 놀이라도 하고 싶은 건지, 채윤은 커다란 보온병에 있는 국을 종이컵에 따라서 재완과 세온에게 건넸다.

"이것도 마시면서 천천히 먹어. 다들."

세온이 종이컵을 받으려는데, 채윤이 주지 않고 뒤로 살짝 끌어당긴다. 햄스터처럼 볼이 볼록 튀어나온 세온이 의아한 눈으로 바라보자, 채윤이 말했다.

"특히 성질 급한 강세온은 꼭꼭 씹어 먹어. 나중에 체해서 나 원망하지 말고."

다시 건네진 종이컵을 받기 위해 뻗은 손끝에 채윤의 손이 닿았다.

국물 때문인 건지, 아니면 채윤의 손 때문인 건지, 닿은 손끝이 뜨거웠다.

***

중간고사 기간.

늦게까지 도서관에서 공부를 하다가 오늘 조금 더 하고 잘 거라는 재완의 문자를 받고 채윤은 책을 챙겨 들어 방에서 나왔다.

"괜찮아, 여보?"

계단을 내려오는데 거실에서 걱정스러운 전규의 목소리가 들렸다. 상황을 살펴보니, 혜련이 술을 마신 듯 비틀거리고 있었고 전규가 그런 혜련을 부축하고 있었다. 가까이 다가가니 지독한 술 냄새가 코끝을 찌른다. 채윤은 미간을 구기며 그 두 사람을 지나쳐 가려고 했다.

"이제 아예…… 없는 사람 취급하기로 한 거니?"

술에 취해 비틀거리는 몸만큼이나 온전치 못한 음성이었다. 혜련은 붉고 게슴츠레한 눈으로 채윤을 응시했는데, 그 눈빛이 원망에 가득 차 있었다.

내가 당신에게 도대체 뭘 했다고, 그런 눈빛으로 날 바라보는 건데? 대체 당신이 무슨 자격으로.

"없는 사람처럼 사는 걸 원하던 거 아니에요?"

"이채윤! 너 지금 그게 무슨 말버릇이야? 엄마에게!"

옆에 있던 전규가 버럭 고함을 치며 나무랐다. 입만 열면 저 여자 편만 드는 아빠가 한심스럽고 미워서 채윤은 눈을 부라렸다.

"엄마? 내가 엄마라고 부르는 걸 결코 좋아하지 않을걸?"

"그렇지 않아, 채윤아."

가식, 저 가식!

분명히 어린 날의 제 어깨를 붙잡고 소름 끼치니, 엄마라고 부르지 말라고 경고해 놓고 이제 와서 저러는 이유가 뻔히 보여 화가 났다. 자신과 아빠 사이를 더욱 멀어지게 만들고 싶겠지. 아이를 낳을 수 있을 거라고 생각했던 자신들이 아이를 갖지 못하고, 영영 떠날 줄 알았던 내가 할머니인 최 회장의 선택을 받고 다시 후계자로 돌아왔으니 혼란스럽겠지.

"거짓말하지 말아요! 나를 싫어하잖아요. 나를 끔찍이도 싫어하잖아요!"

"이채윤, 안 닥쳐? 대체 왜 이러는 거야. 너하고 잘 지내보려고 노력하는 엄마의 모습이 안쓰럽지도 않니? 이렇게 네 멋대로 굴어서 좋을 게 뭐가 있냐고!"

무슨 혜련의 변호인이라도 되는 양 전규가 더 흥분해서 길길이 날뛰었다.

“네가 이러면 이럴수록 관계만 더욱 악화가 되는 거야. 사과드려.”

“싫어요.”

“이채윤! 얼른 엄마에게 사과드려!”

전규 역시 술을 마셔서인지, 이성 조절을 제대로 하지 못하고 고성을 내질렀다. 남편의 목소리가 커지자 행여나 시어머니가 나올까 싶어 걱정을 했는지 혜련이 손으로 전규의 팔짱을 끼고 말리듯 내렸다.

“아니, 여보. 지금부터라도 이채윤 버릇을 좀 고쳐 놔야겠어. 밖에 나가서 어디 이런 상스러운 것만 배워 와서, 어른이고 뭐고 없이 덤벼드는데, 도저히 내가 못 봐주겠네.”

한심스럽게 아빠를 바라보던 채윤의 입가에 비릿한 비웃음이 자리 잡았다. 대체 얼마나 사람을 구슬리면 저 정도로 나사 빠진 모습을 보일까 싶었다.

“남편 오래오래 살 수 있게 해 달라고, 매일 밤낮으로 기도하세요. 저도 차라리 그편이 훨씬 나을 것 같으니까.”

“이채윤!”

우악스럽게 저를 부르는 전규의 목소리를 무시하고 본관을 나와 재완이 있는 서관으로 향했다. 기분이 울적하고 짜증이 났지만, 눈물 같은 건 나지 않았다. 아니, 적어도 재완을 보기 전까지는 그렇게 생각했다.

“왔어?”

자신이 방에 들어서자마자 환한 미소를 지어 주며 반기는 재완을 향해 채윤은 달려가 안겼다.

“바람이 너무 차가워…… 너무 추워.”

그래서 따뜻한 네 품에서 위로받고 싶어.

채윤은 뒷말은 차마 하지 못하고 서 있었다. 그런 채윤을 가만히 바라보던 재완이 손을 뻗어 제 품 안으로 끌어안아 주었다.

"재완아."

"감기 걸리면 안 되는데, 우리 채윤이."

"……."

"추우면 언제든 안겨도 돼."

뺨과 온몸에 닿고 있는 감각은 따뜻했고 등을 쓸어 주는 손길은 부드러웠다. 이렇게 되어 버린 건, 전부 네 탓이 아니라는 듯 위로를 해주는 것만 같았다. 그래서 왈칵 눈물이 나 버렸다. 재완은 울지 말라는 말도, 왜 그러냐는 말도 하지 않았다.

대신 그렇게 오래도록 채윤을 안아 주었다.

***

품에 안겨 실컷 울고, 치솟았던 감정들이 제자리로 돌아오니 민망함이 극에 달았다. 채윤은 큼, 헛기침을 하며 재완의 품에서 빠져나왔다.

"헉, 네 옷이 많이 젖었어."

재완이 입고 있던 흰색 티셔츠 앞부분이 제 눈물과 더러운 콧물 같은 걸로 젖어 있었다.

"괜찮아. 갈아입으면 되지."

"응. 얼른 갈아입어."

채윤은 나가려다 말고 침대로 가서 등을 보이고 앉았다. 뒤에서 재완이 작게 웃는 소리가 들린다.

"왜 웃어?"

"그냥."

"싱겁긴. 진짜 왜 웃었어?"

"귀여워서."

별말도 아닌데, 얼굴이 붉어지고 심장이 작게 뛴다. 갑작스럽게 갈증이 나는 것 같았다.

"다 갈아입었어."

재완의 말에 몸을 휙, 돌리던 채윤이 화들짝 놀랐다. 조금 떨어져 있을 줄 알았던 재완이 바로 뒤에 팔로 채윤을 가두듯 뻗은 자세로 있었기 때문이었다. 재완은 아주 가볍게 채윤의 몸을 돌려 자신과 마주 보게 했다.

"이 상태로 공부할 수 있겠어?"

"……아니. 집중 하나도 안 될 것 같아."

"그럼 하지 말자."

"그래도 돼?"

"도서관에서 많이 하고 왔잖아. 웬만한 거 다 외웠고, 사실 나도 머리가 좀 아파서 쉬고 싶어서."

재완이 제게 수그리고 있던 몸을 일으켰다. 가까운 곳에서 그의 숨결을 적나라하게 느끼고 있던 채윤은 아쉽다는 생각이 들었다. 재완은 옷장으로 다가가 문을 열어 안에서 무언가를 꺼냈다.

"뭘 꺼내는 거야?"

그가 꺼낸 것은 원터치 텐트였다.

"별 보러 갈까?"

"별?"

재완이 텐트를 들고 채윤의 곁으로 다가와 한쪽 손을 내밀었다. 채윤은 망설임 없이 그 손을 잡고 일어섰다.

"잠깐만."

다시 옷장으로 간 재완이 카디건 하나를 꺼내 와서는 채윤의 몸에 덮어 주었다.

"이번에는 진짜 감기 걸리면 안 되니까."

단추도 하나하나 전부 채워 주고 나서야 방을 나섰다. 서관의 옥상으로 올라가 재완이 텐트를 바닥에 휙 던졌다. 그러자 텐트가 알아서 제 모습으로 펼쳐졌다.

"신기하다."

"가끔 머리 아파서 바람 쐬고 싶을 때, 올라왔었어. 처음에는 신문지 깔고 누웠다가 이걸 우연히 보고 사게 된 거지."

재완이 텐트 안으로 먼저 들어가 눕고선 옆자리를 톡톡 가리켰다. 채윤이 그 자리에 누웠다. 그러자 밤하늘이 보였다. 태양을 조각내서 흩뿌려 놓은 것처럼 꽤 많은 별들이 반짝거렸고, 영롱한 보름달이 완전한 어둠이 싫다는 듯이 제 몸을 밝히고 있었다.

"왜 안 물어봐?"

"어떤 거?"

"나 운 이유."

"네가 그걸 말하는 동안, 또 아파할 테니까. 네가 아픈 거 싫어."

밤하늘을 바라보고 있던 시선을 채윤은 천천히 재완에게로 옮겼다. 그곳엔 밤하늘과는 비교도 되지 않을 정도로 제겐 찬란하고 아름다운 재완이 있었다. 너마저 없었다면, 지금의 내 세상은 어땠을까?

상상조차 하고 싶지 않았다.

"괜찮아질 때, 그 말을 할 때도 덜 아플 때, 그때 말해 줘."

"그러려면 오래오래…… 어디 가지 말고, 정말 아주 오래오래."

"……."

"내 곁에 머물러 줘야 돼."

채윤의 말에 재완이 고개를 끄덕였다. 두 사람의 눈이 서로를 담았다.

"채윤아."

"응?"

"나는 사실, 너를 친구로서 지켜 주고 싶기보다는 남자로서 지켜 주고 싶어."

채윤은 아무 말도 하지 못하고 재완을 넋 놓고 바라보았다. 그런 채윤의 볼을 재완이 부드럽게 쓸어 만져 주었다. 언젠가는 이런 날이 다가올 거라고 예상했지만, 생각 이상으로 설레고 마음이 벅찼다.

"내가 네 남자 친구가 되고 싶어. 그러니까, 우리 연애하자."

이제 완전한 가을을 맞이한 바람은 서늘했지만, 재완과 함께하는 순간만큼은 따뜻한 봄날처럼 다사롭기만 하다.

이 순간이 영겁의 시간처럼, 아주 느리게 흐르길 바란다. 영원히 흐르지 않는다면 더 좋겠지만.

***

"세온아!"

뒤에서 들려오는 재완의 목소리. 세온은 무표정했던 입꼬리를 아주 살짝 들어 올리고선 뒤를 돌아보았다. 늘 그랬듯이 재완의 옆엔 채윤이 서 있었다.

안녕.

인사를 하고 싶은데, 입술이 쉽게 떨어지지 않았다.

"우리 매점 가는 길인데, 같이 가자."

딱히 뭐가 먹고 싶다는 생각은 없었지만, 재완이 간다면 채윤도 간다는 것이 인식되어서인지, 세온은 선뜻 매점을 따라나섰다. 마실 것을 고르기 위해 서성거리던 세온의 시야로 딱 하나 남은 초코 우유가 보였다. 남학생이 그것을 집으려는 것을 세온이 얼른 손을 뻗어 낚아채듯 가져갔다. 남학생이 벙진 얼굴로 바라보다가 돌아섰다. 세온은 하나 남은 초코 우유를 쟁취하고 뿌듯해하며 주변을 둘러보았다.

"난 이거 먹을래."

매점 안에서 직접 구운 빵들을 쟁반 위에 담고 있는 재완과 그 옆에 찰싹 붙어서 빵을 고르고 있는 채윤을 세온은 그 자리에 우두커니 서서 바라볼 수밖에 없었다. 열여덟. 상대방이 어떤 감정을 가지고 있는지 모를 만큼 어리지 않은 나이였다.

확실히 채윤은 재완 앞에선 달라 보였다. 생기 있고 들떠 보이고…… 마치 자신의 세상이 재완 하나만으로도 충분히 돌아가고 있다는 듯이 굴었다.

"세온아, 다 골랐어?"

"어? 어."

계산을 하려는 재완의 물음에 어색하게 대답하며 그들에게 걸음을 옮겼다.

"아차, 나 초코 우유!"

진열대로 향하려는 채윤의 앞에 세온이 초코 우유를 내밀었다.
"내 거야?"
채윤이 설마, 하는 눈으로 세온을 올려다보았다.
"어. 너 초코 우유에 환장……."
아.
"좋아하잖아."
세온은 말을 정정했다.
"해가 서쪽에서 떴나, 얘 좀 이상해진 것 같아."
채윤은 그런 세온에게 적응을 하지 못하는 듯했다.
"그래서 먹기 싫어?"
"누가 먹기 싫대?"
"……."
"뭐, 내 초코 우유 가져다줘서 고맙다."
고맙다.
고맙다.
그 한마디가 뭐라고 이렇게 삐죽, 웃음이 튀어나오는지 모르겠다.
"오늘 약속 따로 없지?"
계산을 하고 나와 교실로 들어가는 채윤을 배웅한 뒤, 재완이 세온의 어깨를 감싸며 물었다.
"왜?"
"중간고사 마지막 날이잖아. 학교 끝나고 맛있는 거 먹으러 가자. 너랑 채윤이랑 나랑."
"그러든지."
"할 얘기도 있고."

오래된 친구의 달라진 분위기를 감지하지 못할 정도로 눈치가 없지 않다. 시험을 보는 내내, 세온은 자신의 직감이 엉망진창이길 바랐다.

시험이 끝난 후 감정들을 꽁꽁 싸매고 있는 보따리의 매듭을 겨우 푼 것 같은데, 꺼내 보기도 전에 흙탕물에 죄다 던져진 것만 같았다. 먹음직스러운 파스타와 피자를 앞에 두고 재완은 그 어느 때보다 행복한 표정을 지으며 말했다.

'우리, 사귀기로 했어, 세온아. 그래서 나는 앞으로, 네가 채윤이랑 좀 더 친하게 지냈으면 좋겠어. 넌 내게 좋은 친구이고, 채윤인 내가 좋아하는 여자 친구이니까.'

'앞으로 나도 노력할게. 친하게 지내보자. 강세, 아니, 세온아.'

제게 내밀어진 작은 손을 세온은 끝내 잡지 않았다. 한번 잡으면 감당하지 못할 것들이 폭발해 버릴 것처럼 위태로워서 작고 하얀, 보드라워 보이는 그 손을 억지로라도 뿌리쳐야 했다. 어쩌면 제 진심은 타인이 아니라, 자기 자신이 짓밟아 버렸던 것일지도 모른다는 생각이 압박이 되어 머릿속을 복잡하고 아프게 만들었다.

세온은 더 놀자는 걸 뒤로하고 혼자 집으로 돌아오는 길이 유난히도 쓸쓸했다. 가뜩이나 어두운 세상이 더욱 어두워진 것같이 느껴지고 곧 다가올 겨울은 어쩐지 더 시리고 추울 것만 같았다.

***

채윤이 잠이 오지 않는다는 이유로 재완을 불러내 정원을 두 바퀴 정도 돌았을 때, 문득 세온이 떠올랐다.

"강세온 말이야."

"응."

"좀 변한 거 같아."

"어떻게?"

'맛있어 보인다고.'

'어. 너 초코 우유에 환장…… 좋아하잖아.'

"……뭐랄까? 예전처럼, 막 시비를 걸지도 않고 아주 미미하게 착해졌다고 해야 하나?"

"사실 나도 느꼈어. 네 초코 우유도 챙겨 주고. 세온이도 이제 조금씩 너한테 마음이 열리나 봐. 다행이야."

"네가 좋은 애니까, 그런 네가 좋아하는 친구니까. 나도 앞으로 강세온이랑 친하게 지내보려고 더 노력해 볼게."

"그래 주면 나야 고맙지. 세온이도 노력하고 있는 것 같고."

"응."

딱 여기까지만, 채윤은 딱 여기까지만 세온을 떠올리고 이제는 재완과 단둘의 시간에 집중하고 싶어 화제를 돌렸다.

"내일은 오랜만에 놀토잖아. 놀러 가자."

"그래. 놀러 가자. 어디 가고 싶어?"

"음……."

어딜 딱히 가고 싶은 것보다는, 그저 재완과 함께 있고 싶었다.

"그냥, 어디든 다 좋아."

"안 추워?"

재완이 넌지시 물으며 잡고 있던 채윤의 손에 입김을 불어 넣었다.

"조금 추워."

채윤의 대답에 재완이 주변을 살피더니 제 카디건을 살짝 벌려 품을 만들었다.

"이리 와. 안아 줄게."

채윤은 망설임 없이 그의 품에 안겼다.

"아, 따뜻해."

"채윤아."

"응?"

자신을 부르는 소리에 슬쩍 올려다본 채윤은 제 입술에 닿는 따뜻한 온기에 눈이 휘둥그레졌다. 아주 짧은 찰나의 순간이었다.

"뭐야?"

"좋아서."

"……왜 좋은 거, 너만 해?"

아쉬움에 불만을 터트리며 채윤은 까치발을 들어 다시 한번 재완의 입술을 맞췄다. 그러다 문득 어린 시절이 떠올랐다.

"예전에는 이런 느낌 아니었던 것 같은데."

채윤이 하는 말이 무엇을 의미하는지 알아차린 듯, 재완도 낮게 고개를 끄덕였다. 그러다 다시 입술을 맞춰 왔다.

모든 것이 좋을 것 같았다. 이렇게 추워도 하염없이 손잡고 길거리를 걸어도 분위기 좋은 카페에서 하루 종일 서로 마주 보면서 수다를 떨어도 지루하지 않을 것 같았다. 재완과 함께라면.

***

"강세온."

채윤이 세온의 앞에 불쑥 나타나 걸음을 가로막았다. 재완이 함께 있지 않고 혼자 있을 때, 채윤이 저를 불러 마주한 것은 처음이었다. 채윤을 마주 보고 있으려니, 머릿속에서 많은 생각들이 휘몰아친다.

재완은 채윤이를 어디까지 만져 봤을까? 손? 뺨? 보드라운 솜털이 박혀 있던 좋은 향이 날 것만 같은 목덜미? 아니면, 다홍색의 촉촉해 보이는 입술에도 닿아 봤을까?

무슨 이야기를 주고받을까? 채윤이 좋아하는 음식이나 영화? 예전에 있었던 둘만의 추억 이야기? 그 어떤 것을 떠올려도 세온을 한숨짓게 만들었다.

"강세온?"

"왜."

"곧 있으면 재완이 생일인 거 알지?"

"응."

"그래서 그러는데, 오늘 시간 좀 내줘. 같이 선물 고르러 가게. 재완이한테는 말하지 말고 둘이 몰래 다녀오자."

나대지 않길 바란다. 하지만 무심하게도 잔잔했던 심장이 작은 파동을 일으키더니 점점 더 속도를 붙여 뛰었다. 앞에 있는 새하얀 여자애는 자신의 가장 친한 친구의 여자 친구이다. 그런 애에게 이런 감정을 느끼고 있는 것이 무척이나 죄스러웠지만, 감정이라는 건 조절하고 억제시킨다고 쉽게 바뀌는 것도 아니었다.

그날 세온은 하루 종일 들떠 있었다.

"학교 끝나고 오랜만에 농구할까?"

재완이 다소 시무룩한 얼굴로 물었다.

"아니. 약속 있어."
"약속? 누구랑?"
"……어, 아버지랑."
급하게 변명했다.
"오늘 채윤이도 약속 있다던데."
"그래?"
"응. 반 친구들이랑 친해졌나 봐. 잘된 일이야."
말과는 다르게 재완의 표정은 그다지 '잘된 일'처럼 보이지는 않았다.
"그러게."
"아버지랑 저녁 먹는 거야?"
"응."
"아버지랑 단둘이 저녁 먹는 거 오랜만인 것 같네. 좋겠다. 우리 세온이. 맛있게 먹고 아버지랑 좋은 시간 보내."
아무것도 모르고 좋아해주는 재완에 죄책감이 세온을 콕콕 찔렀다. 만약, 내가 지금 네가 좋아하는 여자를 탐내고 있다면, 욕심내고 있다면, 그래서 너에게서부터 떨어트려 놓고 싶어 한다면, 그렇다고 해도 넌 내 앞에서 이렇게 웃어 줄 수 있을까?
"미안해."
"응? 뭐가?"
"……그냥, 그냥."
"농구 그까짓 거 다음에 하면 되지, 뭘 그런 걸로 미안하다는 거야? 강세온답지 않게."
그래. 무언가에 관심을 두고, 그걸로 하여금 변하려고 들고, 답답해하고 갈증 내는 건 자신답지 않은 행동이다. 하지만 냉정하게 잘라 버릴 수도 없는 것이라, 갑갑함은 더욱 증폭되었다.

세온은 재완과 헤어지고 채윤과 만나기로 한 쇼핑몰 센터에 도착했다. 들어가기 직전 잠시 화장실에 들러서 상태를 확인했다. 채윤은 먼저 와 있었다.

"선물은 뭘 고르는 게 좋을까? 넌 생각했어? 빨리 고르고 가자."

걸음을 옮기는 채윤을 향해, 세온이 입술을 떼어 냈다.

"배고파."

"얼른 사고 가자."

"배고프다고."

"그냥 얼른 사고 가면 되는데. 못 참겠어?"

"어. 못 참겠어."

배를 채우지 않으면 꼼짝도 하지 않겠다는 강한 의지를 드러냈다. 오래 알고 지내지 않았지만, 세온의 고집은 꽤나 센 것 같아 채윤은 어쩔 수 없이 아래층 식당가로 향했다. 퇴근 시간이라 그런지 식당가는 사람들로 북적였다.

"사람이 하도 많아서, 우리가 선택해서 먹는 게 아니라, 그냥 빈자리 나면 무조건 먹어야겠다."

"응."

엄청나게 배가 고프다고 하는 사람치고 세온은 딱히 먹을 거에 관심이 없어 보였다. 오히려 막상 괜찮을 줄 알았던 채윤이 음식 냄새를 맡으니 배가 고파져 이리저리 돌아다니다가 겨우 빈자리가 있는 부대찌개 식당으로 들어갔다. 두 사람은 2인분을 주문하고 바글바글 끓어 가는 부대찌개를 바라보았다.

"이제 먹어도 돼요, 학생들."

직원이 지나가면서 말해주자 두 사람이 숟가락을 들었다. 채윤이 젓가락으로 라면을 가져가다 몇 방울이 튀려고 하기에 세온은 몸을 뒤로 얼른 뺐다.

"흰색 옷에 튈 뻔했네. 휴."

간신히 튀지 않아 안도해하던 채윤은 갑자기 일어서는 세온에 의아해했다. 어딜 가나 지켜보니, 벽에 걸려 있는 앞치마를 가지고 돌아왔다.

"튈까 봐 가져다준 거야?"

"오두방정을 떠는 게 신경 쓰여서 가져다주는 거야."

또 핀잔을 한다. 그런데 기분 탓일까? 예전처럼 가시가 돋아 있는 음성은 아니었다. 그래서 기분 나쁘지 않았고 역으로 쏘아붙이고 싶지 않았다.

"내가 또 언제 오두방정을 떨었다고……. 푹푹 퍼 먹어. 배 많이 고팠다며."

"입맛에 맞냐?"

"응. 괜찮은 거 같은데. 너는?"

"나도."

하지만 '나도'라고 대답하는 사람치고 세온의 밥은 도통 줄어들지 않았다.

그렇게 채윤 혼자만 배부른 저녁을 먹고 나와 재완의 선물을 사기 위해 돌아다녔다. 세온은 재완에게 어울릴 만한 후드 티셔츠를 샀고 채윤은 처음으로 향수라는 것을 사 봤다.

"웬 향수? 서재완한테서 이상한 냄새 나?"

"……향수는 그런 의미로 사 준 게 아니야. 음, 뭐랄까? 이 향을 맡으면, 어디서든 재완이를 떠올리고 싶고, 재완이만의 향을 기억하고 싶어서 산 거지."

백화점에서 나왔다. 그다지 늦은 시간이 아닌데도 밖은 어느새 컴컴해져 있었다.

"너희 집으로 가."

"데려다주려고?"

"가는 길에 내려 주려고."

택시를 잡아 나란히 올라탔다. 기사 아저씨에게 갈 곳을 얘기해 주고 서로 창밖을 쳐다보았다.

"한강이네."

흘리듯 말하는 세온의 중얼거림에 채윤이 반응을 보였다.

"자전거는 내 타입이 아니야."

"드럽게 못 타더라."

"그래. 넌 잘 타서 좋겠다, 야."

"다음에 가르쳐 줄게."

"어?"

"다음엔 내가 가르쳐 준다고. 내가 서재완보다 잘 타거든."

창밖을 바라보고 있던 세온이 채윤을 바라보았다. 두 사람의 시선이 엉켰다. 강세온의 눈동자가 원래 이렇게 맑고 반짝였었나? 쌍꺼풀 없는 차가운 눈매, 적당히 높은 코, 아랫입술이 더 도톰한 자연스러운 색을 띤 입술, 굴곡 하나 없는 얼굴형과 티끌을 볼 수 없는 피부. 이렇게 세온을 가까이서 자세히 바라본 건 처음이었다.

"그래. 그러든지."

채윤은 대충 대답하고 또다시 시선을 창밖으로 던졌다. 더 이상 한강은 보이지 않았다. 일찍 일어나 학교를 가고 백화점을 몇 바퀴나 돌아다녔더니 피곤함이 몰려왔다. 채윤은 의자에 머리를 기대고 눈을 감았다. 그리고 자기도 모르는 사이에 까무룩 잠이 들어버렸다.

밖을 바라보고 있던 세온의 어깨 위로 무언가가 툭, 하고 떨어져 닿았다. 그새 잠이 든 채윤이 잠의 무게를 이기지 못하고 세온의 어깨에 기대게 된 거였다.

"……."

세온의 몸이 그대로 굳어졌다. 곤히 잠든 채윤이 깰까 싶어 숨조차도 크게 쉬지 않았다. 세온은 제 어깨에 기대 있는 채윤을 가만히 들여다보았다. 일정한 숨을 내뱉으며 달싹이는 입술이 귀엽다. 차가 조금 더 느리게 달리고 시간이 조금 더디게 흐르길 바랐다. 하지만 야속하게 택시는 너무 빨리 채윤의 집에 도착했고 그 앞에 재완이 마중 나와 있었다.

재완은 제 어깨에 기대어 잠들어 있는 채윤을 보며 살짝 당황한 듯, 얼굴을 굳혔다. 그것도 그럴 것이 따로 약속이 있다던 두 사람이 함께 있다는 것에 충격을 받은 듯싶었다. 문이 열리고 재완이 잠든 채윤을 깨웠다.

"채윤아."

많이 피곤했는지, 채윤은 쉽게 일어나지 못했다.

"안고 들어가야겠다."

재완이 채윤을 끌어안았다.

"같이……."

"아니. 혼자 데리고 갈게."

냉랭한 목소리로 거절을 한 것이 마음에 걸렸는지, 재완은 말을 덧붙였다.

"기왕 택시 탄 김에 집까지 가라고."

"왜 안 물어봐?"

"……나중에, 지금은 너도 집에 가야 되고 채윤이도 방에 데려다줘야 하니까."

"그래."

"조심히 들어가."

다시 문이 닫히고 채윤을 끌어안은 재완이 멀어져 갔다. 세온의 벽이 무너져 내리고 있었다.

채윤에게 가졌던 경계의 벽과 재완에게 향했던 절대적인 신뢰와 의지의 벽이 폭격을 맞기라도 한 것처럼, 사정없이 무너져 내리고 있었다.

***

다음 날, 아침.

'……향수는 그런 의미로 사 준 게 아니야. 음, 뭐랄까? 이 향을 맡으면, 어디서든 재완을 떠올리고 싶고, 재완이만의 향을 기억하고 싶어서 산 거지.'

잠에서 일어나자마자 떠오른 채윤의 생각은 학교 갈 준비가 끝날 때까지도 계속되었다.

"향을 기억한다."

세온은 아버지의 드레스룸으로 향했다. 그러고는 진열되어 있는 향수 중 하나를 골라 자신의 팔목에 살짝 뿌려 보았다. 청량감이 맴도는 것이 괜찮았다. 채윤은 서둘러 학교로 향했다.

"강세온!"

교실을 향해 가고 있을 때, 자신을 부른 사람은 늘 그랬듯 재완이 아닌 채윤이었다.

"어제 택시비 얼마 나왔어?"

"됐어."

"그런 건 확실히 하는 게 좋…… 너 향수 뿌렸어?"

채윤이 단박에 향을 알아맞혔다.

"그냥, 예전에 아버지가 선물로 주셨던 거. 왜 안 뿌리고 다니냐고 하시기에."

채윤이 이 향을 기억해 줬으면 싶다. 아니, 이 향을 맡으면 어디서든 자신을 기억해주기를 바랐다.

"음, 괜찮네. 향."

슬쩍 입꼬리가 올라가는데, 재완과 눈이 마주쳤다. 세온은 바로 시선을 돌렸다.

"이런 건 확실히 하는 게 좋아. 자."

괜찮다는 데도 채윤은 끝까지 만 원을 찔러 주고서는 제 교실로 들어갔다. 곁으로 재완이 다가왔다.

"생일 축하해."

세온이 들고 있던 쇼핑백을 내밀었다.

"고마워."

"생일인데, 뭐 먹을까? 오늘 이채윤도 같이 가는……."

"세온아."

"응?"

"미안해. 오늘은 채윤이랑 단둘이서 놀기로 약속해서. 특별한 날이잖아."

"아……."

"정말 미안해. 대신, 내가 따로 밥 한번 살게."

씁쓸해해서도, 서운해해서도 안 된다는 걸 안다. 질투하고 심술을 내서도 안 된다는 걸 안다. 그래도 그것이 쉽게 되지 않아 세온은 힘들었다. 자신을 두고 교실로 들어서는 재완을 바라보며 세온은 어금니를 콱 깨물었다.

그리고 다음 날, 재완의 휴대전화 뒤에는 채윤과 뺨을 맞대고 익살스러운 표정을 지으며 찍은 스티커 사진이 붙어 있었다.

세온은 더 이상, 재완의 곁에 있는 것이 버겁게 느껴졌다.

***

재완의 생일이 있은 지 며칠 후.

전학 온 첫날 제게 굴욕을 줬던 그 남자가 또 찾아왔다. 조회를 끝내고 화장실에서 막 나오는 길에 앞을 막아선 남자는 비릿한 미소를 걸치고 채윤을 내려다보았다. 남자는 오늘도 그때처럼 많은 친구들을 대동해서 왔다.

"내가 미술 경연 대회 때문에 한동안 신경을 못 썼는데, 너 내 동생한테 아직도 사과 안 했다며."

"몇 번을 말씀드려야 알아들으실 거예요? 저는 사과할 게 없어요."

"하, 야. 너 내 동생이, 내가, 어디 기업 자제들인 줄 알고 이렇게 깝치고 나대는 거냐? SDG그룹의 하나밖에 없는 딸을 건드린 대가를 똑똑히 치르게 해 줘?"

"어디 기업 자제들인 줄은 모르겠지만, 오늘도 친구들 죄다 대동해서 온 걸 보니, 쫄보인 건 확실히 알겠네요. 윽!"

순식간의 일이었다. 남자가 발로 채윤의 복부를 걷어차면서 채윤이 그대로 화장실 안으로 패대기쳐졌다. 남자와 그 일행들은 아무렇지 않게 여자 화장실 안으로 들어와 바닥에 넘어져 있는 채윤의 허벅지를 발로 짓눌렀다.

"내 동생이 틀린 말을 한 것도 아니더만. 네 애미가 정상적인 사람이라면 왜 그런 소문들이 이 바닥에 굴러다니고 있는데? 왜, 지금 네가 한집에서 살고 있는 여자가 친엄마가 아닌 건데?"

"아, 그래서 네 고상한 애미는 널 그렇게 키웠냐? 말 안 통하면 여자고, 뭐고 다 후려 패라고?"

지지 않고 반박했다. 학교생활 좀 조용히 해 보려고 했는데, 주변에서 도와주질 않으니 어쩔 수가 없었다. 어느새 몰려든 아이들에게 철저한 구경거리가 되었다. 우리에 갇힌 원숭이들이 영역 싸움을 하는 꼴을 보이는 것 같아 쪽팔렸다.

"너 방금 뭐라고 그랬냐?"

"뇌도 없어 보이는데, 귀까지 없나 봐."

"이 씨발년이 진짜!"

"쫄면 큰 소리를 치나 봐. 너는."

남자의 눈이 희번덕해졌다. 그대로 다리를 치켜든 남자가 채윤을 향해 무자비하게 발길질을 해 댔다. 한동안 맞지 않아서인가, 어쩐지 발길질이 더 아프다고 느껴지던 참에 익숙한 목소리가 화장실에 크게 울렸다.

"지금 이게 뭐 하는 짓입니까!"

재완이 달려와 쓰러져 있는 채윤이를 끌어안듯 보호했다.

"뭐야, 이건."

남자는 재완의 존재를 채윤보다 더 하찮게 여기듯 비웃었다. 그러고는 채윤을 감싸고 있는 재완을 발로 툭툭 쳤다. 마치 더러운 것을 만지는 듯한 행동이었다.

"이제 하다 하다 너 같은 것들이 사리 구별 못 하고 날 열받게 만드는구나."

"그만두세요, 선배."

"하찮은 게 어디서 훈계질이야! 너같이 근본 없는 거지새끼랑 같은 학교 다니는 것만으로도 짜증 나 죽겠……!"

재완을 향해 발을 들어 올렸던 남자가 그대로 화장실 맨바닥으로 고꾸라졌다. 누군가가 뒤에서 남자의 허리를 발로 걷어차 버렸기 때문이었다.

"씨발, 누구야!"

남자가 벌떡 일어나 발악을 하며 제 뒤에서 저를 걷어차 버린 사람을 확인했다. 기세등등했던 좀 전과는 다르게 남자의 눈은 살짝 흔들렸다. 상대방은 권력의 금수저, 강세온이었다. 저 집안에 잘못 걸리면 아무리 잘나가는 대기업이라도 한순간에 털려 버릴 수가 있다. 권력은 재물이나 명예 따위가 감히 이길 수 있는 것이 아니었다.

"이제 하다 하다 너 같은 것들이 사리 구별 제대로 못 하고, 날 열 받게 만들어. 그렇지?"

세온이 남자와 간격을 좁혀 오며 소름이 끼칠 정도로 살벌한 목소리로 아까 그 말을 똑바로 읊었다.

"세온아."

남자는 진정하라는 듯이 두 손을 세온에게 펼쳐 들면서 뒷걸음질 쳤다. 세온이 거칠게 남자의 두 손을 차 버렸다. 마치 박힌 가시에 뚫린 혈관에서 뿜어져 나온 피가 역류하여 구역질이 나올 것처럼 분노가 치솟아 올랐다.

"얻다 대고 훈계질이야."

"이, 이건 훈계가 아니라."

남자가 급하게 변명을 하려는 것도 들리지 않았다. 세온은 자신보다 키가 작은 남자의 머리를 손쉽게 잡고서는 칸막이 문에 내리쳤다. 남자가 윽 소리와 함께 이마를 부여잡고 바닥에 주저앉았다. 그런 남자의 머리끄덩이를 잡고 다시 일으키는 세온을 막은 건, 재완이었다.

"세온아, 그만해."

"……."

"그만해. 세온아, 제발."

순식간에 잃어버렸던 이성이 서서히 돌아오는 것 같았다. 세온을 멈춘 건, 재완 때문이 아니었다. 이성의 끈이 야멸차게 끊어지고 차지한 분개가 버젓이 분출된 것도 재완이 때문이 아니었다.

이채윤. 이채윤이 화장실 바닥에 나자빠져 저 새끼의 모진 발길질에 밟히는 걸 보고부터였다.

"그만할까?"

세온은 채윤을 향해 물었다. 아직 완전히 가시지 않은 분개로 인해, 새빨갛게 붉어진 눈을 하고서. 엉망진창이 되어 있는 채윤이 세온을 올려다보았다.

"더 해 줘?"

"……."

"네가 원하면, 더 해 줄게."

채윤이 힘겹게 고개를 내젓는다.

"아니, 그만해."

그제야 세온은 남자의 머리카락을 콱 움켜쥐고 있던 손에서 힘을 뺐다. 재완이 채윤을 부축하며 화장실을 나섰다. 세온은 주변에 몰려든 사람들과 주저앉아 있는 남자를 향해 말했다.

"누구든 쟤 건드려 봐. 산다는 게 얼마나 좆같은지, 느끼게 해 줄 테니까."

고함을 지르지 않았지만, 치솟는 분노가 확연히 느껴질 정도로 목에 시퍼런 힘줄이 솟아 있었고 눈은 붉게 충혈되어 있었다. 화장실을 나온 세온의 시선에 재완의 부축을 받으며 멀어져 가는 채윤이 있었다.

한 발자국.

내디뎠던 발걸음을 멈추었다.

나도 널 부축해주고 싶은데.

나도 널 위로해주고 싶은데.

……그러고 싶은데.

지금 채윤에겐 자신보다 재완이 필요할 것이라는 걸 모르지 않기 때문에 세온은 다가갈 수 없었다. 멀어지던 두 사람의 모습이 완전히 사라졌다.

그러는 동안에도 세온은 오래도록 그 자리에 혼자 서 있었다.

4. 그 미소가 참 예뻐서

재완이 교실로 돌아온 건 수업이 한참 진행되고 있을 때였다. 무슨 일이 있어도 수업 시간에 늦어 본 적이 없던 재완에 세온은 채윤의 존재가 그에게 얼마나 큰지 대충 직감할 수 있었다. 세온은 유난히 길게 느껴지던 수업이 끝나고 자리에서 일어나 나가려는 재완을 불러 세웠다.

"이채윤은?"

물어보는 질문에 침묵이 길었다. 한참 후에야 재완에게서 대답을 들을 수 있었다.

"양호실."

"조퇴하고 집…… 아니다. 집보다는 여기가 더 편할 수도 있겠네."

"세온아."

대답 대신 재완의 말을 기다렸다.

"……아니다."

뜸을 들이던 재완이 허무한 대답을 하고서는 돌아섰다.

"서재완."

재완이 멈춰 섰다. 부를 자격 같은 건, 제게 없다는 걸 알면서도 세온은 피하고 싶지 않았다. 이기적이고 못됐다. 정말 모질고 못나 보인다. 그럼에도 모든 것을 밝히고 재완의 핀잔을 듣는 것이 나을 것 같았다. 그럼 돌아가 버린 정신이 제대로 다시 박혀지지 않을까?

"하고 싶은 말 해."

"없어. 그런 거."

말과는 다르게 재완은 시선도 마주치지 않았다.

"후……."

깊은 한숨으로 대신하자, 재완도 마음이 불편했던 모양이다.

"그냥, 고마워서."

"……."

"채윤이 걱정해주는 거 고마워서. 양호실 갔다 올게."

사실이 아니라는 것을 알 수 있었다. 재완이 진짜 하고 싶은 말은 저 말이 아니라는 것쯤은. 하지만 세온은 더 이상 잡지 않았고 묻지 않았다. 때로는 진실보단 거짓을 알고 살아가는 것이 훨씬 더 나을 때가 있으니까.

재완이 평생 저리 말해 줬으면 좋겠다는 생각이 들었다. 마음껏, 자신이 마음껏, 채윤을 걱정할 수 있게.

***

하루 종일 양호실에 누워 있다가 집에 가기 위해서 온 교실.

종례가 끝난 교실에는 아무도 없었다. 학교 정문에 미리 나가 있는 재완에게 얼른 가기 위해 자리로 온 채윤은 책상 위에 덩그러니 놓여 있는 초코 우유에 의아해했다.

"재완이 준 건가? 만나서 주면 될걸, 왜 굳이……."

채윤은 빨대를 꽂아서 초코 우유를 들이켰다. 달달한 초코가 입 안으로 퍼져 가니 쓸쓸하고 짜증 났던 마음이 아주 조금 괜찮아지는 것 같았다.

상처에 익숙해지는 게 싫고 불쌍하다. 이런 일이 있을 때, 대부분의 사람들은 마음에 상처를 받고 아파하겠지만, 내성이라도 생긴 건지, 마음의 상처보다는 몸의 상처가 더 아픈 것처럼 느껴졌다.

아니, 그래야 한다고 스스로가 협박하고 있을지도 몰랐다. 마음의 상처가 몸의 상처보다 더 아프면 자신을 완전히 포기해 버릴지도 모르니까…….

초코 우유를 마시며 교실을 나와 정문으로 향했다. 재완은 저 앞에 서 있었다. 재완과 대기하고 있던 차 뒷좌석에 나란히 올라탔다.

"잘 마셨어. 덕분에 기분이 좀 나아진 것 같아."

채윤이 다 마신 초코 우유팩을 흔들며 말했다.

"응?"

"초코 우유."

대답을 하면서 채윤은 재완의 표정을 읽었다.

"너 아니야?"

"응. 난 네가 나오는 길에 사서 마신 줄 알았는데. 누가 준 거야?"

"어? 어. 책상 위에 올려져 있더라고."

이상하게 갑자기 세온의 얼굴이 떠올랐다. 설마…… 하는 생각을 하면서도 세온의 얼굴이 더욱 뚜렷해지는 것을 막을 수가 없었다.

"무슨 생각 해?"

"아니야. 아무것도."

채윤은 세온의 생각을 밀어내며 대답했다.

"상처, 오래갈 거 같아."

화장실 바닥에 밀쳐지면서 쓸린 다리 상처를 보며 재완이 걱정스러워했다.

"별로 아프지도 않아. 그러니까 꼭 그렇게 금방이라도 내가 죽어 버릴 것 같은 얼굴 하지 마, 재완아."

"미안해."

"아니. 그런 표정 좀 지었다고 또 미안해할 거까진 없고."

굳은 표정을 풀지 못한 재완은 그걸 말하는 것이 아닌 듯싶었다.

"왜 그래?"

"……아니야."

"아니야가 전혀 아닌데?"

"정말 아무것도 아니야."

채윤은 대답을 할수록, 더욱 씁쓸하게 변해 가는 재완을 모른척하고 싶지 않았다. 채윤이 그의 뺨을 감싸 자신을 똑바로 바라보게 했다.

"말해 봐. 뭐 때문에 네가 이러는지."

재완은 뺨이 붙들린 바람에 채윤을 피하지 못했지만 대답하지 않았다. 그럴수록 채윤의 속은 답답함으로 타들어 가는 것 같았다.

"재완아."

"……널."

겨우 말을 꺼내다 말고 다시 입술을 지그시 깨물며 멈추던 재완은 다시 한번 재촉하듯 눈을 마주치는 채윤에 힘겹게 말을 이어갔다.

"널 지키지 못한 것 같아서. 난…… 널 지키지 못하는 것 같아서."

오늘 있었던 일에 대해 재완은 얼마나 많은 시간 동안 자신에게 미안해했을까. 거기까지 생각에 미치자, 채윤의 마음이 쓰라렸다.

"누가 너보고 나 지켜 달라고 그랬어?"

"……."

"안 지켜 줘도 돼. 그냥 이렇게 옆에만 있어. 그럼 돼. 그것만으로도 넌 내게 충분해. 알았지? 그러니까 다시는 그런 말 하지 마."

아무 대답을 하지 않는 재완에 채윤은 불안하기까지 했다.

"재완아, 어?"

대답을 독촉하는 채윤에 재완이 손을 올려 제 뺨을 어루만지고 있는 손등을 감쌌다.

"알았어."

"배고파. 배 안 고파?"

"나도 배고파."

"라면 먹자. 라면!"

식당에 가서 직원에게 라면을 끓여 달라고 하면 그만이었지만, 남다른 추억을 만들고 싶었다. 그래서 두 사람은 몰래 창고로 들어가 버너를 챙기고 식당으로 가서 이것저것 재료들을 챙겨 재완의 방으로 향했다. 냄비에 라면을 넣고 끓이는 동안, 피로한 몸을 침대에 나란히 누워 쉬기도 했다.

채윤은 재완과 끓인 라면을 먹고 이런저런 대화를 나눈 후, 밖이 컴컴해져서야 방으로 돌아왔다.

채윤은 씁쓸하게 변하던 재완의 표정이 여전히 선명한 것이 속상해서 연거푸 한숨을 내쉬었다.

'널 지키지 못한 것 같아서, 난…… 널 지키지 못하는 것 같아서.'

재완이 그런 생각을 하지 못하게 앞으로 더 강해져야겠다고 생각했다. 그래, 더는 누구에게도 연약한 모습을 보이지 말아야지……. 더 강해져야지…….

똑똑.

갑자기 노크 소리가 들리고 대답을 하기도 전에 문이 열리며 전규가 들어왔다. 채윤은 전규의 방문에 의아해하면서도 반갑지는 않아서 침대에 그대로 앉은 채, 그를 마주 보았다.

"무슨 일이세요?"

전규는 평소답지 않게 채윤을 향해 웃고 있었다. 그래서 채윤은 더 의아해할 수밖에 없었다.

"어, 그냥. 오랜만에 딸하고 이런저런 얘기를 해 볼까 해서. 아빠가 요즘 신경을 많이 못 썼지?"

요즘이 아니라 단 한 번도 제게 신경이라는 것을 써 본 적이 없는 아빠였다. 하지만 그 말은 굳이 입 밖으로 꺼내지 않기로 했다. 불화의 불씨를 굳이 자신이 지필 필요는 없었기 때문이었다.

"용돈 부족하지는 않고?"

"네. 충분해요."

"다행이네. 뭐…… 공부하는 데 어려워서 과외나 학원 다닐 생각은?"

"……재완이가 잘 알려 줘서 괜찮아요."

"아, 재완이. 그래도 이번 성적을 확인하고 과외나 학원이 필요할 것 같은데……. 아마 할머니께서 가만있지 않으실 테니까."

"네."

"갑갑하지?"

"네?"

전혀 예상하지 못했던 아빠의 물음에 채윤은 살짝 당황해했다. 자신의 마음을 제대로 헤아려 주는 걸까? 잠시 그런 생각이 들었다. 그러니까 다음으로 머뭇거리며 들려오는 말을 듣기 전까지만 해도 말이다.

"넓은 세상을 보면 생각도 넓어지고 마음도 편안해질 거야. 캐나다 알지?"

"캐나다요?"

"거기로 유학 가 볼래? 아니면 여행이라도 한번 가 봐. 해외여행 가 본 적 없지? 아마 여행 한번 다녀오면 생각이 바뀔 수도 있으니까."

설핏 실소가 터져 나왔다. 아빠가 이런 말을 꺼낸 건 정말 하나밖에 없는 딸이 더 나은 세상, 더 넓은 세상을 봤으면 하는 바람에서 나오는 제안이 아니라는 것쯤은 알았기 때문이다.

"왜요? 한 집 안에서 도저히 나랑 있기 불편하대요?"

아빠의 낯빛이 바로 굳어졌다.

"그런 게 아니라, 채윤아."

안 간다. 절대 안 갈 거다. 이곳에 재완이 있는데, 내가 가긴 어딜 가.

"나가 주세요. 피곤해요."

"아빠는 널 위해서……."

"할머니도 아세요?"

크게 당황해하는 전규의 모습에 채윤은 감을 잡았다.

"할머니에게 여쭤 볼게요. 아버지가 캐나다 유학 가라고 했다고."

"아, 아니, 그건……! 아니다. 그냥 못 들은 걸로 해."

다급하게 방을 빠져나가는 아빠의 뒷모습이 한심해 보여서 채윤은 고개를 내저었다.

끝까지 지지 않을 생각이다. 그 누구에게도. 재완을 위해서라도. 채윤은 그 누구에게나 강해질 것이라 다짐했다.

***

"이채윤."

다음이 체육 시간이라, 화장실에서 옷을 갈아입기 위해 교실에서 나온 채윤은 뒤에서 저를 부르는 목소리에 멈춰 섰다. 그도 체육 시간이었는지, 체육복을 입은 땀을 조금 흘린 세온이 서 있었다. 전에 누군가 '몸통은 베이지, 팔 부분과 바지는 고동색의 다소 촌스러워 보이는 체육복도 그가 입으니 잡지에서 볼 법한 옷처럼 보인다.'라고 말한 것을 들었기 때문일까? 채윤도 잠시 그런 생각이 들었다.

"왜?"

"몸은 괜찮……아?"

"어? 어."

"그 새끼가 와서 또 지랄하지는 않……고?"

"응."

"와서 지랄하면 바로 말해. 등신…… 아니, 참지 말고."

"'등신같이 참지 말고'라고 말하려다가 만 거지?"

정확한 지적에 허라도 찔린 건지, 세온이 헛기침을 한다.

"아닌데. 그런 말 할 생각 전혀 없었어."

"이상해. 너."

"뭐가."

"말투 이상해."

"뭐가 이상하다는 건지."

말투뿐만이 아니다. 반응도 이상하다. 예전 같았으면 독기 품은 눈을 하고서는 '네가 뭔데 그딴 말을 해. 더 이상한 게.'라고 대답을 했을 게 분명했다.

그게 그와 더 잘 어울렸고 사람을 색안경을 쓰고 대하면 안 되겠지만, 아무튼 지금 채윤의 눈앞에서 부드러운 음성으로 물어 오는 세온은 확실히 어울리지 않았다.

"평소대로 해. 너답지 않아서 소름 끼치려고 그래."

"안 싫어해."
"안 싫어한다니? 갑자기 그게 무슨 귀신 씨나락 까먹는 소리야?"
"네가 예전에 그랬잖아. 내가 너 싫어한다고, 그래서 매일 화나 있는 거라고."
"그걸 기억하고 있어? 은근 뒤끝 있네."
"안 싫어한다고. 화나 있는 것도 아니고."
"……."
"근데 네가 그렇게 오해를 해서 나도 좀 친절해져 보려고. 너한테."
그러면서도 웃지 않는 얼굴은 여전히 냉랭하고 사납기만 하다. 그래도 예전과는 확실히 분위기가 달라진 것을 체감할 수 있었다.
"그러든지. 그럼 나도 노력해 볼게. 최대한 너한테 친절해져 보도록."
"귀찮아도 까먹지 말고, 약 잘 발라."
"응. 그리고 고마워."
"뭐가?"
"그때 와서 편들어 줘서 고맙다고. 물론 재완이 때문에 편들어 준 거겠지만."
세온은 아무 대답 없이 빤히 바라보더니 입술을 떼어 냈다.
"아니야. 네가 있어서 그랬던 거야."
"뭐?"
"간다."
돌아서는 세온의 넓은 등을 바라보며 채윤은 기분이 싫지 않았다. 이제 정말 미운 정이라도 들어 버린 걸까. 세온을 친구로 둔 것이 어쩐지 조금 든든했다.

체육 시간이 끝나고 돌아왔을 때, 책상 위에 초코 우유가 놓여 있었다.

"뭐야, 서재완. 언제 두고 간 거야?"

채윤은 그것을 집어 들어 단숨에 들이켰다. 체육 시간 동안 힘들었던 것들이 차갑고 달달한 초코 우유에 전부 잊히는 것 같았다.

***

그로부터 며칠 후, 최 회장은 70번째 생일을 맞이하게 되었다. 대단한 그룹의 회장답게 1년에 한 번 돌아오는 흔한 생일 또한 대단하게 준비되었다. 계열사로 있는, 서울 중심지의 5성급 호텔 웅장한 연회장에서 수십 명의 사람을 초대해서 진행되는 파티였다.

채윤은 연회장을 들어선 순간부터 가족들에게 이끌려 이 사람, 저 사람에게 인사를 하고 다니느라 현기증이 나는 것 같았다. 재완은 엄마인 유 비서의 심부름으로 함께 참석을 할 수 없었다. 그래서일까, 채윤은 지금 이 상황이 더욱 숨 막히는 것 같았다.

거짓말 조금 더 보태서 목에 경련이 오거나, 거의 거북이가 되기 일보 직전, 채윤은 반가운 사람을 발견했다. 세온이었다. 채윤의 가족들은 세온과 함께 들어오는 검찰총장인 그의 아버지 정우를 발견하고서는 옷매무새부터 가다듬고 간격을 좁혀 갔다.

"생신 축하드립니다, 최 회장님."

세온의 아버지는 가볍게 묵례를 했다. 최 회장이 인사를 받아주고 뒤에 있는 가족들도 그를 향해 인사했다.

"세온이는 정말 오랜만에 보네?"

진규가 짐짓 반가워하며 말을 꺼냈다.
"네. 안녕하세요."
하지만 자신과 다르게 딱히 반가워하지 않고 무뚝뚝하게 응수하는 세온에 머쓱해했다.
"이제 어느 정도 인사도 끝난 거 같으니, 가서 쉬어도 된다."
우아한 품위가 느껴지는 최 회장의 목소리. 그녀는 세온과 채윤을 번갈아 보며 말했다. 세온이 아버지를 바라보자, 그도 가서 쉬어도 된다는 허락의 의미로 가볍게 고개를 끄덕여 주었다. 채윤은 이때가 기회다 싶어서 얼른 입술을 떼어 냈다.
"가자."
세온과 연회장을 나와 호텔 구석으로 향했다. 호텔 한가운데 꾸며져 있는 정원은 한산했다. 채윤은 벤치를 보자마자 주저앉다시피 앉았다.
"새 구두를 신었더니, 아파 죽겠네."
파티 내내 뒤꿈치를 아프게 했던 신발을 벗고 다리를 주물럭거렸다.
"주물러 줘?"
옆에 앉아서 그 모습을 빤히 바라보던 세온이 불쑥 말을 꺼내왔다.
"미쳤냐?"
채윤이 깜짝 놀라, 저도 모르게 언성을 높였다.
"내 손이 닿는 게 그렇게 불쾌해?"
"……야, 그런 뜻이 아니잖아."
대답이 별로 마음에 들지 않는 듯, 세온이 입술로 쩝, 소리를 내며 시선을 돌린다.

세온은 아무 말이 없다. 채윤이 힐끔 세온을 바라보았다. 언제부터 자신을 바라보고 있었던 걸까. 그와 시선이 덜컹 마주쳐 버리는 바람에 계속 침묵을 유지하고 있을 수 없었다.

"서재완은 언제 오려나?"

분명 세온과의 관계가 예전과는 다르게 많이 편안해졌다는 것을 채윤은 스스로도 알 것 같았다.

"강세온 너 의외야, 이런 곳도 다 따라오고."

"그나마 날 자식으로 생각해주는 아버지에게라도 잘 보여야지."

그게 어떤 걸 의미하는지 잘 알고 있다. 가족에게 받지 못한 사랑은 아무리 다른 것으로 채워 보려고 해도 계속 갈증만 난다는 것. 지금의 자신처럼.

"그래도 좋겠다, 너는."

"뭐가?"

"……아버지에 대해서는 확신할 수 있어서."

무거운 침묵.

상대를 위로하는 법을 잘 모르는 듯한 세온과 자신이 깔아 놓은 이 어색한 분위기를 다시 띄우는 방법을 모르는 채윤 사이엔 무거운 침묵이 흐를 수밖에 없었다.

그래서 채윤은 계속 다리를 주물럭거렸다.

"어디 그렇게 설렁설렁해서 뭉친 게 빠지겠냐?"

앉아 있던 세온이 바닥에 한쪽 무릎을 꿇고 앉더니 채윤의 종아리로 손을 뻗었다. 다행히 바지를 입고 있어서 직접적으로 닿지는 않았지만, 채윤은 세온의 손길이 부담스러웠다.

"야, 야, 괜찮다니까……."

"마사지 숍 가서 마사지 받는다고 생각해."

하지만 그 부담스러움도 잠시, 부드러우면서도 강한 세온의 마사지가 너무 시원해서 말리고 싶지 않았다. 세온의 말대로 정말 실력 괜찮은 마사지사가 해주는 마사지처럼 피로가 풀리는 것 같았다. 세온이 발을 들어 발바닥을 꾹꾹 눌러 주었다.

"이것도 내가 여태 한 오해를 풀어 주기 위한 친절함이야?"

"그런 셈이지."

"그건 그렇고, 너 마사지를 왜 그렇게 잘해?"

"예전에 형이 많이 해 줬었어."

"……."

"운동하고 들어와서 괜찮다는데도 맨날 해 줬어. 다음 날 근육 뭉쳐서 아프면 안 된다고."

"그랬구나. 아아, 야야! 간지러워!"

그러다 어느 부분을 건드렸는데, 참을 수 없는 간지러움이 몰려왔고 채윤이 발버둥을 쳤다. 겨우 정신을 차리고 봤을 때, 세온이 바닥에 주저앉아 있었다.

"내가 너 찼니?"

"……너 발 힘 장난 아니다. 나 뼈 나간 거 같은데?"

세온이 어깨뼈를 부여잡으며 능청을 떨었다.

"거짓말하지 마."

얄밉다며 채윤은 세온의 어깨뼈를 발로 치는 시늉을 해 보이며 장난을 쳤다. 그러다 바지에 넣어 둔 휴대전화가 울렸다. 재완이었다.

"서재완!"

-응. 채윤아, 너 지금 어디 있어?

"나? 동쪽 정원. 넌 어디 있는데?"

-난 연회장 안. 아무리 찾아도 없기에. 혹시, 세온이랑 같이 있어?

세온은 그때까지도 바닥에 주저앉아 채윤을 올려다보고 있었다. 채윤은 저로 인해서 바닥에 나자빠진 세온을 일으켜 주고 싶어서 손을 내밀었다. 세온이 그 손을 잡았다. 생각보다 훨씬 더 크고 부드러우며 따뜻한 손이었다.

"응. 강세온이랑 같이 있어."

-그랬구나. 어쩐지 세온이도 안 보여서, 내가 그쪽으로 갈게.

"아니야. 우리가 그쪽으로 갈게. 마침 출출하기도 하고."

말을 이어 가며 서둘러 구두를 신는데, 아파서 움찔했다. 일어났던 세온이 다시 몸을 숙여 구두 뒤쪽을 완전히 구겨 주었다. 구겨진 구두는 샌들처럼 편안했다.

-그래, 그럼. 백조 얼음 조각 앞에서 기다리고 있을게.

"응. 거기서 만나."

전화를 끊자, 다시 몸을 일으킨 세온이 말했다.

"구두 망가진 거, 다시 사 줄게."

강세온, 키 정말 크구나. 뜬금없이 그런 생각이 들었다.

"됐어. 안 그래도 돼. 네가 안 그랬으면 내가 구겼을 거야. 맨발로 갈 수는 없으니까."

"그래도 사 줄게."

"널 알고 지낸 지는 얼마 되지 않지만, 고집이 참 센 것 같아."

"응. 나 고집 세."

"칭찬으로 한 말 아니니까, 너무 당당하게 굴지 말아 줄래?"

채윤이 잔뜩 웃음기를 머금고 말했다. 그러다 자신을 가만히 내려다보고 있는 세온에 살짝 머쓱해졌다.

"근데 너 오늘 또 그 향수 뿌렸지?"

"응."

"진짜 향이 나쁘지 않아. 가자. 재완이 기다리겠다."

앞장서서 걷는 채윤을 뒤에서 조용히 따라갔다. 부지런히 걸어가다가 가끔 뒤를 돌아보는 모습에 세온은 자꾸만 그녀를 향한 감정들이 이성을 밀쳐내고 멋대로 구는 것이 느껴졌다.

친구의 여자. 절대 탐을 내서도 욕심을 내서도 안 된다는 걸 알면서도, 왜 이렇게 쉽게 포기가 되지 않는지 모르겠다.

'칭찬으로 한 말 아니니까, 너무 당당하게 굴지 말아 줄래?'

한껏 머금고 있던 그 미소가 참 예뻤다. 눈을 뗄 수 없을 만큼. 갖고 싶다는 욕심이 더욱 커져 갈 만큼.

"먼저 들어가 있어. 나 화장실 갔다가 갈 테니까."

채윤과 재완이 서로를 마음에 담고 있는 둘의 모습을, 서로를 마주 보며 행복해하는 모습을 조금이라도 덜 보는 것이 낫겠다 싶어서 걸음을 멈추었다.

"알았어."

채윤은 간단하게 대답하고 미련 없는 사람처럼 연회장 안으로 들어갔다. 세온은 어디서 대충 시간을 조금만 때우다가 들어가자 싶어서 아무 곳에나 발걸음을 옮겼다.

"애 자체가 천성 자체가 싸가지야, 이채윤은. 그렇지 않아요? 아버지?"

그러다 우연히 듣게 된 이름. 걸음을 멈춘 곳은 호텔 구석에 위치한 흡연 공간이었다.

“그래도 너무 티를 내진 말거라. 그러다 괜히 최 회장님에게 밉보여서 투자도 제대로 못 받을 수도 있어.”

“아, 진짜 너무 짜증 나. 이채윤이 지 엄마랑 집 뛰쳐나갔을 때 차라리 뒤져 버렸으면, 그 재산이 다 고모한테 와서 마음에도 없는 짓 안 해도 됐었는데.”

“어허, 말조심해! 녀석아, 제발.”

아버지라는 작자가 말려 보았지만, 이미 소용없는 일이었다. 그들이 속으로 품고 있던 꿍꿍이를 세온이 전부 들어 버렸기 때문이었다. 세온이 안으로 들어갔다. 갑작스러운 누군가의 등장에 깜짝 놀라는 것처럼 보였지만, HC그룹과는 전혀 관련이 없어 보이는 인물에 안도를 하는 것 같아 보이기도 했다.

“담배 한 대 주실래요?”

“학생 같아 보이는데.”

형우가 세온을 눈 아래로 훑어보며 말했다.

“학생은 학생다워야지.”

비웃으며 이해하지 못한다는 듯이 고개를 내젓는 형우에 그 옆에 있던 태석도 똑같은 행동을 보였다.

쯧쯧, 머리에 피도 안 마른 어린것이. 어디서 어른 흉내를 내려고?

두 사람의 눈빛과 비웃음이 세온에게 그리 말해주고 있었다.

“그러게요. 학생은 학생답고 사람은 좀 사람다워야 하는데. 그렇죠?”

그런 두 사람을 향해 세온은 바지에 손까지 넣으며 아주 여유로우면서도 건방진 모습으로 대응했다. 여태, 세온을 비웃던 두 사람의 낯빛에 당황스러운 색이 물들어졌다.

"무, 무슨 소리를 하는 거야? 이게. 아버지, 얘 뭐래요? 뜬금없이 나타나 가지고는."

"그러게, 무슨 말을 하는 건지 도통 모르겠구나."

어색하기 짝이 없는 반응에 세온은 크게 웃었다. 급기야 형우가 미친 사람이라며 손으로 머리 쪽을 빙빙 돌리기까지 했다. 그런 형우를 향해 세온은 웃음기를 확 거두어 내며 차갑게 말했다.

"사촌 동생이 차라리 뒤져 버렸으면 좋겠다, 라고 바라는 사촌 오빠가 이 세상에 얼마나 될까요?"

세온이 형우를 향해 한 발자국 내디뎠다. 자신보다 어려 보임에도 불구하고 대응할 수 없는 건, 자신보다 월등히 큰 키와 다부진 체격 때문만은 아니었다. 자신을 똑바로 응시하고 있는 저 눈빛. 감히 고등학생에게서 나올 만한 눈빛이 아니라는 것을 직감한 형우는 저도 모르게 한 발자국 물러서게 된 거였다.

"아니, 사람이 죽길 바라는 마음을 갖고 사는 사람이 얼마나 있을까요?"

세온은 다시 형우에게 한 발자국 다가가서는 상체를 수그려 귀에 대고 속삭였다.

"조심하세요. 누가 칼자루를 쥐고 있는 건지, 아직 확실히 모르잖아요."

그 경고가 얼마나 살벌한지, 형우가 소름이 돋아 몸을 부르르 떨었다.

"뭐 하는 짓이야! 어린것이."

보다 못한 태석이 한마디 했다. 세온이 형우에게 쏠려 있던 몸을 똑바로 일으켜 세웠다.

"그냥 조심하시라고요. 함부로 주둥이 나불거리다가 인생 쫑나는 어른들을 하도 봐 와서. 그럼 전 이만."

묵례를 하고 돌아서는 세온의 뒤로 두 사람의 큰 소리가 들려왔다. 하지만 걸음을 멈추지 않고 그대로 흡연실을 나왔다.

채윤이 더는 상처받지 않고 살아가길 바란다. 채윤의 그 예쁜 미소가 오래오래 그녀의 입술에 머무르기를 바란다. 채윤을 지켜주고 싶었다. 그래서 그 누구보다도 강해지고 싶었다.

연회장으로 가기 위해 몸을 꺾던 세온의 시야로 최 회장의 뒷모습이 보였다. 세온은 최 회장과 방금 자신이 걸어 나온 곳을 번갈아 쳐다보았다.

"설마 들으신 건 아니겠지……."

금세 고개를 내저었다. 들었다면 어떤 조치를 취하셨겠지.

적어도 최 회장님에게만큼은 채윤을 향한 가족애가 있기를 바라며 그리 단정을 지어야 했다. 세온은 다시 걸음을 옮겼다. 채윤이 있는 곳으로.

***

까무룩 잠이 들었던 모양이다.

채윤은 여전히 몸을 짓누르는 것 같은 극심한 졸림을 겨우 밀어내며 눈을 떴다. 앞에 재완이 함께 누워서 자신을 바라보고 있었다.

"언제부터 여기 있었어?"

"좀 됐어."

"……혹시, 나 자는 거 추했어?"

"아니. 자는 것조차도 예뻤어. 깨우기 미안할 정도로."

재완이 채윤의 이마에 가볍게 입을 맞추며 안아 주었다. 그러고는 재완이 말을 이었다.

"채윤아, 나 네가 너무 좋아."

"나도 네가 너무 좋아, 재완아."

채윤은 재완의 품에 안겨서 한숨 더 잘까, 생각했지만 몸이 말을 듣지 않았다.

"샌드위치 먹을래?"

자고 일어나니까 출출해졌다.

"안 번거로워? 샌드위치 만들어 달라는 소리는 아니었는데."

"그런 소리로 들렸는데."

서로를 향한 목소리에 애정이 듬뿍 담겨 있었다. 가을 끄트머리에 선 태양은 마치 마지막 발악이라도 하듯이 아주 강하게 내리쬐어 여지없이 창문을 통해 들어왔다. 그래서일까, 오늘따라 재완이 더욱 빛나는 것처럼 보였다.

"만들어 올게."

"같이 만들까?"

"아니. 혼자서 후딱 만들어 올게. 기다려."

"알았어."

재완의 방에서 나와 주방으로 향했다. 일을 하고 계시던 아주머니들이 가볍게 인사를 하며 뭐 도와줄 것이 없냐 물었다. 채윤은 혼자 할 수 있다고 답한 후 냉장고에서 재료들을 꺼냈다. 금방 계란말이를 만들어 끝을 자른 식빵에 버터를 녹여 발라 완성시켰다. 연어 훈제, 파프리카, 후추, 야채를 넣어 크루아상 사이를 갈라 넣었다. 샌드위치를 만드는 동안에는 잡생각이 전부 사라지고 다른 조리법을 떠올리며 콧노래까지 부를 정도로 즐거웠다.

그렇게 여러 가지의 샌드위치를 완성시켜 예쁜 그릇에 담아 다시 재완의 방으로 향했다. 하지만 채윤은 그 방으로 들어갈 수 없었다. 방에 재완의 엄마 유 비서가 와 있었기 때문이었다. 두 사람이 마주 보고 무언가 심각하게 얘기를 하고 있는데, 잘 들리지가 않았다.

채윤은 대화가 끝날 때까지 벽에 기대어 기다렸다. 얼마 안 있어 유 비서가 나왔다.

"아가씨."

유 비서는 밖에 서 있는 채윤을 보고 살짝 당황해하는 눈치였다. 채윤은 그런 유 비서를 보고 멋쩍은 미소를 짓다가 손에 들고 있는 샌드위치를 하나 내밀었다.

"드셔 보실래요? 제가 직접 만든 건데."

"점심을 먹은 지가 얼마 안 돼서요."

"아, 네. 그러면 저는 들어가 볼게요."

가볍게 묵례를 하고 방으로 들어왔다. 멍하니 의자에 앉아 있던 재완이 인기척을 듣고 고개를 돌렸다.

"무슨 심각한 일이라도 있는 거야?"

다가가며 묻는 채윤을 향해 재완은 고개를 내저었다.

"아니. 샌드위치 맛있게 생겼다."

정말 별일 아닌 양, 재완은 화제를 돌렸다. 그래서 채윤도 더는 물어보고 싶지 않았다.

"응. 진짜 맛있을 거야. 먹고 반해서 나한테 매일 해 달라고 하면 내가 해 줄게."

샌드위치 하나를 들어 재완의 입까지 가져다주었다. 재완이 크게 한 입을 베어 물고서는 환하게 웃어 보인다.

"맛있어?"

"응. 너무 멋있어."

재완은 대답하며 채윤의 손을 깍지 껴 잡았다.

"놓고 먹자. 좀 불편해."

채윤이 손을 빼려고 했지만, 재완이 힘을 주는 바람에 그럴 수 없었다.

"잡고 먹자. 불편하면 내가 먹여 줄게."

재완이 이렇게까지 나오는데, 채윤이 더 거절을 할 이유는 없었다. 그래서 재완이 건넨 샌드위치를 한 입 베어 물었다.

"네가 주는 거라서 그런가, 더 맛있다."

제 말에 재완이 웃었다. 그래서 채윤도 따라 웃었다.

5. 봄은 오지 않았다

"반장."

수업이 끝나고 선생님의 부름에도 재완은 아무런 미동을 보이지 않았다.

"반장?"

아이들의 의아한 이목이 재완에게로 향했다. 넋이 나가 깊은 생각에 잠겨 있는 듯한 재완을 세온이 툭, 하고 쳐 보였다. 그제야 정신을 겨우 차린 재완이 얼른 자리에서 일어나 인사를 했다. 아이들은 별 대수롭지 않게 여기며 쉬는 시간을 실컷 만끽했지만 세온은 그러지 못했다.

"무슨 일 있어? 하루 종일 왜 그렇게 넋이 나가 있어?"

"아니. 일은 무슨 일."

아무렇지 않게 넘기려는 듯 노력을 하는 모습이 역력했다. 책을 정리하는 재완의 손을 세온이 가볍게 그러쥐었다.

"내가 널 몰라?"

"……정말 아무 일 없어."

"서재완."

"그냥, 이제 얼마 안 있으면 아버지 제사라 그런가? 마음이 뒤숭숭해."

재완의 고민을 덜어 주고 싶은 마음에 목소리를 굳혔지만 그래도 조금이나마 다행스러운 건, 재완이 해결을 할 수 없는 큰일이 닥친 것이 아니라는 것에 세온은 조금 안심을 했다.

"정신없을 만하네."

"……."

"그런데 너희 아버지 제사 좀 남았잖아."

"응? 응. 그러긴 한데, 며칠 전에 갑자기 어머니가 아버지 얘기를 꺼내셔서."

"아……."

하긴 사랑하는 가족 그리워하는데 시기가 따로 있을까.

"아버지 제사면 고향 내려가겠네?"

"응. 금요일에 학교 끝나고 출발해서 일요일 아침에 올라오기로 했어. 엄마랑."

자신이 형 때문에 극심한 우울로 반쯤 죽어 갈 때, 재완이 어떻게 대해 줬더라? 수업 내내 생각하던 세온은 방과 후, 집에 가기 위해 가방을 챙기는 재완을 향해 농구공을 냅다 집어 던졌다. 농구공이 재완의 어깨에 맞고 바닥에 튕겨 다시 세온에게로 넘어왔다.

"농구 한판하자. 땀이랑 같이 잡생각도 흘려버려."

"그 오글거리는 멘트."

"응. 네 거야."

씁쓸했던 재완의 얼굴에 설핏 웃음이 번진다. 열린 뒷문으로 채윤이 들어왔다.

"뭐야? 집에 안 가고 둘이 농구하게?"

세온이 들고 있는 농구공을 발견한 채윤이 다소 불만스러운 얼굴로 물었다.

"응. 너도 같이 할래?"

능청맞은 세온의 반응에 채윤이 한쪽 입꼬리를 들어 올리고 가소롭다는 듯이 웃는다.

"그러고 싶다만, 네가 괜히 자괴감 들까 봐 거절할게."

새침하게 손까지 들어 올리며 의견을 표하는 채윤이 귀엽다. 그래서 세온이 저도 모르게 웃어 버렸다.

"몇 시까지 할 거야? 농구하고 저녁 먹고 갈 거지?"

농구 끝나고 또 같이 햄버거라도 먹을 생각에 살짝 들떠 있던 세온의 마음이 다음으로 들려온 재완의 말에 찬물이 끼얹은 것처럼 꺼져 버렸다.

"먼저 집에 가, 채윤아."

"응? 왜? 기다릴래."

"오늘은 좀…… 시간이 걸릴 것 같아. 농구하고 세온이랑 갈 데도 있어서."

채윤의 표정이 재완의 몇 마디에 금방 시무룩해진다.

"어디? 나 빼고 둘이 어딜 가게?"

갈 곳 없는데. 세온은 어리둥절해하며 저를 바라보는 채윤의 시선을 외면했다. 재완이 저러는 데는 그럴 만한 충분한 이유가 있을 거라고 생각했기 때문이었다.

"알았어."

속상과 서운함이 짜증으로 변질되었는지, 채윤은 다소 냉랭한 반응을 보이며 교실을 나섰다. 채윤을 혼자 보내는 것이 마음에 걸렸지만 잡지 못했다.

"나랑 어디 가려고?"

"……아니. 채윤인 농구 별로 좋아하지도 않는데, 계속 기다리게 하는 게 미안해서."

"야, 그게 미안하다고 애를 저렇게 기분 나쁘게 보내면……."

말을 잇던 세온은 정말 재완답지 않은 대처에 미간을 구겼다.

"서재완, 너 진짜 무슨 일 있냐?"

"일은 무슨 일."

세온이 들고 있던 농구공을 뺏어 튕기며 재완이 급하게 교실을 빠져나갔다.

"빨리 와! 강세온!"

멀찍이서 울려 퍼지는 재완의 목소리에 세온도 걸음을 옮겼지만 도통 찝찝하고 거슬리는 감정을 떨쳐 버릴 수는 없었다. 강당에 도착해서 오고 가는 대화 하나 없이 서로 미친 듯이 농구만 했다. 아니, 서로가 아니라 재완이 그랬다. 더는 뛸 수 없을 정도로 다리가 후들후들해질 때까지 농구를 하고, 차갑고 딱딱한 강당 맨바닥에 대자로 뻗어 누웠다.

세온은 흉곽이 심하게 오르락내리락하며 숨을 헐떡였다. 재완도 힘든지 숨소리를 가다듬는 거친 소리만 들려왔다.

그렇게 한동안 누워 있다가 겨우 괜찮아질 때 재완이 말했다.

"세온아."

"왜?"

"채윤이 말이야."

"응."

"겉으로는 엄청 세 보여도 마음 여린 거, 이제 알 거 같지?"

"……뭐, 그냥저냥."

"그때 고마웠어."

세온이 재완에게로 고개를 돌렸다. 재완은 여전히 높고 높아 손을 아무리 뻗어도 닿지 않는 천장에 시선을 두고 있었다.

"화장실에서 말이야. 채윤이 일에 그렇게 나서는 거 보고, 고맙기도 하고 멋있기도 하고 그랬다?"

"아, 그거."

"생각해 보면, 우리 둘 다 수영장에 빠졌을 때, 구해 준 것도 너네. 그것도 고마웠고."

괜히 오해를 해서 멀어질까 봐 두려웠다. 그래서 이채윤뿐만이 아니라 너도 있었기 때문에 나선 거라고 말을 하려는데, 재완의 말이 계속 이어졌다.

"앞으로도 그래 줘."

"뭐?"

"……앞으로도 말이야. 채윤이 어려운 일 있으면 나서서 멋있게 해결해 줘."

"왜? 네가 하면 되잖아."

꼭 채윤의 곁에 더는 남아 있지 않을 사람처럼 얘기하기에 말했다. 채윤을 좋아하지만, 재완이 그녀의 곁에서 사라지는 건 원하지 않는다. 채윤이 재완을 많이 좋아하니까.

참 모순적인 감정이다.

재완은 자리에서 일어나더니, 옆에 있는 농구공을 세온을 향해 던졌다. 배 쪽으로 날아오는 농구공을 세온은 반사적으로 받았다.

"나보다 강세온이 더 세잖아."

"그런 게 어디 있어."

"있어. 세상엔 있더라……. 아, 하도 뛰었더니 배가 너무 고프네. 햄버거 먹으러 갈까?"

재완이 먼저 일어나 강당 밖으로 천천히 걸어갔다. 그 뒷모습이 꽤나 외로워 보였다.

***

어둑어둑해진 시간.

정원을 서성거리고 있던 채윤은 멀찍이서 다가오는 재완을 향해 빠르게 걸음을 옮겼다.

"서재완!"

"채윤아."

"뭐야, 왜 이렇게 늦게 와?"

"세온이랑 오랜만에 노느라……. 미안해."

서운한 마음이 저 한마디에 거짓말처럼 녹아버린다. 이제 재완은 채윤에게 단순히 휴식처나 친구가 아닌 그 이상의 존재였다. 제 감정을 하루에도 몇 번씩 변하게 할 수 있는 유일한 사람. 그런 사람이 재완이었다.

"미안할 거까지는 없고."

"추운데 왜 나와 있었어. 옷도 이렇게 얇게 입고."

재완이 제 교복 재킷을 벗어서 채윤의 어깨에 걸쳐 주었다.

"강세온이랑 노느라 정신 팔려 놓고 이제 와서 걱정하는 척하기는……."

서운한 마음에 말이 삐뚤어지게 나왔다. 하지만 아무 말 없이 자신을 가만히 바라만 보고 있는 재완에 금방 후회했다. 말을 예쁘게 하길 늘 바라는 재완이었는데.

"서운해서 그냥 한 소리야. 마음에 있는 소리 아니야."

"알아. 하지만 아프면 안 돼, 채윤아."

"알았어. 앞으로 옷 단단히 입고 다닐게. 저녁은 당연히 먹었겠지?"

"설마, 아직도 저녁 안 먹은 거야?"

"……응. 입맛이 없어서."

재완은 속상하다는 듯이 낮게 한숨을 내쉬다가 채윤의 어깨를 가볍게 어루만져 주었다.

"라면 끓여 줄까?"

"응!"

그때처럼 주방에서 버너와 라면을 끓일 것들을 가지고 재완의 방으로 향할 줄 알았다. 하지만 재완은 주방 식탁에 채윤을 앉혀 놓고 라면을 끓였다.

"네 방에 가서 먹고 싶어."

"다음에. 다음에 내 방 가서 먹자."

"냄새 배길까 봐?"

"뭐, 그런 것도 있고."

"치사하게. 그럼 내 방 가서 먹자."

"다음에. 다음에."

눈도 마주치지 않고 등을 보인 채로 다 익지도 않은 라면 면발을 휙휙 젓고 있는 재완에 채윤은 또 한 번 미간을 구겼다. 하지만 섣불리 물어볼 수는 없었다. 어차피 제대로 된 대답도 해주지 않을 서재완이라는 것을 아니까.

다 끓인 라면을 앞에 놓아 준 재완은 차가운 물과 김치도 챙겨 주었다.

"입맛 없었는데 네가 앞에 있으니까 식욕이 돋는 것 같아."

"배고프다고 너무 허겁지겁 먹지 말고, 그러다가 체하니까."

"알았어."

괜한 소리는 아니었다. 채윤은 정말 입맛 하나 없던 몇 시간 전이 믿기지 않을 정도로 라면을 후후 불어 가며 먹고 밥까지 말아 먹었다. 다 먹고 주방에서 나온 재완은 자연스럽게 본관으로 걸음을 옮겼다.

"들어가서 자."

"조금만 더 같이 있으면 안 돼?"

"……세온이랑 너무 열정적으로 놀았나? 좀 피곤해서."

지금까지 이런 적이 없던 재완이었다. 그랬기 때문에 채윤은 자꾸 신경이 쓰였다.

"다음부터는 같이 놀아. 왜? 강세온이 또 나랑 놀기 싫대?"

"아니야. 세온이 이제, 너 걱정도 할 정도로 너 아끼는 것 같아."

채윤은 마사지까지 해주던 세온의 모습을 떠올리며 재완의 말에 공감했다. 서로를 벨 듯이 날카로운 날을 세우고 으르렁거리며 지내던 시절이 제대로 생각나지 않을 만큼, 세온과는 많이 가까워져 있었다.

"싫지 않지?"

"뭐가?"

"세온이 너 생각해주는 거."

"……뭐, 싫지는 않지. 특히 서재완이 무척이나 아끼는 친구잖아. 강세온이랑 사이좋게 지내야 서재완 마음도 더 편할 테니까."

재완이 작게 웃는다.

"피곤하다니까 보내 주는 거야. 대신 다음부턴 그런 거 안 통할 줄 알아, 서재완."

"알았어. 얼른 들어가."

"응."

들어가기 직전 채윤이 입술을 내밀었다. 언제나 따뜻하고 촉촉한 입술로 맞춰 주던 재완이 시선을 외면했다.

"내가 감기 기운이 있어서."

"상관없어."

"내가 상관있어. 너 아픈 거 싫으니까."

"그래도 해주면 안 돼? 아주 살짝만."

채윤의 부탁에 재완은 입맞춤 대신 그녀를 꼬옥 끌어안았다. 평소와는 다르게 무척이나 세게 끌어안는 재완의 등을 채윤은 다독여 주었다.

그렇게 한참을 끌어안아 준 재완이 채윤을 놓았다.

"얼른 들어가."

뽀뽀를 안 해 준 건 조금 아쉽지만, 뜨거운 포옹에 만족하기로 했다.

"응. 잘 자."

재완은 자신이 완전히 방으로 들어갈 때까지 그 자리에 서 있어 주었다. 눈이 마주치면 다정하게 웃으며 손을 흔들었다. 그게 좋아서 몇 발자국 걷지 않아 돌아보고, 또 돌아보고를 반복했다. 그때마다 재완은 한결같은 모습으로 그 자리에 있어 주었다.

영원히 그럴 줄 알았다. 뒤돌아보는 그곳에 항상 재완이 있을 줄 알았다. 믿어 의심치 않았다. 하지만 그 믿음은 얼마 가지 않아 폭격을 맞은 건물처럼 와르르 무너져 내리고 말았다.

***

기말고사가 끝난 날이었다.

"맛있는 거 먹고 저녁에 놀이동산 갈까?"

공부로부터 잠시 해방되었다는 것과 재완과 놀 생각에 한껏 들떴다.

"둘이?"

"응. 둘이."

"강세온이 따라간다고 안 해?"

"공부한다고 밤 샜대. 그래서 집에 가서 잔대."

"아…… 맞다. 걔도 가끔 전교 1등 하는 애지."

채윤은 학교를 나오자마자 냉큼 재완에게 팔짱을 꼈다. 성적이 좋아야 한다는 압박감 때문인지, 재완은 한동안 오로지 공부에만 매진했다. 그래서 두 사람이 제대로 된 데이트를 하는 건 정말 오랜만이었다.

"뭐 먹을까? 맛있는 거 뭐가 있지?"

"파스타 먹을까? 너 파스타 좋아하잖아."

"그래. 파스타에는 피자도 곁들여 줘야지."

놀이동산 근처 쇼핑몰 센터에서 파스타를 먹은 후, 표를 끊고 들어갔다. 정말 간만에 찾는 놀이동산에서 채윤은 물 만난 물고기처럼 뛰어다녔다. 무섭지도 않은데, 괜히 핑계를 만들어 재완의 손을 꼭 붙잡기도 하고 사진을 찍는다는 이유로 살포시 안기기도 했다. 밤늦게 하는 마지막 퍼레이드까지 본 후에 두 사람은 집으로 향했다.

택시가 잘 잡히지 않아 하는 수 없이 올라타게 된 버스 안. 다행히도 빈자리가 있어 두 사람이 나란히 앉을 수 있었다. 채윤은 '나 놀이동산 다녀왔어요.' 티가 팍팍 나는 머리띠를 아직도 벗지 않고 흥분을 가라앉히지 못했다.

"너무 재밌었어. 날 따뜻해지면 또 오자."

"안 피곤해?"

"재밌게 놀아서 그런가? 하나도 안 피곤해."

채윤이 재완에게 팔짱을 끼고 어깨에 얼굴을 살포시 기대었다. 버스는 한참을 달려 동네에 도착했다. 그들은 버스에서 내려 언덕배기에 위치한 집으로 천천히 올라갔다. 이제 정말 가을하고는 인사를 해야 할 만큼 11월 말의 바람은 차가웠다. 그래서 채윤은 재완의 팔을 더욱 안았다. 그의 따뜻한 온기로 이 추위를 조금이나마 덜기 위해서.

"채윤아."

하지만 채윤의 팔은 집 근처에 도착했을 때, 재완의 손에 의해서 떨어졌다.

"응?"

팔을 떼어 내고 마주 본 재완이 여린 입술 사이로 무거운 한숨을 내쉬었다. 금방이라도 바스러져 사라져버릴 것처럼, 눈동자엔 기력이 없었다. 이런 얼굴과 눈빛으로 자신을 바라보던 사람 중 좋은 말을 해 준 사람은 단 한 명도 없었다. 집에서 쫓겨나기 전에 상황을 설명해주던 엄마도, 엄마를 다시는 볼 생각 하지 말라고 말하던 할머니도 전부 이런 표정을 지었다.

"……우리 그냥."

숨이 탁, 하고 막힐 정도로 불안한 재완의 목소리에 채윤은 본능적으로 그의 옷자락을 잡았다. 제 옷자락을 잡는 채윤에 의해 잠시 말을 멈춘 재완이 가만히 내려다보다 팔을 뻗어 채윤의 손을 떨어트렸다.

"친구로 지내자."

늘 불길한 직감은 빗나가는 법이 없이 자신의 몸을 관통시킨다. 아프고…… 아프게. 너무 아파서 아무것도 못하게 만들어 버린다.

"……아무래도 좀 부담스러워. 우리 사이."

커다랗고 무거운 돌멩이 하나가 심장을 내리찍은 것 같은 기분이었다. 아니, 스산하고 으쓱한 숲속에서 혼자 길을 잃고 헤매는 것처럼 막막하고 아득했다. 하고 싶은 말은 많은데, 입술 밖으로 나오는 건 옅은 신음뿐이었다.

"……미안해, 채윤아."

돌아서는 재완을 채윤이 가까스로 잡았다. 사람이 너무 놀라면 아무 말도 못 한다더니, 지금 자신이 딱 그 꼴이었다. 세상에 유일한 그림자가 사라져 버석하게 메마른 사막의 땅에 혼자 덩그러니 서 있는 기분.

"이러지 마, 재완아."

겨우 꺼낸 한마디엔 울음이 잔뜩 묻어 목울대가 찢어진 것처럼 고통스럽기만 했다. 하지만 멈출 수 없었다. 재완이를 말리는 것을.

"부담스럽다니? 그동안 괜찮았잖아."

"난……."

"……."

"난 널 지킬 수가 없어, 채윤아."

"누가 너더러 나 지켜 달라고 했냐고! 전부터 왜 계속 쓸데없는 소리를 해! 너한테 지켜 달라고 한 적 없어. 없다고! 그러니까 말도 안 되는 소리로 나 밀어낼 생각 하지 마."

채윤이 발악을 하듯 울부짖으며 따지고 들었다. 하지만 재완의 반응은 도통 변하지 않았다. 채윤의 눈시울이 붉어지고 코끝이 시큰해졌다. 목이 자꾸만 눈물로 억눌려져 컥컥, 이상한 소리가 새어 나왔다.

"미안해."

"미안한 짓 하지 마."

"익숙해지면 괜찮아질 거야."

"……괜찮아질 리가 없잖아. 너 나한테 상처 주면 안 되잖아. 너 내가 상처받는 거 싫어하잖아."

"내가 곁에 있으면 더 큰 상처를 받게 될 거야."

"무슨 소리야?"

"미안해. 미안해, 채윤아."

한 번도 자신을 이기려 든 적 없고, 뭐든 져 주고 외면하지 않았던 재완이었다. 그런 재완이 돌아섰다. 자신을 혼자 두고 돌아섰다.

"서재완, 가지 마! 그대로 가면 진짜 가만 안 둬!"

악다구니를 쓰며 협박을 해도 재완은 멈추지 않고 걸음을 옮기며 멀어져 갔다. 잡고 싶었지만, 잡을 수가 없었다.

"가지 마……."

또 한 번 재완이에게 외면당할까 봐서.

가장 믿고 사랑했던 사람에게 외면당하는 일이 얼마나 아픈지 아니까. 그 아픈 상처를 또다시 받는 것이 두려워서 채윤은 재완을 잡을 수 없었다.

한참을 혼자 우두커니 서서 극심한 괴로움에 눈물을 쏟아 내던 채윤의 뒤로 헤드라이트가 환히 비추어졌다. 차가 멈추고 뒷좌석 창문이 열렸다.

"집에 안 들어가고 여기서 뭘 하고 있는 거니."

최 회장이었다.

"타거라."

걸을 힘도 없어 채윤은 뒷좌석에 올라탔다. 훌쩍, 아직 가시지 않은 슬픔이 채윤을 집어삼켰다. 채윤은 멈춰야 하는데, 자꾸만 흐르는 눈물을 황급하게 손등으로 닦아 냈다.

"울지 말거라."

"……."

"누구 앞에서도 약한 모습을 보이지 마."

'난 널 지켜 줄 수 없어, 채윤아. 내가 곁에 있으면 더 큰 상처를 받게 될 거야.'

왜 할머니의 말과 함께 재완의 목소리가 오버랩되는 걸까. 많이 격해진 기분 탓인 걸까?

"왜 우는 거냐고 물어봐 주실 수도 있잖아요."

"아무도 네가 왜 우는지에 관심 갖지 않아. 네가 우느냐, 울지 않느냐, 네가 약한 사람이냐, 약한 사람이 아니냐에 관심을 둘 뿐이지."

재완의 행동이 이해가 가지 않았는데, 할머니의 말을 들으니 이제야 맞지 않는 조각들이 맞춰지는 것 같았다. 계속 자신을 지킬 수 없다며 스스로를 약한 사람이라고 여기던 재완이. 그러면서 갑작스럽게 부담스러운 사이라며 자신을 밀어낸 재완이.

할머니와 엮여 있다면 이해 가지 않는 부분이 단 하나도 없었다.

"할머니시죠?"

최 회장은 아무 말 없이 채윤을 응시했다. 차는 이미 집 앞에 도착했지만 두 사람은 내릴 기미를 보이지 않아 운전을 해주던 기사가 조용히 내렸다. 바람 한 점 통과하지 못할 것만 같은 정적이 흘렀다.

"할머니시죠? 재완이를 제게서부터 떼어 낸 사람. 할머니잖아요."

"세상엔 모두 끼리끼리라는 것이 있어. 비슷하게 생겼다 하더라도 백조와 오리가 다른 것처럼."

"그래서 재완이한테 그대로 말씀하셨어요?"

상처를 받았을 재완이 안쓰러웠다. 누구에게도 말 못 하고 혼자 끙끙거리며 고민하고 서글픈 감정을 숨긴 채, 애써 웃어야 했던 재완에게 화를 낸 것이 미안했다.

"고등학교 졸업 후에 유학을 보내 준다고 약속했다. 재완이도 그걸 받아들였고."

"그럼 저도 갈래요."

"내가 어떤 대답을 할 것인지, 알고 있겠지?"

"갈 거예요. 안 보내 주시면 죽어서라도 따라갈 거예요! 그런 줄……!"

뺨으로 할머니의 억센 손길이 날아왔다.

"어떻게 할머니 앞에서 그런 말을 할 수가 있는 거니? 그것도 고작 남자 하나 때문에."

감정에 쉽게 동요되지 않던 최 회장도 조금 격한 반응을 보였다. 이 와중에 채윤은 그나마 다행이라 생각했다. 적어도 자신이 죽길 바라지 않는 가족이 한 명쯤은 있다는 것이. 하지만 지금 제게 가장 필요한 건 재완이었다. 늘 제게 따뜻하고 저를 감싸 주던 재완이.

"전 재완이 없이 못 살아요. 제가 죽길 바라신다면, 계속 재완이 밀어내세요."

차에서 내린 채윤은 유 비서와 눈이 마주쳤다. 그녀는 아무 말 없이 채윤이 지나갈 수 있게 길을 비켜 주었다. 채윤은 정원 안으로 천천히 걸음을 옮겼다. 오늘따라 정원이 유난히도 길고 어둡게 느껴졌다.

***

아침에 일어나 학교 갈 준비를 끝낸 채윤이 본관에서 나왔다.

늘 앞에 서 있던 재완의 모습이 보이지 않았다. 서관으로 들어가자, 메이드 한 명이 채윤을 보며 가볍게 인사했다.

"재완 학생은 이미 학교 간 거 같던데."

"……."

재완이 자신을 피하는 것이 느껴졌다. 다음 날도, 그다음 날도 재완은 늦게 집에 돌아왔다가 일찍 학교를 나섰다. 학교에서도 교묘하게 저를 피해 갔다. 마주치게 되면 자꾸만 '조금만 있다가.'라든가, '나중에.'라는 말로 둘러대고서 친구들과 황급히 사라졌다.

자신에게 대놓고 상처를 주는 재완에게 정이 떨어질 만도 한데 왜 그럴수록 더 간절해지는 건지……. 왜 그럴수록 재완이 안쓰럽고 힘들어 보이는 건지…….

일부러 저를 피하는 재완에게 다가가려 할수록 그가 자신을 질려 하고 제 행동이 집착처럼 보일까 봐 더는 찾아갈 수도 없었다.

학교를 끝내고 집으로 돌아온 채윤은 침대에 누워 이불을 끝까지 뒤집어썼다. 자꾸만 눈물이 났다.

***

학교 로비로 들어서던 세온의 시야로 재완의 뒷모습이 보였다. 세온은 반사적으로 채윤을 찾았지만 오늘도 역시 당연히 주변에 있을 줄 알았던 채윤이 보이지 않아 의아해하며 재완에게 다가갔다. 넋을 놓고 걷던 재완이 세온의 인기척에 놀란 듯, 몸을 움찔댔다.

"며칠째 왜 혼자야? 이채윤은?"

"아, 채윤인 아마 차 타고 올 거야."

특별한 일이 아니면 늘 같이 오던 두 사람이 같이 오지 않은 것도 이상했지만, 더 이상한 건 그다음으로 보이던 그들의 행동이었다. 조회를 끝내고 채윤이 교실로 찾아왔다. 재완은 선생님이 나가자마자 말도 안 하고 어디로 가 버렸다.

"서재완은?"

"아까 나가던데."

"알았어."

그 뒤로도 두 사람의 이상한 숨바꼭질은 계속되었다. 그냥 모른척할 수가 없어 세온은 수업 시간이 시작하고 얼마 있다가 들어온 재완의 책에 글자를 적었다.

<이채윤 왜 피해? 둘이 싸웠어?>

<아니.>

<그런데 왜 피하냐고, 얘 또 왔다 갔어. 무슨 일인지는 모르겠지만, 무작정 피하려고만 하지 말고 얘기를 해.>

재완은 아무 말 없이 그 글자를 바라보다가 다시 수업에 집중하기 시작했다. 급기야 단 한 번도 그런 적 없던 재완이 조퇴까지 하자 세온은 정말 둘 사이에 심상치 않은 일이 발생했다는 것을 직감했다. 종례가 끝나고 채윤이 찾아왔다.

"서재완 조퇴했어. 대체 둘이 무슨 일인데."

채윤은 입술을 지그시 깨물었다. 그러다 맑고 하얀 눈동자가 점점 붉어지자 세온은 당황했다.

"말을 좀 해라, 둘 다. 들어 보고 내가 해결해 줄 수도 있는 문제일 수도 있잖아."

휴지를 받아 눈물을 닦던 채윤이 겨우 울음을 삼켜 내며 말했다.

"서재완이 헤어지재."

"뭐?"

"헤어지재. 날 지켜 줄 수 없다고."

'……앞으로도 말이야. 채윤이 어려운 일 있으면 나서서 멋있게 해결해 줘.'

'왜? 네가 하면 되잖아.'

'나보다 강세온이 더 세잖아.'

'그런 게 어디 있어.'

'있어. 세상엔 있더라…….'

덤덤하게 말을 해 보려고 했지만 그게 잘 안 되는 모양인지 채윤은 제 손에 얼굴을 파묻었고 얼마 가지 않아 작은 어깨를 들썩였다. 작고 여린 손을 미세하게 떨며 말했다.

"도와줄 수 있으면 좀 도와주라. 나 재완이 많이 좋아해. 나 걔랑 못 헤어져. 헤어지고 싶지 않아. 그러니까……."

도와 달라는 채윤의 말에 세온의 가슴은 미어지는 것만 같았다. 자신이 좋아하는 여자가 다른 남자 없이 살 수 없다고 울부짖고 있는 모습에 세온은 화가 나면서 서글펐다.

"네가 도와줄 수 있으면 도와줘."

세온은 우는 것조차 마음대로 하지 못하는 채윤이 안쓰러워 달래 주고 싶어 손을 뻗었다가 다시 거두었다. 서재완은 멍청하게도 자신이 채윤을 밀어내는 것이 채윤을 지키는 방법이라고 착각을 하고 있는 모양이었다.

지금 제 온 신경과 감정은 전부 채윤에 의해서 움직인다 해도 과언이 아닐 정도로 마음에 담아 두고 있지만 결코 그녀가 힘겨워하는 걸 보고 싶었던 적은 없었다.

두 사람의 행복과 사랑을 영원히 바라는 건 거짓말이었지만, 이렇게 갑작스러운 이별로 채윤이 힘겨운 사랑에 놓이는 건 결코 원한 적이 없다.

재완을 이해하면서도 못난 놈이라 생각했다. 울음을 그칠 줄 모르는 채윤을 향해 세온이 다시 한번 팔을 뻗었다. 자신이 해 줄 수 있는 일은 겨우 어깨를 다독여 주는 일밖에 없었다.

그날 저녁, 재완에게서 전화가 걸려 왔다. 네 집에서 하룻밤만 자도 되냐고 묻는 재완에 세온은 당장 오라고 말을 전했다. 다행히도 엄마는 술을 마시고 깊게 잠든 후였다.

"저녁은 먹었어?"

"응."

힘없어 보이는 재완에 세온이 낮게 한숨을 내쉬었다.

"정말?"

"……입맛이 없어서."

"일단 밥 먹어."

"입맛 없어."

"기다려. 내가 없는 입맛도 살려 낼 정도로 맛있는 거 해 줄게."

하지만 막상 주방에 와서는 막막했다. 사실 세온은 계란 프라이 하나 할 줄 모르는, 요리에는 전혀 재주가 없는 손을 갖고 있었다. 그래도 그나마 할 수 있는 거라곤 라면뿐이었다. 그래, 라면. 세온은 냄비에 라면을 끓이고 햄과 콩나물, 계란 그리고 꽃게까지 넣어 최대한 푸짐한 라면을 내왔다.
"잡탕 아니지?"
재완이 뚜껑을 열어 보고 난감한 얼굴로 말했다.
"없던 식욕에 구역질까지 나오려고 하냐?"
세온이 살짝 미안해하며 물었다.
"장난이야. 친구의 사랑이 듬뿍 담긴, 세상에서 하나밖에 없는 라면인데……! 국물까지 다 먹을 거야."
그리 말하며 면발을 들어 후후, 불어 먹는 재완을 세온은 앞에서 물을 챙겨 주며 담담히 바라보았다. 배가 고프지 않다면서 재완은 국물을 아주 조금 남겨 놓고 다 먹었다. 그릇을 대충 치우고 두 사람은 침실로 올라왔다.
"씻어."
"응."
"갈아입을 속옷은?"
"없어."
"기다려."
세온이 자신의 새 속옷을 챙겨 주었다. 재완이 욕실로 들어가고 바닥에 이부자리를 깐 세온이 그대로 누웠다. 욕실에선 물줄기 떨어지는 소리가 들렸다. 아주 오래도록.

어둠이 짙게 깔린 방 안.
세온은 몇 번이고 뒤척이다가 침대 위에 미동도 없는 재완을 올려다보았다.
"자?"

"아니."

"……그래, 잠이 올 리가 없겠지. 그래서 언제까지 그렇게 피할 건데?"

"모르겠어."

"네가 피하면 피할수록 이채윤 속은 더 타들어 갈 거야. 네가 이러는 것도 충분히 이해하지만 이채윤이 이해해 줄 때까지는 너무 냉정하게 굴지 마."

"……."

"너무 갑작스러운 거였잖아. 걔한테는 네가 유일하게……."

말문이 잠시 막혔다. 인정하고 싶지 않지만 인정해야 할 일. 채윤에겐 재완은 유일하게 제 옆자리를 내어준 사람이라는 것.

"그래, 네가 유일한 안식처에 그 이상일 수도 있었는데, 갑자기 이래 버리면 걔는……. 걔의 세상이 완전히 무너져 내린 기분일 거야. 너도 이채윤이 좌절하고 고통스러워하는 거, 그걸 원하진 않잖아."

자신이 재완에게 충고하고 달래 주고, 위로를 해주는 것 자체가 위선이었다. 친구의 여자를 원한 주제에. 세온은 스스로가 참 간사하다고 여겼다.

"내일 주말인데 뭐 해?"

"내일 저녁에 아버지 제사."

"아…… 그래. 왔다 갔다 하면서 뭐가 정말 이채윤을 위한 일인지 진지하게 생각해 봐."

"응. 그럴게."

그러나 그날이 불행하게도 재완과 마지막으로 지낸 밤이었다.

충고 대신 위로를 해 줄걸, 이불을 뒤집어쓰고 우는 너를 조금만 달래 줄걸. 너 역시도 무척이나 힘들고 두려워했을 텐데, 왜 그때 나는 너의 손을 잡아 주지 않았을까…….

평생 빼지 못할, 만약 뺀다고 하더라도 평생 깊은 상처를 남길 못을 박고 재완은 다시 돌아오지 못할 그 길로 떠났다.

***

역주행을 한 음주 운전자의 차를 피하다가 가드레일에 부딪혀 난 사고.

그 사고로 재완은 마지막 인사도 하지 못하고 너무 갑작스럽게 곁을 떠나버렸다. 하루 늦게 올라오는 유 비서의 차 대신 하루라도 더 일찍 올라오려고 탔던 버스에서 당한 사고였다.

살갗을 스치는 매서운 바람은 아무리 피하려고 도망을 쳐도 집요하게 채윤을 찾아와 기어코 뼈까지 아리는 고통을 주었다. 뼈 마디마디, 혈관 구석구석, 단 한순간도 고통을 잊지 말라는 듯이 그렇게 깊숙하고 잔혹하게 남겨졌다.

내가 너 없는 세상을 살 수 있을까? 내가 너를 잊을 수 있을까? 이렇게 슬픔에 휘청거리면서도 난 또 살아가겠지. 사실 이렇게 사는 것이 지옥 같아도…… 죽을 용기는 없으니까.

[피해서 미안해. 너에게 상처 줘서 미안해. 하지만 약한 나 때문에 보호받아야 할 네가 힘들어질까 봐…… 너와 계속 함께하는 게 내 이기적인 감정을 채우는 것 같아서 피했어. 정말 미안해. 서울로 돌아가면 우리 다시 얘기해 보자, 채윤아.]

마지막 문자를 읽고 또 읽었다. 서울로 돌아오는 재완을 기다리고 또 기다렸다. 하지만 그는 끝내 돌아오지 않았고 다시 볼 수 없게 되었다. 학교에도 집에도 온통 재완의 흔적이 자욱했다. 견딜 수가 없었다.

그래서 할머니를 붙잡고 울부짖으며 말했다. 한국에 있고 싶지 않다고. 이렇게 곳곳에 재완의 흔적이 남겨져 있는 이곳에 남아 있고 싶지 않다고.

영원히 주인을 잃어버린 재완의 방 안에 어두운 빛으로 완전히 잠식될 때까지 있었다. 정원을 하염없이 걷기도 했고 방학을 맞이한 학교를 찾아가기도 했다. 재완이 앉았던 곳, 늘 재완이 앉아 있던 그곳 의자에 앉아 책상을 손끝으로 어루만져 보았다. 그러다 상체를 천천히 수그려 책상에 기대어 누웠다.

아직 너를 마음껏 사랑해 보지 못했는데.

아직 너를 위해서 해 줄 수 있는 것들이 너무 많은데.

네 마음도 모르고 생떼 썼던 거 미안하다고, 나는 너를 사랑한다고…… 아직 말해주지 못했는데. 이제 나는 어떻게 해야 하는 거지?

아직도 네가 이 세상에 없다는 것이, 내 곁에 있을 수 없다는 것이 믿겨지지 않아서 눈물조차 나오지 않아.

금방이라도 네가 내 머리를 쓰다듬어 주며 '안 좋은 꿈을 꿨구나.' 하고 다정하게 웃어 줄 것만 같은데.

조용히 다시 눈을 떴을 때 앞에 세온이 누워 있었다. 자신처럼 재완을 그리워하고 있는 그의 얼굴엔 핏기 하나 없이 말라 있었다. 속에서부터 억누르고 있는 슬픔을 감당하기 버겁다는 듯이 내뱉는 그의 한숨이 위태롭고 안쓰럽게 느껴졌다.

세상에서 가장 사랑했던, 믿고 아끼던 친구를 잃은 남자의 눈이 지나치게 슬퍼 보여 오래도록 마주칠 수가 없었다. 그래서 채윤은 다시 눈을 감았다.

그 모습이 한국에서 마지막으로 본 세온의 모습이었다.

제2부

1. 너를 다시, 만나다

조사실을 나오자마자 창문을 통해 들어오는 따사로운 햇살 때문에 세온은 미간을 구겼다. 결국 비자금 의혹을 받고 그것을 숨기는 데 핵심이었던 89그룹의 재무이사를 털어 분식회계 파일을 받아 내는 데 성과를 거둔 세온은 며칠 동안 밤을 샌 것이 뿌듯할 정도였다. 그는 찌뿌드드한 몸에 있는 힘껏 기지개를 켰다. 담배가 생각나서 흡연실 쪽으로 향하는데, 복도 끝에서 유성이 허겁지겁 내달려 오고 있었다.

"선배!"

"결국 회계분식 받아 냈어. 어때, 네 선배?"

"축하드리고, 멋있어요! 그건 그렇고, 늦으셨어요!"

"뭐가?"

"대법원장님 출판 기념회요!"

"난 또 뭐 엄청난 일이라고."

"부재중 전화가 무려 21통 왔다구요!"

유성은 여전히 흥분한 얼굴을 하고서는 세온의 휴대전화를 내밀었다. 유성의 말대로 아버지와 아버지의 비서로부터 부재중 전화가 21통이 와 있었다. 대단한 의지였다.

"차 좀 빌리자."

"제가 모셔다 드릴게요."

"너 할 일 많잖아."

"선배 며칠 동안 밤새셨는데, 운전하기 힘드실 테니까 제가 갈게요. 대신 거기 맛있는 거 많이 있죠?"

"응. 아마도?"

"선배한테 거한 점심 얻어먹는다고 생각하죠, 뭐."

유성의 얼굴이 눈에 띄게 밝아진다. 아무래도 처음부터 이럴 목적으로 데려다주겠다고 제안했다고 해도 과언이 아닐 정도였다. 그런 유성의 모습이 절대 거슬리지 않았다. 오히려 귀여웠다. 모든 시중을 들어야겠다는 내시 마인드를 갖고 있어 자신을 부담스럽고 귀찮게 만들었던 다른 후배들과는 확실히 달랐다.

"그건 그렇고, 면도라도 좀 하고 가시죠, 선배님."

"아까는 늦었다며."

"그래도 가면 기자들이 많아서 사진도 찍을 텐데."

귀찮다. 누구한테 잘 보이겠다고. 피곤해 죽겠는데 수염까지 다듬고 가야 하나?

"나 밤새고 수염 살짝 나는 거, 여자들은 섹시하다고 찬양하던데. 심지어는 계속 이렇게 유지하라고 하던 여자들도 많아."

"……아, 예."

유성이 듣기 싫다는 듯이 고개를 내저으며 앞장서 걸었다. 그런 유성에 세온은 작게 웃으며 따라갔다.

"뒷좌석에서 편하게 쉬세요."

조수석에 올라타려는 세온을 향해 유성은 뒷좌석을 치워 주며 말했다.

"나중에 술 마시고 네가 내 운전기사였다니 뭐였냐니, 뒤끝 보여 줄 거잖아."

"아, 진짜. 딱 한 번이었잖습니까? 뒤끝은 선배님이 더 있으신 거 같은데."

"맞아. 그러니까, 나 서운하게 하지 마."

그냥 조수석에 올라탄 세온에 뒷좌석을 치우던 유성도 운전석으로 냉큼 올라탔다. 세온은 의자를 뒤로 쭉 빼고 반쯤 누워서는 창밖을 바라보았다.

지금 자신이 수사하고 있는 일에 대해 자문하던 유성도 그가 눈꺼풀을 느릿하게 감았다가 뜨는 모습을 보곤 더는 묻지 않았다.

여름을 코앞에 둔 세상은 꽤나 더워 보였다. 이맘때였지……. 그 애를 처음 본 날이.

13년이 지난 지금도 틈만 나면 생각나는 이채윤. 그래서 일부러 몸이 으스러질 것 같은 피로함을 느낄 때까지 일을 하고 또 일을 하는 세온이었다.

"후우……."

한강대교를 건너며 밀물처럼 몰려오는 옛 추억이 버거워져 세온은 크게 한숨을 내쉬며 눈을 감았다. 한강대교를 건너고 시내로 진입한 차가 신호에 대기하고 있을 때 세온은 감고 있던 눈을 떴다.

많은 사람들이 엇갈려 걸어가고 있는 횡단보도를 아무 생각 없이 바라보던 세온의 눈이 휘둥그레지고 심장이 그대로 쿵, 하고 내려앉았다.

세온은 너무 놀라 한동안 아무 행동도 취하지 못하다가 겨우 정신을 차렸다.

"선배!"

갑자기 차에서 내린 세온 때문에 놀란 유성이 불렀지만, 그의 걸음은 멈추지 않았다. 분명 수많은 사람들 틈 사이에서 채윤을 봤다.

짧았던 머리가 자라 길게 늘어지고, 여전히 뽀얗고 하얀 피부, 옅은 쌍꺼풀과 작은 콧방울, 살짝 붉은 입술, 그리고 아무 표정 없던 얼굴……. 분명히 채윤이었다.

정신없이 사람들의 틈 사이를 비집으며 채윤이 걸어간 방향으로 따라 뛰었지만, 채윤은 그 어디에도 보이지 않았다.

빵- 빵-

마치 정신 차리라는 듯이 옆에서 날카로운 클랙슨 소리가 울렸다.

"선배!"

짜증스러운 유성의 부름에 세온은 다시 돌아서야 했다.

"어. 그래."

"정말 무슨 큰일이라도 나려고 그러세요?"

"미안하다. 출발하자."

조수석에 올라타며 세온은 마지막 희망을 저버리지 않고 다시 한번 주변을 둘러보았다.

다시 돌아온 거야? 이채윤?

***

<강정우 대법원장 출판 기념회 - 인생, 법대로 살면 될까요?>

고딕체로 딱딱하게 적혀 있는 현수막이 팽팽하게 걸려 있다. 수익금을 전부 불우이웃에 돕겠다는 좋은 취지를 밝힌 대법원장의 출판 기념회 행사에는 발 디딜 틈이 없을 정도로 수많은 사람들이 축하를 해주러 왔다. 대부분이 그에게 자칫 밉보이면 곤란한 상황이 발생할 수 있다는 것을 알기에 기회가 될 때 얼굴 도장이라도 찍기 위해서였다.

하지만 이 기념장에 온 사람들의 관심은 오늘의 주인공이 아닌 회계 범죄를 다루는 검사, 세온에게 쏠려 있었다.

"아버지 기념회인데, 아직 안 온 건가? 안 보이지?"

세온은 보통의 법 사람들과는 달리 융통성 없이 FM의 정석을 보여 주는 검사로 유명했다. 그에게 제대로 털려 탈세, 비자금 횡령 등등으로 형사 처분을 피하지 못한 기업가들이 많았다. 눈을 감고 덮어 달라고 선물을 공세하면 뇌물죄까지 추가시켰다. 윗선에서 그를 막으려고 들면 무조건 언론에 사건을 넘겨 세상에 알려지게 했다. 국민들이 분노하면 일은 쉽게 넘어가지 못할 때가 대부분이었다. 고집, 고집, 그런 고집을 피우는 그를 아버지조차도 막을 수가 없을 때가 종종 있었다. 그래서 그는 검사로 일한 지 5년 만에 회피 대상 1호, 일명 '저승사자'라는 별명을 갖게 되었다.

"정말 장부 들고 다니는 저승사자 같아. 어떻게 저렇게 회계 범죄를 쏙쏙 잘 찾아내지?"

"휘슬블로어(내부 고발자)들도 한몫하지. 그들이 찾아와서 말하고 난 후에 보안을 아주 철저하게 지켜 주잖아. 아무튼 요즘 몸 사리느라 몸살이 다 날 것 같다. 그 큰 기업인 SDG도 제대로 털었잖아."

"검사 되고 얼마 안 돼서 바로 털었다는데, 그 장남 김원석은 이전에 뺑소니 쳤던 거, 그리고 약 빤 거까지 들켜서 징역 제대로 살고 있잖아."

"소름 끼쳐."

"들리는 소문에 의하면 같은 고등학교 다녔을 때 사이가 안 좋았대."

"보복인가?"

"그럴지도."

"아무튼 오늘 여기 안 왔으면 좋겠다. 괜히 눈 마주쳤다가 나 마음에 안 든다고 우리 회사 털면 어떡해?"

상대가 의심스러운 눈으로 바라보자, 자신이 말실수를 했다고 느꼈는지 급하게 손을 내저었다.

"아니, 털어서 먼지 나오지 않는 사람 없으니까."

하지만 그의 바람은 얼마 가지 않아 산산조각 났다.

"있을 거 같은데."

대답을 하는 상대의 안색이 급격하게 굳어지고 눈을 어디다가 둘지 몰라 방황하는 것을 보며 남자도 덩달아 긴장했다. 정말 저승사자 같다. 근처에 있는 것만으로도 소름이 돋는 그 저승사자.

초식동물들은 아주 멀리서도 촉감으로 육식동물을 감지한다고 했던가?

"누구?"

"……저승사자."

상대의 대답이 끝나기가 무섭게 누군가가 옆으로 지나갔다. 차가운 바람, 커다랗고 위협적인 그림자, 남자의 몸이 그대로 굳어져 버렸다. 다행히 자신들을 그냥 지나치는 세온에 남자 둘은 낮게 한숨을 내쉬었다.

"생긴 건 진짜 잘생겼다."

"수염은 일부러 기른 건가? 마초 같네. 나도 한번 길러 볼까?"

"수염의 완성은…… 얼굴이다."

"아. 아. 오케이. 오케이."

깊은 깨달음을 얻으며 남자들은 조용히 자리를 벗어났다.

한편 세온은 사람들에게 둘러싸여 사진을 찍고 샴페인을 마시며 이런저런 대화를 나누고 있는 아버지에게로 다가갔다. 며칠 밤을 샜는지 다소 깔끔하지 못한 아들을 보며 정우는 고개를 내저었다.

"수염이라도 좀 깎고 오지. 녀석은 참."

정우가 애정이 섞인 핀잔을 주며 세온을 제 쪽으로 끌어당겼다. 그러자 기자들이 기다렸다는 듯이 셔터를 눌렀다. 간단한 인터뷰를 끝내고 아버지는 또 새로 온 손님을 맞이하느라 바빴다. 세온은 아버지에게 인사를 드리고 얼굴만 비치고 가려고 했다. 이곳을 오기 전에 채윤을 보지 않았다면.

하지만 채윤을 본 이상, 세온은 이곳에 더 남아 있기로 했다. 대부분이 기업 자제들이라 어쩌면 채윤의 소식을 건너건너 듣게 될지도 모른다는 기대 때문이었다.

세온은 벌써 한 자리 잡고 허기를 채우고 있는 유성에게 다가갔다.

"역시 5성급 호텔이라 그런지, 준비된 음식도 장난 아니네요, 선배."

"많이 먹어."

"네! 금방 먹겠습니다. 집까지도 제가 모셔다 드릴게요. 특히 이 초밥이 너무 일품이에요. 선배도 얼른 드세요."

"천천히 먹고 있어."

세온은 유성의 어깨를 가볍게 다독여 주고서는 사람들이 있는 쪽으로 향했다. HC그룹과 그나마 협력 관계가 있을 만한 기업의 관련자들을 찾던 세온은 이번에 협업으로 두바이에 건설을 진행했던 CV그룹 맏아들을 발견했다. 그라면 혹시 오고 가다가 채윤의 소식을 들을 수 있지 않을까?

늘 채윤의 소식이 궁금하고 알고 싶었지만 알 만한 사람들에게 묻지 않았다. 채윤을 그리워하는 것마저도 죽은 친구 재완이에게 미안했고 염치가 없었으며 채윤 또한 바라지 않는 일이라는 걸 알기 때문이었다.

사실 군대를 제대하고 캐나다에 있는 채윤을 찾아간 적이 있었지만 채윤은 자신을 반기지 않았다.

'널 보면 자꾸 재완이 생각나. 부탁할게. 내가 괜찮아질 때까지, 우리 만나지 말자. 내가 정말 괜찮아지면, 그때 너를 다시 찾아갈게. 그때 너랑 다시 친구 할게.'

채윤의 곁에 머물고 싶다는 욕심이 그녀를 힘들게 만들지도 모른다는 생각에 그대로 다시 한국으로 돌아왔다. 그리고 그 시간을 기다렸다. 아직까지도 채윤에게는 연락이 없었다. 재완과 깊은 친구 관계였던 자신이 채윤에게 얼마나 재완을 생각나게 하는 아픈 존재인지 알고 있기 때문에…….

세온은 궁금해도 참았고, 보고 싶어도 견뎠다. 그런데 오늘 막상 채윤이 한국에 다시 돌아왔을지도 모른다는 생각이 그동안 악착같이 억누르고 있던 무언가를 톡, 건드려 폭발시켜 버린 것 같다.

다시 한국에 돌아왔다는 사실이 세온에게 꽤 희망적이었다.

"안녕하세요."

분명 예의가 바르고 죄지은 것도 없는데 세온의 등장에 CV그룹 맏아들이 흠칫 놀랐다. 그는 얼떨결에 세온에게 인사를 했다.

"네. 안녕하세요, 강 검사님."

"이번에 HC그룹과 협업으로 두바이에 지은 빌딩들 평가가 아주 좋더라고요."

"아…… 아, 감사합니다."

"특히 디자인 쪽에 호평이 많던데."

"아! 디자인 쪽은 HC그룹에서 맡아서 진행해 준 덕분이죠."

"최 회장님은 잘 지내고 계십니까?"

"아니요. 요즘 몸이 많이 안 좋으세요. 그래서 캐나다에 있던 외손녀를 불러들이신 것 같고."

몇 마디 대화에 세온은 자신이 원하는 대답을 단숨에 들을 수 있었다.

"외손녀요?"

"네. 아무래도 최 회장님께서 몸이 좋지 않으시다 보니, 외손녀가 밖에 나도는 것보다는 경영을 배우길 바라시는 것 같더라고요."

헛것을 본 것이 아니라는 확신이 점점 더 커져 갔다. 평소 성격이 꽤나 가볍다는 CV그룹 맏아들은 조금만 더 물어도 자신이 아는 모든 것을 술술 내뱉을 것처럼 보였다. 거기다가 세온이 호의적으로 나오니 그의 경계가 느슨해진 것 같았다. 더 많은 것을 알아낼 수도 있겠다는 생각에 세온은 입술을 떼어 냈다.

"경영이라. 아무것도 모르는 외손녀가 지금부터 경영을 배운다고 하더라도 최 회장님께서는 걱정이 많으시겠네요."

"네. 그래서 좀 야무진 손자사위를 보고 계신 것 같더라고요."

이건 정말 예상하지 못했던 말이었다. 법조계에 있을 때는 그쪽으로 돌아가는 일들만 알지, 재벌가들의 세세한 사생활까지는 잘 알지 못했다. 그래서 세온은 다소 충격적이었다.

"손자사위라니요?"

"아무래도 손녀가 외동이다 보니, 아픈 것이 더 최악으로 되시기 전에 든든하고 믿음직스러운 손자사위를 보고 싶으신 거겠죠. 아, 그건 그렇고…… 강 검사님은 아직도 결혼 계획이 없으신지."

예전에 CV그룹 막내딸 맞선 자리가 들어온 적이 있었지만 세온은 거절했다. 많은 기업들이 세온을 사위로 얻길 바라며 아버지인 정우까지 동원해 맞선을 보게 하려고 했다.

"글쎄요."

애매한 답을 내놓고 돌아서는 세온에 남자의 눈이 쓸데없이 기대감으로 번쩍였다.

채윤이 한국에 왔다는 반가운 소식과 그녀가 집안에 의해서 결혼 준비를 하고 있다는 반갑지 않은 소식을 동시에 전해 들어야 했던 세온은 마음이 더없이 불편해졌다. 그리고 그런 생각이 들었다.

너를 만나야겠다. 이제 내가 너를 만나야겠다고.

***

2년 전, 잠시 캐나다에 들러 자신이 하고 있는 사업을 보고 갔던 할머니는 그사이에 많이 늙어버리셨다. 4년가량을 캐나다에서 운영했던 샌드위치 회사가 위생의 실수로 손님들이 단체로 식중독에 걸리는 최악의 상황이 발생하면서 망하고 엄청난 빚을 떠맡게 되었다. 업체에게 맡긴 고기에서 발생한 균이 원인이었는데, 캐나다 재판부는 본사인 채윤의 회사에도 책임이 있다며 엄청난 배상금을 때린 거였다.

그동안 계속 사업을 접고 한국으로 넘어와 경영을 배우라는 할머니의 제안 같은 협박이 있었다. 하지만 자신이 운영하는 회사를 버릴 수 없어 늘 미뤄 왔던 채윤이었다. 그런 채윤이 한국으로 들어오게 된 것은 망하기 일보 직전인 자신의 회사를 살리기 위해서였다.

자신의 요구를 들어주면 엄청난 빚을 갚아 주는 건 물론이고, 한순간에 직장을 잃은 직원들에게 캐나다 지사에 있는 회사에서 근무할 수 있도록 조치하겠다고 회유했다. 당장 직원들 퇴직금도 챙겨 주지 못하는 마당이라 할머니의 제안을 채윤은 거절할 수 없었다.

겉은 더 늙으셨을지 몰라도, 그 성격과 눈빛은 그대로인 할머니를 마주하고 있는 채윤은 그때나 지금이나 여전히 자신을 숨 막히게 하는 존재라는 것을 내심 깨달았다.

"이번 주 주말 오후 2시. 369그룹의 차남, 이동준과의 맞선을 잡아 두었다."

"사실이세요?"

그러면서도 채윤은 자신이 들은 얘기를 반드시 확인해야 할 필요를 느꼈다.

"무슨 말을 하고 싶은 거니?"

"8년 전에 완치가 되었다고 믿었던 암이 재발되시면서, 앞으로 얼마 살지 못하신다고 들었어요."

그랬다. 회사도 회사지만, 할머니의 반갑지 않은 소식이 채윤을 한국으로 오는 비행기에 더욱 등을 떠밀었을지도 몰랐다. 큰 정이 없는 사이였어도, 할머니는 할머니라서 거부할 수도 외면할 수도 없었다.

"그래도 내가 짜 놓은 계획이 달라지는 건 없단다."

"그러시겠죠."

"장소는 유 비서가 보내 줄 거다."

"……네."

채윤은 대화가 다 끝난 것 같아 자리에서 일어나 예의 바르게 인사를 하고 서재를 나왔다. 13년 만에 한국에 돌아왔지만 채윤은 이 집에서 머물 수 없었다. 여전히 잊지 못한 재완의 흔적에 버틸 자신이 없기 때문이었다.

재완에 대한 그리움이 쌓이고 쌓이면 결국 다시 도망쳐버릴 것 같았다. 이제는 더는 도망갈 수 없었다. 자신을 의지하고 믿고 있는 직원들을 내팽개칠 수 없으니까.

서재에서 나와 본관으로 오는 길에 유 비서와 마주쳤다.

아들을 잃은 엄마의 눈에는 조금의 생기도 없었다. 죽지 못해 겨우 살아가는 사람처럼, 유 비서는 여전히 힘들어 보였다. 그래서 잘 지내셨냐는 말도 안 되는 안부는 묻지 않기로 했다.

"그래도 식사는 거르지 마세요."

겨우 이 말을 전했다.

"맞선 장소 내일 안으로 문자 보내 드리겠습니다."

"……네."

짤막한 대화를 끝내고 돌아섰다. 무슨 바람이 들었는지 정원에서 꽃을 심고 있던 혜련과 잠시 눈이 마주쳤지만 알은체하지 않고 지나갔다. 서관으로 향하려는 고개를 가까스로 붙잡고 그 커다란 집에서 빠져나왔다. 곧 다가올 여름의 햇살은 강하고, 불어오는 바람은 후덥지근했다. 그래서일까, 채윤은 더욱 갑갑하기만 한 것 같았다.

***

그로부터 며칠 후, 맞선 장소에 나갔다.

그리고 '미친년'이라는 소리를 듣고 맞선 자리가 파투가 나다시피 끝났다. 남자는 불쾌하다며 온갖 역정을 다 내고 나갔고 채윤은 제게 쏟아지는 따가운 시선 속에서도 굳건히 시간을 채우고 나왔다.

맞선 상대에게 딱 1년만 결혼 생활을 하자고 했다. 만약 그 안에 할머니가 돌아가시고 나면 이혼을 하고 싶다는 말도 덧붙였다. 원하지 않은 결혼을 해야 하는 이유가 할머니와의 약속 때문이니까.

아직 누군가를 사랑할 자신이 없을뿐더러, 사랑하지도 않는 사람과 평생을 살아야 한다는 건 더 끔찍하고 지옥 같은 일이었다. 그 뒤로도 계속 채윤은 맞선남에게 그런 식의 제안을 했다.

'1년만 결혼 생활을 유지해 달라, 그 뒤로는 이혼을 하자.'라는 정신 나간 제안을 하는 '미친년'이라는 소문이 파다해졌지만 할머니는 평일이고 주말이고 맞선 자리를 추진하는 것을 멈추지 않았다. 그래도 불러가서 혼나는 일은 없었다. 미친 짓을 해도 꼬박꼬박 맞선에 나가는 손녀의 노력을 가상하게 여긴 것일까?

하지만 점점 지쳐 갔다. 할머니의 병세는 악화되어 가고 있었고 직원들은 언제쯤 퇴직금을 챙겨 줄 수 있느냐며 전화가 걸려 왔다.

재완아, 나는 어떻게 해야 할까?

수많은 갈등에 잠조차 제대로 이루지 못한 날들을 보내고 있었다. 그 와중에도 허기가 지는 건 사람의 본능인가 보다. 직원들의 퇴직금이라도 빨리 챙겨 주고 싶어 여기저기 은행을 돌아다니며 대출을 알아보느라 바쁜 하루를 보낸 후, 늦은 저녁을 먹기 위해 눈에 보이는 식당에 들어갔다. 숯불로 구워 낸 불고기 덮밥을 시키고 갑갑한 속을 달래기 위해 맥주 한 잔도 시켰다. 시원한 맥주가 갈증으로 타들어 갈 것 같던 목줄기를 시원스럽게 타고 내려갔다.

"캬."

맥주잔을 내려놓고 밥을 비벼 크게 한 숟가락을 입에 욱여넣었다. 그리고 무심결에 바라본 창문 밖에서 세온과 눈이 마주쳤다.

얼마 만이지? ……그래, 13년. 13년 만에 마주친 그는 변하지 않은 듯 보이면서도 한편으론 훨씬 남자다워져 있었다.

예기치 못한 갑작스러운 만남에 살짝 당황한 채윤과는 달리 세온은 덤덤한 얼굴을 하고선 문을 밀고 들어왔다. 그러고는 아무렇지 않게 채윤의 맞은편에 앉았다.

"마침 잘됐다. 나도 저녁 먹으려던 참이었는데."

마치 며칠 전에도 봤던 사람처럼 구는 그에게 채윤은 저도 모르게 피식, 웃어 버렸다. 세온은 채윤과 똑같은 메뉴를 시켰다.

"정말 우연히 지나가다가 본 거야?"

"난 내가 이 근처에서 일하는 거 알고 네가 일부러 이쪽에 온 줄 알았는데."

"너 여기 근처에서 일해? 무슨 일 하는데?"

"음, 숫자 가지고 장난치는 놈들 콩밥 먹이는 일?"

채윤은 그게 뭐야? 하고 눈을 굴렸다. 그러다가 입술이 살포시 벌어졌다. 이 근처 있는 법원과 세온의 아버지 직업으로 힌트를 얻었다.

"검사야?"

"많이 똑똑해졌네."

"내가 멍청하진 않았어."

'잘 지냈어? 오랜만이네.' 같은 상투적인 인사가 아니라 오히려 좋았다. 아니, 어쩌면 그런 평범한 인사조차도 하지 못할 만큼 서로가 어떻게 살아왔는지에 대해서 알고 있는 것 같아 조금 쓸쓸하기도 했다. 13년 만에 만난 유일한 친구. 그래서일까, 채윤은 상황에 맞지 않고 자신답지 않게 살짝 들떴다.

"아무리 그래도 어떻게 지냈냐고 근황 정도는 물어봐야 하는 거 아니야?"

어느새 맥주 한 잔을 다 비우고 새로 시키는 세온을 향해 채윤이 투정을 부렸다.

"어떻게 지내고 있어?"

투정에 의한 것인데도 억지로 물어보는 것처럼 느껴지지는 않았다. 채윤은 대답을 하기 전 제 맥주를 쭉 들이켜고서는 세온처럼 또 한 잔을 시켰다.

"건배하자."

"왜? 도저히 맨정신으로 말 못 할 정도의 근황이야?"

"꼭 그런 건 아니고."

채윤은 혼자 멋대로 건배를 하고서는 다시 맥주를 들이켰다. 목이 따가울 때까지. 그렇게 두 사람은 마시고 또 마셨다. 어느새 테이블에는 몇 개의 빈 맥주잔이 놓여 있었다.

"그런데 내가 캐나다에 갔다가 13년 만에 돌아왔는데, 어쩌다가 돌아왔냐는 것도 안 물어?"

"어차피 물어봐도 대답 안 할 거잖아. 너."

"13년 만에 캐나다에서 돌아온 이유는 말해 줄 수 있어. 내가 거기서 샌드위치 사업을 시작했는데, 망했거든. 그래서 할머니가 한국으로 오면 빚 갚아 준다고 해서, 그래서 온 거야."

전혀 주눅 드는 것 없이 덤덤하게 말을 한 채윤은 고기를 조금 집어 먹고 테이블 위로 팔짱을 꼈다.

"그럼 강세온은 어떻게 지냈는지 좀 들어 볼까?"

"나? 난, 뭐……."

세온은 잠시 공중으로 시선을 옮겼다. 어떻게 살아왔냐고? 살기 위해 발버둥을 쳐 왔다. 재완이를 잊기 위해…… 너를 지키기 위해…….

"그냥. 그렇게 지냈어."

짤막한 대답. 그리고 다시 술잔을 집어 들었다.

두 사람은 생각보다 오래 서로의 맞은편에 앉아 있다가 가게를 나섰다.

"집에 데려다줄게."

"나 그 집 안 살아."

"그럼 지금 살고 있는 집으로 데려다줄게."

"안 그래도 되는데."

채윤의 말에도 세온은 대답 없이 택시를 잡아 세워 뒷좌석 문을 열고서는 얼른 타라고 눈짓을 해 보였다. 택시 안이 답답하게 느껴져 채윤은 창문을 반쯤 열고 기대서는 밖을 바라보았다. 미적지근한 바람이 조심성도 없이 마구 밀려 들어왔다.

작지만 깔끔해 보이는 원룸 빌라 앞에서 멈춘 택시. 채윤이 내리며 세온을 향해 허리를 숙였다.

"고마워. 데려다줘서."

세온이 채윤 앞으로 불쑥 휴대전화를 꺼내 들었다.

"조만간 또 연락할게. 만나자."

오늘 유일하게 제 우울함과 씁쓸함을 알아주는 사람이 세온이라고 느꼈다. 그리고 무엇보다도 재완이 그토록 아꼈던 친구였고 사이좋게 지내길 바라던 친구 아니었던가? 채윤은 선뜻 휴대전화를 받아 번호를 눌렀다.

"또 보자."

"그래. 또 보자."

"들어가."

채윤이 돌아서 빌라 안으로 들어섰다. 그제야 택시가 출발하는 소리가 들려왔다. 집으로 돌아온 채윤은 지친 몸을 침대에 눕혔다. 그러다 이렇게 게으름을 피우면 씻지도 못하고 잠들겠다 싶어서 벌떡 일어나 욕실로 향했다. 옷을 벗고 물줄기를 틀자, 몸 위로 미적지근한 물이 쏟아졌다. 그리고 얼마 가지 않아 얼굴 위로 쏟아지는 것이 물인지 눈물인지 알 수 없게 되었다.

가슴이 미어졌다.

오늘 맥주 한잔을 기울이며 옛 추억을 얘기하고 웃고 떠들 때, 그 자리에 너도 같이 있었다면, 우리 곁에 너도 함께했었다면 얼마나 좋았을까, 재완아.

우리는 모두 여기 있는데, 네가 사랑했던 우리는 아직도 이곳에 있는데, 우리가 사랑했던 너는 왜…… 이곳에 없는 거니. 왜…….

채윤은 결국 무너져 내리고 말았다. 13년이 지났어도 이런 날에는 여전히 채윤에겐 힘든 밤이었다.

***

굴곡 없는 턱선이 미미하게 움직이며 적당한 색의 도톰한 입술이 살포시 벌어지자 뿌연 담배 연기가 주변으로 흐트러졌다가 흔적도 없이 사라졌다.

"선배?"

한 번도 잊어 본 적 없던 채윤이었다. 그래서 그녀가 결혼을 하기 위해 맞선을 보러 다닌다는 소문을 들었을 때, 세온은 난생처음으로 결혼이라는 것에 대해서 생각해 보게 되었다. 그렇지만 섣부른 판단이라 여겼다. 혹시 한 번도 마음껏 사랑해 보지 못한 채윤에 대한 미련을 여전히 '사랑'이라고 착각하는 건 아닐까 생각했다.

세온이 채윤에게 더 많이 느끼는 게 미련인지 사랑인지 확인해 보고 싶었다. 채윤을 만나 이 마음이 정말 섣부른 판단인지 아닌지.

전화번호를 받고 며칠 후, 근처라고 하기에 다시 만나 차 한잔을 더 마셨다. 함께한 시간이 주책없이 즐거웠고 이후로 시도 때도 없이 생각이 났으며 그녀가 다른 남자와 여전히 결혼을 위한 맞선을 보러 다닌다는 이야기에 창자가 뒤틀릴 만큼 속이 쓰라렸다.

보내고 싶지 않았다. 이제 겨우 돌아온 채윤을 다른 남자에게 보내고 싶지 않았다. 채윤이 사랑하지도 않는 다른 남자와 1년이라도 결혼 생활을 하는 모습을 볼 바에는 차라리…… 그래, 차라리…….

"무슨 생각을 그렇게 하세요?"

유성의 말에 상념에서 깨어난 세온이 다 피운 담배를 지져 껐다. 세온은 이번 조사로 그룹 안에서의 비리를 제대로 수사하여 최고 구형까지 판결을 받게 해, 국민들의 찬사까지 받으며 일을 마무리 지었다. 그래서 오랜만에 무거웠던 마음을 내려놓고 유성과 한

잔하고 있던 자리였다. 하지만 그 자리에서조차 채윤의 생각 때문에 그다지 즐기지는 못하고 있는 세온이었다.

"별생각 안 했어."

"더 물어봤자 대답 안 해주실 거죠?"

"잘 아네."

유성이 입술을 삐죽거리다가 마지막 남은 과일을 세온에게 건넸다.

"아무리 좋은 술이라도 안주 없이 드시다가는 탈나십니다. 좀 드세요."

"야, 안주 다 먹고 마지막 하나까지 먹는 건 그래도 양심이 좀 허락하지 못했나 봐."

유성이 건네기에 받아서 먹는데, 한 개도 먹지 않은 과일이 마지막 과일이라는 것을 확인한 세온이 핀잔을 줬다.

"하하, 비싼 곳이라 그런지 평소 먹지도 않던 과일이 이토록 달달하고 맛있을 줄은! 그럼 전 화장실 좀 다녀오겠습니다."

급하게 자리를 벗어나는 유성에 세온은 웃어 보였다. 저렇게 시시때때로 반응을 보이는 유성의 모습이 웃기고 재밌다. 세온은 똑같은 과일 안주를 하나 더 시켰다. 자신도 먹을 겸 유성이도 더 먹일 겸. 그리고 양주 한 잔도 더 추가 주문했다. 막 나온 양주를 다시 입술에 가져다 댈 때, 출입구 쪽이 소란스러워졌다.

"그럼 그게 소문이 아니라, 진짜였다는 거야?"

"어. 내가 엊그제 직접 겪고 왔다니까?"

세 명의 남자들은 이미 한껏 취한 상태로 들어오고 있었다. 그러고는 바(Bar) 쪽에 앉아 있는 세온의 뒷자리 테이블에 자리를 잡았다. 빠르게 주문을 끝낸 그들의 대화는 계속되었다. 술에 취해서인지, 자신들의 목소리가 얼마나 큰지도 모르고 대화에 푹 빠진 듯싶었다.

"아니, 지가 아무리 잘난 기업의 자제라고 해도 그런 건방을 떨 수가 있냐?"

"그래도 얼굴이랑 몸매는 반반하다던데, 진짜야?"

"뭐, 몸매랑 얼굴은 좀 받쳐 주긴 하더라."

듣고 싶지 않아도 귀가 뚫려 있는 이상 들리는 대화들이었다. 그 사이 주문한 과일이 나왔다. 술을 마시니 슬슬 허기가 지는 것 같아서 세온은 과일 하나를 집어 입으로 가져갔다. 하지만 과일은 세온의 입 안으로 들어가지 못했다.

"1년. 어떻게 1년을 살고 이혼을 하재. 아무리 생각해도 기가 차서. 최 회장님도 지 손녀딸이 그 지랄하고 다니는 거 알고 계시나? 알고 있는데 방관하는 거라면 미친 거지."

"몸매랑 얼굴 반반하다며."

"뭐, 몸매도 그렇고 얼굴도 예쁘장하기는 하더라고."

"그럼 1년 정도 스폰서 한다고 생각하고 살아봐. 그것도 나쁘지 않을 거 같은데? 몸매가 반반하면 밤마다 실컷 따먹고 이혼해서 더 젊은 애랑 결혼하지, 뭐. 내가 한번 맞선 봐 볼까? 이름이 뭐라고 그랬지?"

"이채윤."

"아, 이채…… 으악!"

낄낄거리던 남자들은 순식간에 제 쪽으로 날아와 파편을 튀며 깨지는 양주잔에 기겁했다. 그러다 그들은 상해라도 입힐 작정으로 양주잔이 날아온 방향을 붉으락푸르락한 얼굴로 바라보았다.

타박타박.

큰 보폭으로 걸어와 순식간에 제 뺨으로 내리꽂은 주먹에 남자 하나가 당황해서 발버둥 쳤다. '스폰서'라는 단어를 입 밖으로 꺼낸 남자였다.

"왜, 왜 이러, 윽!"

말을 하려던 남자의 입술이 그대로 세온의 주먹으로 다물렸다. 어찌나 억세게 몰아치는지, 주변에 있던 친구들도 말리지 못하고 있는 상황이었다. 세온은 남자의 멱살을 잡고 무자비하게 주먹을 내리쳤다. 남자는 어떻게든 방어를 해 보려고 했지만, 어찌나 힘이 센지 속수무책으로 얻어맞을 수밖에 없었다.

"선배? 선배!"

뒤늦게 화장실에서 나온 유성이 허겁지겁 세온을 막았다. 진전 없는 수사로 자신을 약 올리듯 깐죽거리는 범죄자들을 수사할 때도 이성을 쉽게 잃지 않았던 세온이었다. 그런 세온이 이성을 잃었을 때는 아무도 그를 말릴 수 없었다.

그럼에도 유성은 필사적으로 세온에게 매달렸다. 그러지 않으면 정말 그에게 돌이킬 수 없는 큰일이 생길 것만 같아서였다.

***

"아니, 갑자기 잔을 집어 던지더니, 와서 주먹으로 막 내려쳤다니까요?"

몇 분 만에 제대로 눈탱이가 밤탱이 되어 있는 남자가 고통을 호소했다. 찢어진 입술에선 피가 났고 아파서 흘린 눈물이 얼굴과 뒤섞여 엉망진창이었다. 형사는 난감한 얼굴로 세온과 남자를 번갈아 쳐다보았다. 한 사람은 재벌 집 아들에, 한 사람은 무려…….

"아니, 검사님께서 왜……."

"내 말이! 검사가 왜! 진짜, 이번 일로 아주 망신 망신 개망신을 당하고 검사 이름표 제대로 떼어 봐야……!"

형사의 말에 탄력이라도 받은 모양인지, 남자가 발끈해서 말을 하다가 저를 향한 세온의 차가운 눈동자에 금세 풀이 죽어 입을 다물었다. 형사는 엉망인 남자의 얼굴과 그에 비해 지나치게 말끔한 세온을 번갈아 보다가 크게 한숨을 내쉬었다.

"그래서 어떻게 하실 거예요? 합의를 보실 거예요, 마실 거예요."

형사가 물었다.

"합의를!"

남자가 큰 소리를 내뱉다가 눈을 굴렸다. 괜히 합의를 안 해 줬다가 세온이 미미한 처벌을 받고 다시 검사로 복직하게 된다면…… 더군다나 그의 가족들은 권력을 손에 잡고 있는 사람들이 아니던가? 만약 세온이 아니더라도 그의 가족들이 보복을 하게 된다면?

"해야죠. 예, 해야죠."

억울해서 뒤지겠지만 남자는 혹시나 제 회사에 타격이 있을까 봐 울며 겨자 먹기로 대답했다. 그렇게 합의서를 쓰고 나왔다. 남자는 멀찍이서 '나의 이 은혜 잊지 말아요!'라고 큰 소리를 치며 냉큼 대기해 있던 차에 올라탔다.

"아예 말도 못하게 패놨어야 하는데."

어디 가서 또 채윤에 대해서 함부로 주둥이를 나불거릴 생각을 하니 짜증이 확 끓어올랐다. 핏줄이 터질 것같이 차오르던 분노가 아직 완전히 가라앉지 않은 세온은 이미 사라져버린 차 쪽을 보며 어금니를 물었다.

"양유성은 어디 가 있는 거야."

그러다 유성이 안 보이는 걸 알게 되었다. 제 지갑과 휴대전화까지 전부 유성이 가지고 있던 터라 하는 수 없이 세온은 그를 기다려야 했다. 다시 경찰서로 들어가 로비에 있는 의자에 앉았다. 남자가 세온의 주먹질에 마지막 저항하듯 있는 힘껏 세온을 밀치는 바람에 손등에 유리 파편이 긁히고 박혔는지 욱신거리고 아팠지만, 복잡한 기분 때문인지 딱히 신경이 쓰이지 않았다.

그렇게 얼마나 앉아 있었을까, 수그리고 있던 시야로 여자 운동화가 들어왔다. 천천히 고개를 들어 보니, 채윤이 서 있었다.

"너 왜 여기 있어."

갑작스러운 채윤의 등장에 놀란 세온이 다그치듯 물었다.

"그건 내가 묻고 싶은 말이야. 고등학생도 아니고 서른한 살이나 먹은 남자가, 그것도 검사가…… 주먹질로 경찰서를 와?"

핀잔을 하는 채윤의 어깨 너머로 유성과 눈이 마주쳤다. 사나운 선배의 눈에 유성이 히익! 놀라며 빠르게 도망쳤다.

"유성 씨에게 뭐라고 할 필요 없어. 너한테 전화 걸었는데 유성 씨가 받길래 협박하듯 물어서 온 거니까."

"유성 씨?"

오늘 처음 통화하고 만난 사이인데, 익숙하게 유성을 부르는 채윤에 세온은 미간을 구겼다. 괜히 서운한 마음이 드는 것 같았다.

"유성 씨를 유성 씨라고 하지, 뭐라고 해."

채윤이 세온의 옆에 털썩 앉았다. 씻은 지 얼마 안 됐는지, 머리가 살짝 젖어 있었고 달콤한 샴푸 향이 코끝으로 확 풍겨 왔다. 이 와중에 이 향이 너무 좋아서, 슬쩍 웃음이 나왔다.

"지금 웃음이 나와?"

그리고 채윤은 그것을 바로 지적했다.

"그럼 울어? 다 큰 서른한 살에 검사씩이나 된 남자가?"

"저것도 뚫린 입이라고……. 일단 응급실부터 가자. 다친 거 치료하러."

유성을 보내고 두 사람은 택시를 잡아타 응급실로 향했다. 손에 박힌 유리 파편을 빼고 상처 난 곳에 소독약을 들이붓는데도 세온은 신음 한번 내뱉지 않고 무척이나 덤덤하게 치료를 받았다.

저 바보. 아프다고 소리 한 번이라도 좀 지르지.

채윤은 세온을 보며 그런 생각을 했다.

상처가 많다고 상처에 익숙한 것은 아니다. 상처는 많으면 많을수록 더 아픈 법이었다. 하지만 세온은 상처에 익숙해지려는 사람처럼 그렇게 끝까지 신음 소리 한번 내지 않고 응급실을 나섰다. 다음으로 그들이 향한 곳은 24시로 운영하고 있는 국밥집이었다.

"배고픈 거는 또 어떻게 알고."

세온이 실없는 소리를 하며 주변을 둘러보더니 자리에서 일어나 옷걸이에 걸려 있는 앞치마를 들고 돌아왔다.

"왜? 이번에도 국물 튀어서 오두방정 떨까 봐 가져다주는 거야?"

옛 생각에 세온도 채윤도 피식, 하고 작게 웃었다. 세온이 곧이어 나온 뜨끈뜨끈한 국에 밥을 말아 맛있게 먹었다. 그 모습을 가만히 바라보던 채윤이 입술을 떼어 냈다.

“예전에는 너 되게 깨작거리면서 먹었던 거 같은데.”

“내가?”

“부대찌개 기억 안 나? 입맛에 안 맞다면서 밥을 4분의 1도 안 먹고 다 남겼잖아.”

“별로 배가 안 고팠어. 그때.”

“응? 네가 하도 배고프다고 그래서 먹으러 간 거잖아. 제대로 기억하고 있는 거 맞아?”

“응. 기억나. 확실히.”

어딘가 마무리되지 않은 듯한 대답을 끝으로 세온은 다시 밥을 먹기 시작했다. 하고 싶은 말이 있느냐고 물어보려다가 말았다. 하도 밥을 열심히 먹어서.

밥을 먹고 나와 이렇다 할 말 없이 걸었다. 그렇게 걷고 또 걷다가 여름날의 크리스마스를 방불케 하는 작은 카페를 발견했다. 아주 늦은 시간인데도 열려 있는 카페라 신기해서 안으로 자연스럽게 들어갔다. 서로 마시고 싶은 음료를 고르고 마주 보고 앉은 자리. 작은 카페라 그런지 안은 조용했다. 주문한 음료가 나오자 두 사람은 한동안 주문한 음료만 바라보고 있었다.

“또 미쳤다는 소리 들었어.”

오랜 침묵을 깨고 채윤이 말했다.

“누가? 가서 때려 줄까?”

그걸 세온이 실없는 농담으로 받아친다. 그 모습에 채윤이 입꼬리에 엷은 미소를 지었다.

"근데 왜 전화한 거야?"

"친구끼리 이유 있을 때만 전화해야 돼?"

"아니."

"그런데 뭘 물어."

"그냥, 듣고 싶어서."

"뭘?"

"음, 나 보고 싶어서 전화했다는 말?"

세온이 능청스럽게 대답하며 웃는다. 그런 세온을 어이없이 보던 채윤도 슬쩍 웃어 보인다.

"너 변했어."

"어떤 게?"

갑작스러운 채윤의 말에 세온이 낮게 물었다.

"뭐랄까, 예전에 비해서 많이 부드러워졌다고 해야 되나? 너 예전에는 입만 열면 막말 엄청 했잖아."

"그래서 그때가 나아?"

"아니, 지금이 나은 것 같아. 이제 좀 사람답다고 해야 하나?"

채윤이 눈을 얇게 뜨며 만족스러운 듯 끄덕이며 장난을 쳤다.

"이제 나이가 서른한 살이나 먹었는데 변하지. 그때처럼 행동하면 사람들이 덜떨어진 놈인 줄 알걸."

"그런가?"

"너도 변했어."

"나도?"

"예전엔 꼭 눈빛으로 사람 찔러 버릴 것처럼 무섭고 표독했거든. 그런데 이제 좀 사람 같은 눈이야."

"생각해 보니까, 안 변한 것 같기도 하다. 너."

말을 이어 가다 잠시 머금게 된 침묵. 채윤의 낯빛이 갑자기 씁쓸해졌다. 예고도 없이 찾아든 재완의 생각, 그리고 그로 인해 현재 닥쳐 있는 곤란한 상황들.

세온은 채윤이 이렇게 갑자기 씁쓸하고 우울해질 수 있다고 충분히 이해하며 아무 말 하지 않고 기다려 주었다.

"저기……."

채윤이 어렵게 입술을 떼어 내다가 얼굴 가득, 허탈한 미소를 떨어트린다.

"아니야. 미쳤지, 내가……."

"……."

"미쳤어. 진짜."

'왜 그래?'라고 묻지 않았다.

물음에 답하면서도 채윤은 또다시 아파할 테니까. 아파하는 걸 원하지 않기 때문에 채윤이 스스로가 괜찮아질 때, 그래서 말을 할 수 있을 때까지 기다려 주는 것이 자신의 몫이라고 여겼다.

"여기 커피 맛있다. 콜드브루, 따로 사 갈 수도 있나?"

정신을 가다듬은 채윤은 바로 딴소리를 했다.

"물어볼게."

세온이 일어나 카운터로 향했다. 따로 판매한다는 말에 세온은 채윤에게 줄 두 병을 주문해서 계산을 하려다가 다시 입술을 떼어 냈다.

"콜드브루 네 병 주세요."

카운터로 간 세온이 꽤 많은 양의 커피를 가지고 오자, 채윤이 놀랐다.

"얼마야? 돈 줄게."

"됐어. 이 정도 사 줄 돈은 벌거든."

"그래도 이렇게나 많이……!"

"두 병은 내 거야."

"아, 아……. 거기까지는 생각을 못 했네. 내가."

당황해하며 쭈뼛거리는 채윤의 모습이 귀여웠다. 커피를 맛과 향으로 마시진 않는다. 별로 관심도 없고 잘 알지도 못한다. 하지만 채윤이 맛있다고 했으니까, 그것을 같이 공감해 보고 싶을 뿐이었다.

"이제 가자."

채윤이 일어섰다. 더 같이 있고 싶은 마음이 컸지만, 시간이 너무 늦어 그럴 수 없었다. 그래서 세온도 소리 없이 그녀를 따라 일어섰다.

택시 안. 다시 만났던 그날처럼 채윤을 데려다주기 위해 세온은 함께 올라탔다. 그렇게 한참을 달려가고 있는데, 쿵! 소리가 들렸다. 깜짝 놀라 소리가 나는 쪽을 보니, 그새 잠이 든 채윤이 창문에 머리를 박고 일어났다.

"아."

미간을 구기며 부딪친 머리를 쓰다듬더니 다시 잠이 든다. 다시 창문 쪽으로 기우는 채윤의 머리를 세온이 조심스럽게 받쳐 제 어깨에 기대게 했다. 잠결에도 편안했는지, 채윤의 미간이 천천히 풀어졌다.

그런 채윤을 세온은 눈에 담고 또 담았다. 다시 만나면서 어쩐지 채윤에게 향하는 감정이 더 깊어진 것만 같았다.

'그럼 1년 정도 스폰서 한다고 생각하고 살아봐. 그것도 나쁘지 않을 거 같은데? 몸매가 반반하면 밤마다 실컷 따먹고.'

'저기, 있잖…… 아니야. 미쳤지, 내가…… 미쳤어. 진짜.'

그때 혹시 네가 하고 싶었던 말이 1년간의 결혼 생활과 관련된 일이었을까? 이러지도 저러지도 못할 정도로 너무 막막한 절벽 위에 혼자 아슬아슬하게 서 있는 너의 손을 잡고 함께 버텨 주고 싶다. 이렇게 기대어 편안하게 쉬게 해주고 싶다. 너의 안식처가 되고 싶다.

나는 너에게 그런 사람이 되고 싶고…… 그래서 그런 사람이 되기로 했다.

***

재완이 죽고 나서는 처음 오게 된 최 회장님댁이었다. 간간이 재완이의 제사 때나 명절 때, 그리고 그의 어머니인 유 비서의 안부를 묻고 따로 찾아뵌 적은 있어도 이 집을 와 본 적은 없었다.

'세온아!'

그때 교복을 입은 재완이 나를 부르며 힘차게 손을 내젓다가 들고 있던 농구공을 던졌다. 얼결에 공을 받자, 얼른 패스를 하라며 손짓해 보인다. 골대는 없지만 각자 자신들의 나무를 골라 그 틈 사이로 농구공을 넣으며 뛰어논다. 열여덟 살의 재완은 웃지만 서른한 살의 세온은 웃지 못했다.

나는 이렇게 늙었는데…… 넌 여전히 열여덟 살이구나. 13년 만에 온 이곳에 더 이상 재완은 없었다. 씁쓸한 생각을 거두어 내고 겨우 안으로 들어갔다. 들고 온 꽃다발 두 개와 한우 등심을 유 비서에게 건넸다.

"오랜만이구나, 세온아."

유 비서가 힘없는 목소리로 애써 웃으며 세온을 반겼다.

"네. 점심 식사는 하셨어요?"

"응. 넌 안 먹었니?"

"저도 먹었어요. 꽃다발 하나는 최 회장님, 하나는 어머니 거예요. 제가 좀 더 찾아뵀어야 하는데, 바쁘다는 걸 핑계 삼아 그러지 못해서 죄송해요."

"무슨 소리니, 너처럼 나 신경 써 주는 사람이 어디 있다고."

그래도 늘 혼자 남겨진 재완의 어머니가 걱정인 세온이었다. 그런 세온의 마음을 읽기라도 했는지, 유 비서는 꽃 냄새를 맡으며 작게 웃었다.

"회장님 안에서 기다리고 계셔. 얼른 들어가 봐."

"네."

오늘 이곳을 온 진짜 목적은 최 회장님을 만나 뵙기 위해서였다. 채윤이 그런 식으로 맞선을 계속 보러 다니는 것이 어쩌면 위험한 일이 될지도 모른다는 생각이 들었다.

'몸매랑 얼굴 반반하다며? 그럼 1년 정도 스폰서 한다고 생각하고 살아봐.'

그 말이 며칠 동안 세온을 수도 없이 괴롭히며 열 받게 만들었다. 아직도 더 패 주지 못한 것을 두고두고 후회하고 있을 정도였다. 나쁜 남자를 만나 결혼이라도 하게 된다면 1년 동안 그녀에게 몹쓸 짓을 할지도 모른다는 생각 때문이었다.

더는 방관할 수도, 미룰 수도 없는 일이었다. 채윤이 다른 남자의 여자가 되는 걸 단 한 번도 상상해 본 적도, 감히 원해 본 적도 없었다.

재완을 잊을 때까지, 그래서 한국으로 돌아와 웃으며 지낼 수 있을 때까지 기다려 주는 것이 그녀에 대한 배려라고 생각했는데 그건 그저 다가가지 못하고 주변을 서성거리는 찌질한 행동에 불과했다.

언젠가는 부딪혀야 한다고 생각했던 일. 제 마음이 바스라지고 으스러져 흔적 없이 사라진다 하더라도 꼭 해야만 할 일. 그 일을 지금 해야 했다.

세온은 그답지 않게 긴장한 얼굴을 하고서 서재 문을 노크했다. 안에서 들어오라는 대답이 들려왔다. 따라 들어온 유 비서가 차를 준비해 줄 때까지, 두 사람 사이에 오가는 대화는 없었다.

최 회장은 따뜻한 차가 든 잔을 들어 마셨다. 행동 하나하나에서 우아한 기품이 묻어나 있었다. 세온도 잔을 들어 따뜻한 차로 메마른 입술을 축였다.

"그래, 강 검사가 날 찾아온 이유가 무엇이지?"

덤덤한 물음. 다소 냉랭하게 내려앉은 눈동자. 연하지 않은 눈매. 그래, 저 눈매를 채윤이 쏙 빼닮았다.

"……채윤이 일 때문입니다."

최 회장은 아무 말 없이 차를 다시 입으로 가져다 댔다.

말을 이어서 해 보라는 뜻이었다. 감정을 겉으로 드러내지 않는 최 회장을 보며 그건 채윤과 별로 닮지 않았다는 생각이 들었다. 채윤은 평소 감정을 쉽게 드러내는 편이었다. 자신과 비슷하게. 그래서 처음에는 거북스러웠지만 결국 나중엔 자꾸만 신경이 쓰였다. 그러다 결국 그 감정의 골이 깊어져 이제는 빠져나올 수도 없게 되어 버렸지만.

갖고 싶다는 갈증이 어쩌면 세온에게 채윤의 존재를 더욱 애달프게 만들었던 것일지도 몰랐다.

"제가 설득해서 채윤이와 결혼하겠습니다."

갖고 싶다. 이채윤, 너를.

단 1년만이라도, 너를 마음껏 갖고 싶다. 그것이 내 발목을 붙잡고 상처와 그리움이라는 늪으로 한없이 잡아당겨 평생을 사람답지 못한 삶을 살게 만들더라도.

"그렇게 해서 강 검사가 우리에게 원하는 건?"

그렇게 되더라도 너를 한 번이라도 마음껏 사랑해 보고 싶었다.

"채윤이와의 결혼입니다."

세온의 대답에 최 회장의 눈이 가느다래졌다. 강세온 검사. 재벌집은 아니라도 막강한 권력을 손에 쥐고 있고 들려오는 소문에 의하면 자기 관리가 철저해 아주 깔끔한 남자였다.

최 회장은 세온이 제안한 조건이 나쁘지 않다고 생각했다. 아니, 자신이 알아본 다른 재벌 집 자제들보다 훨씬 나았다. 무엇보다도 세온은 채윤과 한때 친하게 지냈던 친구가 아니던가. 분명 채윤에게도 다른 남자들에게서는 느낄 수 없는 신뢰 같은 것을 갖고 있을 터였다.

"자리를 마련해주겠네."

***

할머니는 지치지도 않는 모양이다.

아니, '미친년'이라는 소문이 파다하게 났을 텐데도 여전히 맞선을 보러 오는 상대방도 신기했다. 채윤은 오늘도 맞선 자리에 늦지 않게 칼같이 시간을 맞춰 레스토랑에 도착했다.

다른 맞선남들처럼 간단하게 차를 마셨던 것과 달리, 밥을 먹는 것이 좀 의아하긴 했지만, 어차피 여기서도 '미친년'이라는 소리를 듣고 혼자 남겨질 게 뻔했다.

"이채윤이라고 예약되어 있어요."

제게 다가오는 직원에게 말하자, 그녀는 명단을 확인하곤 상냥한 표정을 지었다.

"일행분이 와 계십니다. 안내해 드리겠습니다."

직원을 따라 룸이 늘어진 복도를 지나 끝으로 향했다. 직원이 노크를 하고 문을 열어 주었다. 남자는 뒷모습을 보이며 앉아 있었다. 늠름해 보이는 어깨와 등, 적당한 체격을 소유한 남자. 채윤은 고개를 갸웃거리며 그에게로 다가갔다.

"안녕하……."

그에게 인사를 하려다 말고 입술이 그대로 벌어졌다.

"인사를 왜 하다가 말아?"

앞에 세온이 앉아 있었다. 예상치 못한 곳에서 만난 세온이 반가웠지만 장소가 장소이니만큼 반갑지 않기도 했다.

"네가 왜 여기에 있어?"

"맞선 때문에."

"맞선? 혹시 방을 잘못 찾은 거 아니야?"

"아니. 이 방이 확실히 맞아."

거짓말.

"그럼 내가 방을 잘못 찾아왔나 보다."

채윤은 그렇게 생각하고 싶었지만, 그거야말로 네가 얼토당토않은 생각을 하고 있는 것이라고 일침해주는 것처럼 너무나 생생한 세온의 목소리가 날아왔다.

"제대로 들어온 거 맞아."

"제대로 온 게 맞다고? 얼굴색 하나 바뀌지 않고 그렇게 말하는 걸 보니까, 너는 처음부터 다 알고 있었던 거구나."

"일단 앉아."

이게 어떻게 된 일인지 설명을 듣고 싶어서 일단 앉았다.

"어쩐지, 이전에는 그룹이나 사람 이름도 알려 주더니, 오늘은 그런 것도 없었네."

채윤이 이제야 깨달은 자신이 한심하게 느껴졌다.

"그래. 말해 봐. 네가 왜 여기에 있는지."

"말했잖아. 맞선 보러 왔다고."

"……강세온."

"말해."

"나 누군지 몰라? 설마, 재완이를 잊은 거야?"

13년 만에 만난 친구에게 친절하게 대하지 못하게 만드는 이 상황이 그다지 반갑지 않았다. 하지만 채윤은 이런 상황을 만든 할머니도, 그리고 이 상황을 알고도 나온 세온도 이해할 수 없었다. 세온에게선 대답이 없었다.

"없던 일로 해. 맞선."

"아니. 안 잊었어. 못 잊었어. 그래서 이러는 거야."

흔들리지 않는 동공. 굳건한 의지가 박혀 있는 음성. 그냥 이대로 넘어가길 바라는 채윤의 마음을 세온은 그대로 뭉개고 있었다.

"뭐가 그래서 이러는 건데? 넌 가장 친했던 친구랑 연애했던 나랑 결혼이 하고 싶니?"

"그래서? 1년만 살고 이혼하자는 정신 나간 네 계획을 들어줄 남자는 찾았고?"

자신이 처한 상황까지 알고 나온 세온에 채윤은 놀랄 수밖에 없었다.

"그거까지 알고 나온 거야?"

"그걸 알게 돼서 나온 거야. 그리고 네가 며칠 전에 내게 그 말을 하려던 것도 알고 있고."

채윤은 붉은 입술을 지그시 깨물었다. 맞다. 며칠 전 세온을 경찰서에서 본 그날, 카페에서 하려던 말이 있었다. 혹시 딱 1년만 남편으로 살아 줄 수 있냐고. 너무 급하고 절박해서 잠시 그런 생각을 하긴 했지만, 곧 그런 일은 절대 있을 수도 없고 있어서도 안 된다는 생각에 마음을 고쳐먹었었다.

"이채윤."

"……."

"내가 해 줄게. 네 1년짜리 남편."

말을 하는 동안에도 세온은 지나치게 담담했다. 그래서 채윤은 그런 세온이 조금 무서우면서도 이상하게 의지가 되었다.

"필요 없어. 아무리 1년짜리 계약 결혼이라도, 넌 내 남편이 될 수 없어."

"그래서 계속 그 맞선 보러 다니게?"

"그래야지."

"자신 때문에 네가 이런 말도 안 되는 얼빠진 결혼을 한다고 하면 참 좋아하겠다. 재완이가."

"그러는 너는? 너하고 맞선 보고 결혼하면, 그건 얼빠진 결혼이 아니야?"

"그럴 수도 있겠지. 하지만 생판 모르는 남자들한테 험한 소리 들으면서 맞선 보러 다니는 것보다 나을걸?"

"그걸 어떻게 장담해?"

"재완이 나한테 부탁했어."

"뭐?"

"앞으로도 말이야. 채윤이한테 어려운 일 있으면 나서서 멋있게 해결해 줘. 강세온 세잖아."

지금 세온이 한 말은 이 세상에 더 이상 있지 않은 열여덟의 재완이 했던 말이라는 것을 단박아 알아차렸다. 참으려고 했는데, 절대 눈물 같은 거 흘리지 않으려고 했는데, 재완의 생각에 채윤은 또다시 눈시울이 붉어지고 말았다.

눈물을 한가득 담은 눈이 세온을 향했다. 그는 손을 뻗어 닦아 주지도, 울지 말라고 달래 주지도 않고 그녀를 가만히 바라볼 뿐이었다. 13년 전에 보았던 그 마지막 모습처럼.

"아무리 그래도 이건 말이 안 되는 일이야. 있을 수 없는 일이야."

눈물을 추스르며 채윤은 단단하고 독하게 말을 이어 갔다.

"나랑 사는 건 지옥이 될 거야. 너한테 재완이 있고, 내게도 재완이 있으니까. 우린 서로를 보며 매일매일 고통스러워하게 될 거야."

"어차피…… 너에게나 나에게나 이곳 자체가 지옥이야."

안쓰럽다. 그 역시 자신처럼 살아온 것 같아서. 잊어야 할 것들을 잊지 못하고, 잊지 못할 것들 때문에 행복이라는 감정을 느껴 보지 못하고 살아온 것 같아서.

"둘 다 지옥인 세상, 서로 의지하고 기대면서 사는 것도 나쁘지 않을 거 같은데. 나는."

세온의 말이 맞다. 누가 이 지옥으로 성큼 들어와 줄 수 있을까. 누가 이 지옥에 서 있는 자신을 향해 손을 내밀어 줄 수 있을까. 그럼에도 채윤은 쉽게 답을 내리지 못했다.

"그래도 이건 아니야."

"……."

"다시는 이런 일로 만나지 않았으면 좋겠어."

자꾸만 저를 보며 환하게 웃던 재완의 모습이 떠오른다. 그럴 때마다 쏟아지는 눈물을 더는 감당할 수가 없었다. 채윤은 그곳을 빠져나왔다. 세온이를 혼자 남겨 둔 채로.

***

세온이 때문에 한동안 뒤숭숭한 시간을 보내던 채윤은 지칠 줄 모르고 맞선을 잡는 할머니에 의해 또 맞선을 나오게 되었다. 정확히 이번이 여섯 번째 맞선남에게 채윤은 제 조건을 얘기했다.

"네?"

남자의 얼굴이 당황함으로 물들었다. 그러다 앞에 놓인 물 잔을 들어 꿀꺽꿀꺽 마신다. 그래도 이 남자는 신사인 듯싶었다. 어쩌면 그래서 조금의 희망을 가졌던 것일지도 몰랐다.

"결혼이, 결혼이 애들 장난입니까?"

하지만 당황함을 잠재운 남자의 얼굴엔 금방 삭막함만이 자리 잡았다. 어이가 없는 모양인지, 자꾸만 헛웃음을 짓기도 했다.

"들리는 소문이 있어도 설마설마하며 나와 봤더니."

"……."

"정말 1년만 살다가 이혼하자는 미친 소리를 하는 여자가 맞았구나. 그쪽이 HC그룹 이미지 다 깎아 먹고 그토록 고고하신 최 회장님 얼굴에까지 먹칠을 하고 있는 건 알고 있어요?"

'생판 모르는 남자들한테 험한 소리 들으면서 맞선 보러 다니는 것보다 나을걸?'

문득 며칠 전 세온이 제게 했던 말을 떠올린 채윤은 대답 대신 낮게 한숨을 내쉬며 살짝 고개를 떨어트렸다.

"불쾌했다면, 죄송합니다."

"더는 이 자리에 있고 싶지도 않을 정도로 불쾌합니다. 나 포함해서 당신이 맞선 보는 사람들 대부분이 어디 가서 뭐 하나 꿀리지 않는 사람들이에요. 그런 사람들에게 그런 제안을 하는 것 자체가 자존심을 긁는 거라고요. 뭘 좀 알고 살아요."

남자는 말을 하다가 더 성질이 올라오는지, 결국 쏘아붙이고서는 그대로 카페를 빠져나갔다. 또 혼자 남겨진 채윤은 복잡한 얼굴로 한숨을 내쉬었다.

Rrrrrr.

핸드백에 넣어 둔 휴대전화의 울림에 채윤은 화면을 확인했다. 국제전화. 캐나다에서 함께 일을 했던 직원이었다.

"응. 미연 씨."

-사장님.

미연의 목소리에는 근심이 가득했다. 듣고 있는 것조차도 미안할 정도였다.

"……미안해. 연락을 준다는 게 내가 요즘 너무 바빠서. 정말 미안. 내가 퇴직금은 어떻게든 구해서 이번 달 말까지……."

-지금 퇴직금이 문제가 아니에요.

"응?"

-사채업자가 제임스한테 전화해서 지금 사장 있는 곳 불지 않으면 가족들 다 죽여 버릴 거라고 협박했대요. 그 충격에 제임스 와이프 놀라서 혼절까지 했대요. 알고 계시죠? 제임스 와이프 심장 약하신 거.

"……응. 알고 있지."

-거기다가 임금 체불에 퇴직금까지 안 주셔서 몇몇 직원들도 대출을 좀 받은 거 같더라고요. 사장님 많이 힘드신 거 알아요. 지금 이 일들 어떻게든 해결하시려고 혼자 고군분투하고 계신 것도 잘 알고요. 하지만 사장님.

"……."

-저희도 너무 힘드네요.

"미안해, 미연 씨. 정말 미안해."

'앞으로도 말이야. 채윤이한테 어려운 일 있으면 나서서 멋있게 해결해 줘. 강세온 세잖아.'

이 와중에 세온이 전한 재완이의 말이 자꾸만 귀에서 맴돌았다.

'어차피…… 너에게나 나에게나, 이곳 자체가 지옥이야. 둘 다 지옥인 세상, 서로 의지하고 기대면서 사는 것도 나쁘지 않을 거 같은데. 나는.'

정말 더는 방법이 없는 걸까. 정말 그런 걸까.

2. 달라져야지. 달라진 관계이니까

미국에 계시는 이모에게 전화가 걸려 온 건, 막 법원 앞에 도착한 후 주차를 끝냈을 때였다. 알코올에 의존해 있던 어머니를 오래전부터 안타깝게 생각했던 이모가 몇십 번을 설득해서 미국에 모시고 가서 산 지도 벌써 3년이 다 되어 가고 있었다.

체계적이고 다양한 프로그램으로 구성된 알코올 의존 상담 병원에서 어머니는 어느 정도 호전된 모습을 보였다. 하지만 여전히 세온과는 데면데면했고 모자 지간에 나눌 만한 그 다정한 대화조차도 없었다. 오늘도 역시 세온의 소식을 궁금해하는 건 이모였고 어머니의 소식을 물어볼 수 있는 것도 이모였다.

-조카님.

엄마와는 다르게 밝기만 한 이모의 목소리.

"저녁은 드셨어요?"

세온이 작게 웃으며 시간 차로 인해 현재는 저녁일 캐나다를 생각하며 물었다.

-응. 삼겹살로 폭식을 해서 엄마랑 운동 나왔어.

"잘 지내고 계시죠?"

-지금도 어찌나 혼자 씩씩하게 잘 걸어가고 있는지…… 뭐, 잘 지내고 있는 것 같긴 한데…… 조카는?

"저도 뭐, 그럭저럭."

이런저런 짤막한 대화가 이어졌다. 그러는 사이 차에서 내려 사무실로 향했다. 복도에 있는 직원들과 가볍게 눈인사를 나눴다.

"늘 감사드려요."

-뭘.

"조만간 제가 또 연락드릴게요."

-응. 알았어. 오늘도 일 열심히 하고.

"네. 들어가세요."

전화를 끊고 사무실 안으로 들어섰다. 벌써 출근해 있는 수사관들이 세온을 향해 인사했다. 책상 위에 산더미처럼 쌓여 있는 서류들을 보며 세온은 어쩌면 한동안 또 밤을 새야 할지도 모른다는 예감이 몰려왔다. 검사가 되고 나서 몇 년 동안 제대로 잠을 자 본 적도, 마음 놓고 어딜 신나게 놀러 가 본 일 없이 늘 서류를 보고, 피의자들을 심문하고 법정에 서며 때로는 밤낮없이 정신없이 일해 왔다.

그래야 했다. 그래야만 잡생각을 하지 않을 수 있었고 그나마 버틸 수 있었다. 세온은 가방을 내려놓고 의자에 앉아 고무골무를 꼈다. 그런 세온에게 향긋한 커피 향을 풍기며 수사관이 다가왔다.

"휴, 이번 사건도 꽤나 힘들겠어요. 분식회계 파일을 빠른 시일 내에 저희 손으로 들어올 수 있게 해야 하는데, 이게 심증은 있어도 물증이 없어서 너무 힘들잖아요."

수사관이 커피 잔을 놓아 주며 한탄했다.

"그러게요."

세온이 갑갑한 심정으로 무거운 한숨을 내쉬며 대답했다.

"그래도 너무 무리해서 하진 마세요. 그러다 한 번에 훅 가실 수도 있어요."

수사관 민우의 걱정인 듯 저주인 듯 알 수 없는 말에 세온이 고개를 갸웃했다.

"걱정…… 맞죠?"

"그럼요. 당연히 걱정스러운 마음에 드리는 말씀이죠."

씩, 입술은 분명 웃는데 눈은 정색이다. 아무래도 상사가 늦게까지 일을 하면 자신들도 퇴근하는 것이 쉽지 않기 때문에 일을 적당히 하라는 듯한 무언의 경고 같았다. 하지만 직업 특성상 그럴 수 있는 것도 아니었다. 그것을 수사관들도 모르지 않을 거였다. 세온은 민우의 반항 아닌 반항에 고개를 내저으며 휴대전화를 봤다. 채윤과 맞선을 보고 난 후, 벌써 며칠이 지났지만 그녀에게선 여전히 아무런 연락이 없었다.

쉽지 않은 선택이기에 고민할 시간이 필요하단 걸 잘 알면서도 세온은 자꾸만 초조해져 갔다. 뭐든 더 원하는 사람, 더 간절한 사람이 애타는 법이니까.

세온은 깊은 한숨과 함께 휴대전화를 내려놓았다. 그리고 앞 사람이 보이지도 않을 정도로 높게 쌓여 있는 서류를 향해 손을 뻔었다.

***

세온과의 맞선 자리에서 도망치듯 나온 지 벌써 며칠이 지나 있었다.

맞선 자리에서 '1년만 살고 이혼하자.'라는 정신 나간 제안을 하는 자신에 대해서 소문이 파다해졌는지 더는 맞선이 잡히지 않았다. 그래서 처음부터 결혼하고 회사 경영을 봐야지만 자신의 빚을 해결해주겠다는 조건을 건 할머니에게선 아무런 소식이 없었다.

'네가 약속을 지키지 않았으니, 나도 널 도와줄 이유가 없다.'라고 뜻을 비치고 있는 거였다. 사채업자들이 직원들까지 협박하는 건 정말 충격이었다. 더는 최악의 상황을 만들면 안 되었다. 그렇지만 더 이상 자신이 고를 수 있는 선택지는 없었다.

그래서 채윤은 저도 모르게 이곳까지 오게 되었다. 커다랗고 삼엄해 보이는 법원 건물을 바라보던 채윤은 휴대전화를 들어 세온의 번호를 찾으며 망설이고 돌아서기를 반복하다가 결국 눌러 버리고 말았다.

몇 번의 신호가 가고 달칵, 소리로 바뀌었을 때 심장이 걷잡을 수 없을 만큼 뛰었다.

-응.

"언제 퇴근해?"

-오늘 만날까?

그는 대답 대신, 되물어 왔다. 오늘 만나자는 얘기를 하기 위해서 전화를 걸었는데도, 그 말을 하기가 쉽지 않을 것 같던 차에 오히려 잘됐다 싶었다.

"응."

채윤이 작은 목소리로 대답했다.

-어디로 갈까?

"……너희 법원 앞이야."

-그럼 잠깐 기다려. 나갈게.

"법원 바로 앞에 2층 카페. 거기로 와."

-알았어.

채윤은 전화를 끊고 곧바로 맞은편 카페로 향했다. 1층은 사람들이 많고 혼잡한 것 같아 2층으로 향했다. 다행히도 아래층과는 달리 이곳은 제법 한산했다. 창가 쪽에 앉아 밖을 바라보았다. 얼마 지나지 않아, 세온이 건물을 빠져나와 횡단보도 앞에 서는 것이 보였다. 많은 인파 속에서도 세온은 단연 돋보였다. 알고 있는 사람이라서가 아니라, 그에게서 풍기는 외모와 아우라가 사람의 눈길을 한 번에 사로잡는 데 충분했다.

초록불로 바뀔 때까지 기다리면서 세온의 시선이 카페로 향했다. 그리고 거리가 그다지 멀지 않은 2층의 채윤과 눈이 마주쳤다. 서로 반갑게 인사도 하지 않는 상황에서 불이 바뀌었고 세온이 거리를 좁혀 왔다.

"후……."

채윤이 깊게 한숨을 내쉬었다. 그럴 수밖에 없는 상황에 놓여 있었다. 타박타박, 계단을 올라오는 소리가 들리고 곧이어 세온이 채윤의 맞은편에 앉았다. 채윤은 머릿속으로 열심히 할 말들을 정리했지만 막상 세온을 보니 복잡해지는 것 같았다.

"일단 뭐라도 좀 마실까?"

"그래. 뭐 마실래? 내가 갔다 올게."

잠시 시간이 필요했던 채윤이 음료 주문을 제안하자, 세온은 흔쾌히 받아들였다.

"난 따뜻한 아메리카노."

"이제 초코라테 안 마셔?"

고등학교 시절 정말 좋아했던 음료였다. 이제 나이가 들어 입맛이 변하니, 달달한 것보다는 쓰고 고소한 커피를 더 찾게 되었다.

"그걸 기억하고 있어?"

"많이 좋아했잖아."

"지금도 가끔 마시기는 해. 그때처럼 그렇게 자주는 아니지만."

"그렇구나. 기다려."

세온이 주문을 하고 받아 오는 동안, 채윤은 다시 자신이 할 말들을 정리하려고 애썼다. 컵 두 개를 쟁반 위에 받아 온 세온이 따뜻한 아메리카노를 채윤에게 건넸다. 세온이 시킨 것 역시 채윤과 같은 거였다.

채윤은 긴장해서 메마른 입술을 아메리카노로 적셨다. 빙빙 돌려 말하는 것보다는 단도직입적으로 말하는 게 나을 것 같았다. 세온도 자신이 오늘 만나자는 이유를 충분히 알고 있을 테니까.

"아직도 유효해?"

"네 1년짜리 남편이 되어 주겠다는 말?"

"응."

"유효해. 아직."

간결하게 대답하는 세온의 표정은 덤덤했고 음성은 아무 감정도 싣지 않은 것처럼 들려왔다. 그게 오히려 나았다. 어떤 것이든 감정이 실려 있다면 이런 걸 부탁하는 것 자체에 더 큰 죄책감을 느꼈을 테니까. 그럼에도 조금도 이해할 수 없는 건, 세온이 결혼이라는 중대한 결정을 오직 죽은 친구의 부탁이 있었기 때문에 선택했다는 것이다.

그래서 묻지 않았다. 괜히 들었다가 마음에 걸려 상황을 더욱 최악으로 만들 수도 있을 테니 말이다.

자신은 결혼할 남자가 필요했다. 딱 1년만 남편이라는 이름으로 제 옆에 있어 줄 남자가. 그리고 그 제안을 들어준 유일한 남자는…….

"그래. 그럼, 좀 도와줘."

오직 세온뿐이었기에, 그가 필요했다.

***

"결혼하겠습니다."

아들이 같이 저녁을 먹자고 한 건 난생처음이라 은근히 뿌듯해하며 고급 일식집을 따라 나왔던 정우가 놀란 눈으로 세온을 바라보았다. 방금 입 안에서 사르르 녹던 참치가 목에 탁 걸리는 것 같아, 캑캑 하고 헛기침을 했다. 그야말로 예고도 없이 날아온 폭탄 발언을 해 놓고 지나치게 담담한 아들의 표정에 정우는 기가 찼다.

"뭘 하겠다고?"

"결혼이요."

아들의 결혼에 절절매 본 적은 없다. 때가 되면 지가 알아서 하겠거니 했다. 권력을 가진 다른 사람과는 달리, 아들을 이용해 더 큰 것을 바라고 원한 적이 없는 정우였다. 더군다나 형을 잃은 슬픔이 컸을 텐데 엄마에게 원망까지 듣고 살아야 했던 아들에 대한 묘한 연민이 들었던 정우였다.

인자하고 다정다감한 아버지는 아니었지만, 그래도 최악의 아버지는 되고 싶지 않았다. 그래도 걱정이 되는 건 사실이었다. 사법고시를 준비할 때는 공부에, 검사가 되고 나서는 수사에 푹 빠져 있는 아들이 정말 저대로 수사에만 푹 빠져 늙어 죽게 되면 어쩌나 평생을 외로움에 허덕이다가 살면 어쩌나, 하고 말이다.

그런 아들이 연애를 하고 있는 것도 아닌 평생을 함께할 것을 약속하는 '결혼'이라는 단어를 꺼냈을 때, 정우는 처음에 놀랐지만 서서히 기쁜 마음이 들었다.

"언제부터 연애를 하고 있었던 거야?"

궁금해서 묻는 질문에 아들의 대답이 없다.

"혹시, 그 대학 후배? 자주 다니던 대학 후배 하나 있었잖아. 왜. 아은이었나?"

젊었을 때는 안 그랬던 것 같은데, 나이가 먹으니까 입맛도 변하고 성격도 조금 변한 것 같다. 예전에는 아들과 있을 때 딱히 대화를 주고받지 않았던 것 같은데, 이제 유일한 가족이 아들뿐이니 어쩌다 이렇게 같이 마주 보고 있으면 정우답지 않게 수다가 길어진다.

"아니요."

그럼 누구지? 정우는 별로 기억에도 없는 세온의 주변 여자들을 떠올리기 위해 머리를 쥐어짰다. 아들을 좋아하던 여자는 많은데, 아들이 따로 만나거나 조금이라도 웃어 줬던 여자는 없었다.

"그 친구는 아니라는 거지."

"네."

"그럼?"

도저히 떠오르는 인물이 없어 묻던 정우의 귀로 낯설지 않지만 의외의 이름이 날아 들어왔다.

"채윤이요."

"……채윤? 채윤이라면 HC그룹, 너 고등학교 때 재완이랑 같이 붙어 다니던 그 친구?"

"네."

얼마 전, 최 회장의 병 악화로 외손녀가 들어왔다는 소식을 듣긴 했다. 하지만 지난 13년 동안 제대로 된 연락도 주고받은 적이 없었던 것 같은데…….

아니지, 일 때문에 바빠서 아들에게 딱히 신경을 쓸 겨를이 없었으니 두 사람이 연락을 주고받은 것을 자신이 모르고 있었던 것일 수도 있다고 판단했다. 하지만 아무리 그래도 의외는 의외였다.

"너무 갑작스러워서 좀 당황스럽고 놀랍긴 하구나."

세온은 아버지의 이런 반응을 충분히 이해한다는 듯 고개를 끄덕였다. 그래도 반대할 이유는 없었다. 서로 그런 마음을 갖고 결혼을 하겠다는데, 무슨 이유와 자격으로 반대를 할 수 있을까. 그리고 또 HC그룹은 다른 대기업에 비해 매스컴에 사건 사고로 오르는 일도 적고, 앞으로 세온이 사회생활을 하면서 또 다른 든든한 받침대가 되어 줄 충분한 곳이었다.

"그쪽 집안사람들도 알고 있는 거고?"

"네."

정우는 낮게 고개를 끄덕였다.

"그래. 그렇게 알고 있으마. 상견례는 그쪽에서 정해서 알려 주도록 하고."

"네. 그럴게요."

그렇게 세온은 아버지와의 저녁 식사를 끝내고 집까지 모셔다 드린 후, 집으로 돌아왔다. 피곤한 몸이 거실에 있는 소파로 향했다. 털썩, 세온은 푹신한 소파에 몸을 눕혔다. 다행히 아버지는 아직 채윤의 소식을 제대로 듣지 못한 듯싶었다.

하지만 마음만 먹는다면, 채윤이 '1년짜리 남편'을 구하고 있고, 아들이 그 1년짜리 남편이 되어 결혼을 한다는 것쯤은 쉽게 알아낼 거였다. 다정다감한 아버지는 아니지만, 아마 아들의 배우자를 어느 정도 알아보고 다닐 거였다. 그때 가서는 뭐라고 변명을 하고 아버지를 설득시켜야 할까?

세온은 벌써부터 드는 복잡한 생각에 이마에 손을 기대고선 지그시 눈을 감았다.

'그럼, 좀 도와줘.'

어둠과 더 깊은 침묵이 찾아오자, 아버지 생각이 사라지고 채윤의 생각이 몰려왔다. '그럼, 결혼해 줘.'라는 말을 기대했다. '그럼, 내 남편이 되어 줘.'라는 소리가 듣고 싶기도 했다. 하지만 그건 자신의 큰 욕심일 뿐이라는 것, 그녀는 자신의 마음이 아니라 1년을 같이 살아 줄 남자의 몸뚱이가 필요한 것뿐이라는 것, 그러면서도 묘한 설렘이 온몸 가득 퍼져 가고 있다는 것, 그런 자신이 참으로 한심하면서도 불쌍했다.

이래저래 참으로 고독하고 씁쓸한 밤이었다.

***

세온과 결혼을 하겠다고 가족들에게 전했을 때, 전규는 든든한 사돈을 배경으로 둔다는 것에 은근한 기쁨을 감추지 못했고 반면에 혜련은 불편한 낌새를 은근히 드러냈다. 물론 최 회장은 처음부터 알고 있었다는 듯이 시종일관 덤덤했다.

채윤은 상견례는 이쪽에서 정하길 바란다는 세온의 말을 전달해주었다. 이후 날짜와 장소는 속전속결하게 잡혔다. 최 회장은 채윤이 결혼을 한 후부터 경영을 배워야 한다는 것 또한 강조했다. 그날 저녁 집으로 돌아와 세온에게 문자를 넣었다.

촉박한 날짜에 상견례 날이 잡혔는데도 세온은 흔쾌히 약속을 잡았다. 미국에 계시는 어머니는 상견례에 오지 못할 거라는 말을 뒤늦게 덧붙였다. 그리고 상견례 당일 채윤은 따로 출발한 가족들보다 일찍 장소에 도착하게 되었다. 먼저 도착한 세온과 그의 아버지가 있는 예약된 룸으로 들어가려는데, 안이 꽤나 소란스러웠다.

"이게 말이 된다고 생각하니? 1년이라니, 1년이라니……!"

"아버지."

"왜 그걸 진작 나한테 말 안 한 거야? 그걸 알고도 장가를 보내는 부모가 세상천지 어디에 있어?"

"……."

"나는 이 결혼 인정 못 한다. 인정 못 해!"

거짓말은 좋지 못하다. 하지만 상황에 따라 때때로는 거짓말이 정말 절실히 필요하다는 것을 알고 있다. 세온이 필요했다. 더는 도망갈 곳도 버틸 곳도 없었다. 유일하게 제 상황을 이해해주는 세온일 이렇게 떠나보낼 수는 없었다.

"대체, 넌 그렇게까지 하면서 그 애랑 결혼을 하려는 이유가 뭐야!"

"사랑해서요."

예상치 못한 세온의 대답에 문고리를 잡았던 채윤의 손이 멈칫했다.

너는 왜 이렇게까지 하는 걸까? 재완이와의 약속이 그간 세온에게 얼마나 무겁고 가혹했는지 알 것만 같았다.

그대로 문을 열고 들어갔다. 아들에게 고성을 지르던 정우가 안으로 들어온 채윤을 원망스러운 눈으로 쏘아보았다. 채윤은 그런 정우를 향해 예의 바르고 침착한 모습으로 허리 숙여 인사를 건넸다.

"안녕하세요."

정우는 애써 진정하려고 애를 썼다. 심기가 불편한 티를 잔뜩 내며 앉아 있는 정우의 앞에 채윤이 앉았다.

"소문을 다 듣고 충분히 화가 나셨을 거라고 생각합니다."

"그걸 알기는 알아서 다행이구나."

"세온이와 결혼하고 싶어서 그랬습니다."

지금 자신이 하고 있는 이 거짓말을 제발 세온이 눈감아 주길 바라며 채윤은 말을 이어 갔다. 자신이 세온의 거짓말을 눈감아 준 것처럼.

"제가 이러고 다니는 걸 알면, 그래도 오래전 친구라는 이름으로 세온이 관심을 보일 거라는 걸 알고 시작한 겁니다. 아니나 다를까, 세온이는 관심을 보였고 모든 것을 다 털어놓은 후, 결혼을 하자고 고백한 겁니다."

있지도 않은 일을 아무렇지 않게 내뱉는 자신의 모습이 얼마나 위선적으로 보일까.

"사랑하고 있습니다. 세온이를. 그러니 제발 이 결혼, 허락해주세요."

제 말에 정우는 흥분을 많이 가라앉혔지만 여전히 찝찝함이 잔뜩 묻어 있는 목소리로 물었다.

"그럼 너희들이 지난 몇 년 동안 계속 연락을 주고받기라도 한 거야?"

정우의 물음에 채윤은 눈을 꼭 감고 고개를 끄덕였다. 정우는 그것을 확인하기라도 하듯이 옆에 앉아 있는 자신의 아들을 바라보았다.

"네. 줄곧 연락 주고받았어요. 만나기도 하고. 아버지가 생각하시는 그런 걱정스러운 일은 절대 일어나지 않을 겁니다."

정우가 자신의 판단을 점점 헷갈려 하는 사이에 최 회장과 전규 내외가 들어왔다. 자신의 위치 때문이라도 정우는 더 이상의 감정을 표출하지 않았다.

무뚝뚝하고 말이 없는 아들이지만, 실없는 행동은 하지 않았던 녀석. 그 녀석이 눈동자 흔들림 하나 없이 채윤을 사랑한다고 말했고, 채윤 역시 그랬다. 정우는 대놓고 물어보고 싶었지만 경솔하게 보일까 봐 물어볼 수도 없었다.

사람의 사회적 지위라는 건 때때로 표출해야 할 기본조차도 억압시킬 때가 많았다. 거기다가 상대는 최 회장이다. 설마 자신도 전해 들은 이 소문을 최 회장이 모를 리 없을 터였다. 알았다면 애들 소꿉놀이하듯 경솔하게 결혼을 진행하려는 그들을 허락하지 않았겠지. 거기까지 생각이 미치자, 정우는 좀 전에 비해서 마음이 훨씬 누그러지는 것 같았다.

상견례는 다행히 일찍 끝났다. 결혼식은 채윤의 호텔 야외장에서 진행하기로 했고, 준비는 전부 비서들과 직원들이 해 줄 것이라 두 사람이 할 일이라고는 드레스와 턱시도를 맞추는 것과 함께 살 집을 고르는 것뿐이었다.

세온과 채윤은 어른들을 배웅하고 둘이 남게 되었다.

"신혼여행은 못 갈 것 같아. 수사할 것들이 너무 많아서."

"응."

아쉬워하는 것 하나 없이 채윤이 대답했다. 13년 만에 만났던 그날보다 오히려 지금이 더 어색하게 느껴졌다.

깊은 침묵이 어색하게 느껴지더라도 바람의 온도는 딱 좋은 저녁이었다. 세온은 채윤과 조금이라도 함께 걷고 싶었다. 하지만 느릿하게 감았다가 뜨며 반복적으로 작게 하품하는 그녀가 지금 얼마나 피곤한지 알 것 같아 세온은 포기했다.

"차 갖고 왔어?"

"아니. 택시로 왔어."

"그럼 내 차 타고 가."

채윤이 낮게 고개를 끄덕였다. 세온이 주차장으로 가서 차를 끌고 나오자, 그녀가 조수석에 올라탔다.

"아직도 시차 적응 중이야?"

조수석에 앉자마자 또 하품을 하는 채윤을 보며 세온이 물었다.

"그런가? 13년을 거기서 살다가 이제 겨우 두 달밖에 안 됐으니 아직 적응을 못 했을 수도 있겠다."

"거리가 좀 있어. 도착하면 깨워 줄 테니까, 자."

"누가 그러던데. 조수석에서 잠자는 건 예의가 아니라고."

"누가 들으면 너랑 나랑 서로 예의 준수하면서 지내는 관계인 줄 알겠다."

"하긴 우리가 그런 관계는 아니었지. 맨날 눈만 마주치면 싸웠잖아."

옛 생각이 나는지, 채윤이 설핏 웃는다. 잠시 도로가 복잡해서 운전에 집중하던 세온이 고개를 옮겼을 때, 그녀는 이미 의자에 기대어 잠들어 있었다.

맨날 눈만 마주치면 싸웠던 관계. 서로가 다른 감정으로 한 사람을 소중하게 생각했던 관계. 그리고 지금, 13년 만에 만나 부부가 된 관계.

너와 내 관계는 분명 변했다. 그래서 나도 변할 생각이다. 달라진 관계에 달라진 사람이 되고 싶다. 너에게.

"이채윤."

성까지 붙여서 불린 이름인데, 음성이 꽤나 다정하다. 채윤은 그렇게 생각하며 무거운 눈꺼풀을 거두었다. 차는 자신의 원룸 바로 앞에 정차되어 있었다. 입가가 촉촉하다. 설마 침까지 흘리면서 잠든 건가? 민망하다. 조수석에서 잠들면 예의가 없다느니 뭐라느니 떠들지나 말걸…….

채윤은 민망한 마음에 얼른 입 쪽을 훔쳐 내며 몸을 일으켰다.

"정말 깜빡 잠이 들었네."

최대한 능청스럽게 중얼거리며 차 문고리를 잡았다.

"고마워. 조심히 들어가고."

"차 한잔 줘."

막 내리려던 채윤의 발목을 잡듯 들려온 세온의 목소리. 채윤은 아무 말 하지 않고 돌아서 그를 마주 보았다.

세온이 입꼬리를 옅게 들어 올리며 미소 짓는다.

"내 아내 될 사람이 어떻게 살고 있는지, 궁금하기도 하고."

아내 될 사람.

그래, 지금 제 눈앞에 있는 사람은 1년 후에는 헤어지게 될 사람이지만, 어쨌든 1년 동안은 이 사람의 아내가 된다. 비록 아무 감정 없는 사람이라도 그 기간 동안은 함께 살아야 할 사람이니 너무 선을 그어 놓고 사는 것은 좋지 않을 것 같았다.

"그래. 차 한잔 정도는, 뭐."

자동차를 주차하고 위층으로 올라갔다. 혼자 사는 집에 남자를 들인 건 처음이었다. 그래서 아주 많이 어색하고 낯설기만 했다. 그러면서도 제 공간에 남자가 있는 이 낯선 느낌을 적응해야 한다고 생각했다. 이 결혼은 자신이 선택한 것이고 제안한 거였다. 가뜩이나 상처 많은 세온이 최대한 상처를 받지 않도록 노력하는 것 또한 제 몫이라고 여겼다.

"집이 좁지?"

"혼자 살기에는 딱 적당한 것 같아."

안으로 들어오는 세온에게 시선을 떼고 집 안을 둘러본 채윤의 입이 크게 벌어졌다. 나갈 때는 워낙 급해서 몰랐는데, 집이 생각보다 엉망이다. 특히 아무렇게나 벗어 던진 잠옷과 빨래 대에 걸어 놓은 속옷이 보였다. 채윤은 다급하게 뛰어가 그것들을 얼른 거두었다.

"요즘 너무 바빠서 청소를 못 했어. 특히 오늘 좀 급하게 나가느라!"

빨리 거둔다고 거두었는데, 이미 세온의 시선은 그것들을 전부 본 뒤였다. 민망함에 변명을 덧붙이고 그것을 침대 밑으로 집어 넣었다. 남자를 집으로 들인 것도 모자라 속옷까지 보여서 그런가, 민망함은 극에 다다르고 괜히 얼굴이 뜨거워졌다. 하지만 막상 세온은 아무렇지도 않아 보였다.

"앉아."

채윤의 말에 그가 소파에 앉았다. 워낙 좁은 집이라 그의 구경은 이미 끝나 버린 후였다. 채윤은 찻장을 열었다. 뒤에서 그의 시선이 느껴졌다. 기분 탓이겠지 생각하고 돌아봤는데, 세온의 시선은 정말 제게 와 닿아 있었다.

"왜 그렇게 쳐다봐?"

"꺼내 줘?"

"이 정도는 꺼낼 수 있거든."

대접을 할 만한 이렇다 할 것도 없었다. 그래서 얼마 전에 사다 남은 콜드브루 두 잔을 가져왔다.

"이거 기억나지?"

"응."

건네는 잔을 받은 세온이 그것을 입으로 가져가 마셨다. 그리고 찾아온 정적. 두 사람은 약속이라도 한 듯 커피만 마셨다. 세온은 아주 천천히 마셨다. 더디게. 저러다가 오늘 안에 다 마실 수나 있을까 할 정도로.

"커피가 입맛에 안 맞아?"

"아니. 맛있어."

"넌 맛있다고 해 놓고, 늘 맛없게 먹는 게 특징인 것 같아."

"그런가?"

"응. 마시기 싫으면 안 마셔도 돼."

"아니야. 마시고 싶어."

또 침묵. 채윤이 힐끔 세온을 쳐다보았다. 10년이면 강산도 변한다는 말이 있는데, 확실히 13년 만에 만난 세온은 겪으면 겪을수록 많이 달라진 것을 느낄 수 있었다.

"너 진짜 확실히 달라졌어."

"달라져야지. 달라진 관계이니까."

세온이 더 이상 아무 말 하지 않고 채윤을 바라보았다. 어렸을 적에는 그 눈빛이 참 기분 나빠서 그에게 반항하고 따지려 들고 싶었는데, 어른이 돼서 무뎌진 건지 아니면 세온에게 품고 있는 감정이 달라져서 그런 건지 딱히 그런 생각은 들지 않았다.

"가 볼게."

커피를 아주 천천히 마신 세온이 빈 잔을 내려놓으며 말했다.

"정말, 차 한잔 얻어 마시고 가네."

진작 커피를 다 마신 채윤이 세온을 배웅하기 위해 일어섰다.

"이번 주말에 웨딩숍 가자."

현관 앞에서 신발을 신으며 세온이 말했다.

"응. 그래."

"데리러 올게."

"그럴 필요 없는데, 그냥 숍에서 만나자."

"주말이니까, 데리러 올게."

괜찮다고 대답해도 또 같은 대답이 돌아오겠지?

채윤은 세온을 13년 만에 만났어도 그럴 것이라 확신이 갔다.

"예전이나 지금이나 고집 센 건 안 변했어, 강세온. 알았어. 그럼 데리러 와."

"나오지 마."

"응. 잘 가."

세온이 집을 나가고 얼마 있지 않아 차 시동 걸리는 소리가 들렸다. 곧 그 소리가 이명처럼 멀어지더니 금방 사라졌다. 채윤은 혼자 남겨져 다 마신 컵을 정리했다. 남자 친구가 아니라, 남편이 생긴다는 것……. 이제 어느 밤에는 세온과 함께 한집에 있어야 한다는 생각에 마음이 뒤숭숭해졌다.

***

채윤의 집에서 나온 세온은 가만히 위를 올려다보다가 차에 올라탔다.

'너 확실히 달라졌어.'

예전에 비해 성격이 많이 유순해진 건 사실이다. 하지만 그건 오롯이 친한 사람 앞에서뿐이었다. 여전히 친하지 않은 사람들이 제게 아부를 떠는 것이 귀찮고 역겨워 폭언이 쏟아질 때도 많았다.

하지만 확실한 건 채윤에게는 변한 모습을 보이고 싶다.

'사랑하고 있습니다. 세온이를.'

사실이 아니라는 것을 알면서도 그 말을 듣는 순간, 심장이 멎고 아무 생각도 할 수가 없었다. 하지만 이내 씁쓸함은 온몸으로 퍼져 갔고 복잡한 생각에 한숨이 길어졌다.

신호로 차를 정차시키고 지끈지끈 아파 오는 관자놀이를 매만지던 세온의 머릿속으로 한 장면이 빠르게 스쳐 지나갔다. 집에 들어가자마자 속옷들을 허겁지겁 숨기던 채윤의 모습.

이건 예상치 못한 갑작스러운 떠올림이다.

디자인과 색깔까지 확실히 기억나는 그 속옷에 세온은 몸이 뜨거워지는 것 같았다. 정말 느닷없이 떠오른 생각에 생긴 몸의 변화였다. 아까도 그 바람에 아무 말도 못 하고 그 자리에 우두커니 서 있을 수밖에 없었다. 여자 속옷을 많이 접해 본 적은 없지만 그런 상황이 있었더라도 이렇게 당황스럽고 몸이 뜨거웠던 적은 없었다.

"큼."

민망함에 헛기침을 해 보였다. 그럼에도 몸이나 머릿속에는 여전히 뜨거움이 들끓었다.

***

상견례가 끝나고 얼마 있지 않아 통장으로 돈이 들어왔다. 열심히 약속을 이행하고 있는 손녀딸에게 할머니도 약속을 지킨 거였다. 계산을 해 보니, 다행스럽게도 직원들의 퇴직금은 충분히 챙겨 주고도 넉넉하게 남는 돈이라 그들의 통장으로 돈을 보내 주고 사채업자들에게 이자도 부쳤다.

얼마 있지 않아 휴대전화가 연속으로 울렸다. 들어간 돈을 확인한 직원들이 보낸 문자 메시지들이었다. 고맙다고, 고생했다는 그들의 문자 메시지를 전부 확인한 후, 채윤은 몸을 일으켜 어둠을 만들고 있던 커튼을 거두어 내고 창문을 열었다.

마음이 한결 편안해진 기분이었다.

그 주에는 집 앞까지 데리러 온 세온이와 함께 미리 예약을 해 둔 웨딩숍에 가서 웨딩드레스도 입었다. 세온은 마음에 드는 것을 입어 보고 고르라고 얘기했지만, 번거롭기도 하고 귀찮기도 해서 맨 처음 입었던 드레스로 골랐다.

미리 치수를 잰 덕에 딱 맞아떨어진 턱시도를 입은 세온의 모습은 멋있었다. 직원은 자신이 여기서 5년을 넘게 일했지만, 이렇게 턱시도가 잘 어울리는 예비 신랑은 처음 봤다며 주책을 떨다가 머쓱해하기도 했다.

드레스와 턱시도를 갈아입는 동안, 몇 번이고 세온의 휴대전화가 울렸었다.

"아까 너 휴대전화 계속 울리던데. 바쁜 거 아니야?"

"점심 정도는 먹고 들어가도 돼."

뭘 먹을까 서로 고민하지도 않고 웨딩숍에서 가장 가까운 한식집에 들어갔다. 결혼을 곧 앞둔 다른 예비부부들처럼 다정다감하게 많은 대화를 나누진 않았지만, 그래도 적당한 대화를 나누며 식사를 끝냈다.

식사를 끝내고 세온이 데려다준 집으로 돌아왔다. 올라가서 차 한잔 마시고 가라고 권하진 않았다. 집까지 들어오고 나서야 세온의 차가 출발하는 소리가 들렸다.

며칠 뒤에는 큰집에서 직접 마련했다는 신혼집을 방문하기도 했다. 집은 세온의 아버지 정우가 마련하기를 원했지만, 최 회장은 부담 갖지 말라며 미리 신혼집을 준비했다.

채윤은 세온에게 많이 바쁘면 집 정도는 혼자 보고 와도 된다고 말했지만, 그는 기꺼이 함께 갔다.

이런 일들이 일어난 지도 벌써 며칠이 지나 있었다. 채윤은 달력을 보았다.

일주일. 결혼식이 딱 일주일 남았다.

"후……."

제법 강렬해진 태양이 자비 없이 내리쬈다. 하루가 다르게 치솟는 온도에 이제는 아무리 얇아도 긴 티셔츠를 못 입을 정도였다. 옷 정리를 해야겠다 싶었다.

딱히 정리를 할 것도 없이 근소한 짐 때문에 정리는 금방 끝났다. 늦은 점심을 먹으려고 차려 놓은 상을 입맛이 없어 그대로 다시 치웠다. 그리고 무언가에 이끌리듯 샤워를 하고 옷을 갈아입은 후, 밖을 나섰다. 오래도록 가지 않았던 곳, 아니 가지 못했던 곳을 향해 갔다.

상견례를 하고 드레스를 고르고 나니, 정말 자신이 결혼을 한다는 것이 절실하게 와닿았다. 그러면서 내내 마음이 걸린 부분이 있었다.

푸른 잎이 무성하게 자라 완연한 푸른빛을 띠고 있는 산 중턱에 위치한 납골당. 재완이 잠들어 있는 곳이었다. 집 근처 가게에서 사 온 꽃을 들고 13년이 지났음에도 불구하고 기억이 나는 그 자리를 향해 걸었다. 타박타박, 발걸음이 더디고 무겁다. 별로 길지도 않은 거리를 긴 시간을 걸어 도착했다.

열여덟 살의 재완이 아주 작은 칸막이 안에서 변하지 않고 환하게 웃고 있었다.

"나 왔어."

짤막하게 인사를 하고 꽃을 넣어 주기 위해 자물쇠 비밀번호를 눌렀다. 칸막이 안에는 가져다 놓은 지 얼마 안 되어 보이는 싱싱한 꽃이 놓여 있었다.

"유 비서님이 왔다 가셨나."

말은 그렇게 하면서도 머릿속엔 다른 사람이 떠올랐다. 이 사물함의 비밀번호를 알고 있는 딱 세 사람 중, 마지막 사람인 세온이가.

채윤은 자신이 가져온 꽃을 그 옆에 놓았다. 무슨 말이라도 해야 하고, 하고 싶었는데, 막상 이곳에 오니 아무 말도 할 수가 없었다. 그래서 채윤은 그 자리에 오래도록 서서 재완의 사진을 바라보고 또 바라보았다.

그리고 겨우 입을 열었다. 늘 나를 혼자 두지 않았던 너를 나는 혼자 두게 해서 미안하다고. 정말, 미안하다고……. 그럼에도 이렇게 살겠다고 발버둥 치고 있는 나를 이해해 달라고. 넌 착한 아이니까, 이런 이기적인 나를 이해해 달라고…….

***

세온은 살펴볼 서류들이 많아서 시간을 단축하기 위해 점심을 대충 샌드위치로 때웠다. 그가 양치질을 하고 사무실로 다시 돌아오자 바깥 공기를 쐬고 싶다며 나가서 먹은 민우와 지영이 돌아와 있었다.

"으이고, 보기만 해도 질려. 질려. 이 단것을 어떻게 그렇게 잘 먹어, 지영 씨는? 초콜릿에 초콜릿 음료에…….”

“원래 여자들은 스트레스 받으면 단거 잘 먹어요.”

“어처구니없는 핑계 대지 마. 지영 씨는 시도 때도 없이 단거 입에 달고 살잖아. 그래 놓고 다이어트는 내일부터, 내일부터. 그러면서 또 스트레스 받지? 그렇게 먹을 거면 그런 말은 제발 안 했으면 좋겠어.”

“하하, 시도 때도 없이 저한테 맞아 보실래요? 그러고 싶지 않으시면 제발 그런 말씀 안 하셨으면 좋겠어요.”

지영이 주먹을 들이밀자, 민우가 입술을 굳게 다문다. 세온의 시선이 지영이 들고 있는 초코라테로 향했다. 학생 시절 때, 늘 초콜릿 우유를 입에 달고 살던 채윤이 떠올랐다. 얼굴에 온갖 짜증이나 무기력함이 붙어 있다가도 저거 한 입 마시고 나면 슬쩍 웃어 보이던 채윤의 모습과 그 모습 몇 번 더 보겠다고 초콜릿 우유를 몰래 가져다 놓던 자신의 모습까지.

“새로 오픈한 초콜릿 전문점이에요. 그래서 그런지, 다른 초콜릿집보다 훨씬 맛있더라고요. 검사님도 드셔 보실래요?”

지영이 초콜릿을 세온에게 불쑥 내밀었다.

“새로 오픈한 곳이 어디예요?”

세온은 초콜릿을 먹는 대신, 가게 이름을 물어보았다. 지영은 친절하게 가게 위치를 알려 주었다. 여전히 할 일은 밤을 새도 모자랄 만큼 쌓여 있었지만, 한 시간 정도는 괜찮지 않을까 싶어 퇴근 시간에 맞춰 나왔다. 지영이 알려 주었던 가게에 들러 초콜릿 한 상자와 라테를 사 들고 채윤의 집으로 향했다. 초인종을 누르고 이름을 불러 보았지만, 아무런 대답도 없었다.

"집에 없나."

전화를 해 봤지만 받지 않았다.

"후……. 초콜릿 핑계로 얼굴 좀 보고 가려고 했건만."

그 작은 바람조차 마음대로 되지 않는 세온이었다. 하는 수 없이 문 앞에 쇼핑백을 두고 돌아서야 했다. 다시 운전대를 잡고 왔던 길을 돌아가고 있던 세온의 시야에 편의점에서 채윤이 무언가를 사 들고 나오는 모습이 보였다. 세온은 반가운 마음에 얼른 브레이크를 밟고 벨트를 풀고선 차에서 내렸다.

"이채윤."

자신이 곁에 와 있는 줄도 모르고 넋이 나가 걷던 채윤이 고개를 돌려 세온을 발견했다.

"어? 강세온."

채윤은 세온의 등장을 의아해했다.

"어디 갔다 와?"

단숨에 채윤과의 거리를 좁힌 세온이 물었다.

"잠깐, 볼일 좀 보러."

"휴대전화는 잃어버렸어?"

"전화했었네? 무음으로 해 놔서. 그런데 무슨 일이야?"

"그냥, 잠깐 들렀어."

"아."

"뭐 샀어?"

세온은 채윤이 들고 있는 봉지를 눈짓하며 물었다.

"도시락. 밥 해 먹기 귀찮아서. 너는? 밥 먹었어?"

"나도 아직."

"그럼 안에서 하나 사 올래? 여기서 같이 먹자."

채윤이 편의점 앞에 펼쳐져 있는 파라솔에 가서 앉았다. 봉지에 든 도시락을 테이블 위에 꺼내 놓은 채윤은 앞에서 미동도 하지 않는 세온을 응시했다.

"왜? 이런 데서 밥 먹는 거 별로 안 좋아해?"

"아니."

"그럼 얼른 사 와. 차도 한 곳으로 세워 두고."

어디에서 먹든 무얼 먹든 세온에겐 딱히 중요하지 않았다. 상대방이 채윤이라면. 오늘따라 유난히 그녀의 작고 축 처진 어깨가 자꾸만 마음에 걸렸다. 하지만 등신같이 그걸 물어볼 용기는 없다. 채윤의 입으로 듣고 싶지 않은 이름이 흘러나올까 봐서. 세온은 채윤의 축 처진 어깨를 외면했다. 차를 한 곳에 세우고 편의점으로 들어가 아무거나 잡히는 도시락을 사서 나왔다. 채윤은 도시락 뚜껑을 열어 둔 채, 세온을 기다리고 있었다.

"나 아까 이거 먹을까, 그거 먹을까 고민했었는데."

채윤이 짐짓 밝은 목소리로 말했다.

"그래? 그럼 이것도 먹어."

세온이 뚜껑을 열며 채윤 쪽으로 슬쩍 밀어 주었다.

"내가 여기서 제일 맛있어 보이는 소시지만 다 먹으면 어쩌려고?"

"그럼, 그냥 소시지에 환장한 애구나, 생각하고 원 없이 먹으라고 한 박스 사 주지, 뭐."

"괜찮네. 한 박스."

실없는 농담을 주고받고 두 사람은 서로의 도시락을 먹었다. 그렇게 한참을 먹고 있는데, 채윤이 불쑥 말했다.

"혹시 며칠 전에 재완이한테 갔다 왔어?"

"……오늘 재완이한테 갔다 온 거야?"

"응. 그 꽃, 네가 두고 간 거 맞지?"

맞다. 상견례가 끝나고 얼마 있지 않아 세온은 재완을 만나러 갔다. 어쩌면 자신을 원망하고 큰 배신감을 느끼고 있을지도 모를 재완이에게 미안하다고 사과를 하기 위해서였다. 그럼에도 채윤을 지키겠다는 너와의 약속을 끝까지 지키겠다고, 너와의 약속을 핑계 삼아 1년이라는 시한부 시간 동안 채윤이를 마음껏 사랑하겠노라고 말하고 돌아왔다.

너는 그곳에서 재완이에게 무슨 말을 했을까?

비록 어쩔 수 없는 사정에 의해서 결혼을 하는 것이지, 나는 절대 강세온을 사랑하지 않는다고, 믿어 달라고 얘기했을까?

네가 아닌 다른 남자, 그 사람이 강세온이라도 절대 흔들리는 일이 없으니, 걱정 말라고 타일렀을까?

그것이 어떤 것이든, 세온은 더 이상 마음을 쓰지 않기로 했다. 어쨌든 제게 주어진 1년이라는 시간을 헛되게 보내지 않기 위해서라도 더는 다른 것에 감정들이 쏠려서는 안 된다고 생각했다.

"먹어."

우울해지려는 분위기를 바꿔 보고 싶어 제 소시지 하나를 채윤에게 건넸다. 채윤이 그런 세온을 바라보았다.

"하나는 좀 부족하지?"

세온이 소시지 하나를 또 채윤에게 건넸다. 그러다 자신에게 있던 소시지를 전부 채윤이 도시락에 옮겨 주었다. 채윤이 어이없다는 듯한 표정을 짓다가 결국 웃어 버렸다.

"너 정말 내가 소시지에 환장한 애라고 생각하는 건 아니지?"

"먹기나 해. 얼른."

소시지 하나를 들어 그녀의 입술 가까이 가져다 댔다. 채윤은 얼떨결에 그것을 받아먹었다.

"잘 먹네."

세온이 작게 웃으며 밥을 먹기 시작했다. 채윤은 어떤 말도 할 수가 없었다. 입 안에 들어와 있는 제법 큰 소시지 때문이었다. 괜찮다는데도 세온은 같이 걸어 채윤을 집 앞까지 데려다주고 돌아섰다.

채윤은 현관을 지나 승강기를 타고 집으로 올라왔을 때, 앞에 있는 쇼핑백 하나를 발견했다. 초콜릿과 얼음이 조금 녹아 있는 초코라테였다.

[현관 앞에 있는 거, 내가 두고 간 거니까 안심하고 마셔도 돼.]

마침 세온에게 날아온 문자.

채윤은 쇼핑백 안에 있는 라테를 꺼내 한 모금 쭈욱 들이켰다. 아주 진하고 깊은 달달함이 입 안 가득 퍼졌다.

자신도 모르게 미소가 지어지는 맛이었다.

***

결혼식은 서울 중심에 있는 HC그룹의 호텔에서 이루어졌다.

5성급 호텔다운 고급스러움과 세련됨이 동시에 느껴지는 공간이었다. 채윤의 지인이라고는 캐나다에서 같이 일했던 직원들이 전부였다. 하지만 사정이 좋지 않은 그들에게 한국까지 결혼을 축하하러 와 달라고 하는 건 염치없는 부탁이었다.

더군다나 이 결혼은 1년 후에 끝나게 될 것이었기 때문에 요란을 떨고 싶지 않았다. 하지만 그런 채윤의 바람과는 달리, 두 가족들이 지니고 있는 명성답게 결혼식장에는 많은 유명 인사들로 북새통을 이루었다. 본격적인 식이 시작되기 전에 두 사람은 생전 처음 보는 사람들과 인사를 나누고 사진을 찍었다. 그때 세온의 어머니가 식장에 들어섰다. 13년 전, 응급실에서 처음 보고 그 뒤로는 오늘이 처음이었다. 그 당시와 조금 달라진 듯한 분위기였지만, 그녀의 눈빛은 여전히 생기가 없고 무표정이었다.

"안녕하세요."

채윤이 자리에서 일어나 공손하게 인사를 건넸다.

"결혼, 축하한다."

그녀는 곁으로 다가와 딱 그 한마디만 하고 사진을 찍은 후 식장을 나갔다. 다른 아버지들은 딸의 결혼식이라고 예행연습을 하기도 한다는데, 채윤의 아버지는 그런 것에 관심이 전혀 없었다. 그 모습이 어쩐지, 세온의 어머니와 닮은 것 같았고 여전히 자신과 세온의 처지가 비슷하게 느껴졌다.

결혼을 하기 전부터 지치는 기분이었다. 방문객들과 인사가 끝나자 곧 식이 시작할 예정이니 자리에 참석해 달라는 사회자의 말이 들리고 나서야 채윤은 한숨 돌릴 수 있었다.

똑똑.

노크 소리와 함께 문이 열렸다. 아마도 자신만큼이나 정신없었을 세온이었다. 세온은 물병을 건넸다.

"마셔."

"마침 가져왔던 물을 다 마셔서 목 많이 말랐는데, 고마워."

채윤이 그대로 원샷 했다.

"바빠서 신혼여행을 못 간다고 하니까, 사람들이 욕하더라. 신부가 엄청 서운해할 거래."

"그랬어?"

"응. 주말이니까 어디 가까운 곳으로라도 갔다 올까?"

세온의 제안에 채윤은 고개를 내저었다.

"뭘 하러, 평소에 일 때문에 힘들고 결혼식 때문에 더 힘들었을 텐데, 그냥 푹 쉬어."

"괜찮은데. 네가 생각하는 거 이상으로 내가 체력이 좋은 편이거든."

"그 체력 아껴 뒀다가 더 좋은 곳에 써."

"……너한테 쓰는 것만큼 좋은 곳이 어디 있다고."

"……."

"넌 내 아내고, 난 너의 남편이니까."

부부라는 것에 너무 큰 부담을 갖지 않아도 된다고 말해주려고 했다. 억지로 노력을 하지 않아도 된다고 말해주려고 했다. 하지만 채윤은 갑자기 문이 열리고 안으로 들어오는 직원 때문에 말할 수가 없었다.

"신부님 나가실 준비 할게요. 예식장 앞에서 신부님 아버님 기다리고 계십니다."

"……네."

직원이 다시 나가고 채윤이 일어섰다. 그건 결혼식이 끝나고 집에 가서 해도 늦지 않을 거라 생각했기 때문이었다. 하도 오래 앉아 있어서 그런가, 일어나 계단 아래로 한 칸 내딛자 발에서 쥐가 나서 그대로 비틀거렸다. 그러면서 신고 있던 구두 한 짝이 벗겨졌다. 발목에 끈을 두르는 식의 구두였는데, 끈이 풀려 있었다.

"어……."

세온이 곁으로 다가와 화려한 진주가 박혀 있는 구두를 들었다.

"혼자 신어도 돼."

"신겨 줄게."

채윤의 말에도 세온은 앞에 한쪽 무릎을 꿇고 그녀의 발목을 가볍게 잡아당겨 구두를 신겨 주었다.

"이거 신겠다고 숙였다가, 머리라도 망가지면 큰일이니까."

사실 거추장스러운 웨딩드레스에, 머리에 꽂힌 티아라 때문에 신기 불편한 신발이었다. 제 발목을 잡고 있는 그의 손은 부드러웠지만, 차가웠다. 그는 꼼꼼하게 끈을 묶어주었다.

"리본 되게 못 맨다."

"기다려 봐."

채윤의 지적에 세온이 그것을 다시 풀어서 묶었지만, 이번에도 역시 엉성하게 묶어 놓았다.

"모양은 마음에 안 드는데, 그래도 다시는 풀리지 않을 것 같네."

"다시 묶……."

"됐어. 뭘 그리 집요하게."

아래에서 자신을 올려다보던 세온이 천천히 일어나 어느새 커다란 그림자를 드리우며 서 있었다.

"갈까?"

그가 손을 내밀었다.

차갑지만, 분명 부드러웠던 손을.

채윤이 세온의 손 위에 자신의 손을 천천히 가져가 포개었다. 그리고 그런 제 손을 가볍게 그러잡는 세온과 함께 신부 대기실을 나섰다.

***

결혼식이 끝나고 도착한 신혼집.

세온은 필요한 세간살이들이 들어차 있는 이 낯선 공간을 채윤과 함께 들어섰다. 누군가와 제 공간을 같이 공유한다는 것, 그리고 그 누군가가 채윤이라는 사실에 감정이 정돈되지 않아 기분이 묘했다. 거실 귀퉁이에는 결혼식이 진행되는 동안 직원들이 채윤과 세온의 짐을 미리 옮겨 놓았다.

"짐부터 정리해야 할 것 같네."

그 짐을 채윤도 발견했는지 뒤에서 낮게 속닥거리더니 그쪽으로 향했다.

"방은 어디 쓸래?"

세온이 곁으로 다가오자, 짐을 풀기 시작한 채윤이 물었다. 신혼집은 커다란 거실과 주방을 기준으로 방이 총 네 칸이었는데, 그중 한 칸은 또 다른 욕실과 2층에 위치했다.

"넌 어디 쓰고 싶은데?"

채윤이 아래층에 있는 방 세 칸을 둘러보다가 위층으로 시선을 옮겼다.

"위에 쓸게."

"불편하지 않겠어?"

"운동하는 거 되게 싫어하거든, 오고 가면서 운동한다고 생각하지 뭐."

2층을 쓰게 되면 오고 가다가 마주치는 일이 현저히 줄어들 거였다. 같은 방을 쓰진 않더라도 같은 층수에 있었으면 싶었다. 이러나저러나 오고 가다가 마주치는 일이 자주 있을 수 있게. 하지만 세온은 자신이 품고 있는 진짜 바람을 채윤에게 내보이지는 않았다. 괜히 부담을 갖고 자신을 더 피해 다니는 것만큼 세온에게 난감하고 불리한 것도 없을 테니 말이다.

"근데 그건 뭐야?"

채윤은 아까부터 세온이 들고 있던 쇼핑백으로 눈짓했다. 세온도 궁금하던 참이었다. 결혼식이 끝나고 차에 올라타던 찰나에 유성이 요상한 표정을 지으며 건네주던 쇼핑백이었다. 그는 이런 말도 덧붙였다.

'신혼여행 잘 다녀오십시오.'

신혼여행 못 간다고 분명 말했는데, 그가 그런 말을 했다는 게 이해가 가지 않았다. 그래서 미간을 구기며 쇼핑백을 들여다본 세온의 눈이 살짝 커다래졌다.

"뭐야?"

세온의 반응에 채윤이 의아해하며 몸을 일으켜 다가왔다.

"별거 아니야."

당황한 세온이 얼른 그것을 뒤로 감추었다. 다시 생각해 보니, 유성이 제게 전했던 말 중에 단어 하나가 빠졌던 것 같다. 그는 '신혼여행 잘 다녀오십시오.'가 아닌 '신혼 밤 여행 잘 다녀오십시오.'라고 했다는 것을.

그리고 지금 자신이 감추려고 드는 이 쇼핑백 안에는 우주에 갈 때 우주복을 입듯 '신혼 밤 여행'을 갈 때 입을 법한 아주 야한 속옷들이 들어 있어 채윤에게 보여 줄 수 없었다.

"네 표정을 보니까, 별거 아닌 게 아닌 것 같은데."

"정말 별거 아니야."

세온은 얼른 그 쇼핑백을 숨기기 위해 제 트렁크를 열어 쑤셔 넣었다. 그 모습을 가만히 바라보던 채윤이 피식 웃는다.

"강세온이 저런 반응을 보이니까 궁금하지 않던 것도 궁금해지려고 하네."

채윤의 말을 세온은 못 들은 척했다.

"올려다 줄게."

제 짐을 낑낑거리며 위로 옮기려는 채윤에 그녀의 품에 있는 짐을 가볍게 가져가 2층으로 옮겨 주었다. 세온은 방문을 열고 들어섰다.

"손님방으로 쓰라고 준비해 준 건가 보네."

뒤따라 들어온 채윤의 말에 세온이 공감했다. 그곳엔 작은 침대 하나와 화장대, 그리고 장롱이 놓여 있었다.

"전부 다 새로 사야 되나 싶었는데, 잘됐다."

채윤이 바닥에 물건을 내려놓으며 말했다.

"오늘 이래저래 많이 힘들었을 텐데, 내가 옮길 테니까 쉬고 있어."

"……아니야. 같이 해."

대답이 나오기 전까지 채윤이 잠시 머뭇거렸다는 것을 세온은 눈치챘다.

"하고 싶은 말 있으면 해."

그런 말 없다고 채윤은 딱히 부정하지 않았지만 여전히 망설이고 있는 것은 느껴졌다.

"너 지금 하고 싶은 말 있잖아."

"혹시 네가 남편이라서…… 책임감 때문에 날 자꾸 배려해주려는 노력은 하지 않아도 돼. 재완이 부탁으로 쉽지 않은 결정을 해 준 것만으로도 너에게 너무 미안하고, 고마우니까."

"불편하구나, 너. 내가 이러는 거."

이번에도 딱히 부정하지 않는 채윤에 세온은 막막했다. 앞으로 같이 살게 되면 이런 일이 많이 일어날 것만 같아서였다. 1년이라는 단기의 시간을 정해 놓은 부부.

채윤은 자신이 놓인 최악의 상황에서 해야 했던 어쩔 수 없는 선택이었지만, 세온 본인은 불행하게도 아니었다. 감정은 조절을 한다고 될 수 있는 것이 아니었다. 그녀가 불편해한다는 것을 인식한다고 하더라도 무의식중에 계속 이런 행동들이 나올 것이 뻔했다. 그래서 앞으로는 채윤이 불편하게 받아들이지 않을 만한 변명도 함께 준비해야겠다 생각했다.

"이건 남편으로서가 아니라, 너 이거 나른다고 계속 쿵쿵거리면서 시끄럽게 굴 거 아니야. 가뜩이나 피곤해 죽겠는데."

"……."

"짐 나르는 데 거추장스럽기도 하고."

그제야 채윤의 얼굴이 미세하게 풀렸다.

"아, 그런 거였어?"

"응. 앉아 있는 게 도와주는 거니까, 어디 구석에 가서 얌전히 좀 앉아 있어."

"그럼, 뭐……. 그래도 내가 들을 수 있는 것들은 들 테니까."

채윤은 아랫층으로 내려가 자신이 들을 수 있는 짐과 그렇지 못한 짐들을 구별했다. 자신만큼이나 짐이 없는 채윤이었다. 그렇게 채윤의 짐을 다 나르고 나서야 세온은 자신의 짐을 침실로 가져와 정리했다.

혼자 자기에는 지나치게 커다란 침대를 멀거니 바라보다가 땀에 젖은 옷을 벗었다. 샤워를 하기 위해 옷을 챙기려고 트렁크를 열었다. 아까 쑤셔 넣었던 쇼핑백이 눈에 보였다. 세온은 그것을 꺼내 들어 안에 든 것을 집어 공중에 펴 보았다.

"이 자식이……."

양유성의 독한 취향에 세온은 고개를 절레절레 흔들었다. 그때 방문이 벌컥 열렸다. 사람이 너무 놀라면 아무 행동도 취하지 못하는 법이었다. 세온은 그 야한 속옷을 펼쳐 든 채로 채윤을 마주 봐야 했다. 그녀의 눈동자가 당황스러움으로 물든 채 자신이 펼쳐 든 남사스러운 속옷으로 향해 있었다.

"캑캑."

사레가 걸린 모양이다. 세온은 얼른 자신이 들고 있던 속옷을 던졌다.

"내 거 아니야."

"어?"

"아까 너도 봤잖아. 내 후배가 차 타는데, 급하게 던져 줬던 거."

"응, 봤어. 후배가 좀 짓궂네. 그럼 쉬어…… 아!"

채윤이 눈을 제대로 마주치지 못하고 요리조리 굴리더니 방문을 닫다가 크게 비명을 내질렀다. 당황한 나머지 문을 닫다가 자신의 손을 찧은 거였다. 고통스러운지 채윤이 손가락을 부여잡고 그 자리에서 주저앉았다.

"어디 봐."

곁으로 다가온 세온이 채윤의 상처를 살폈다. 손톱이 깨지며 피가 났다.

"응급실 가자."

"무슨 이런 일로 응급실이야. 그 정도는 아니야. 그냥 씻고 밴드 붙이면 될 거 같으니까, 신경 쓰지 마."

"어떻게 신경을 안 써. 그런 말 같잖은 소리 좀 하지 마."

"……."

"조금만 기다려. 약 사 올 테니까."

일어나 지갑을 챙겨 들고 거실을 가로질러 가는데, 채윤이 허둥지둥 따라 나와 잡았다. 약 안 사다 줘도 괜찮다고, 너 귀찮게 하고 싶지 않다고 말하면 정말 화가 날 것 같았는데, 그녀에게 돌아온 말은 세온을 무척이나 민망하게 만들었다.

"너, 너 옷 입고 나가야지."

***

옷을 입은 세온이 약을 사러 나가고 집에 혼자 남은 채윤은 거실 소파에 앉아 상처를 바라보았다. 이제야 아픔이 슬슬 몰려오는 것 같았다. 그것도 그럴 것이 상체를 벗은 세온의 모습에 채윤은 놀라서 경황이 없는 상태였다.

탄탄하고 야무지게도 만들어진 몸. 인터넷을 하다가 스쳐봤던 남자 연예인들의 잘 만들어진 몸을 사진으로만 접해 보았지 실물은 처음 봤다. 그리고 세온의 몸은 생각 이상으로 좋았고 자꾸만 떠올랐다. 자신은 그런 것에 전혀 관심이 없고 개의치 않은 줄 알았다.

하지만 세윤의 벗은 몸을 보자 이상할 정도로 놀랐고 당황스러웠으며 지금도 마음이 진정이 되지 않았다.

"후우."

약국에 갔던 세온이 돌아왔다. 채윤은 그가 옷을 입었는데도 벗었던 모습이 선연해서 눈을 마주치기가 다소 어려웠다.

"물어봤는데, 일단 소독부터 하고 약이랑 거즈 바른 후에 얼음찜질을 하라고 하네."

"응."

하지만 자신과는 다르게 아무렇지도 않아 보이는 세온 때문에 살짝 억울하기도 했다. 세온은 채윤의 손을 가져와 제 무릎을 세우고 그 위에 올려놓았다. '혼자 할게.'라고 말해야 했지만, 전혀 혼자 할 수 있는 것이 아니었고 이미 타이밍을 놓쳐버린 후였다.

"아플 거야."

세온이 솜에 소독약을 부어 닦아 주며 말했다. 따갑다. 따가운 것을 넘어서 정말 최악으로 쓰리고 아팠다.

"아프면 아프다고 소리 질러도 되고, 울어도 돼."

두 눈을 질끈 감고 있던 채윤이 세온의 목소리에 눈을 떴다.

"그 정도로 아프진 않아."

"눈가에 생긴 주름살이 아직 안 펴졌어. 너."

"……."

"이 해 봐. 이는 괜찮나 보자. 턱을 어찌나 콱 깨무는지, 이가 다 부러졌을 것 같은데."

세온이 갑자기 불쑥 얼굴을 내밀어 버리는 바람에 채윤이 얼른 뒤로 물러났다.

"장난 그만 쳐. 나 진짜 괜찮아."

"아플 땐 티를 내도 돼."

다시 제자리로 돌아간 세온이 찬찬히 치료를 해주었다. 후후, 세온이 입김을 상처 위에 불어 주며 아주 조심스럽게 연고를 바르고, 밴드를 붙여 그 위에 거즈를 감싸 주었다.

"답답하더라도 내일 오후까지는 이러고 있어. 물 들어가면 아프다니까."

"응."

치료를 끝낸 세온이 뒷정리를 했다. 손이 욱신욱신거린다. 상처가 빨리 나았으면 좋겠다.

"기억에 남을 것 같아."

정리를 다 끝낸 세온이 여전히 소파에 앉아 있는 채윤을 향해 말했다. 채윤이 가만히 세온을 올려다보자 그는 피곤하지만 옅게 웃으며 말을 이어 갔다.

"우리 첫날밤."

……첫날밤.

"나도. 이건 기억에 남을 것 같아."

참으로 요란스러웠던 첫날밤.

가짜 부부가 된 첫날밤만큼은 세온의 말대로 헤어진 뒤에도 기억에 남을 것 같았다. 어둠을 비추는 달빛이 창문을 덮고 있는 커튼 사이를 꾸역꾸역 비집고 들어왔다. 찬물을 끼얹은 것만 같은 고요한 세상.

그렇게 세온과 부부가 된 첫 밤이 지나고 있었다.

3. 우리에게도 봄이 올까?

세온은 늘 바빴다.

그래서 아침에 일어나면 이미 출근한 상태였고 저녁에 잠들기 직전까지도 마주칠 일이 없었다. 주말도 없이 일을 하는 듯싶었다. 그래도 빨래가 종종 나오고 씻은 컵들이 뒤집혀 있고 현관문 앞 슬리퍼 모양도 바뀌는 것을 보니 집은 꼬박꼬박 들어오는 것 같았다.

그리고 채윤은 이 집에 들어와서 매일 이상한 꿈을 꿨다. 타박타박, 꿈속에서는 한껏 지친 듯한 발걸음 소리가 늘 계단을 오르락내리락했고, 방문을 열고 누군가가 한참 자신을 쳐다보고 돌아섰다.

대부분은 안으로 들어오는 일이 없었지만, 어떨 때는 안으로 들어와 손을 매만지기도 했다. 깨어나려고 해도 잠에 너무 취해서 그대로 다시 홀리듯 잠들었던 것 같다.

그렇게 비슷한 꿈들을 반복적으로 꿨다. 그런데 그 꿈이 그다지 싫진 않았다. 낯선 이곳에서 누군가가 자신을 지켜 주는 기분? 그래, 그런 기분이 드는 꿈이었다.

최 회장이 찾아온 건 결혼식이 있은 지 2주가 지나서였다. 결혼식 때보다 더 야윈 것만 같은 그녀의 얼굴을 마주 보는 건 예상치 못하게 조금 힘든 일이었다. 태어나 생전 처음 보는 사람도 아픈 몸으로 병상에 누워 있으면 안타까운 것이 사람의 심리였다. 다른 평범한 사람들처럼 서로를 애지중지하는 가족애는 없어도 가족이 아픈 건 꽤나 씁쓸한 일이었다.

최 회장은 소파에 고고하게 앉아 손녀의 신혼집을 대충 눈길로 훑어본 후, 금세 관심을 거두었다.

"HC그룹의 기획지원팀으로 다음 주부터 출근하거라."

"……네."

"처음부터 직급을 달고 출근을 하면 이래저래 말이 많이 나올 테니, 일단 사원으로 입사하여 일을 한 뒤에 때가 되면 승진 절차를 밟도록 하자꾸나."

"……그때까지 못 살아 계시겠죠?"

가슴에 비수를 꽂고자 한 말은 아니었다. 채윤은 문득 그런 생각이 들었다. 그래도 할머니만큼 가족 중에 제게 관심이 있는 사람도 없을 거라고. 시집을 갔어도 잘 지내고 있냐는 전화 한 통 없는 허울뿐인 아버지와 계모 티를 팍팍 내고 있는 새어머니.

자신과 너무 안 맞아 때로는 서로에게 상처만 남기는 폭언들을 주고받더라도, 할머니가 가장 나았다. 그런 할머니마저 없어진다면 어떨까……. 문득 그런 생각이 들었다.

"그래도 달라지는 건, 조금도 없단다."

"네. 그 정도는 이제 더 이상 말씀 안 해주셔도 늘 알고 있어요."

"모든 자세한 사항들은 유 비서를 통해서 보내도록 하마."

"네."

최 회장은 채윤이 가져다준 차를 한 모금도 마시지 않고 일어섰다. 채윤은 딱 현관문 앞에까지만 그녀를 배웅하고 돌아왔다. 아직 따뜻한 열기가 완연한 차를 가만히 내려 보다 불쑥 떠올랐다.

"초코라테……."

달달한 초코라테가 마시고 싶었다.

예전에 한 번, 세온이 사다 줬던 그 진하고 깊은 맛의 초코라테가.

***

처음에는 잘못 본 줄 알았다.

사무실 사람들과 함께 점심을 먹고 다시 법원으로 향하는 동안 스쳐본 카페에 채윤이 앉아 있었다. 가던 길을 멈추고 자세히 보자 확실히 채윤이었다. 갑자기 걸음을 멈춘 세온에 앞장서 걷던 지영과 민우가 의아하게 바라보았다.

"먼저 들어가요. 어디 잠깐 들를 곳이 있어서."

"아, 네. 알겠습니다, 검사님."

아내인 채윤의 존재를 말해도 됐지만, 인사를 하겠다고 적극적으로 나설 두 사람을 채윤이 부담스러워할까 봐 돌려보냈다. 카페 안으로 들어서자 문소리에 테이블에 앉아 초코라테를 마시고 있던 채윤이 반사적으로 고개를 올렸다. 두 사람의 시선이 공중에서 부딪혔다.

"어?"

놀라 동공이 살짝 커진 채윤은 입에서 빨대를 떼어 냈다. 세온은 채윤의 맞은편에 앉았다. 테이블 아래로 긴 다리가 들어가지 않아 옆으로 살짝 틀어서 앉아야 했다. 습관처럼 다리를 꼬고 의자 깊숙이 상체를 기대었다.

"근처에 왔으면 왔다고 말이라도 좀 해주든가."

"너 바쁠까 봐."

"혹시 같이 밥이라도 먹자고 할까 봐 불편해서 그런 건 아니고?"

아무리 가짜 부부고 정이 들지 않은 남녀 사이라고 해도 자신이 근처에 있는 걸 알면서도 연락 한 통을 하지 않은 채윤에게 세온은 서운했다.

이러면 쪼잔해 보이고 자신만 고통스럽다는 걸 알면서도, 만약이 근처에 재완이 있었어도 '바쁠까 봐, 너 배려하는 차원에서.'라고 말을 하며 연락을 안 했을까? 하는 못난 생각이 들었다.

"……너 매일 새벽에 들어오고 아침 일찍 나가잖아."

부정하지 않는다. 그게 묘하게 세온의 마음을 살살 달래 주는 것 같았다.

"그래서?"

"그 정도로 바쁘다는 거잖아. 그래서 정말 바쁠까 봐, 연락 안 한 거야. 오버하지 마."

'오해하지 마'가 아니라 '오버하지 마'다. 채윤답다는 생각을 하며 세온이 작게 웃었다. 아무튼 이채윤은 늘 제 감정에 충실한 사람이다. 그게 때로는 차가운 말들뿐이라 상처가 될 때도 있지만, 이렇게 아닌 건 아니라고 확실히 말을 해 줄 때도 있으니, 세온은 그것만으로도 좋았다.

"점심시간이잖아."

대부분 점심시간에도 바쁘다. 오늘은 조금 여유가 있었고 며칠 동안 샌드위치와 김밥만 먹어 신물이 난 상태라 정말 오랜만에 바깥 밥을 먹으러 나온 거였다.

하지만 세온은 말해주고 싶었다. 아무리 바쁘더라도, 너에겐 충분히 시간을 할애할 수 있다고, 몇 시간 덜 자고 카페인으로 버텨낼 수 있다고.

"이 시간에는 연락해도 돼."

"알았어. 다음에 만약 또 오게 되면 그때는 꼭 연락할게. 비싼 거 사 줘."

"얼마든지. 그런데, 맛있었나 봐. 이거 먹겠다고 여기까지 온 거 보면."

"응. 진짜 맛있게 마셨어. 이 집 거 먹고 나서 다른 집에서 먹으니까 되게 밍밍한 것 같고 별로더라고."

"그럼 앞으로……."

자주 사다 줄게, 라고 말하려다가 세온은 말을 바꿨다.

"자주 사 먹으러 와. 와서 나랑 비싼 밥도 좀 먹고."

응, 들릴 듯 말 듯한 대답을 한 채윤이 다시 초코라테를 쪽쪽 빨아 마시다 말고 자신을 가만히 바라보고 있는 세온을 올려다보았다.

"왜?"
"그래도 나 늦게 들어오고 일찍 나가는 건 알고 있네."
"내가 잠귀가 좀 밝아."
세온이 기억하고 있는 채윤은 잠귀가 밝은 사람이 전혀 아니다.
"그랬구나. 너 잠귀 밝은 사람이었구나."
"응."
잠귀가 아주 많이 어둡다는 걸 자기만 모르는 듯한 채윤이 당당하게 대답을 하고 다시 초코라테를 마셨다. 보기만 해도 엄청 달아 보이는 초코라테를 채윤은 잘도 마셨다. 그게 신기하기도 하고 예뻐 보이기도 해서 세온은 조용히 그녀를 눈에 담았다.
저게 그렇게 맛있나? 채윤은 자비도 없이 볼이 움푹 파일 정도로 음료를 빨아 마셨다. 움푹 파인 볼, 왜 한번 찔러 보고 싶다는 생각이 들지.
"왜, 자꾸 쳐다봐?"
제 시선을 고스란히 느꼈는지, 다 마신 빨대에서 입술을 떼어 내며 채윤이 물었다.
"그냥, 찔러, 아니 반가워서?"
"반갑긴, 한집에 사는 사람끼리."
"결혼식 올린 그 주를 제외하고 서로 못 봤잖아, 우리. 한집에 살고 있는데도."
채윤은 아침 일찍 일어나 출근을 하는 남편의 아침 밥상을 차려 주거나 배웅을 해주는 보통의 아내가 아니었다. 퇴근하고 돌아온 남편의 가방을 들어 주고 하루의 피로를 전부 녹여 버릴 수 있는 애교 섞인 미소를 지으며 '수고했어.'라고 다독여 주는 아내도 아니었다.

그녀는 늘 침대 위에서 자고 있었다. 그리고 세온은 출근을 할 때도, 퇴근을 할 때도 늘 그녀의 방문을 열어 보며 눈으로 직접 그녀의 모습을 확인하고 나서야 편안하게 할 일을 할 수 있었다.

그렇다고 아쉬움이 아예 없는 건 아니었다. 하지만 그것을 표출할 만큼 친밀한 관계도 아니라는 것을 세온은 잘 알고 있었다.

세온이 채윤의 다친 손톱을 살폈다. 다행히 회복능력 세포가 발달되었는지, 그녀의 상처는 금방 아물었다.

“이제 그만 들어가 봐야 하는 거 아니야?”

“응. 그래야지.”

채윤과 세온은 같이 카페를 나왔다.

“집으로 갈 거지?”

“나 다음 주부터 출근해. 출근해서 입을 옷이 마땅치 않아서 쇼핑 좀 하다가 들어가려고.”

“출근?”

“응. HC그룹 기획지원팀으로.”

“취업 기념 파티 해야겠네.”

말은 그렇게 하면서도 채윤이 출근을 하면 어쩌면 집에서 보는 일은 더 힘들어질 수도 있겠단 생각에 입 안이 텁텁해지는 기분이었다.

“낙하산 취업인데, 뭐.”

“착륙 잘한 게 어디야.”

“그런가? 아무튼 얼른 들어가 봐. 집에서 보자.”

세온은 택시를 잡아 채윤을 태웠다. 채윤은 ‘오늘도 늦어?’라고 묻지 않았다. 그건 딱히 궁금하지 않다는 것을 뜻하기도 했다. 세온은 택시가 시야에서 사라질 때까지 그 자리에 머물렀다.

***

일어나자마자 몸이 찌뿌드드하다는 것을 느꼈다.

세온은 그간 한 기업에서 외국에 투자를 하는 과정에서 발생한 소송을 계열사가 대납했다는 정황이 포착되자 그 의혹에 대한 증거를 수집하고 수사를 펼치느라 무척이나 바쁜 시간을 보냈다.

사건이 겨우 해결이 되니 한숨 돌릴 수 있었다. 세온은 바쁘다는 핑계로 소홀히 했던 운동을 오랜만에 하기로 했다. 가볍게 씻고 운동복으로 갈아입은 세온은 시원한 물 한잔을 마신 후, 아직 아침을 맞이하지 않은 새벽 공기를 맞으며 동네를 내달렸다.

그러다 우연히 공원을 발견했고 정신없이 뛰다 보니 어느새 하늘은 태양 빛을 머금고 밝아져 있었다. 땀에 흠뻑 젖은 채로 집 정원에서 담배 한 대를 피우며 턱 끝까지 차오른 숨을 다듬었다. 몸이 끈적거렸다. 현관문을 열고 들어서자마자 옷을 벗어 집어 던지려고 반쯤 올렸는데, 아래층으로 내려오던 채윤과 딱 마주쳤다.

"벗지 마."

그녀가 명령처럼 얘기했다. 장난이 치고 싶었다.

"내가 내 집에서 옷도 못 벗어?"

"네 집만은 아니지, 내 집도 되잖아."

"그럼 너도 벗어."

"뭐라고?"

채윤이 당황해서 아직 잠에서 덜 깬 목소리로 높여 묻는다. 세온은 벗으려던 티셔츠에서 손을 떼어 냈다.

"하긴 아침에는 조금 위험할 수 있지."

"무슨 소리를 하는 거야?"

"……여자는 아닌가?"

세온이 들리지 않을 정도로 낮게 중얼거렸다. 채윤이 고개를 갸웃하다가 내젓더니, 이내 주방으로 향했다. 냉장고 문을 열어 물 한 병을 꺼내 마시려다 말고 건넸다.

"마실래?"

아무래도 자신을 쳐다보는 것을 물 마시고 싶어서라 오해를 한 모양이다. 하지만 세온은 거절하지 않고 물병을 받았다.

"오늘 첫 출근이지?"

순간 채윤이 미간을 구겼다.

"왜?"

"담배 냄……. 운동, 건강하려고 하는 거 아니야?"

"굳이 건강 때문은 아니지만, 담배 냄새 싫어?"

"비흡연자에게는 당연히 별로지."

채윤이 별로라고 하니 세온도 갑자기 담배 냄새가 역겨워지는 것 같았다. 쉽사리 채윤의 미간이 풀어지지 않는 걸 보니 담배 냄새가 정말 싫은 모양이다. 채윤은 자신의 컵에 물을 따라서 주방을 서둘러 나섰다.

"난 출근 준비하러 올라갈게."

"아침 먹을래?"

"아니. 나 원래 아침 잘 안 먹어."

아침은 세온 자신도 잘 안 먹는 편이다. 하지만 혹시나 싶어서 물어봤다. 같이 먹을 수 없다는 것이 아쉬웠다.

"첫 출근이니까 데려다줄게."

"그럴 필요 없는데."

이번만큼은 양보하고 싶지 않아 세온은 말했다.

"30분 정도면 준비 끝나지?"

"아니."

"그럼, 40분?"

"1시간 10분 정도?"

뭐가 저렇게 오래 걸려? 아침부터 목욕이라도 할 생각인가?

"알았어. 그때 봐."

채윤이 이층으로 올라가고 혼자 남겨진 세온은 제 주머니에 있던 담배와 라이터를 꺼냈다. 그러고는 라이터는 다른 용도로 쓸 일이 있을 수도 있으니, 서랍장에 넣어 두었다.

그리고는 담배는 아무 미련 없이 그대로 손에서 구겨진 채로 쓰레기통에 처박혔다.

***

긴장 같은 거 안 할 줄 알았는데, 채윤은 회사 근처에 점점 다가오자 은근히 긴장이 되었다. 긴장을 풀기 위해 호흡을 다듬다 보니 단단히 먹은 의지와는 반대로 계속 한숨이 터져 나왔다. 세온의 시선이 와 닿는 것이 느껴졌다.

"긴장돼?"

"뭐, 조금?"

"일 때문에? 사람들 때문에?"

"……음, 두 개 다인 것 같은데."

"사람들 때문이라면 걱정 마."

"왜?"

"너 남들이 보기에는 되게 차갑고…… 싸가지 없어 보여서 쉽게 텃세를 부리진 못할 거야."

"저기요."

그의 입에서 불쑥 튀어나온 '싸가지'라는 단어가 어이없어 채윤이 지적했다. 다소 사람을 가볍게 만들 수 있는 '싸가지'라는 저급한 단어도 이상하게 그의 입술에서 새어 나올 때는 느낌이 달랐다. 중저음에 덤덤한 톤이라서 그런가?

"그래도 혹시 텃세 부리면 역으로 지랄을 해 줘. 정 아니다 싶으면 주먹도 날리고. 남편이 검사잖아."

한 손으로는 핸들을 잡고 다른 한 손으로 가볍게 주먹을 그러쥔 세온이 계속해서 말을 이어 갔다. 단어나 표현은 좀 과격해도 긴장한 자신을 달래 주려는 것이 느껴졌다.

그 모습이 꽤나 든든해 보였다. 그러다 문득 찾아온 재완이 생각났다. 더없이 씁쓸해지려는 기분에서 채윤은 겨우 벗어났다.

"일은…… 모르는 거 있으면 와서 물어봐. 모든 인맥을 동원해서 알려 줄게. 남편이……."

"검사니까?"

"그래."

"너 검사라고 자랑하는 것같이 들려. 그리고 검사가 무슨 마법사야? 다 해결해주게."

"남편은 원래 아내의 마법사야. 다 해결해 줄게."

세온에게서 나오는 '남편'이라는 단어가 자꾸만 채윤을 먹먹하고 어색하게 만든다. 일순간에 바뀐 채윤의 감정을 알아차렸는지, 세온이 다소 허탈한 목소리로 덧붙였다.

"네가 허세로 여길까 봐 단단히 일러두는 거야. 나 능력 있다는 거."

자신의 말에 너무 많은 뜻을 담지 말라고 경고하는 것처럼 들려왔다. 그래서 채윤도 최대한 대수롭지 않게 넘겼다.

"알았어. 너 능력 있는 거 절대 안 잊을게."

어느새 차가 회사 앞에 멈춰 섰다.

"데려다줘서 고마워."

채윤은 벨트를 풀고 조수석에서 내려 부지런히 회사를 향해 걸어가고 있는데 뒤에서 울리는 클랙슨에 다시 돌아보았다. 세온이 어울리지 않게 안에서 주먹을 그러쥐고 파이팅 동작을 보이고 있었다.

"뭐야, 안 어울리게 왜 저래."

채윤은 그렇게 작게 투덜거리면서 화답으로 어색하게 웃어 보이고선 다시 회사로 들어갔다. 그래도 세온의 시답지 않은 농담과 행동 덕분에 긴장이 풀린 것 같았다. 채윤은 한참을 걸어가 회사 건물 앞까지 왔다. 유리창에 비친 그곳엔 아직도 세온의 차가 머물러 있었다.

그리고 채윤은 또 멍청하게 생각했다. 현실을 받아들이지 못하고 자꾸 과거에 얽매여 스스로를 괴롭히는 것을 알면서도 또 생각해 버리고 말았다.

오늘 나를 이곳까지 데려다준 사람이…….

그리고 긴장을 했던 내게 시답지 않은 농담을 건네며 응원해 준 사람이…….

내가 들어갈 때까지, 그 자리에 서서 뒷모습을 끝까지 봐 주고 있는 사람이…… 세온이 아니라 재완이 너였다면, 너였다면…… 더 좋았을 거라고.

스스로를 아프게 하고 재완에 대한 그리움에 슬퍼하면서, 곁에 있는 세온에게 미안한 감정을 들게 만드는 괴로운 생각을 바보처럼 또 하고 말았다.

***

자신의 비서에게 상황을 보고받은 김 이사는 서둘러 자신의 사무실을 나섰다. 그리고 최 회장을 발견했다. 그녀는 자그마한 사무실 창문 앞에서 시선을 떼지 못하고 있었다.

"회장님."

곁으로 다가가 슬쩍 바라본 곳에는 역시 최 회장의 손녀인 채윤이 있었다. 최 회장은 자신에게 다가와 인사를 건네는 김 이사를 보며 속으로 한숨을 내쉬었다.

그저 첫 출근을 하는 채윤을 몰래 보고 가려고 했는데, 생각보다 오래 보고 있는 바람에 임원들의 귀에 들어간 듯싶었다.

"내가 온 거 신경 쓸 필요 없네."

"네."

김 이사는 최 회장이 한 말이 무엇을 의미하는지 알고 있었다. 자신이 온 것에 대해서 채윤에게는 굳이 말할 필요가 없다는 뜻이었다.

"가서 일 보게."

김 이사는 잠시 눈치를 살피다가 정중하게 인사를 하고 돌아섰다. 최 회장은 다시 사무실 안에 있는 채윤을 바라보았다. 모니터를 보며 인상을 팍 찌푸리고 있는 모습이 업무를 파악하지 못해 헤매는 눈치였다.

"유 비서."

"네, 회장님."

"조만간 괜찮은 비서 하나 알아봐서, 모든 면으로 직접 교육시키도록 해."

지금부터라도 비서를 뽑아 탄탄하게 교육을 시킨 후에 채윤에게 붙여 주면 많은 도움이 될 터였다.

"네. 알겠습니다, 회장님."

조금 더 채윤의 모습을 보고 싶었지만, 최 회장은 이제 곧 점심시간임을 간파하고 돌아섰다.

***

"오늘은 먼저 퇴근해 보겠습니다."

정말 흔치 않은 일이었다. 세온이 정시 퇴근 시간에 들고 있던 서류를 내려놓고 자리에서 일어선 건.

민우와 지영은 마치 못 볼 것을 보기라도 한 듯한 얼굴로 세온을 쳐다보았다.

"왜요?"

"……신혼이 좋긴 좋으신가 봅니다. 바쁜 거 끝나시고도 바로 사

건 들어가시던 분이 오늘은 이렇게 여유로운 퇴근을 다 하시고."

"결혼하고 바빠서 오래도록 집에 못 들어갔잖아요. 바쁜 것도 끝났으니까."

"좋은 생각이십니다."

저런 오버 좀 안 했으면 좋겠는데, 민우는 의자가 뒤로 넘어갈 정도로 자리에서 벌떡 일어나 박수를 쳤다. 그 모습을 지영이 아니꼬운 눈으로 올려다보았다. 그런 두 사람의 그림이 꽤나 웃겼다. 사무실을 나서는데 유성이 달려왔다.

"선배, 지금 퇴근하십니까?"

"응. 왜."

"그럼 저랑 소주 한잔."

"신혼한테 못 하는 소리가 없네."

"아……."

유성은 금세 수긍하며 세온을 잡고 늘어지지 않았다. 세온이 총각이었다면 절대 있을 수 없는 일이었다. 세온은 차로 걸어가면서 채윤에게 전화를 걸었다. 신호는 길게 이어졌고 끝내 전화를 받지 않았다. 회사로 데리러 갈까 하다가 행여나 길이 엇갈릴까 싶어 집으로 향하던 세온의 시야로 대형 마트가 들어왔다.

첫 출근 기념을 챙겨 주고 싶었다. 그래서 아주 잘하지는 못하지만, 자신이 직접 요리를 해주는 것이 나름 의미가 있을 것 같아 마트로 향했다. 뭘 해주면 좋을까 고민하다가 맛도 좋고 해 먹기도 간단한 감바스와 스테이크를 굽기로 했다. 가니시를 할 재료들도 잊지 않고 골랐다.

세온은 필요한 재료들을 전부 사서 계산을 하기 위해 돌아 나오는데 와인이 보였다.

"한잔하자고 할까."

채윤이 마신다고 할지 모르겠지만, 그래도 오늘 하려는 음식에 어울릴 만한 것 같아 와인도 샀다. 전부 계산하고 차에 다시 올라탈 때쯤 채윤에게 전화가 걸려 왔다.

-전화했었어?

"아직도 회사야?"

-응. 잠깐 팀장님이랑 얘기 좀 하다가 슬슬 집에 가려고.

"저녁 먹었어?"

-아직 안 먹었어.

"나도 아직 안 먹었거든. 집에서 먹자."

-그래.

"조심……."

세온의 말이 끝나기도 전에 전화는 그대로 끊겼다.

"뭐가 그렇게 급하냐, 이채윤."

첫날이라 조금 힘들고 고단했나?

목소리가 많이 가라앉은 것 같았다. 채윤이 슬슬 집으로 돌아온다고 하니 서둘러야 할 것 같았다. 집에 도착해 옷도 갈아입지 못하고 구김 하나 없이 깨끗한 와이셔츠 소매를 걷었다.

새우와 야채를 씻고 빵집에서 부탁해서 썰어 온 바게트 빵을 예쁜 그릇에 담았다. 올리브유를 듬뿍 넣어 끓이는 동안 마늘을 잘게 썰었다. 윤기 좋은 소고기 위에 소금과 후추, 올리브유를 뿌렸다.

달궈진 팬 위에 고기를 놓자, 소리만으로도 맛있는 고기가 구워졌다. 그렇게 시간 가는 줄 모르고 요리를 끝낸 세온은 시계를 올려다보았다. 전화 통화를 끝내고 난 후, 벌써 1시간이 지나 있었다.

혹시 몰라 와인 잔을 닦고 와인도 일부러 보이는 곳에 놓아두었다.

"거의 다 도착했나?"

세온은 채윤에게 전화를 걸었다. 그러나 신호가 몇 번 갔지만 받지 않았다. 차가 밀리나 싶었다. 식탁에 앉아서 기다리다 기다리다 그제야 아직 옷도 못 갈아입고 있었다는 사실을 인지하고 들어가서 옷을 갈아입고 나왔다. 그리고도 많은 시간이 흘렀다.

[미안해. 오늘 같이 저녁 못 먹을 것 같네. 미리 말해 줬어야 하는데, 팀장님이랑 말이 좀 길어졌어. 먼저 먹고 자.]

세온은 채윤에게서 온 문자를 가만히 바라보았다. 서운해할 것도 없고 불만을 가질 것도 없다. 처음부터 그런 거 배제하고 시작한 신혼이었고, 자신 또한 결혼을 하고 한동안 집에 제대로 들어오지도 못할 만큼 바쁘지 않았던가.

그래도 채윤은 이렇게까지 서운해하지는 않았겠지? 그래도 이 와중에 잊지 않고 문자를 해 준 채윤에게 고마웠고, 잊히지 않은 것이 좋았다.

세온은 마른 얼굴을 손바닥으로 쓰다듬었다. 먹음직스러웠던 음식은 기름이 그대로 굳어 무척이나 형편없어져 있었다.

***

늦게 들어온 집.

늘 그렇듯 조용하다. 채윤은 피곤한 몸을 이끌고 2층으로 올라가다가 무심결이 돌아봤는데, 주방에 불이 켜져 있었다.

“재가 왜 저기서 자고 있는 거야?”

세온이 식탁에 앉아서 팔짱을 끼고 고개를 살짝 수그린 채, 잠들어 있었다.

“혼자 술이라도 마셨나?”

방에 들어가서 편하게 자라고 깨우기 위해 주방 안으로 들어갔던 채윤은 이상한 광경에 멈칫했다.

직접 요리라도 한 건지, 아직 정리되지 않은 싱크대와 다 식어버렸지만 한 번도 손대지 않은 듯한 식탁 위의 요리들, 그리고 세온의 앞에 있는 것과 똑같은 모양의 식기가 주인 없이 혼자 덩그러니 맞은편에 놓여 있었다.

세온이 직접 요리를 하고 이 시간까지 자신을 기다리고 있었다는 걸 채윤은 단숨에 알아차릴 수 있었다. 마음이 이상했다. 알 수 없는 무언가가 갑자기 속에서부터 치밀어 오르는 것 같았다. 그러는 사이 세온이 깨어났다.

“왔어?”

“……여기서 왜 이러고 있어?”

울컥, 이상하게 갑자기 뭔가가 치솟아 오르는데, 이것이 정확하게 무슨 감정인지 정의가 되지 않아 더 혼잡하다.

“나도 모르게 잠깐 졸았나 봐. 저녁 먹었어?”

“이건 다 뭐야.”

퉁명스러운 말투가 터져 나왔다. 아마 눈도 꽤나 매섭게 쏘아붙이고 있겠지. 자신이 너무 적나라하게 느껴졌다. 얼굴 근육이 땅기고 눈 끝이 뻣뻣해지는 기분. 점점 몸이 뜨거워지고 심장 저 아래에서 분노라는 감정이 잔뜩 치밀어 올라 감당이 되지 않는 기분.

"별거 아니야. 신경 쓰지 말고 올라가서 자."

"밥 먼저 먹고 자라고 했잖아."

"별거 아니라잖아."

제게 아무런 설명도 없이 신경질부터 내는 채윤을 향해, 세온도 짜증이 몰려오는지 어금니를 물고 다그치듯 말했다.

"그런데, 왜 여기서 이렇게 졸고 있냐고!"

많은 감정들이 한꺼번에 몰려왔다. 가장 먼저 미안함과 죄책감이었다. 재완의 부탁 때문이라고 하지만 어쨌든 곤란한 자신을 도와주기 위해서 결혼을 해 준 것만 해도 충분히 미안했다. 그런데 세온이 자신을 위해 이렇게 저녁을 준비하고 기다리기까지 했다고 생각하니, 죄책감이 더 크게 몰려왔다.

그러나 채윤을 더욱 울컥하게 만드는 건, 죄책감 때문이 아니었다. 어쩌면 남들처럼 평범한 부부 생활을 바라고 있을지도 모르는 세온이 바보처럼 느껴졌기 때문이다.

지금도 나쁜데 나중에 더 나쁜 여자가 될 것 같아서 그에게 괜한 기대를 걸지 말라고 단단하게 말해주고 싶었다.

"이딴 짓 하지 마. 잊었어? 너랑 나, 가짜 부부야. 1년 뒤에 헤어질 가짜 부부! 처음부터 그런 계획으로 결혼을 한 거라고, 남들처럼 사랑해서 결혼하고 알콩달콩 지낼 수 있는 그런 부부가 아니라고."

"……."

"알콩달콩 깨 볶으면서 사는 남편 하고 싶으면 나랑 이혼하고 다른 여자랑 해. 난 너랑 그런 거 할 생각 없으니까."

드르륵.

가만히 듣고 있던 세온이 자리에서 일어나 식탁에 있던 음식들을 거칠게 싱크대 위로 던지듯 버렸다. 점점 화가 올라오는지, 잠시 싱크대에 팔을 기대고 숨을 거칠게 내쉬던 세온이 채윤의 앞으로 성큼성큼 다가왔다. 오늘따라 그는 유난히도 컸고 그림자는 어두웠다.

"넌 참 좋겠다."

"뭐?"

"그 나이 먹고 여전히 지 감정대로 상대방 기분 상하게 만드는 말들 아무렇지 않게 내뱉을 수 있어서."

"……."

"그렇게 멋대로 굴고, 생각 없이 살아서 좋겠어. 넌."

어쩌면 차라리 세온이 이렇게 나오는 것이 나을지도 몰랐다. 회사까지 데려다주고, 걱정스러움에 전화를 해주고, 다친 자신을 위해 밤에 옷을 벗고 있었던 줄도 모른 채 뛰쳐나가고, 음식을 해주고, 기다려 주고…….

그래, 그런 것보다는 이런 게 나을 것 같았다. 그래야 덜 미안할 것 같았다. 이번에도 이기적이게 채윤은 자신을 위해서 세온이 그래 주길 바라고 있었다. 정말 제대로 못 돼 처먹었구나. 이채윤 너.

세온의 말이 맞다. 상대방 기분 상하게 만드는 재주를 제대로 타고났나 보다.

"다른 여자 남편이 돼서 하라고?"

그 말이 가장 충격적이고 어이가 없었나 보다. 세온은 그 말을 혼자 되새김질하다가 차갑게 식은 눈으로 채윤을 바라보았다.

"그래, 너랑 나 어차피 헤어질 사이라는 거 한 번 더 상기해 줘서 고맙다. 안 잊을게. 그래서 이런 행동으로 너 심기 건드리는 일, 다시는 없을 거야."

사늘한 바람을 일으키며 세온은 채윤을 지나쳐 방으로 들어갔다. 쾅! 세게 닫히는 문소리를 뒤로 숨조차 쉴 수 없을 만큼 빽빽한 정적만이 채윤의 곁에 머물렀다.

***

후회는 금방 세온을 찾아왔다.

잠도 제대로 자지 못하고 밤새도록 뒤척거렸다. 무언가에 떠밀려 방에서 나와 2층 계단까지 올라갔다 내려오기를 반복하며 간밤에 혼자 쇼 아닌 쇼를 펼쳤다. 그러다 동이 틀 때 잠깐 잠들었다. 어디선가 들리는 새 지저귀는 소리와 심술을 부리는 듯 제 눈 위로 쏟아지는 햇살에 잠에서 깼다.

집 안은 고요했다. 밖으로 나가 2층으로 올라가 방문을 열었다. 채윤은 출근을 한 듯 보이지 않았다.

방 안으로 들어가 침대에 가볍게 걸터앉았다. 각오했고 충분히 예상을 했다. 분명 그랬다. 평범한 결혼이 아니었기 때문에 분명한 난관이 있을 거고 순탄치 않을 거라고 각오하고 있었다. 그럼에도 그 가혹한 현실들을 겪고 나니 세온은 뒤통수를 크게 한 대 얻어맞은 기분이었다.

씁쓸하고 고단했다. 외롭고 서러웠다. 복합적인 감정들이 어수선하게 뒤엉켜 세온의 머릿속을 어지럽게 만들었다.

어젯밤, 욱 하는 감정에 사람 기분 뭣같이 만든 건 자기 자신도 마찬가지였다. 세 살 버릇 여든까지 간다고, 욱하는 못된 습관 어디 지나가는 개나 줘 버렸으면 좋겠다, 세온은 주먹을 들어 제 머리를 콱, 하고 쥐어박았다. 그래도 별로 분은 풀리지 않았고 후회만 물살처럼 몰려왔다.

톡톡, 창문을 통해 노크 소리가 들려온다. 예고도 없이 비가 내리고 있었다.

***

채윤은 차를 끌고 다니지 않는다.

매번 주차장을 찾아야 하고 혼잡한 도로 위에서 실랑이하는 것도 귀찮고 업무가 생각보다 늦게 끝나는 날엔 피로함에 졸음운전이라도 하면 큰일이니까. 그래서 오늘도 채윤은 대중교통을 이용했다.

버스 창문에 머리를 기대고 아무 생각 없이 창밖을 보고 있는데, 톡 하고 눈앞으로 눈물이 차올랐다. 아, 눈물이 아니라 흘러내린 비가 만든 착시현상이었다.

"어…… 어."

고작 몇 방울 내리던 비가 갑자기 많은 양으로 쏟아지기 시작했다.

난감했다. 우산을 챙겨 오지 않아서였다. 버스에서 내려 회사까지는 5분 정도의 거리가 있는데, 이 비는 5분은커녕 한 발자국 내딛자마자 온몸을 전부 적셔 버릴 기세였다.

"큰일이네."

비를 쫄딱 맞은 생쥐 꼴로 일하게 생겼다. 채윤은 제발 자신이 내릴 때쯤엔 비가 멈추길 바랐다. 하지만 회사에 가까워질수록 빗줄기는 더욱 굵어졌고 채윤의 근심은 깊어졌다. 어른이 되긴 했나 보다. 고작 이런 비에 걱정이 되고 짜증이 나는 걸 보면…….

예전에는 그냥 비를 맞든지 말든지, 비 맞는 자신을 남들이 쳐다보든지 말든지 조금도 신경 안 썼던 것 같은데.

버스가 내려야 할 정류장에 멈춰 섰다. 다행히도 버스 정류장은 비를 피할 수 있는 곳이었다. 채윤은 얼른 내려 비를 피했지만 도저히 회사까지 갈 엄두가 나지 않았다. 아는 사람도 없고 모르는 사람에게 같이 우산 좀 쓰고 가자고 말할 용기도 없었다.

"어쩌지."

조금만 더 기다리면 비가 그칠까? 그 생각에 채윤은 정류장 의자에 앉았다. 그리고 이상하게 세온이 떠올랐다.

'다른 여자 남편이 돼서 하라고?'

그 말을 허탈하게 되새김질하며 지었던 표정이 조금 슬퍼 보였다면 그건 착각이었을까.

'너랑 나 어차피 헤어질 사이라는 거 한 번 더 상기해 줘서 고맙다. 안 잊을게. 그래서 이런 병신 같은 짓으로 너 심기 건드리는 일, 다시는 없을 거야.'

직설적인 말을 내뱉었던 목소리가 미세하게 떨려 왔던 건 무엇 때문이었을까.

감정 표현이 서툴고 평소 무미건조하거나 다소 화가 난 것처럼 보여 차갑고 냉소적이었던 얼굴이, 어제는 손끝만 닿아도 금방이라도 부서져 버릴 것같이 버석하게 마른 나약한 낙엽처럼 보였는지 알 수가 없다. 그리고 그 표정과 목소리가 밤새도록 채윤의 곁에 머물렀다. 눈을 감아도 떠올랐고 눈을 뜨고 있어도 떠올랐다.

누군가에게 상처를 준다는 거, 그리고 그 누군가가 또 세온이라는 거……. 그거 하나만으로도 자신의 마음을 너무 무겁게 만들었다. 차라리 세온이 자신을 막 대하고 원망스러워하는 것이 나을 것 같다고 여겼다. 하지만 그 순간에도 세온이 상처를 받는 거라면, 그건 분명 잘못된 방법이었다.

재완아, 나 참 못됐다. 그렇지?

날 위해서 희생해 준 친구에게 상처를 주고 있는 나는 참 못됐어.

아, 어떻게 해야 하는 걸까? 나는 대체 어떻게 해야 할까, 재완아…….

얼굴을 깊숙이 숙이고 크게 한숨을 내쉬던 채윤의 시야로 브라운 계열의 깨끗한 남자의 구두코가 눈에 들어왔다.

"언제까지 이러고 있으려고."

낯익은 목소리.

채윤이 천천히 고개를 들었다. 커다란 검은색 우산을 쓴 세온이 그 자리에 서 있었다. 무표정한 얼굴, 조금 화난 것처럼 옆으로 매섭게 찢어진 눈매. 그래, 이게 강세온이지.

"비가 언제 그칠 줄 알고 이러고 있어. 회사가 학교랑 같은 줄 알아?"

세온은 채윤을 철없는 사람 취급하며 들고 있던 우산을 접어 채윤의 손에 쥐여 주었다.

"얼른 들어가. 회삿돈 날로 먹으려 하지 말고."

채윤은 손에 단단하고 커다란 검은 우산을 콱 그러쥔 채, 세온을 올려다보았다. 잠을 제대로 못 잔 건 자기뿐인가 보다.

세온은 깔끔하고 반듯하다 못해, 여자라면 누구나 관심을 보일 정도로 멋진 모습을 하고 서 있었다.

"아, 이건 남편으로서 알콩달콩 아니고, 같은 집에서 살고 있는 룸메이트로서 네가 감기 걸려 와서 나한테 옮기면 곤란하니까."

"……."

"그래서 가져다준 거니까, 착각하지 말고."

말을 끝으로 돌아선 세온이 빗속으로 뛰어들어 다시 운전석에 올라탔다. 그리고 채윤 쪽을 쳐다보지도 않고 그대로 차를 출발시켰다.

"저 바보……."

차 안에서 그냥 우산을 던져주면 될걸, 왜 굳이 쓰고 나와서는 자기는 비를 맞은 거야?

"너나 감기 걸려서 옮기기만 해 봐."

채윤은 이미 사라져버린 세온의 차 쪽을 보며 낮게 중얼거렸다.

채윤은 자신의 손에 쥐어져 있는 우산을 펼쳐 들었다. 미친 듯이 쏟아져 내리는 빗줄기로부터 자신을 충분히 지켜 줄 수 있을 만큼, 우산은 크고 단단했다. 그리고 그 우산이 마치 세온을 닮은 것 같기도 했다.

***

채윤이 회사로 출근하고부터 집에서 마주치는 건 더 힘들어졌다.

그래도 어쩌다 한 번 마주치게 되었는데, 오고 가는 대화 같은 건 전혀 없었다. 그럼에도 자신보다 채윤이 늦게 들어오는 날이면 잠도 못 이루고 동네 어귀를 서성거리거나 버스 정류장까지 내려가 몰래 뒤따라가던 세온이었다. 자신이 늦게 오는 날이면, 집에 잘 들어왔는지 방문을 열어 보고 확인을 하곤 했다. 이게 무슨 짓인가 싶다가도 마음대로 멈출 수 없는 것이 사람의 감정이었다.

그런 하루하루가 답답하고 숨이 막혔다.

괜히 더 싸울까 봐, 그래서 관계가 더욱 악화될까 봐, 돌이킬 수 없는 관계로 완벽하게 틀어져 버릴까 봐 세온도 피곤해하는 채윤을 붙잡고 굳이 무언가를 물어보진 못했다. 그러는 사이 어느새 무더운 여름이 성큼 다가와 있었다.

고막을 공격하는 듯한 매미 소리와 기온 상승으로 불쾌지수가 올라가고 입맛마저 저하되고 가만히 있어도 송골송골 땀이 맺히는 여름.

심술이 난 태양이 주변의 모든 시원한 공기를 흡수해 버린 듯, 그날도 다른 날과 다름없이 푹푹 찌는 날씨에 출근해서 최대한 일에 집중을 하려고 노력했다. 물론, 틈만 나면 떠오르는 채윤의 생각에 잠시 멍해지기 일쑤였지만.

"아, 날씨 너무 덥다. 너무 더워. 선배, 오늘 시원한 맥주 한잔 어때요?"

퇴근 시간에 맞춰 온 유성이 의자에 앉으며 말했다. 그의 제안에 민우와 지영도 솔깃했다.

"저쪽 사거리 골목 뒤에 골뱅이집 생겼는데, 진짜 맛있다고 소문이 자자해요."

일할 때 늘 예민함이 극에 달해 있던 지영이 가장 적극적으로 어필했다. 유성이 무릎을 탁 치는 제스처까지 보이며 공감했다.

"거기 저도 알아요! 선배, 한 번도 안 가 봤죠? 거기 줄 서서 먹는 곳인데, 오늘 가요."

평소 같으면 거절을 하고 계속 일이나 했을 거였다. 하지만 워낙 마음이 뒤숭숭하다 보니 일이 손에 안 잡혔다. 원래 감정의 기복을 술로 의지하는 편은 아니었지만, 오늘은 심하게 느끼는 갈증을 술로나마 달래고 싶었다.

"그러자."

그래서 선뜻 일어서자, 세 사람은 놀라면서도 서둘러 퇴근 준비를 했다. 그렇게 도착한 골뱅이집은 세 사람이 말한 대로 소문난 맛집답게 벌써부터 사람들로 득실득실했다. 네 사람은 빈자리에 자리를 잡고 앉아서 안주와 술을 시켰다. 호호, 하하, 같이 온 사람들의 쏟아지는 이야기들과 웃음 속에 파묻혀 같이 떠들고 웃고 싶었지만 그러기 쉽지 않았다.

술을 마시면 조금 나아질 줄 알았던 채윤에 대한 생각은 술을 마시면 마실수록 더욱 깊어지는 거 같았다. 결혼을 하고 같이 살고 있음에도 채윤에 대한 그리움은 조금도 작아지지 않았다.

혼자서 딴 세상에 덩그러니 놓인 것처럼, 모든 소리가 이명처럼 번져 갈 때 유성이 세온의 팔을 흔들었다.

"선배, 그렇게 마시다가 진짜 속 다 버려요. 아직도 이팔청춘인 줄 아나 봐. 이것도 좀 먹어요."

유성이 추가로 시킨 프라이드 닭다리 하나를 억지로 입에 물려 주었다.

"강 검사님, 지금 술 마시고 들어가는 길에 와이프한테 잔소리 들으실까 봐 걱정돼서 그러시는 거 아니시죠?"

지영이 오징어를 잘근잘근 씹으며 물었다.

잔소리. 잔소리라……. 한 번 들어나 봤으면 좋겠네. 세온은 그렇게 생각하며 제 잔에 소주를 채워 마셨다.

"그건 그렇고, 대체 집들이는 언제 하실 거예요?"

이번엔 반쯤 거하게 취한 민우가 물었다.

"집들이요?"

그것도 진짜 부부나 하는 일이다. '가짜 부부인 저희한테는 그딴 거 바라지도 마세요.'라고 단호하게 말할 수 없어 대충 지나가려고 했다.

"글쎄요."

"그럼 오늘 하세요. 마침 오늘 금요일이기도 하고. 괜찮지, 지영 씨? 양 검사님은 어떠세요?"

민우가 편을 만들기 위해서였는지 지영과 유성의 어깨를 번갈아 치며 의견을 모았다.

"난 좋은데요? 오늘이 딱, 날이라고 생각합니다."

"저도요! 검사님."

유성과 지영도 적극적인 반응을 보였다. 두 사람 모두 이미 주량을 훌쩍 넘긴 상태라 상황 판단이 되지 않을 정도로 취해 보였다. 하지만 세온은 화기애애한 분위기에 찬물을 끼얹듯, 정색을 하며 고개를 내저었다.

"안 됩니다."

단호한 세온의 대답에 세 사람이 동상처럼 굳어졌다.

"슬슬 일어납시다. 다들."

밖으로 가기 전 화장실에 들르기 위해 세온이 일어섰다. 뒤에서 세 사람의 구시렁거리는 소리가 들렸지만 아랑곳하지 않았다. 화장실로 들어와 차가운 물로 뜨거운 얼굴을 가볍게 닦아 내고 나오던 세온은 테이블에서 셋이 바짝 붙어 있는 모습을 보며 미간을 구겼다.

"네, 형수님! 알겠습니다. 저희가 선배님 잘 모시고 가겠……."

유성이 자신의 휴대전화를 들고 실실 웃으며 굽실거리고 있었다. 세온은 재빠르게 전화를 뺏었다. 주위가 시리다고 느껴질 정도로 냉랭하고 차가운 세온의 표정에 세 사람은 그제야 아차, 싶었다.

"뭐 하는 짓이야."

-세온아.

들고 있던 휴대전화 너머로 채윤의 목소리가 들렸다. 세온은 휴대전화를 귀에 대고 가방을 챙겨 들고서 나왔다.

-다들 모시고 와.

"그럴 필요 없어."

-네가 나한테 잡혀 산다거나 네가 내 눈치를 보고 산다고 그 사람들이 그렇게 생각할까 봐서 싫어.

"아, 널 그렇게 생각하는 게 싫어서 데리고 오라는 거구나."

-너에게 좋은 아내가 될 수는 없다는 거 알아. 하지만 그건 단둘이 있을 때 얘기고, 그래도 남들이 보기에는 네가 아내인 나에게 존경받고 사랑받는 남편처럼 보여 주고 싶어. 검사라는 네 위치도 그렇고……. 미안해서라도 해주고 싶으니까.

미래를 미리 생각하고 하는 말이 세온의 마음을 후벼 파는 것 같았다.

-매일 이렇게 한다는 건 아니야. 처음이자 마지막이야. 나도. 그러니까, 모셔 와.

그러는 사이 세 사람이 쭈뼛거리며 식당에서 나오고 있었다. 유성이 '형수님, 많이 화나셨어요?' 하고 온 얼굴 근육을 사용하여 물었다.

"알았어. 그럼, 같이 갈게."

전화를 끊자마자 유성이 방정맞을 정도로 쪼르르 달려왔다.

"형수님이 같이 오래요?"

짐짓 밝아진 얼굴로 묻는 유성의 면전에 세온은 짜증 섞인 한숨을 내뱉었다.

"다시는 이런 짓 하지 마."

"네! 선배님."

시무룩하던 유성이 다시 고개를 치켜든다.

"그런데, 형수님이 저희 진짜 와도 된대요?"

"어."

세온은 뒤에 있던 민우와 지영을 바라보았다.

"가죠."

***

세온의 동료들에게 갑자기 전화 온 것이 매우 당황스럽긴 했다. 형수님이라 부르며 집들이를 외치는 사람들의 목소리에 채윤은 잠깐 심장이 간질간질했다.

아무래도 처음으로 가족이 아닌 다른 사람들로부터 두 사람이 부부라는 것을 확인받았기 때문일 거였다. 그들이 집들이를 외칠 때마다 거절했을 세온의 모습이 아른거렸다. 채윤은 그걸 신경 쓰지 않겠다고 장담할 수 없었기에 허락을 한 거였다.

집들이, 그거 뭐 그리 어려운 거라고…….

가짜 부부로 살겠다고 선택할 때 이 정도쯤은 충분히 예상하고 감당하려 했던 채윤이었다. 더군다나 이들은 두 사람이 가짜 부부인 줄도 모른다. 의외로 재벌들은 그들 안에서 맴도는 소문을 밖으로 표출하지 않는 편이었고 결혼식 때도 맞선을 봤던 자제들이 오지 않았기 때문에 일반인들은 알지 못했다.

채윤은 빠르게 음식점을 검색했다. 다행히 배달 음식들은 손님들보다 빨리 와 주었다. 테이블 위에 세팅을 전부 끝냈을 때, 현관 앞에서 어수선한 소리가 들렸다.

"어서들 오세요."

미리 문을 열어 주며 채윤은 사람들을 맞이했다. 잠시 세온하고 눈이 마주친 찰나에 유성이 상당한 양의 갑 티슈를 내밀었다.

"시기가 시기이니만큼 무수하게, 자주 필요하실 것 같아서 많이 사 왔습니다."

그러고는 음흉한 미소를 짓는 유성의 뒤에 있던 지영이 '뭐야~' 하며 비염 섞인 목소리를 내고는 어깨를 찰싹 때리자 유성은 휘청거렸다. 제 곁으로 언제 다가온 건지, 세온이 갑 티슈를 가져가며 크게 헛기침을 해 보인다.

"지나가는 개가 짖었다고 생각해."

"술 많이 마셨어?"

"왜, 냄새나?"

"냄새는 안 나는데, 얼굴이 너무 빨개."

유성이 두 사람 사이를 굳이 비집고 들어와서는 검지 두 개를 치켜들어 위아래로 흔들기 시작했다.

"형수님, 우리 선배님 얼굴 빨간 게, 술 많이 마신 이유 때문이 아닐 텐데요."

뒤에 있던 지영과 민우도 서로를 보며 킥킥거렸다. 세온이 앞에서 까부는 유성의 어깨를 팔꿈치로 짓눌렀다.

"아아악!"

유성이 별안간 요란한 소리를 지르며 앞으로 꼬꾸라졌다.

"작작 해. 여기서 살아서 나가고 싶으면."

"넵."

세온의 미미한 폭력이 가미된 협박에 유성은 나불거리던 입술을 얼른 다물었다.

"직접 요리해서 대접해 드리는 게 맞는 건데, 갑작스러워서 직접 요리는 못 하고 배달 음식으로 준비했어요."

채윤이 주방으로 안내하자 식탁을 본 그들의 입이 쩍 벌어졌다.

"와, 언제 이렇게 다 시키신 거예요?"

"그러게……! 괜히 죄송스러우면서도 너무 감사드립니다."

지영과 민우가 번갈아 가며 말했다. 다섯 사람이서 두 끼를 먹어도 될 정도의 엄청난 양이었다. 그래도 처음 누군가를 대접하는 자리이니만큼 채윤은 신경을 써 주고 싶었다.

채윤은 세온을 힐끔 보았다. 그도 살짝은 의외라고 생각했는지 식탁 위를 바라보고 있었다. 붉었던 얼굴은 점점 가라앉고 있었다. 정말 유성의 말대로 술 때문에 붉어졌던 건 아닌 듯싶었다.

"어서 앉아요."

채윤의 제안에 세 사람이 자리에 앉자 냉장고에 넣어 둔 술을 꺼내려고 몸을 돌렸다.

"내가 할 건?"

채윤은 자신을 따라오려는 세온을 막았다.

"앉아."

'너도'라고 말하려던 채윤이 세온의 뒤에서 자신들을 바라보고 있는 세 사람과 눈이 마주쳤다. 회사에서는 검사님, 검사님 하면서 대우를 받는 사람인데, 집에서 '너, 너' 거리는 건 그다지 좋지 않은 호칭이겠지?

"……당……신도."

머뭇거리다가 겨우 내뱉은 호칭.

자신이 말하고도 어색하고 낯설기만 한데, 예고 없이 들어 버린 세온은 얼마나 더할까.

그는 아무 말도 하지 않고 채윤을 가만히 내려다보고 있었다. 많이 놀랐나, 애가 넋이 좀 나간 것 같다. 그 모습이 살짝 귀여워 보였다.

"얼른."

채윤은 그런 세온의 팔을 잡고 돌려 식탁 쪽으로 냅다 등을 떠밀었다. 냉장고 문을 열고 술을 꺼내려고 얼굴을 들이미는 순간, 시원하다는 생각이 들었다. 내가 더웠던가, 잠시 그렇게 의문을 가지며 쟁반 위에 술들을 꺼내 식탁으로 돌아왔다.

"둘이 완전 꽁냥꽁냥. 퇴근하고 뽀뽀 한 번 해야 하는데, 저희 때문에 못 하신 거 아니에요?"

유성이 채윤이 가져온 소주병을 까며 또다시 깐죽대기 시작했다. 눈을 발바닥에 달고 다니시나 보다. 어느 부분에서 우리가 꽁냥꽁냥 해 보였던 걸까. 저리 가 있으라고 등 떠민 일밖에 없는데.

"양유성, 나가."

"죄송해요, 선배. 진짜 안 그럴게요. 나 오늘 왜 그러지? 유난히 들떴어. 왜? 진짜, 자제할게요. 그런데 나 선배가 이렇게 결혼해서 잘 사는 거 보고 진심으로 너무 기뻐서 그래요. 진심으로."

"한 번만 더 쓸데없는 얘기 해."

"알았어요. 진짜 안 할게요."

세온에게 두 손바닥을 싹싹 비는 시늉을 해 보이는 유성에 민우와 지영이 또 설핏 웃었다. 투닥투닥거리는 세온과 유성의 모습에 악의가 없어 보였다.

"이렇게 정식으로 만나 뵙게 돼서 반갑습니다, 형수님."

"저도 반가워요."

"그 의미로다가 한 잔 받으세요."

유성이 채윤을 향해 두 손으로 예의 바르게 병을 들이밀었다. 채윤도 잔을 가져다 댔다.

"마시기 싫으면 안 마셔도 돼."

역시나 좋은 분위기를 산통으로 박살 내는 세온의 딱딱한 음성에 모두의 시선이 그로 향했다.

"아니야. 괜찮아. 나도 오랜만에 술 마시고 싶어."

채윤이 잔잔한 미소를 지으며 대답했다. 그녀의 작고 하얀 손에 들린 투명한 잔에 술이 채워졌다.

"건배! 첫 잔은 원샷입니다!"

"재 오늘 왜 저렇게 들뜬 겁니까? 꼴 보기 싫게."

술을 입에 털어 넣는 유성을 보며 세온이 앞에 있는 민우에게 말했다.

"하하, 그러게 말입니다. 오늘 양 검사님 엄청 들뜨셨네요. 그래도 재밌잖아요. 분위기도 신나고."

세온이 민우와 가볍게 건배를 하고 술을 마셨다. 채윤도 소주잔을 입에 갖다 댔다. 생각보다 쓰지 않고 달달하고 부드럽게 술이 목구멍을 타고 내려갔다.

***

술자리는 오래 이어졌다.

생각보다 많은 양을 마셔서 중간에 민우가 나가서 새로 사 올 정도였다. 채윤의 취기는 점점 올라왔다. 이미 주량을 넘긴 것 같지만, 흥이 깊어지는 술자리에서 일어나고 싶지 않았다.

술에 취해서일까, 오랜만에 이런 분위기에 취해서일까, 채윤은 자꾸만 웃음이 새어 나오고 즐거웠다.

"물 좀 마셔."

옆에 있던 세온이 미지근한 물을 채윤에게 내밀었다.

"차가운 거 마실래."

"차가운 거 마시면 속 안 좋아져. 그러니까 미지근한 거 마셔."

그 모습을 턱을 괴고 흐뭇하게 바라보던 유성이 말했다.

"참 신기해. 나는 정말, 신기해요."

그는 술에 취해서는 몸과 혀를 제대로 가누지 못하며 말을 이어 나갔다.

"우리 선배님 말이에요. 처음에는 남자 좋아하는 줄 알았거든요."

세온이 미간을 구겼다.

"무슨 쓸데없는 소리를 하려고 그래?"

"쓸데없는 소리 절대 아니에요. 끝까지 들어 주세요."

유성은 변명을 하고서는 채윤을 바라보았다.

"형수님, 우리 선배님이 하는 행동을 보면 내가 다 상처받을 정도로 여자들한테 심하게 무뚝뚝하고 냉정하고 차가웠단 말이에요. 그래서 결혼은커녕, 연애도 하기 힘들겠다 생각했는데……. 형수님에게는 꽤나 다정다감하단 말이야."

그 누구도 부정하지 않았다.

"근데 저도 인기 많았어요."

유성이 다시 화제를 돌렸다. 그렇게 술자리가 한참 동안 이어지다가 시간을 확인한 세온이 말했다.

"이제 슬슬 정리하는 게 좋겠어."

세온은 정리를 돕고 가겠다는 세 사람을 떠밀다시피 배웅했다.

"잘 먹고 갑니다, 형수님."

"다음에 또 놀러 오세요."

"어? 정말 그래도 돼요?"

유성이 듣던 중 반가운 소리라는 듯 되물었다.

"아니. 안 돼."

세온이 정색을 하며 반대했다.

"아니에요. 다음에 또 놀러 오세요. 저도 오늘 너무 즐거웠거든요."

채윤의 말에 시무룩했던 유성이 겨우 얼굴을 풀었다. 민우와 지영도 기분 좋게 나섰다.

세 사람을 배웅하고 들어온 집.

세 사람으로 인해 북적북적했던 집이 단둘만 남게 되자 묘한 정적이 흘렀다. 그러나 그 정적을 먼저 무너트린 건, 세온이었다.

"고마웠어. 오늘."

"뭘……. 배달시킨 게 전부인데."

또다시 흐른 잠깐의 침묵. 이번에도 역시 세온이 먼저 입술을 떼어 내며 고갯짓했다.

"올라가서 쉬어. 내가 정리할게."

"같이 해. 그게 훨씬 더 빠르잖아."

"그러든지, 그럼."

여태 줄곧 있었던 주방으로 다시 들어왔다. 생각보다 치울 것들이 많았다. 두 사람은 팔을 걷어붙이며 식탁 치우기에 집중했다. 그러다 채윤은 유성의 몇 마디에 화사하게 웃던 세온을 떠올렸다.

"오늘 좋아 보이더라. 너 그렇게 목젖까지 드러내면서 웃는 거 처음 봤어."

"내가 무슨 목젖까지 드러내면서 웃었다고. 취해서 헛것을 봤네."

"그런가?"

채윤은 여전히 웃음기 머금은 목소리로 말했다. 며칠 전에 서로 목에 핏대를 세우며 싸우던 것이 무색해졌다.

"신기해."

"뭐가."

"원래 이런 분위기도 별로 안 좋아하고, 그렇게 시끄러운 사람들 귀찮아했잖아. 너."

"그랬지. 그런데 지내다 보니까, 지내지게 되더라."

그도 지옥에서 살고 있을 거라고 생각했다. 결혼하기 전에 제게 그렇게 말을 하기도 했고.

하지만 어쩌면 세온은 아주 평범한 생활에 적당히 스며들어 잘 살고 있던 평범한 사람이었을지도 모른다는 생각이 들었다. 자신이 돌아옴으로써, 그의 평범한 생활이 과거의 잔상으로 얼룩져 다시 지옥으로 바뀌게 된 것일지도…….

"내가 곁에 있으면 다 불행해지는 것 같아."

엄마도 그랬고, 재완이도 그랬다. 취한 게 확실하다. 마음속으로만 해도 될 것들을 자꾸 입 밖으로 꺼내는 것을 보면.

그릇을 치우던 세온의 손길이 멈추고 시선이 와 닿았다. 화가 난 듯 그의 표정이 좋지 않았다.

"네 착각이야. 그 사람들 분명 너로 인해 행복했던 사람들이야."

"그걸 네가 어떻게 장담해?"

"네가 사랑했던 사람들이니까."

세온의 말에 울컥했다.

나 까짓게 뭐라고, 내가 사랑한다는 이유만으로 상대방이 행복했을 리 없잖아.

그렇게 속으로 반문하면서도 마음속 한쪽 귀퉁이에서는 왜 이렇게 다행이라는 생각이 드는지 모르겠다. 나도 누군가에게 분명 '행복'을 가져다준 사람이었고 누군가가 자신으로 인해서 행복했다는 것. 행복했다고 생각하는 것만으로도 미묘하게도 기쁜 마음이 들었다.

"사랑받는 사람이 불행할 리가 없잖아. 잘 생각해 봐. 그 사람들을 불행하게 만드는 건, 네 잘못된 착각이 아닌가."

"그러는 너는? 넌 괜찮아?"

"뭐가?"

"나랑 이렇게 지내는 거. 우리 벌써 이런 말도 안 되는 결혼을 한 지 두 달이 넘어가잖아. 결혼을 하기 전과 지금, 더 불행해지지는 않았어?"

"네 착각으로 날 불행하게 만들지 마. 난 이 결혼 생활……."

그의 까만 눈동자가 자꾸만 자신을 잡아당기는 것만 같다. 하지만 강압적인 느낌이 들거나 거부감이 들지 않는 당김이었다. 그 끌어당김에 발버둥 치고 싶지 않았다.

이상하게 저 까맣고 고요한 밤바다 같은 눈동자가 오히려 아름답고 찬란한 빛을 머금고 있는 낮보다 훨씬 더 편안한 것만 같았다.

그가 말했다.

"결코 불행하지 않으니까."

그의 눈빛이 너로 인해 나는 결코 불행하지 않다고, 마치 이렇게 말해주는 것 같았다. 그리고 문득 다행이라는 생각이 들었다. 세온이 불행하지 않아서.

아니, 어쩌면 세온이 채윤 자신으로 하여금 불행하지 않다고 말을 해주는 것 같아서 정말 다행이었다. 그리고 말해주고 싶었다.

"나도 딱히 불행한 것 같지는 않아."

미안해서 괜히 하는 말도, 술에 취해 헛소리를 하는 것도 아니라고 장담할 수 있다. 지금 세온과의 이 결혼 생활은 결코 불행하지 않으니까.

4. 데이트

잠에서 깨어난 세온은 아무것도 그려지지 않은 천장을 가만히 바라보았다. 얼마 전, 사람들과 어울려 해맑게 웃던 채윤의 모습은 정말, 예뻤다. 솜털같이 하얀 피부, 휘어지던 눈꼬리, 그리고 뜨거운 숨결을 내뱉느라 달싹이던 입술 밑으로 뻗어지던 새하얀 목덜미.

예전에도 무척이나 궁금했었다.

저 새하얀 목덜미에 입을 맞추면 어떤 느낌이 날까. 목덜미에 얼굴을 묻고 한껏 숨을 들이켜면 얼마나 좋은 향이 날까.

순간 세온은 제 모든 혈관들이 아래로 쏠리면서 팽팽하게 차오르는 것이 느껴졌다. 뜨겁게 차오른 그것은 금방이라도 터질 것처럼 제 몸짓을 키우려 들었다.

"후……."

달래 주기 위해 얼른 자리에서 일어나 몸을 가볍게 뛰었다. 그래도 말을 듣지 않아 하는 수 없이 세온은 주말의 여유로움도 느끼지 못하고 집을 나섰다. 공원을 열댓 바퀴 뛰고 나자, 엄청난 기세로 몸짓을 키우던 아래도 어느 정도 진정이 된 것 같았다. 하지만 그건 집에 와서 모두 말짱 도루묵이 되었다.

"너 운동 되게 열심히 한다."

주말이라 일을 나가지 않은 채윤이 물을 마시며 주방에서 나오고 있었다.

"응. 안 하면 진짜 죽을 수도 있거든."

말을 이어 가며 시선이 그녀의 목덜미로 향했다. 옷이 늘어난 건지, 아니면 원래 그런 디자인인지 모르겠다만 그녀의 티셔츠는 쇄골이 다 보이는 모양이었다.

아, 저놈의 새하얀 목덜미가 자꾸만 세온의 세포를 자극시킨다.

"옷 좀 똑바로 입어."

"똑바로 입은 건데."

채윤이 제 옷을 지적하는 세온에게 반격했다.

"버려."

"왜?"

"너무 늘어났잖아."

세온의 말에 채윤이 고개를 내저었다.

"패션에 대해서 뭘 모르네. 이거 원래 이런 거야."

가만히 바라보고 있던 세온이 단숨에 곁으로 다가와서는 양쪽에 걸쳐져 있는 티셔츠를 안쪽으로 여몄다. 갑작스러운 그의 스킨십에 채윤은 당황해서 그 자리에 굳어졌다. 옷을 여밀 때 맨살에 그의 손등이 닿아 스쳤다. 부드러우면서도 솜털을 전부 간질이는 듯한 감촉.

“무슨 옷을 이따구로 만들어 놨어.”

제 머리 위에서 불만스럽게 속삭이는 세온은 막 운동을 하고 와서인지, 흉곽이 미세하게 오르락내리락하고 있었다. 살짝 젖어 있는 흰색 티셔츠에 붙은 그의 몸이 보일 듯 말 듯 채윤의 시야에 들어왔다.

어찌나 꽉 잡은 건지, 옷은 세온이 만진 그대로의 모습을 유지했다. 그리고 옷에서 손을 떼어 낸 그도, 채윤도 갑자기 묘하게 바뀌어 버린 듯한 주변 공기를 감지했는지 서로 말이 없어졌다.

“난 가서 씻는다. 쉬어.”

“어? 어.”

세온이 제 방으로 들어가고 혼자 남겨진 채윤은 들고 있던 시원한 물을 마셨다. 여전히 지금도 온몸에 퍼져 있는 이 기분을 뭐라 단정 지을 수가 없었다.

***

빛 하나 들어오지 않는, 작고 음산한 기운이 감도는 조사실.

책상 하나를 사이에 두고 남자는 세온과 마주 보았다. 자신보다 훨씬 어린 나이임에도 불구하고 그의 매서운 눈매와 곱상하게 생긴 외모와 상반되는 상대방을 꿰뚫어 버릴 것만 같은 사나운 눈빛에 남자는 더욱 긴장이 되었다.

“언제까지 그렇게 입 다물고 계실 거예요? 있지도 않은 직원들을 등재하여 허위 급여를 지급하시고, 통행세 세금 개무시하시고,

투자 소송비용을 계열사로 대납하게 하시고, 거기다가 채용 비리까지."

"저는 모르는 일입니다."

남자는 세온의 눈을 회피하며 고집스럽게 대답했다.

"역외펀드를 이용해서 비자금을 챙긴 것이 확연하게 포착되었어요. 이것도 전혀 모르시는 일이에요?"

기업에서 투자한 펀드 회사를 쭉 조사하자 그곳은 확연한 유령회사였다. 국내가 아닌 국외에서 벌어진 일이었기 때문에 다소 시간은 걸렸지만, 결국 꼬리가 길면 잡히는 것처럼 그들의 허술한 점을 세온은 발견할 수 있었다.

부드러운 말투, 덤덤한 얼굴. 하지만 남자는 알고 있다. 그는 한번 자신을 찾아오면 절대 그대로 보내지는 않는다는 '저승사자'라는 별명을 가진 검사, 강세온이라는 것을.

"분식회계 파일을 숨기는 과정에서 그것을 폭로하고자 했던 휘슬블로어를 살인하려고 했던 정황도 포착되었던데, 그것도 모르시는 일이에요?"

"큼, 그것도 모르는 일입니다."

"그럼, 이 목소리도 모르는 목소리인지 한번 들어 보세요."

세온이 주머니에서 볼펜을 꺼내 들었다. 그리고 윗부분의 버튼을 누르자, 안에서 음성이 흘러나왔다.

-그 자식 집 제대로 뒤졌어? 파일은?

-파일은 아직 발견하지 못했습니다, 전무님.

-일을 어떻게 처리하는 거야? 후우……. 그 파일이 검찰 손에 먼저 들어가면 큰일이라고! 어디 있는지 불 때까지 패고, 파일 있는

곳 알아내면 즉시 처리해. 그놈이 가장 완벽한 증거니까.

남자는 마른침을 꼴깍 삼켜 넘겼다. 남자는 10년을 넘게 알고 지낸 부하직원이 이런 짓을 했다는 것에 대해 큰 충격을 받은 듯 싶었다.

"원래 모르셨어요? 이런 놈들 그냥 일 쉽게 안 봐줘요. 다들 보험 하나씩 들어 놓지."

"……."

"아주 꽁꽁 숨겨 놓으신 거, 저희가 이 잡듯이 찾아내면 네가 다 뒤집어쓸 거냐고 협박했더니 내놓더라고요. 아시죠? 살인교사죄가 얼마나 큰 죄인지. 아, 혹시 이 목소리도 모르겠다고 발뺌하실 것 같아서 저희가 음성 전문가한테 의뢰까지 했어요. 99.9퍼센트 일치하더라고요."

"저 그게, 강 검사."

여태 의자에 기대어 앉아 있던 남자가 다급하게 몸을 일으키며 세온에게 몸을 바짝 붙여 왔다.

"내가 자네 부친하고도……."

남자의 말에 세온이 거칠게 테이블을 주먹으로 쾅! 하고 내리쳤다. 시종일관 사나운 얼굴과는 어울리지 않는 덤덤하고 부드러운 미소를 짓고 있던 세온이 정색을 하자, 남자는 긴장한 나머지 딸꾹질을 하기 시작했다.

"친하시면 법 좀 지키고 사시지 그러셨어요. 괜히 오고 가다가 뵙는 거 껄끄럽지 않게."

"딸꾹! 강 검사."

"법이 왜 생겼는지 아세요? 인간의 못된 본능을 없애고 무질서

한 세상에 질서를 만들기 위해서 생긴 겁니다. 그리고 법을 어기는 새끼들은 법을 지키는 사람들에게 무질서라는 큰 피해를 끼친 죗값을 단단히 받아야 하는 것이고요."

"……."

"죗값, 두둑이 챙겨 드릴게요."

일어서는 세온을 따라 남자가 다급하게 책상을 타악! 치며 일어섰다.

"강, 강 검사! 이런 큰일을 어떻게 나 혼자 다 했겠나! 나도 월급쟁이인걸!"

돌아서 있던 세온의 입꼬리가 씨익 올라갔다. 남자는 세온의 미끼를 제대로 문 거였다. 더 큰 대어를 건지기 위한 세온의 잔인한 미끼를.

***

"정말 털어서 먼지 안 나오는 곳 없다지만, 이 검사는 없는 먼지도 만들어내는 능력이 있는 거 같지 않아요?"

"응. 그런 것 같아. 그런데 나 궁금한 거 하나 있어."

"뭔데요?"

"자기네 처가에서 일이 터져도 눈 하나 깜빡 안 할 것 같지?"

"맞아요. 아내가 울고불고 봐 달라고 해도 '안 돼. 법은 법이야.' 하고 으름장 놓을 것 같아요."

"대단하다. 강세온 검사."

점심을 먹은 후 입이 심심하고 시원한 것이 마시고 싶어 직원

휴게실로 온 채윤은 직원들 사이에서 흘러나온 '강세온 검사'라는 단어에 흠칫했다. 자신들끼리 대화를 하느라 채윤이 온 줄 모르고 있던 직원들은 뒤늦게 채윤을 발견하곤 들고 있던 휴대전화를 끄고 후다닥 밖으로 나가 버렸다.

채윤은 동전을 넣어 초코 음료를 눌러 꺼낸 후, 주머니에 있던 휴대전화를 열었다. 인터넷에 들어가니, 한 그룹의 회장 이름이 검색어 1위에 떠오르고 있었다.

클릭한 화면에는 손가락으로 세기도 어려울 정도로 법을 어긴 죄로 곧 EEL그룹의 회장이 검찰에 소환되어 조사를 받을 것이라는 뉴스가 앞다투어 올라오고 있었다. 기사 안에는 '강세온 검사'라는 이름도 눈에 띄었다.

초코 음료 캔을 따고 한 모금 들이마셨다. 달달한 것이 들어갔지만 밍밍한 것이 아주 많이 아쉬웠다. 문득 세온의 법원 앞에서 팔던 초코라테가 떠올랐다.

"그 집 라테가 마시고 싶네."

작게 중얼거리던 채윤이 손에 들고 있던 음료를 물통에 그대로 버리고 나왔다. 자리로 돌아와 선배가 시킨 전산 실적 분석 파일을 열었다. 월별 단위의 경영 실적을 관리하는 업무로 그 파일을 열심히 확인하고 있다가 다시 초코라테가 떠올랐다. 아니, 정확히는 세온이 떠올랐다.

집들이 이후 그런 생각이 들었다.

세온과 불필요한 싸움으로 싸늘한 기온을 유지하는 것보다는 미적지근한 적당한 기온을 유지하는 것이 더 낫다는 것을. 싸운 동안에 세온과 마주치지 않은 것이 편하기보다는 오히려 불편했다.

그와 으르렁거리면서 싸우며 지내는 것보다 이렇게 적당한 거리를 두고 지내는 것이 훨씬 더 마음이 편하다는 것을.

적어도 세온이 상처받거나 화가 난 얼굴보다는 웃는 얼굴을 보는 것이 더 낫다고……. 자신의 알량한 이기심 때문에 그를 화나게 하고 상처 주는 일은 더 이상 하지 말아야 한다고 생각했다.

'근처에 왔으면 왔다고 말이라도 좀 해주든가.'

'그럼 앞으로 자주 사 먹으러 와. 와서 나랑 비싼 밥도 좀 먹고.'

말없이 초코라테를 마시러 갔다가 또 만나게 돼서 세온이 서운해한다면 무척이나 머쓱하고 미안할 것 같았다. 그래서 채윤이 휴대전화를 열었다. 천천히 세온에게 문자를 써 내려갔다.

[오늘 퇴근하고 초코라테를 마시러 갈 생각인데.]

***

채윤의 연락을 받고 세온은 퇴근 시간에 맞춰 서둘러 사무실을 나섰다.

"어? 선배 오늘 일찍 퇴근하네?"

당연히 야근할 줄 알고 커피를 사 들고 오던 유성이 정신없이 나가는 세온의 앞을 가로막으며 말했다.

"어."

"형수님이랑 데이트 가세요?"

"데이트?"

"네."

데이트라, 듣기만 해도 기분 좋은 말이었다.

"응. 데이트 가."

"그렇게도 좋아요? 매일 집에서 보는 사이면서."

그러게, 집에서 매일 보는 사이인데도 이렇게 좋다.

"간다."

세온은 대답 대신 유성의 어깨를 가볍게 다독이고서는 발걸음을 재촉했다. 일이 끝나고 법원 근처에 있는 초코라테를 마시러 온다는 문자를 보고 세온이 제일 먼저 든 생각이 있었다.

아, 그 집 초코라테 사다 주길 정말 잘했다.

카페로 열심히 걸어가고 있는데 그 맞은편에서 걸어오고 있는 채윤과 마주했다. 반갑고 또 반가워 단숨에 그녀와의 거리를 좁혔다.

"저녁 먹고 초코라테 마시는 건 어때?"

세온은 채윤을 보자마자 그리 권했다. 흔하게 있지 않은 날이라고 여겼다. 그래서 같이 할 수 있는 것, 같이 보낼 수 있는 시간을 세온은 최대한 많이 만들고 싶었다.

"그래."

채윤은 흔쾌히 허락했다.

"근처에 뭐 맛있는 집 있어?"

"갈비탕집."

"거기로 가. 그럼."

두 사람은 나란히 가게를 향해 걸었다. 퇴근 시간이라 그런지 거리가 혼잡했다. 반대쪽에서 오는 사람들을 이리저리 피하느라 바쁜 채윤을 향해 손을 뻗은 세온은 그녀를 바로 자신의 뒤에 세우고선 서류 가방끈을 잡게 했다.

"길 잃지 않게 잘 따라와."

됐다고 거절할 줄 알았던 채윤이 가방끈을 잡고서는 세온의 바로 뒤를 따라 걸었다. 자신이 들고 있는 가방끈을 잡고 있는 채윤의 모습이 멍청하게 꼭 손을 잡고 있는 것만 같은 착각이 든다.

이게 뭐라고, 자꾸만 웃음이 새어 나오고 이렇게 심장이 뛰는 걸까. 그러면서 평생을 네가 가는 길이 위험한지 아닌지 내가 먼저 걸어보고 방패가 될 수 있다면 좋겠다는 생각이 들었다.

세온의 뒤를 바짝 따라 걸었기 때문에 채윤은 사람들을 피하느라 정신없이 움직이지 않아도 됐다. 그렇게 두 사람은 갈비탕집에 도착했다. 테이블에 마주 보고 앉아 메뉴를 주문했다.

"뉴스에서 봤어. EEL그룹 회장 사건."

"그래?"

"어긴 게 정말 많더라. 전부 다 외우지도 못할 만큼."

채윤의 말에 세온은 그저 고개를 낮게 끄덕일 뿐이었다. 이렇다 할 호응을 보이거나, 관심을 보이지 않는 모습에 채윤이 피식 웃었다.

"일 얘기 재미없구나. 너."

"응."

역시나.

"사실 나도 그래."

"그럼 하지 마."

"그래. 하지 말자."

"그래도 이번엔 연락했네. 그 집 초코라테가 그렇게 맛있어?"

세온은 바로 화제를 바꿨다.

"응. 맛있어. 그리고 만약 연락 안 했으면 네가 삐칠까 봐."
"맞아. 또 연락 안 했으면 삐칠 뻔했어. 나 삐치면 오래가. 뒤끝도 심하고. 그러니까 삐치는 일 없게 해. 되도록."
"노력해 볼게."
"열심히 노력하면 그 가상으로 좋은 선물 하나 줄게."
그렇게 대화를 주고받는 동안, 주문한 갈비탕이 나왔다. 채윤은 거의 제 팔뚝만 한 갈비에 입이 벌어졌다.
"갈비 진짜 커."
"살이 되게 연하고 맛있어."
뼈에 붙은 고기를 젓가락으로 살짝 찢어 먹었다. 세온의 말대로 고기는 정말 연하고 맛있었다.
"입맛에 맞아?"
"응. 맛있다."
채윤의 젓가락이 쉴 새 없이 움직였다. 세온은 중간에 이 집 깍두기가 맛있다며 슬쩍 반찬을 내밀기도 하고 제 고기 살점을 발라 채윤의 그릇 위에 올려 주기도 했다.
그러지 않을 것 같으면서도 돌이켜 생각해 보면 세온은 참 다정했다. 예전에 유성이 했던 말처럼 누구에게도 다정하지 않은 세온이 제게만 다정한 것을 채윤은 어떻게 받아들여야 할지 몰랐다.
그저 재완의 부탁 때문인 것이라고 여기고 싶다가도 또 다른 이유가 있을 거라는 생각이 점점 '확신'이라는 단어로 자리매김을 하고 있었다.
이 세상에 죽은 친구의 부탁 때문에 마음에도 없는 여자와 결혼을 하는 남자가 몇이나 될까. 세온이 제게 마음이 있는 것이라면……. 어쩌면 처음부터 제게 마음이 있었던 거라면…….

"무슨 생각 해?"

"어? 아니야. 나 주지 말고 너 먹어."

"나 점심에도 먹었어."

"에? 점심에도 먹었는데, 저녁에 또 먹는 거야?"

"응. 법원 근처 음식점 중에 이 집이 제일 맛있거든."

"단순해."

채윤은 입가에 옅은 미소를 걸치고 고개를 내저으며 작게 속삭였다.

문득 그런 느낌이 들었다. 지금 세온과 함께하고 있는 이 식사 자리가 불편하지 않다는 것을. 오히려 편안했다.

"더 시켜 줘?"

자신을 가만히 바라보고 있는 채윤의 시선을 느낀 세온이 대뜸 물었다.

"아니. 배불러."

"계속 쳐다보기에, 더 시켜 달라고 그러는 줄 알았지."

"나 그렇게 많이 안 먹어."

"많이 안 먹는 편이구나."

세온의 시선이 채윤의 그릇으로 향했다. 밥도 국도 전부 클리어한 깔끔한 그릇이 채윤의 시야에 박혔다. 더군다나 세온이 중간중간 자신의 고기를 덜어 줘서 그거까지 다 먹은 상태였다. 많이 먹는 편이 아니라고 하기에는 너무 싹싹 긁어 먹었다.

"오늘 점심을 좀 허하게 먹어서 그래. 초코라테 마시러 가자."

"지금 바로?"

일어서는 채윤을 올려다보며 세온이 놀란다.

"왜?"

"배 안 불러?"

"배불러."

"그런데 초코라테를 바로 마시러 가게?"

"응."

채윤이 아주 당당하게 대답하며 뭐 문제 있어? 하는 눈빛으로 세온을 쳐다보았다.

"가자."

세온은 마치 '아니'라는 대답을 대신하듯 자리에서 일어섰다. 세온과 카페로 향한 채윤은 그토록 마시고 싶었던 초코라테를, 세온은 아이스 아메리카노를 주문했다. 나오자마자 그것을 원샷할 기세로 마시는 채윤과는 다르게 세온은 마시는 둥 마는 둥 했다.

정말 배가 부르긴 부른 모양이다.

이 와중에 치즈 케이크 한 조각만 더 먹자고 하면 날 정말 돼지로 알겠지?

그런 생각을 하고 있던 도중 주변의 이상한 낌새가 느껴졌다. 주변을 두리번거리던 채윤은 거리가 조금 떨어진 테이블에 앉은 여자 세 명이 세온을 보며 속닥거리는 것이 보였다.

얼굴 가득 이성에 대한 관심과 호감이 섞여 있었고 채윤과 눈이 마주치자마자 그녀들은 화젯거리를 급하게 변경했다.

"넌 예나 지금이나 여자들의 관심을 참 많이 받는 것 같아."

"그럼 뭐 해, 정작 받고 싶은 여자 관심은 못 받는데."

세온이 무심하게 말을 흘렸다.

그러고선 잠시 멈칫하더니 빨대를 입으로 가져다 대는 세온을 채윤이 빤히 쳐다보았다. 세온이 말하는 저 '여자'가 혹시 자신은 아니겠지, 라고 부정하는 생각과 긍정하는 생각이 강렬하게 충돌했다.

관심을 받고 싶다는 건, 즉 사랑을 받고 싶다는 것. 1년 뒤에 헤어질 마당에 행여나 세온이 그런 생각으로 제게 기대를 하다 더 큰 상처를 받을까 미안하고 조금은 두려웠다. 하지만 그때처럼 화를 내거나 막말로 그를 다그치고 싶지 않았다. 그래서 좋은 말로 설득을 하기 위해 머릿속을 정리하는데, 세온이 갑자기 창문을 쳐다보며 미간을 구겼다.

"비 와."

"어? 진짜. 비 오네."

"여름은 여름인가 보네. 시도 때도 없이 비가 오는 걸 보면."

"그러게."

두 사람은 아무 말 없이 한동안 쏟아지는 비를 바라보았다. 난감한 건 그다음이었다. 이제 슬슬 집에 가 봐야 하는데 이놈의 비가 도통 그칠 기미를 보이지 않았다. 법원에 세워 둔 차로 가려면 적어도 이곳에서 5분 정도는 걸어야 했다. 그 흔한 편의점도 꽤나 떨어져 있었다.

"잠깐만."

세온이 다시 카페 안으로 들어갔다. 카운터에 있는 직원과 뭐라고 말을 주고받더니 곧 우산 하나를 얻어서 나왔다.

"차 갖고 와서 바로 가져다주기로 했어."

"다행이다."

펼쳐 든 우산은 생각보다 작았다. 그러다 보니 우산 밑에 있는 두 사람의 몸이 가까이 붙었고 걸을 때마다 서로의 팔이 스쳤다. 세온이 옆으로 살짝 비키면서 우산을 채윤 쪽으로 기울여 주었다. 차가운 비가 그의 어깨를 금방 적셨다. 자신으로 인해 그가 조금이라도 더 많은 것을 감수해야 하는 것이 채윤은 싫었다.

"안으로 더 들어와. 그러다가 감기 걸려."

"됐어. 안 걸려."

"들어오라면 들어와. 감기 걸려서 괜히 옮기지 말고."

"……뭘 해야 옮기지. 아무것도 안 하면서."

들릴 듯 말 듯 한 세온의 혼잣말. 그럼에도 채윤은 생생히 들었다.

"어?"

"뭐가?"

"방금 뭐라고 말했잖아."

"별말 아니야."

"뭘 해야 옮기지, 그랬잖아. 너."

"하다못해 우리 수건도 같은 거 안 쓰잖아."

"……."

"그러니까 안 옮는다고. 그래도 뭐, 내가 감기 걸릴까 봐 정 걱정이 된다면."

한 발자국의 틈새가 그의 한 발자국으로 좁혀졌다. 어깨 위를 포근하게 감싸는 팔, 그리고 그 팔에 힘을 주어 잡아당기듯 안기게 된 품에 채윤이 화들짝 놀라 세온을 올려다보았다.

"이래야 비를 안 맞으니까. 너도, 나도."

세온의 말대로 자신도 비를 맞고 싶지 않았고 세온도 비를 맞게 하고 싶지 않았다. 감기에 걸려 아프고 싶지도 않았고 차가운 물을 그대로 받으며 옷을 적시고 싶지도 않았다. 작은 우산으로 비를 피하는 방법은 정말 이것밖엔 없었다. 그래서 채윤은 그냥 걸었다. 세온의 품에 반쯤 안긴 채로. 생각보다 따뜻하고 든든한 품에.

더 이상 춥지 않았고 굵은 빗줄기에 몸이 젖지 않았다. 그래서일까. 그러면 안 된다는 걸 알면서도 채윤은 세온의 품이 위로되고 안식처가 되는 것 같았다.

***

잠깐 내리는 줄 알았던 비는 장마로 이어졌다.

세상은 며칠 동안 하루 종일 진회색빛에 물들었고 물기를 머금고 있었다. 퇴근을 하고 집으로 돌아온 채윤은 불도 켜져 있지 않은 어두컴컴한 집 안이 다소 외롭다는 생각이 불쑥 들었다.

오래도록 내리는 비 때문에 괜히 감정이 감성적으로 변했구나 싶었다. 채윤은 혹시 몰라 굳게 닫혀 있는 세온의 방문을 열어 보았다. 세온은 당연히 없었다. 흐트러짐 하나 없이 반듯하게 정리가 되어 있는 깔끔한 방. 처음 이 집에 왔을 때 이후로는 처음으로 열어 본 곳이었다. 채윤은 알 수 없는 충동에 이끌려 안으로 들어갔다.

"그 바쁜 와중에 매일 쓸고 닦기라도 한 건가, 뭐가 이리도 깔끔해?"

서랍 위에 먼지 한 톨도 없는 것이 채윤은 마냥 신기했다. 물건들과 공간은 주인을 닮는다더니, 이 방은 뭔가 완벽해 보였다.

다시 한번 눈으로 쭉 둘러본 채윤은 자신의 방으로 올라와 스위치를 켰다.

달칵.

"어?"

켜져야 할 불이 반응을 보이지 않고 어둠을 유지했다. 전등이 나간 듯싶었다.

"에휴."

똑같은 것을 사 오기 위해서 쓰던 전등이 필요했다. 채윤은 의자를 끌어다 팔을 올렸지만 닿지 않았다. 까치발까지 들고 안간힘을 썼지만 역부족이었다. 짜증 섞인 한숨이 절로 나왔다.

그렇게 한참 낑낑거리고 있는데, 계단 올라오는 발걸음 소리가 들렸다. 회사를 다니기 전 아침마다 잠결에 들었던, 꿈에서 들었다고 생각했던 그 발걸음 소리였다.

"전등 나갔어?"

세온이 안으로 들어오며 물었다.

"어? 어."

꿈이 아니었구나.

"내려와."

의자 위로 올라간 세온은 까치발도 들지 않고 아주 여유롭게 전등을 뺐다. 아무리 낑낑거려도 닿지 않았던 전등을 너무 쉽게 빼버린 세온을 보며 그가 이 집에 같이 있는 것이 든든했다.

"똑같은 거 없잖아."

세온이 의자에서 내려오며 말했다.

"응. 사러 가야 돼."

"같이 가."

"……그냥 혼자 후딱 다녀오면 되는데."

"냉장고가 텅텅 비어서 먹을 게 없더라. 장도 볼 겸 같이 가."

신문지로 전등을 돌돌 말아서 같이 나왔다. 차에 올라타 동네 근처에 있는 대형 마트로 향했다. 바구니를 집어 들던 채윤은 카트를 끌고 곁으로 온 세온을 보곤 내려놓았다.

"뭘 얼마나 사려고?"

"자주 못 오니까."

간단하게 해 먹을 수 있는 즉석 식품부터 시작해서 요리를 해 먹어야 하는 신선한 식품들도 카트에 담겼다.

"닭볶음탕 먹을까?"

정육 코너 앞에서 세온이 물었다.

"할 줄 알아?"

"먹을 줄은 알아."

당당하다 못해 뻔뻔한 대답. 이게 뭐라고, 채윤이 갑자기 웃음이 터졌다.

"뭐야, 그게."

세온이 생닭 하나를 들어 카트에 넣었다.

"나 정말 닭볶음탕 할 줄 몰라."

"내가 해 볼게."

"요리 잘해?"

"아니. 본능에 맡겨 보려고."

채윤은 그의 본능을 믿어 보기로 했다. 닭볶음탕에 들어갈 재료들도 사고 그 외에 필요한 것들을 산 후에 마지막으로 전구를 사기 위해 코너로 왔다. 세온은 집에서 가져온 전구와 비교해서 신중하게 고르고 있었다.

"이거 같네."

새 전구를 골라 계산을 전부 끝내고 다시 집으로 돌아온 세온이 가장 먼저 한 것은 채윤의 방 전구를 새것으로 끼워 주는 일이었다.

"켜 봐."

의자 위에서 세온이 말하자 채윤이 스위치를 켰다. 어두웠던 방이 순식간에 환해졌다. 그리고 어둠 속에 있던 세온도 덩달아 환해졌다.

"쉬고 있어. 음식 완성되면 부를게."

"응."

얼떨결에 그렇게 대답을 하고 혼자 남겨진 채윤은 전등을 올려다보았다. 어쩌지, 이제 이 전등을 보면 세온이 떠오를 것 같았다. 어둡다가 갑자기 드러난 빛 때문이야, 강세온이 빛나 보였던 건.

그렇게 세온이 빛나 보인 이유에 대해서 열심히 이유를 만들던 채윤은 아래로 내려갔다. 세온은 주방에서 심각한 얼굴로 휴대전화를 보고 있었다.

"뭐 해?"

"레시피 봐."

"그런데 뭘 그렇게 심각하게……. 나도 같이 해."

"응. 할 게 너무 많네. 혼자 하면 내일이나 먹겠어. 같이 하자."

"뭐부터 해야 하는 건데?"

"그러니까……."

세온은 보고 있던 휴대전화를 채윤에게 내밀었다. 채윤이 레시피를 보기 위해서 얼굴을 내밀자 그의 작은 숨결이 귓가를 스친다. 마치 잘못 튼 샤워기에서 나온 뜨거운 물에 데기라도 한 것처럼 순식간에 달아올랐다. 일정하게 뛰던 심장의 속도가 조금 붙은 것 같았다.

"야채부터 다듬어야 할 거 같은데?"

갑자기 달아오른 몸이 이상하고 당황스럽기만 해서 얼른 그에게서 물러서며 채윤이 말했다.

팔을 걷어붙이고서 야채를 씻던 채윤은 진지하게 생각했다. 대체 무슨 연유로 제 몸에 이런 이상한 변화가 불쑥 찾아오는 것인지 진지하게 고민을 해 볼 필요가 있다고.

다 씻은 야채를 탁, 탁, 탁, 어설픈 칼질로 자르는 세온에 채윤이 손을 내밀었다.

"줘 봐. 내가 할게."

"위험해."

"네가 잡고 있는 게 훨씬 더 위험해 보여."

채윤 역시 칼질을 그다지 잘하지는 못하지만 그래도 세온보다는 아주 조금 나은 실력으로 야채를 썰었다.

"당당하게 가져가기에 칼질 잘하는 줄 알았더만."

"그래도 너보단 낫지 않니? 나 샌드위치 사업하면서 양배추 좀 썰어 봤는데."

"응. 나보단 나은 것 같아."

순순히 인정하는 세온에 채윤은 보란 듯이 더욱 칼질에 속도를 붙였다.

"까불지 마. 그러다 다쳐."

생닭은 만지지 못하겠다는 채윤을 대신해서 세온이 닭은 잡았다.

"느낌 이상해."

그도 처음 만져 보는지 질색인 표정을 짓는다. 그게 채윤의 눈에는 귀여워 보였다. 부지런히 한다고 했는데, 두 사람은 정확히 2시간 30분 후에 식탁 위에 음식을 마주할 수 있었다. 그리고 동시에 지친 얼굴로 아! 하고 탄식했다.

"밥 안 했잖아."

"그러니까."

후, 동시에 깊은 한숨이 새어 나왔다. 그러다 눈이 마주쳤고 누가 먼저랄 것도 없이 웃음이 터져 나왔다. 어이가 없어서 나오는 허탈한 웃음인데, 웃는 두 사람은 마치 행복에 겨워 웃는 사람처럼 보였다.

"너무 짜게 안 했으니까, 그냥 먹어 보자."

한참을 웃고 나서야 채윤이 감자와 닭고기를 그릇으로 가져와 먹었다. 노력한 것과 시간에 비해 '와우!' 하고 감탄할 정도로 놀라운 맛은 아니었지만, 그럭저럭 먹을 만했다. 세온도 닭고기 한 조각 가져다가 먹었다.

"처음 한 거치고는 괜찮네."

마트에서 장을 보고 와서 요리를 한다고 부지런히 움직인 탓에 잔뜩 허기가 진 두 사람은 이렇다 할 말도 없이 식사를 했다. 하지만 예전처럼 어색하고 무거운 침묵은 아니었다. 마치 그 침묵은 밖에서 내리고 있는 비에 모두 쓸려 땅바닥으로 깊숙이 스며드는 것 같았다.

세상은 여전히 어두웠다. 하지만 두 사람이 있는 공간만큼은 환한 빛이 서려 있었다.

***

저녁을 먹고 자신의 방으로 올라온 채윤은 씻고 침대에 누웠다.

'먹을 줄은 알아.'

아까 세온의 그 당당했던 모습이 귀여워서 피식, 웃어 버리고 말았다. 마주 보고 앉아 소소한 대화를 나누며 식사를 하던 시간을 떠올리면 편안하고 좋았다.

'채윤아.'

그러다 찾아든 재완의 기억.

재완이 죽고 나서 13년 동안, 한 번도 그를 잊은 적 없지만 잊기를 바란 적은 있었다. 그를 다른 사람으로 잊고 싶을 정도로 간절했던 순간도 있었다. 그래야지만 자신이 살 수 있을 것 같아서…….

그러나 그 어떤 남자에게도 마음을 열기가 힘들었다. 함께할수록 재완이 더 떠올라서였다. 특히 세온과 함께 있으면 더욱 그럴 거라고 생각했다. 처음에는 세온이의 이름만 들어도 재완이 떠올랐었다.

하지만 지금은…… 그러니까, 지금은…… 세온이와 함께 있는 순간만큼은 재완이 떠오르지 않았다. 그래서 오래도록 꽉 막혀 있던 숨통이 조금씩 뚫리는 것만 같았다.

13년 동안 자신을 지독하게 억누르고 있던 무언가가 천천히 거두어지는 기분이었다. 하지만 안 된다는 생각이 들었다. 세온과 함께 있는 시간이 편안하고 좋아질수록 재완에게 미안한 마음이 들기도 하지만, 1년 후에는 헤어질 관계이기 때문이었다. 어차피 처음부터 딱 1년만 유지하기로 한 결혼이었기 때문에.

하지만 한편으로는 그 1년이 아주 더디게 가면 좋겠다는 생각이 들었다. 마음속 귀퉁이 어디선가 그 1년이 평생 오지 않았으면 좋겠다는 생각도 들어 혼란스러웠다.

제 마음이 무얼 원하는지 정리되지 않은 채윤은 오래도록 잠들지 못하고 뒤척거려야 했다.

***

집에 같이 있을 때면 두 사람은 자연스럽게 함께 식사를 했다.

텅텅 비어 있는 냉장고를 채우기 위해서 가끔 함께 장을 보기도 했고, 어쩌다 한 번씩 채윤은 초코라테를 마시러 세온의 회사 근처로 왔다가 함께 저녁을 먹기도 했다. 남들이 보기에는 평범한, 아니 세온 스스로 생각해도 평범한 부부로 보이는 그녀와의 꿈같은 날들이 이어졌다.

그러던 어느 날, 약속도 잡지 않은 채윤의 삼촌인 태석이 멋대로 세온은 찾아왔다. 그는 제게 차를 내오는 민우를 향해 거들먹거리는 표정을 짓는 것을 잊지 않고 소파에 건방진 자세로 앉았다. 태석 때문에 민우와 지영은 사무실 밖으로 나가 있어야 했다.

세온은 학창 시절 그가 채윤을 두고 아들과 했던 대화가 떠올랐다. 탐탁지 않았던 첫 만남만큼이나 이렇게 예의 없게 구는 그가 여전히 마음에 들지 않았다. 하지만 그때와는 다르게 세온은 지금 채윤의 남편이었다. 그러니 상대는 처가댁 어른이 되었고 그런 그에게 함부로 대할 수 없어 내쫓지는 않았다.

"우리 강 검사 많이 바쁜데, 내가 찾아온 거 아닌가 몰라."

"그런데 무슨 일로."

세온은 '괜찮다'거나 '아니'라는 빈말을 하지 않고 옅은 미소를 지으며 대답했다.

"아, 그냥 지나가다가 들렀어. 우리 조카도 생각나고 강 검사도 생각나고 해서."

"네."

"채윤인 경영 공부하러 본사에 들어갔다는데, 적응은 잘하고 있어? 도통 본가에도 안 오기도 하고 뭐, 애가 다정다감한 딸도 아니라 부모님하고 연락을 따로 하지도 않는 것 같더라고."

부모다운 모습을 보여 주지도 않고 부모 대접만 받으려는 이런 부류의 인간들을 세온은 무척이나 싫어한다. 진짜 하고 싶은 말들을 억지로 꾹꾹 눌러 담았다. 지나갔다가 들렀다는 건 거짓말이라는 것을 알고 있었다. 아마 그의 본심은 재촉을 해야 나올 모양이다.

"그러셨군요. 채윤인 나름 잘 적응해 나가는 것 같습니다."

세온은 시계를 보았다.

"어쩌죠? 제가 재판 하나가 잡혀 있어서요."

"아, 그래? 아니, 다름이 아니라."

이제야 진짜 여길 찾아온 본심이 나오려나 보다. 세온은 괜찮은 삼촌 코스프레를 하려고 드는 태석이 능글맞아 같잖았다. 그래 봤자 자신의 손바닥 안이겠지만.

"강 검사, 나랑 오래도록 알고 지낸 대학 동기가 있는데 여기서 조사받나 봐. 아무래도 오해가 있었던 모양인데……."

"그만하셔야 할 것 같은데."

"어?"

"지금 저한테 부정 청탁하고 계시는 거잖아요."

세온의 지적에 태석이 미간을 구겼다.

"이봐, 강 검사. 우리가 남도 아니고!"

"남이 아니니까 더 조심하셔야죠. 가족이니까 나중에 흠 잡히는 일이 발생하지 않게 더 조심히 행동하셔야죠."

태석은 아무 말 하지 못하고 보랏빛 입술을 굳게 다물었다. 탐탁지 않은 듯 입술 주변이 씰룩거렸지만, 세온의 말을 도저히 반박할 만한 말을 떠올리지 못했다.

"차가 고소하니 맛있습니다. 다 드시고 천천히 가세요."

세온이 일어났다. 아마 자신을 무시한 것에 대해 열이 받아 속으로 부들부들 떨고 있을 거였다. 하지만 그는 아주 잠깐 티를 낸 것을 끝으로 일어섰다.

"나 가네, 강 검사."

태석이 한 모금도 마시지 않은 찻잔이 그대로 놓여 있었다.

***

"아가씨, 아가씨. 일어나 봐."

누군가가 제 핸드백을 잡고 흔드는 느낌에 채윤이 눈을 떴다.

텅 비어 있는 버스와 그 앞에 난감한 얼굴의 버스 기사 아저씨. 그리고 낯선 풍경.

"여기가 어디예요?"

"종점이야."

"아……."

"어쩌나? 막차라서 다시 가지도 않는데."

"괜찮아요. 감사합니다."

채윤은 잠이 덜 깬 상태에서 얼른 일어나 무작정 버스에서 내렸다. 다행히 종점은 집과는 그다지 멀지 않은 거리에 위치해 있었다. 주변에 택시는 보이지 않았고 엎친 데 덮친 격이라고 휴대전화도 배터리가 다 닳아버린 상태였다. 집과는 그다지 멀지 않고 집에 가서도 잔업을 해야 했기에 쏟아지는 잠도 깰 겸 채윤은 걸어가기로 했다.

울창한 잎의 나무가 즐비하게 늘어선 인기척 하나 없는 적막한 거리는 스산했다. 그런 거리에 떠 있는 영롱한 달빛과 반짝거리는 별들은 결코 아름다워 보이지 않았다. 그래서 채윤은 발걸음을 재촉했다. 그렇게 재촉한 발걸음으로 동네 어귀에 도착했을 때였다.

차박차박.

자신의 발걸음 바로 뒤로 따라붙는 누군가의 발걸음 소리가 들려왔다. 채윤은 머리카락이 쭈뼛 서고 온몸에 기분 나쁜 소름이 번져 가는 것이 느껴졌다. 등골이 오싹해져 몸이 얼어붙는 것 같았다. 사람의 직감이라고 했던가, 이런 공포와 기분 나쁜 소름은 처음이었다.

혹시 자신이 오해를 하는 건 아닌가 싶어 걸음을 늦추자 뒤의 걸음도 늦춰졌다. 다시 빨리하자, 뒷사람의 걸음도 채윤처럼 빨라졌다.

자신을 따라오는 것이 분명해진 발걸음에 채윤은 가방끈을 손에 쥐고 내달리기 시작했다. 그러자 뒷발걸음도 재빠르게 채윤을 향해 달려오고 있었다. 무서웠다. 누구라도 좋으니 제발 눈앞에 자신을 도와줄 수 있는 사람이 나타나길 바랐다.

세온이…….

갑자기 머릿속 가득 세온이 들어찼다. 이렇게 머리가 멍해질 정도로 느껴지는 두려움에 생각나는 사람이 왜 세온일까. 세온이 지금 나타났으면 좋겠다. 세온이 보고 싶었다. 조금만 더 가면 집인데, 조금만 더 가면 세온이 있을 텐데.

채윤은 그 생각에 달리고 또 달렸지만, 뒤에서 따라붙는 발걸음을 따돌리기에는 역부족이었다. 숨이 차 이제 한계에 다다른 채윤에게로 더욱, 더욱 가까워지고 있었다.

"채윤아."

"아악!"

반쯤 혼이 나가서 정신없이 건물 귀퉁이를 꺾는 순간, 앞에 세온이 나타났다. 너무 놀라면서도 다행이라고 여긴 채윤이 그대로 다리에 힘이 풀려 주저앉으려 하자 세온이 얼른 품으로 끌어안아 주었다. 그 순간 채윤을 따라오던 발걸음 소리가 다른 쪽으로 잽싸게 멀어졌다.

"저 새끼, 뭐야?"

자신을 놓고 그쪽으로 달려가려는 세온을 채윤이 콱 붙잡았다. 지금 당장 혼자 있기도 무서웠고 행여나 세온이 저 사람을 따라갔다가 안 좋은 일이라도 당할까 봐 겁이 나고 두려웠다.

"……가지 마. 무서워. 그러니까, 가지 마."

세온은 채윤에게로 방향을 틀었다.

"왜 연락을 안 해?"

세온의 언성은 격앙되었다. 자신에게 화가 났다기보다는 놀라고 걱정스러운 마음에서 나온 일시적인 감정이었다.

"이렇게 늦은 시간에는 데리러 오라고 연락을 해야 할 거 아니야! 휴대전화는 장식으로 갖고 다녀?"

"……."

"왜, 이것도 꽁냥꽁냥 하는 남편 노릇 하는 것 같아서 꼴 보기가 싫어? 너한테 무슨 일이라도 생기면 그 죄책감에 나 어떻게 살라고!"

격앙된 그는 쉽게 진정이 되지 않아 보였다. 하지만 그가 내뱉는 모든 말들이 채윤을 안심시키고 있었다.

"아이 씨발, 진짜 저 새끼 잡아서 족쳤어야 하는데. 일단 경찰서에 신고나 좀 하자."

놀란 자신에게 저렇게 짜증을 내고 못된 말을 하는 강세온인데, 채윤은 이상하게 울컥하고 눈물이 났다. '다행이다. 정말 다행이야.' 하는 안도의 눈물이. 만약 세온이 없는 상태에서 이런 일을 겪었다면……. 생각만으로도 끔찍했다.

"다행이야. 네가 있어서……."

채윤은 저도 모르게 제 마음속에 담고 있던 감정을 그대로 표출했다. 경찰서에 막 신고를 하고 전화를 끊은 세온이 멈칫하며 채윤을 바라보았다.

정말 큰일이라도 나는 줄 알았다. 죽을지도 모른다는 섬뜩함과 두려움이 순식간에 몸을 잠식하고 짓눌러 최강의 공포를 느낀 시간이었다.

그러는 와중에 왜 머릿속이 세온이로 가득 찼던 걸까? 재완아. 왜 네가 아닌 세온이 보고 싶었던 걸까. 세온아, 왜 나는 다른 누구도 아닌 네가 그토록 보고 싶었던 걸까. 환하게 웃을 수 있는 너를 웃지 못하게 만든 것만 같아 자꾸만 미안한 마음이 들어서였을까?

나는 이 마음을 앞으로 어떻게 정의 내려야 하는 걸까.

"하아……."

아무 말 없이 붉어진 눈시울을 하고 자신을 바라보고만 서 있는 채윤을 향해, 세온은 낮은 한숨을 내쉬었다. 그 한숨에 모든 감정이 담겨져 나오는 것 같았다. 뺨 위로 떨어지는 채윤의 눈물이 세온의 손가락에 쓸려 닦였다.

"……미안해."

세온이 채윤을 품에 끌어안고 등을 다독이며 말했다.

"뭐가? 네가 뭐가 미안해?"

채윤이 울먹이는 목소리로 물었고 그가 대답했다.

"그냥 다."

"……."

"전부 다."

채윤은 그런 세온의 품 안으로 파고들었다. 그때도 느꼈던 거지만 시간이 지날수록, 그 횟수가 늘어날수록 세온의 품은 더욱 따뜻하고 든든했다.

***

잠이 올 리가 없었다.

세온은 자신을 바라보며 눈물짓던 채윤을 생각하면 너무 안쓰러워 짜증이 다 날 정도였다. 누군지 몰라도 그 새끼를 꼭 잡아서 최고형을 받게 하겠노라 다짐하고선 몸을 일으켰다. 많이 무서웠을 거였다. 거기다 대고 성질을 냈던 자신이 세온은 미치도록 원망스러웠다.

"병신 새끼……."

터져 나오는 욕을 내뱉으며 방에서 나오자 채윤도 2층에서 내려오고 있었다.

"왜 안 자고 나와?"

채윤이 먼저 물었다.

"네가 못 자고 있을까 봐."

쓸데없는 짓 하지 말라고 하려나. 하지만 채윤은 아무 말도 하지 않고 그대로 주방으로 향했다. 그런 채윤을 세온이 따라 들어갔다. 컵 두 개를 꺼낸 채윤은 찻장에서 국화차 티백을 꺼내 넣고 뜨거운 물을 부었다.

"나 이제 괜찮아. 정말이야."

채윤이 컵 하나를 세온에게 내밀며 말했다. 컵을 잡고 있는 그녀의 손이 여전히 미세하게 떨리는 것이 보였다.

"앞으로 회사로 데리러 갈 거야. 혼자 올 생각 하지 마."

"그래. 사실 좀 무서울 거 같으니까, 한동안은 부탁할게. 그런데……."

"어."

"아까 왜 나와 있었던 거야?"

"너 연락도 안 되고 초코 우유도 떨어져서 좀 사 놓을 겸, 겸사겸사."

채윤이 픽, 하고 웃어 버린다. 긴장했던 것이 조금 풀린 모양이다. 다행이다 싶었다.

들고 있던 차를 한 모금 마시는 채윤을 세온은 곁에서 바라보기만 했다. 그녀는 아무 말이 없었고 세온 또한 아무 말도 하지 않았다.

그때 갑자기 걸려 온 민우의 전화에 휴대전화를 들고 서재로 가서 통화를 끝내고 돌아왔을 때, 채윤은 소파에 누워 잠이 들어 있었다. 세온은 그 옆에 앉아 얼굴을 가린 채 흐트러진 채윤의 머리카락을 조심스럽게 정리해주었다.

네가 일층으로 내려온 이유가 차를 마시기 위해서가 아니라, 내가 곁에 있다는 것을 확인하기 위해서였다고 생각한다면…… 그건 내 착각일까?

부디 착각이 아니기를 바라고 또 바라 본다.

나만큼, 너도 나를 원하고 있기를…… 아니, 나만큼은 아니어도 조금, 아주 조금은 내가 너에게 의지할 수 있는 사람이기를. 오늘도 마음껏 욕심도 내지 못한 채, 바라 보고 또 바라 본다.

***

늦은 밤도 아닌데 집으로 가는 길이 무섭다. 채윤은 한동안은 제게 이런 후유증이 계속될 거라고 생각하고 휴대전화를 열었다.

이렇게 이른 시간에 데리러 오라고 해도 괜찮을까? 고민을 하던 채윤의 대답은 '괜찮다'였다. 그 이유는 아주 간단했다. 세온은 아주 환한 아침에도 회사 앞까지 데려다줬기 때문이었다. 더 이상의 고민은 필요 없을 것 같아서 통화 버튼을 누르려던 찰나에 벨 소리가 먼저 울렸다. 세온이었다.

"응."

-끝났어?

"응. 끝났어. 너는?"

-회사에서 기다리고 있어. 도착하면 연락할게.

전화를 끊고 막 일을 마무리 짓고 있는데, 은비가 곁으로 다가왔다. 어제 밤새도록 술로 달린 은비는 아침에 보였던 좀비 같던 모습을 어느새 말끔히 지워 내 버린 후였다.

"형부예요? 데리러 오신대요?"

"네."

"와, 부럽다."

"뭐가요?"

"데려다주시고 데리러 오시고, 다정다감하잖아요. 아, 오늘 아침에 편의점에서 해장하면서 봤거든요. 형부 차에서 내리시는 거. 언니 바라보는 눈빛, 완전 스윗하시던데."

"아니에요. 그런 거."

"뭐가 아니에요? 진짜 형부 눈빛 장난 아니셨는데? 언니 로비로 들어가서 완전히 보이지 않을 때까지 바라보시고 또 바라보시더만. 그리고 그런 게 부부니까, 당연히 그래야죠."

부부니까…….

여전히 어색한 단어이고 호칭이지만, 예전처럼 그렇게 멀게 느껴지지도 않았다. 채윤은 야근을 해야 한다며 시무룩해진 은비를 두고 먼저 회사를 나왔다. 얼마 기다리지 않아 익숙한 차 한 대가 미끄러지듯 자신의 앞에 멈춰 섰다.

"연락하면 내려오지."

조수석에 올라타는 자신을 향해 말하는 세온에 채윤은 안전벨트를 매다 말고 바라보았다.

'언니 바라보는 눈빛, 완전 스윗하시던데.'

자신을 향해 있는 눈빛, 사나운 눈매와 대조적인 그의 눈빛.

은비의 말처럼 이 눈빛이 스윗한 건지 뭔지는 모르겠다만 확실한 건 자신을 바라보는 세온의 눈빛이 싫지 않다는 것이다. 든든하고 때로는 위로가 되는 눈빛이었다.

"왜?"

세온이 묻자 채윤이 고개를 내저었다.

"아니야. 아무것도."

"싱겁긴."

말을 하던 그가 몸을 뒷좌석으로 꺾어서 무언가를 손에 잡아 건넸다. 작은 쇼핑백에는 채윤도 알고 있는 상점 로고가 박혀 있었다.

"뭐야?"

"네가 좋아하는 카페에 새로 나온 초콜릿이래."

스윗한 거 맞나?

"저녁 먹고 먹어 볼래."

"그러든지."

"음, 뭐 해 먹을까?"

"먹고 들어가자. 오늘 점심을 대충 먹어서 그런지, 두세 시간이나 참을 수 있는 허기가 아니야."

"그래. 그럼."

익숙해지면 안 된다는 걸 알면서도 점점 세온과 함께하는 이 시간들이, 이 일상들이 익숙해져 가고 있다는 것이 느껴졌다. 그러면서도 재완이를 떠올리는 횟수가 아주 많이 줄어들었음을 인정하고 싶지 않았다.

5. 미묘하게 달라진 우리의 온도

습관이라는 게 참 무섭다.

조금 게으름을 피우고 싶은 주말마저도 평일처럼 일찌감치 일어나게 되니 말이다. 채윤은 찌뿌드드한 몸을 위아래로 쭉쭉 뻗으며 몸을 풀었다. 요즘 이상하게 입맛이 좋다. 채윤은 일어나자마자 몰려오는 배고픔에 아래층으로 내려왔다. 주방으로 향하다 말고 굳게 닫혀 있는 세온의 방문으로 시선을 돌렸다.

"자나……."

누군가가 계단을 오르락내리락하던 것이 더 이상 꿈이 아니라는 것을 알게 되었다. 요즘 세온은 무리를 해서라도 채윤의 출근과 퇴근을 직접 차로 시켜 주었다. 야근이 있는 날에도 기꺼이 채윤을 집까지 데려다주고 다시 법원으로 가는 세온의 정성에 채윤의 두려움은 사라져 가고 있었다.

그리고 퇴근하고 돌아온 새벽에 그는 늘 방문을 살포시 열고서는 자신을 확인했다. 잠이 오지 않아 침대에서 뒤척이다가 알게 된 사실이었다.

세온이 자는 모습은 어떨까?

그가 자고 있을 때, 한 번도 열어 보지 않았던 그의 방문을 채윤은 처음으로 조심스럽게 열었다. 침대 위에 이불을 덮은 그의 하체가 꿈틀거리는 것이 보였다.

혹시 깼을까 봐, 채윤은 숨소리마저 감추었다. 하지만 잠깐의 움직임을 끝으로 그의 이불 속에 숨겨진 다리는 잠잠해졌고 채윤은 용기를 내어 안으로 들어갔다. 그러다 맨몸을 드러내며 잠들어 있는 세온을 발견하고 당황해서 얼른 몸을 돌려 나오려다가 그만 벽에 어깨를 아주 세게 부딪히고 말았다.

"윽!"

아파서 신음이 터져 나오는 바람에 행여나 세온이 깰까 싶어 손으로 얼른 입을 틀어막았지만 이미 늦은 것 같았다. 뒤에서 부스럭거리는 소리가 들려왔고 살짝 돌아본 그곳에 어느새 일어난 세온이 채윤을 바라보고 있었다.

"일어났어?"

채윤은 애써 침착하게 물었다.

"성인 남자의 아침이 얼마나 위험한 줄도 모르고. 경고하는데 되도록이면 아침에는 내 방 들어오지 마."

"응."

대답을 하면서도 채윤의 눈동자는 본능적으로 그의 벗은 몸으로 향했다. 바쁜 와중에도 언제 저렇게 야무지게 몸을 키워 왔는지 모르겠다. 넓은 어깨와 적당히 그을려 흠잡을 곳 하나 없어 보이는 탄탄한 근육이 자리 잡은 그의 몸은 만져 보면 어떨까, 하는 미묘한 호기심까지 일으키게 만들 정도였다.

"이채윤."

세온의 나지막한 부름에 채윤이 그와 눈을 마주쳤다.

"방금 내 경고, 무슨 뜻인지 모르겠어?"

남자에 대해서 잘 모른다. 한국을 떠난 이후 미친 듯이 일에만 매달렸으니까. 간혹 제게 추파를 던지며 다가온 남자들이 있었지만, 아무런 감흥을 느끼지 못했고 잊지 못한 첫사랑 때문에 거북스럽기까지 했었다.

그럼에도 불구하고 지금 세온이 자신을 다소 사납게 바라보며 하고 있는 말이 어떤 의미인지 짐작이 갔다. 채윤은 얼른 자리를 털고 일어났다.

"……얼른 나와. 아침 먹게."

"알았어. 금방 나갈 테니까, 문 닫고 나가."

채윤이 문을 닫고 나왔다. 안에서 아주 미세하게 그가 방에 딸린 욕실로 들어가는 소리가 들려왔다. 이내 샤워를 할 모양인지 물줄기 소리가 들렸다.

남자를 잘 모른다. 그런데 발끝에서부터 시작된 미열이 왜 온몸까지 퍼져 가는 건지 그것 또한 모를 일이었다. 그러다 불쑥 억울해졌다.

'경고하는데, 되도록이면 아침에는 내 방 들어오지 마.'

"아니, 지는 아침저녁으로 맨날 내 방문 벌컥벌컥 열어 보면서 왜, 나는 안 돼?"

봇물처럼 몰려온 억울함은 토스트를 굽고 작은 그릇에 잼을 덜고 커피를 내리는 아주 간단한 아침을 차리는 동안에도 계속되었다.

향긋한 샴푸 냄새를 폴폴 풍기며 세온이 주방으로 들어왔다. 채윤은 일부러 소리 나게 접시를 탁, 내려놓았다.

"왜 그래?"

식빵이 옆으로 미끄러질 정도라 세온이 살짝 당황해하며 물었다.

"손이 미끄러져서."

실수를 한 사람치고는 너무 당당한 채윤이었다. 바삭바삭하게 구운 식빵에 잼을 발라서 막 한 입 먹으려는데, 앞에 앉은 채윤이 무표정한 얼굴로 세온을 빤히 쳐다보았다. 모른 척할 수 없게 불만이 가득 차 있는 얼굴이었기 때문에 세온은 손에 든 식빵을 그대로 내려놓았다.

"할 말 있지?"

"아니."

"진짜 없어?"

채윤은 대답 대신 자신의 식빵을 베어 먹었다.

"하고 싶은 말을 해."

"……너도 앞으로 내 방문, 내 허락 없이 벌컥벌컥 열지 마."

"왜?"

뻔뻔하다.

"우리 서로 방문 벌컥벌컥 열면서 들어올 사이 아니잖아."

세온이 가만히 그 말을 되새기는 듯했으나, 곧바로 고개를 내저었다.

"싫어. 앞으로도 계속 방문 열어서 너 잘 자는지 확인할 거야."
"넌 들어오지 말라면서."
"지금 그게 불만인 거야?"
그래. 인정하기 싫었지만 지금 채윤은 그것에 대해서 불만을 갖고 있었다.
"공평하지 못하니까."
"되도록, 이라고 했잖아. 그건 아예 들어오지 말라는 소리는 아니야."
세온은 제 식빵 위에 느긋하게 잼을 발랐다. 선명한 힘줄이 도드라져 있는 그의 손등을 채윤은 멀거니 내려다보았다. 잼을 다 바른 식빵을 세온은 천천히 도톰하고 불그스름한 제 입술로 가져다 댔다.
하지만 그것을 씹어 먹지 않고 자신을 바라보고 있는 채윤과 눈을 마주했다. 마치 자신을 얽어 잡아당기는 것만 같은 그의 강한 눈빛에 채윤은 한없이 빨려 들어가는 것만 같았다.
"대신 단단히 마음먹고 들어와. 아까도 말했다시피 성인 남자의 아침은 매우 위험하니까."
말을 끝으로 그가 바삭, 소리를 내며 식빵을 한 입 베어 먹었다. 채윤은 갑자기 숨이 턱, 막히는 기분이 들었다.
그가 했던 경고처럼…….
특히 아침 샤워를 끝내고 나와서 완전한 물기를 닦지 않은 강세온은, 매우 위험한 것 같았다.
"날씨 좋다."
바삭한 식빵을 한 조각 다 먹은 세온이 거실 창을 통해 다사로운 햇살을 쏟아 내고 있는 밖을 보며 낮게 중얼거렸다. 주말 오전의 여유로움, 그의 느긋함이 덩달아 채윤까지 느긋하게 만들고 있었다.

채윤은 세온의 맞은편에 앉아 그가 발라 먹었던 잼을 덜어 식빵에 발랐다. 막 한 입 베어 먹고 고소한 커피를 마시는데 그가 말했다.

"놀러 갈까?"

"응?"

"놀러 가자. 날씨도 좋은데."

거절할 핑곗거리가 없었다. 딱히 바쁜 업무도 없었고 그의 말대로 날씨도 무척이나 좋았기 때문에.

"그래. 놀러 가자."

***

어디를 가자고 정하지 않고 무턱대고 밖으로 나왔다.

"어디로 갈 거야?"

조수석에 앉아 벨트를 매며 묻는 제게 세온은 대책 없는 대답을 내놓았다.

"음, 가다가 '여기다!' 싶은 곳에서 내려서 놀 수 있는 것들을 찾아서 놀자."

하지만 그것이 어쩐지 더 기대되고 설레었다.

"그래. '여기다!' 싶은 곳에서."

그렇게 첫 번째로 들르게 된 곳은 예술의 전당이었다. 무작정 안으로 들어가서 볼만한 공연을 예매했다.

하녀와 백작이 금지된 사랑을 하는 내용으로 결국 백작이 제 모든 것들을 내려놓고 하녀와 함께 멀리 도망을 가서 사는 내용을 담은 연극이었다. 두 사람의 절절한 사랑 이야기가 배우들의 연기를 통해 펼쳐지는 동안, 채윤은 제게 간헐적으로 닿는 세온의 시선이 자꾸만 신경 쓰여 연극에 제대로 집중하지 못했다.

"왜 자꾸 쳐다봐. 내 볼에 뭐라도 묻었어?"

결국 채윤이 그 신경 쓰이는 시선을 이기지 못하고 세온에게 속삭였다. 그의 몸이 자연스럽게 제게 기우는 것마저 채윤은 기분이 이상했다.

"응. 뭐 묻은 거 같아."

"뭐?"

"화장품인가?"

그가 손가락으로 채윤의 볼을 살포시 문질렀다. 처음에는 손으로 살살 문지르더니 나중에는 손톱으로 긁는 장난을 치는 것 같기에 채윤이 손등을 찰싹 쳤다. 소리가 꽤 컸는지 앞에 앉아 있던 사람이 눈을 째렸다.

두 사람은 마주 보고 있던 몸을 동시에 무대 쪽으로 돌렸다. 노려보던 사람이 다시 뒷모습을 보이고 나서 동시에 서로를 마주 보았다. 웃음이 새어 나왔다. 또다시 사람들의 눈총을 받을까 싶어 입을 틀어막아 보았지만, 한번 퍼진 웃음 바이러스는 쉽게 가시지 않았다.

결국 세온과 채윤은 연극을 다 보지 못하고 나와야 했다.

"거기서 웃으면 어떡해?"

채윤은 나오자마자 세온에게 원망 서린 목소리로 핀잔했다.

"내가 봤어."

"뭘."

"네 어금니."

채윤이 합죽이처럼 입술을 다물었다.

"다른 데로 가자."

이번에도 역시 장소를 정하지 않고 무작정 차에 올라탔다. 두 번째로 간 곳은 젊은이들로 가득 찬 핫플레이스 홍대 거리였다. 운전을 하던 세온이 채윤을 쳐다보았고 채윤이 가볍게 고개를 끄덕였다. 그들은 공용주차장에 차를 세우고 거리를 걸었다.

한산했던 예술의 전당과는 확연히 다른 분위기였다.

"이거 해 볼래?"

어수선한 사람들이 모여 있는 곳으로 간 세온이 권했다. 그건 다름 아닌 플라스틱으로 된 송판이었다.

"이런 거 한 번도 해 본 적 없어."

"그럼 이번에 한번 해 봐. 의외의 재능을 발견할 수도 있잖아."

"……너 먼저 해 봐. 안전한지 봐야겠어."

"아, 안전한지?"

세온이 되물으며 돈을 지불하고 장갑을 받아 꼈다.

"저거 보이지?"

그러고는 상품으로 주는 가장 큰 곰돌이 인형을 가리켰다.

"응."

"내가 저거 갖게 해 줄게."

세온은 손목을 가볍게 돌려 풀더니, 비장한 자세와 얼굴을 하고서는 송판 앞에 한쪽 무릎을 꿇으며 자세를 취했다. 그러고는 호흡을 가다듬고 세게 내리쳤다. 그리고 결과는…….

"……."

생각보다 좋지 못했다.

"팔목 괜찮아?"

"어? 팔목은 괜찮아."

참담한 결과에 세온이 머쓱해하며 대답했다.

"그럼 안전한 걸로 알고 나도 해 봐야겠다."

채윤은 세온이 끼고 있던 장갑을 빼어 꼈다. 그러고는 여자 전용 송판으로 향했다. 남자와는 다르게 개수가 많지 않았다.

"이렇게 팔목을 제대로 세우고 쳐야지 안 다쳐."

세온이 자세를 잡아 주었다. 결과는 별로였어도 행여나 자신이 다칠까 봐, 꼼꼼하게 자세를 취해주는 세온의 손길을 채윤은 그대로 받아들였다.

"하나, 두울."

추임새를 넣으며 힘차게 뛰어서 그대로 송판을 깼다. 좌르르 요란한 소리와 함께 모든 송판이 깨졌다.

"와아!"

전혀 예상하지 못했던 결과에 채윤이 기뻐 세온에게 하이파이브를 했다. 착착착, 채윤이 박수를 칠 때마다 그것에 맞춰 세온의 손바닥이 닿았다. 아주 잠깐이었지만, 세온이 손가락을 걸어 채윤의 손을 잡았다.

"이거요."

아마 직원의 부름이 아니었다면 그의 손을 뿌리치지 못하고 계속 잡고 있었을지도 몰랐다. 직원은 큰 인형이 아닌 작은 인형을 건넸다. 채윤이 큰 인형을 바라보자 직원이 말했다.

"저건 70장 이상 깨셔야 돼요."

"아."

세온이 다시 장갑을 가져가 끼기 시작했다.

"갖게 해 줄게."

"됐어."

그런 세온의 손에서 장갑을 빼어 직원에게 건넸다.

"이거면 충분해."

채윤은 작은 인형을 들고 세온과 다시 거리를 걸었다. 상점에서 파는 추러스와 아이스크림도 먹고 사람들이 하는 거리 공연도 구경했다.

그러다 다시 걸음을 옮겼을 때 채윤은 호호, 하하, 자신들만의 이야기에 푹 빠져 떼로 몰려다니는 젊은이들의 무리에 얼떨결에 껴서 어리둥절해했다. 사람들 틈 사이로 들어온 세온의 손이 채윤의 손을 잡았다. 차가웠지만 단단하면서도 유한 손길이었다.

그 손이 자신을 바깥쪽으로 이끌었다. 억세지도, 강압적이지도 않았다. 바깥쪽으로 나오면서 사람들과 어깨를 부딪히지 않게 세온은 다른 손으로 미리 차단을 하고 있었다.

세온의 이런 다정한 배려에 채윤은 자꾸만 몽글몽글한 감정이 피어났다. 이전부터 계속되었던 그 감정은 어느새 제 몸집을 제법 키워 온 것 같다.

설명할 수 없는, 아니, 설명할 수 있어도 쉽게 인정을 하지 못하는 그런 마음이 몽글몽글 피어 올라 금방이라도 심장을 터트릴 것처럼 자극시켰다. 세온이 잡고 있는 손이 뜨거워지며 볼도 머리도 온몸이 뜨거워지는 것 같다. 그는 여전히 제 손을 잡고 있었고 모진 길의 방패가 되어 듬직한 어깨를 보이며 걷고 있었다.

재완아, 나 정말 이상해. 나 정말 이상해졌어.

세온이와 함께하고 있는 이 시간이 너무나 즐겁고, 언제부턴가 네 생각보다 세온이를 더 많이 생각하고 있어.

지금 잡고 있는 이 손길이 좋고, 놓고 싶지 않기도 해. 바보처럼 자꾸만 웃음이 새어 나오기도 해. 시간이 더디게 흘러갔으면 좋겠다는 생각도 들고, 1년이 아니고 그 이후에도 함께하면 어떨까 하는 생각이 계속 들기도 해.

이러면 안 되는 건데, 나 정말 이러면 안 되는 건데…….

이렇게 잡은 손을, 이 손을 놓고 싶지 않아. 이 손을 놓는 순간 오랜만에 짓게 된 이 미소가, 이 평범한 삶이 통째로 날아가 버릴 것만 같아 무서워.

……이제 내겐 필요한 것 같아.

"네가 좋아하는 초코라테다. 가서 먹자."

내겐, 재완아.

내게는 말이야…….

세온이 필요한 것 같아.

……미안해.

***

채윤은 대부분의 점심을 임원들과 먹었다.

하지만 그곳만 가면 알아듣지 못할 경영 얘기에 정치, 골프 얘기가 판을 쳤다. 물론 앞으로 경영을 배우는 데 있어서 필요한 대화도 많이 하긴 했지만 간혹 자신들 군대 얘기를 하며 꼰대가 할 법한 얘기까지 덧붙여지면 채윤은 소화제가 필요할 만큼 속이 불편해졌다. 그래서 오늘 은비의 점심 제안이 반가웠다.

"그 집이 정말 맛있어요. 아마 지금 가면 기다려야 할지도 몰라요."

은비가 신나서 데리고 간 곳은 회사 뒤쪽에 있는 갈비탕집이었다. 그녀의 말대로 사람들은 정말 많았지만 다행히 기다리지는 않고 테이블에 앉을 수 있었다. 주문한 갈비탕이 나오자 채윤은 문득 세온이 떠올랐다. 점심은 먹고 있을까? 많이 바빠서 못 먹고 있으려나.

"와, 국물이 진짜 일품이야. 왜 안 드세요? 언니?"

"먹어야죠."

채윤이 국물 한 모금을 마셨다. 맛있다. 정말 맛있다. 그래서일까, 다음에 세온을 데리고 오면 맛있게 먹을 것 같다는 생각이 들었다.

"어때요? 막 장인의 손길이 느껴지는 깊은 맛이 나죠?"

"네. 그러네요."

갈비 조각을 젓가락으로 뜯어 먹으며 채윤은 휴대전화를 열었다.

[점심 맛있게 먹어.]

무음으로 해 놔서 몰랐던 문자가 와 있었다. 세온이었다. 채윤이 슬쩍 웃자 앞에서 밥을 말고 있던 은비가 음흉하게 웃는다.

"형부세요?"

"네."

“점심 맛있게 먹으라고 보내신 거예요?”
채윤이 낮게 고개를 끄덕였다.
“좋겠다. 나도 누가 내 점심 좀 신경 써 줬으면 좋겠다. 누군가의 관심 상대가 된다는 거, 그거 참 좋던데.”
부러움이 한가득 들어간 은비의 한탄에 괜히 어깨가 으쓱해졌다. 누군가의 관심의 대상이 된다는 건, 정말 기쁜 일이다. 그리고 그 기쁜 이유 중 가장 큰 비중을 차지하는 건 상대가 세온이라서, 세온이기 때문에 그런 것일지도 모른다.
채윤은 세온에게 답장을 보냈다.
[너도.]
라고 썼다가 덧붙였다.
[난 오늘 갈비탕 먹는데, 이 집 꽤 맛있어. 다음에 와서 같이 먹자.]
세온에게 답장은 바로 날아왔지만, 아주 짧았다.
[좋아.]
그럼에도 채윤의 입가에는 진한 미소가 떠올라 있었다.

***

세온은 채윤을 데리러 회사로 갔다. 그는 급하게 바로 해야 할 일이 있어서 채윤이 집에 잘 들어가는 것까지만 보고 다시 법원으로 가야 했다.
“저녁은?”
조수석에서 내리던 채윤이 물었다.

"가서 먹어야 할 것 같아."

"그래. 꼭 챙겨 먹고."

채윤이 집까지 완전히 들어가는 것을 확인하고 다시 법원으로 향했다. 사람이 너무 바쁘다 보면, 허기가 지는 것조차도 모르고 끼니를 건너뛸 때가 있었다. 세온에겐 자주 있는 일이었다.

그렇게 온 신경을 기울여 조사를 하고 지난 서류들을 살피다 보면 뒷목이 아릿하게 땅기고 눈이 시려서 더는 자료들을 살펴볼 수가 없게 된다.

세온은 서류에서 눈을 떼고 스트레칭을 하며 시계를 보니, 벌써 새벽 1시가 다 되어 가고 있었다. 서둘러 정리를 하고 사무실에서 나왔다. 피로함이 온몸을 내리누르는 것 같았다. 겨우 정신을 붙잡고 운전을 해서 집으로 향했다.

당연히 전부 불이 소등되어 컴컴할 줄 알았던 집이 환했다.

"아직 안 자는 건가?"

아니면 거실 불을 끄는 걸 깜빡한 건가? 도어로크 문을 열고 안으로 들어갔다. 거실 가득 TV 소리가 들려오고 채윤은 소파에 누워 리모컨을 붙잡은 채, 잠이 들어 있었다.

많이 고단했는지 제 곁으로 다가가는 발소리도 듣지 못한 채윤의 입술은 살짝 벌어져 있었다. 그 모습이 귀엽고 사랑스러워 보였다. 세온은 채윤의 손에 쥐고 있는 리모컨을 조심스럽게 빼어 시끄러운 TV를 껐다.

"왜 여기서 자고 있어?"

대답을 들을 수 없는 물음이었다.

"꼭 나를 기다리기라도 한 것 같잖아."

고요함이 찾아들자 세온은 채윤에게 집중할 수 있었다. 요즘 들어 그녀와 한집에서 사는 것이 많이 버겁고 힘들게 느껴질 때가 있었다. 이렇게 예쁜 모습을 하고서 만져 볼 수도, 안아 볼 수도 없는 건, 정말이지 제 인내의 바닥까지 보고 있는 기분이었다.

그 고단한 심정을 너는 알까? 하루에도 몇 번씩, 너를 끌어안았다가 놓기를 반복하고 너와의 거리를 좁히고 싶어 서둘러 다가갔다가 행여나 내 마음이 부담될까 전전긍긍하는 나를 네가 알까?

"흐음."

자리가 불편한지 몸을 뒤척이던 채윤이 미간을 구겼다. 그녀를 바라보고 있는 동안, 몸을 짓누르던 피로도 가신 것 같았다. 마음 같아서는 이렇게 한나절 동안 바라보고 싶었지만, 세온은 그녀를 안아 올려 2층으로 향했다.

폭신한 침대에 눕혀 주자 채윤은 편안한 자세를 찾으며 구겨진 미간을 풀며 더욱 깊은 잠에 빠져들었다.

언제쯤이면 네 곁에 누워 너를 안고 이 깊고 긴 밤을 같이 보낼 수 있을까, 나도 보통의 남편들처럼, 퇴근을 하고 돌아와 잠들어 있는 아내의 촉촉한 입술에 입을 맞추고 뜨겁게 데워진 몸으로 하루의 노곤함을 위로받고 풀고 싶다.

내 품에서 황홀해하는 너의 달뜬 얼굴과 숨결을 느끼며 사랑한다고 실컷 얘기해주고 싶다. 때로는 투정을 부리고 시답지 않은 대화로 웃고 떠들며 길고 긴 밤이 지나가는 것이 격하게 아쉬울 정도로 뜨겁게 보내고 싶다. 그런 날이 내게도 올까? 다른 사람들에겐 평범한 일이 여전히 내겐 욕심일까?

세온은 바닥에 앉아 침대에 얼굴을 괴고 잠들어 있는 채윤을 또

다시 눈에 담았다. 영롱한 달빛이 쏟아져 그녀의 얼굴이 온전히 어둠에 잠식되어 있지 않았다.

세온은 그 뒤로도 한참을 채윤의 곁에 머물렀다.

***

저녁 식사 한 번 먹자는 최 회장의 제안으로 인해, 채윤은 퇴근을 한 후 세온을 만나 약속한 장소로 가야 했다.

시집을 가면 친정 식구들이 그토록 그리워지고 만나면 든든하고 뭉클하다는데, 채윤은 장소에 도착하기도 전에 느껴지는 불편함에 제집으로 돌아가고 싶은 마음이 간절했다. 그렇게 약속한 장소로 가자 직원이 안쪽으로 안내를 해주었다. 식구들은 벌써 와 있었다.

“늦어서 죄송합니다.”

세온이 정중하게 사과를 하며 들어갔다. 채윤은 그런 세온을 못마땅하게 바라보는 아버지 전규에 기분이 상했다. 한마디 하려다가 최 회장과 먼저 눈이 마주쳤다.

채윤은 가볍게 묵례했다. 최 회장의 안색이 눈에 띄게 안 좋아 보였다. 삐쩍 마른 얼굴에 뼈만 남은 손은 앙상했다. 가뜩이나 말이 없는 분이 이제는 힘이 없어 말을 할 수 없는 것처럼 보일 정도였다. 자리에 앉자 미리 주문이라도 한 건지 코스 요리들이 나오기 시작했다.

어쩜 오랜만에 만났는데도 대화 한마디가 없을까. 채윤은 그릇이 부딪히는 소리만 들려오는 이 적막한 공간이 숨 막힐 지경이었다. 자신도 이렇게 적응이 안 되는데, 세온은 오죽할까. 그 생각에 얼른 식사 자리가 정리되길 바랐다.

그때 전규가 들고 있던 포크와 나이프를 불만 가득하다는 듯 소리 나게 내려놓았다.

"내가 되도록 말을 안 하려고 했는데 말이야. 강 서방."

"그럼 말씀 하지 마세요."

좋은 얘기가 나오지 않을 거라 예상한 채윤이 단호하게 말했다.

"네가 끼어들 얘기가 아니다."

전규가 붉으락푸르락한 얼굴로 말했고 채윤이 거기에 반발하려 하자 세온이 손을 뻗어 그녀를 말리듯 손등을 다독였다.

"말씀하세요."

지나치게 차분한 세온에 채윤도 더는 토를 달 수가 없었다. 전규는 생각할수록 화가 난다는 듯이 더욱 높아진 음성으로 말했다.

"며칠 전에 형님께서 강 서방을 찾아갔었다는 얘기를 들었네. 그런데 문전박대를 했다고."

"그게 무슨 말이에요? 누가, 누굴 찾아가요?"

채윤은 신경질적으로 혜련을 쳐다보았다. 혜련은 채윤과 눈을 마주치다가 옆에 있는 시어머니의 눈치를 슬쩍 보았다. 아무래도 시어머니가 있는 자리에서 남편이 이 이야기를 꺼낸 것에 대해 매우 불편해하는 것 같았다.

채윤은 눈을 아래로 내리깔고 특별 주문한 전복죽을 기품 있게 먹으며 이 대화엔 전혀 관심이 없다는 듯한 반응을 보이는 최 회장의 모습에 고개를 내저었다. 늘 저런 식이다.

세온을 멋대로 찾아가 곤란한 상황을 만들어 놓고 오히려 적반

하장으로 따지고 드는 전규에 채윤은 진절머리가 났다.

"거길 왜 찾아가요. 대체 무슨 연유로? 무슨 자격으로?"

"넌 가만히 있으라는 아버지 말이 우스운 거냐!"

전규가 채윤에게 버럭 했다.

"밖에 생각보다 사람들이 많이 있습니다. 아버님. 목소리를 조금 낮추시는 게 좋으실 것 같습니다."

세온의 지적에 전규는 기가 막힌다는 표정을 지었다. 그건 정말 목소리가 커서 지적을 하는 것보다는 채윤에게 소리 지르지 말라는 경고처럼 들렸기 때문이었다.

"사위가 장인어른에게 아무렇지도 않게 지적질을 하는 걸 보니, 형님이 찾아가셨을 때도 어떻게 행동했을지 굳이 보지 않아도 뻔하구나. 뻔해."

"부정 청탁을 하셨습니다. 그것에 대해 모르시는 것 같아 행여나 다른 곳에 가셔서 고소라도 당하실까 봐, 제가 미리 말씀드린 거뿐입니다."

"부정 청탁? 가족 좋다는 게 뭐야? 꼭 그렇게 융통성 없이 해야겠어?"

"가족이 좋다는 게 뭐냐고 물으셨죠?"

"……."

"밖에 나가서 혹시 실수는 하지 않을까, 올바른 일을 해도 흠이 잡혀 행여나 불이익을 당하진 않을까, 집에는 잘 들어오고 있을까, 삼시세끼는 잘 해결했을까, 비 오는데 우산은 챙겼을까, 요즘 같은 쌀쌀한 날씨에 감기는 걸리지는 않을까 사소한 것마저 항상 염려해주고 궁금해하기 때문에 가족이 좋은 겁니다."

그의 말 한마디 한마디에 가시가 박혀 있는 것을 전규는 알아차렸다. 오랜만에 보는 딸자식에게 안부 하나 묻지 않았던 것이 찔리긴 찔리는 모양인지, 전규의 당당했던 모습은 점점 위축되어 가고 있었다.

"가족이 좋은 건 늘 나를 걱정해주기 때문입니다."

"……."

"가족이 좋은 건, 이 각박한 세상에 절대적인 내 편이 있다고 느끼게 해주는 유일한 존재이기 때문입니다, 아버님."

세온은 감정에 휘말리는 자신과는 확실히 달랐다. 저와 말다툼을 할 때는 욱, 하는 성격이 자주 나와 오늘도 그렇게 대처할 줄 알았던 세온은 지나치게 차분했고 한쪽으로 감정이 쏠리지 않게 중심을 잘 지켰다.

그런 그가 다른 사람 눈에는 더 단호하고 차가워 보였을 것이다. 이곳에 있는 사람 중에 단 한 사람, 채윤만 제외하고.

***

"씻고 푹 쉬어."

이도저도 아닌 그래서 괜히 시간만 잔뜩 낭비하고 온 것만 같은 식사 자리가 끝나고 돌아온 집.

세온은 집 안으로 들어서며 2층으로 향하는 채윤을 향해 말했다.

"응. 너도."

채윤은 위층으로 올라와 바로 욕실로 향했다. 미적지근한 물로 피로한 기운을 씻겨 보내는 동안, 채윤은 세온의 말을 떠올렸다.

'밖에 나가서 혹시 실수는 하지 않을까, 올바른 일을 해도 흠이 잡혀 행여나 불이익을 당하진 않을까, 집에는 잘 들어오고 있을까, 삼시세끼는 잘 해결했을까, 비 오는데 우산은 챙겼을까, 요즘 같은 쌀쌀한 날씨에 감기는 걸리지는 않을까 사소한 것마저 항상 염려해주고 궁금해하기 때문에 가족이 좋은 겁니다.'

가족…….

그리고 부부…….

그 단어가 채윤의 마음을 간질였다. 절대적인 내 편이 생긴다는 것만큼 자신을 힘나게 하는 것도 없었다. 그리고 어느새부턴가 세온에게 늘 느꼈던 감정이기도 했다.

'가족이 좋은 건 늘 나를 걱정해주기 때문입니다.'

채윤은 이제 세온이 영원한 자신의 편이 되어 주길 바라고 있었다.

***

아침 조깅을 하기 위해 일찍 일어나 방을 나온 세온은 오늘도 늘 그랬던 것처럼, 채윤의 얼굴을 한 번 보고 나가려고 2층으로 향했다. 그런데 방문이 열리고 채윤이 내려왔다. 잠옷 차림이 아닌 편안한 운동복 차림이었다.

"내가 분명 말했을 텐데? 방문 막 벌컥벌컥 열지 말라고."

"그래서 내가 대답했을 텐데? 싫다고."

"아무튼 지 멋대로야. 운동 갈 거지?"

"응."

"나도 같이 가."

"운동하게?"

"응. 해 보려고. 그거 하면 너처럼 체력 좋아지는 거 아니야? 나 요즘 회사 다닌다고 체력 너무 떨어지는 것 같아서."

말을 이어 가며 채윤은 팔을 꺾어 가볍게 몸을 풀었다. 그런 채윤 눈에 하얀 눈곱이 낀 것을 발견한 세온이 가까이 다가가 손을 뻗어 닦아 주었다.

"세수 정도는 좀 하고 내려오지."

"세수했어!"

채윤이 갑자기 버럭 고함을 내지르는 바람에 세온이 깜짝 놀랐다. 눈을 째리며 세온이 눈곱을 닦아 준 손을 화악, 하고 쓸어 버리더니 바로 현관문으로 향했다.

전혀 생각하지 못한 채윤의 민감한 반응에 세온은 살짝 머쓱해 하며 그녀의 뒤를 따랐다. 다행히 방금 집에서 버럭 했던 것과는 달라 보이는 분위기에 세온도 더는 그것에 대해서 말하지 않았다.

"어디로 가?"

"저기 위에 공원."

"가자."

세온은 평소에 빠른 속도로 달렸다. 하지만 오늘은 자신보다 훨씬 더딘 채윤에 철저하게 맞춰 조깅했다. 공원에 도착하기도 전에 채윤은 몇 번이고 쉬고 걷고를 반복했다.

"힘들어?"

"조금."

심하게 숨을 몰아쉬는 채윤에게 세온은 미리 챙겨 온 물을 따서 건넸다. 채윤은 그것을 얼른 받아 벌컥벌컥 마셨다.

"다시 출발하자."

하지만 얼마 가지 못해 채윤은 또 멈췄다. 그때마다 세온도 멈춰서 채윤을 기다려 주었다. 채윤은 공원에 도착해서는 반 바퀴도 뛰지 않고 손을 내저었다.

"나 안 할래."

"정말 체력이 엉망이구나, 너."

"나 운동 안 좋아해. 원래."

"그래도 기왕 나왔으니까, 좀 더 해 봐."

뒤에서 밀어 주면 좀 낫지 않을까 싶어서 등에 손을 가져다 댔는데, 채윤이 몸서리를 치며 비켰다. 그러더니 뾰족한 눈으로 세온을 올려다보았다.

"갑자기 왜 만져?"

"누가 보면 내가 전염병이라도 옮기는 줄 알겠어. 그렇게도 싫어?"

"아니, 거기서 전염병이 왜 나와. 그리고 누가 싫대?"

"근데 왜 화를 내."

"누가 화를 냈다고 그래?"

억울하고 서운해서 가만히 쳐다보는데, 채윤이 슬쩍 시선을 돌린다. 예전 같았으면 끝까지 쳐다보고도 남았을 채윤이 먼저 시선을 피하며 보인 표정과 분위기가 묘했다.

"진짜 이상하네. 강세온, 아무튼 만지지 마. 내가 알아서 달릴 테니까."

채윤은 낮게 경고를 하고선 세온을 앞서 달렸다. 시원한 바람에 뜨거워진 얼굴이 좀 식길 바랐다. 자신도 왜 이렇게 몸이 민감해지는지 알 수 없었다.

그래서 어제 꾼 꿈을 핑계 삼고 싶었다. 꿈에 나타난 세온은 채윤이 입고 있던 옷을 벗기고선 드러난 맨살을 부드럽게 어루만져 주었다. 거부할 수 없는 그 찌릿한 감각에 채윤은 기분이 좋기까지 했다. 촉촉한 입술이 닿는 순간, 순식간에 그의 몸에 안겨 달뜬 숨을 헐떡이는 자신을 볼 수 있었다. 정말이지 낯 뜨거운 꿈이었다.

중요한 건 꿈과 현실을 구분해야 한다는 것이었다.

"같이 가."

"엄마야!"

"왜 그래, 진짜?"

"갑자기 다가오니까 그렇지. 갑자기."

하지만 그것이 전혀 구분이 되지 않아, 채윤은 난감하기만 했다. 세온이 가까이 다가오기만 해도 깜짝깜짝 놀라고 눈이 마주치기만 해도 그 낯 뜨거운 장면이 떠올라 얼굴이 터질 것처럼 달아올라 버린다. 정말이지 곤욕도 이런 곤욕이 없었다.

***

운동을 끝내고 돌아온 집.

"내가 아침 준비할게. 천천히 나와."

세온에게 그리 말하고 2층으로 올라와 간단하게 샤워를 하고 냉큼 다시 내려온 채윤은 팔을 걷어붙였다. 냉장고에서 쓸 만한 재료들을 전부 꺼내 싱크대 위에 올려놓았다.

"이 정도면 충분하겠다."

일단 아보카도와 후추, 버터를 섞어 소스를 만들었다. 그러고는 토스터기에 노릇노릇하게 구운 식빵 사이에 소스 듬뿍 바르고선 싱싱한 양상추들을 끼워 넣었다.

다른 빵에는 달콤 상큼한 딸기잼을 발라 랩에 싸서 꾹 눌러 부피를 줄였다. 그리고 반을 잘라서는 하얀 접시 위에 올려놓고 갓 내린 아메리카노와 함께 식탁 위를 세팅했다. 오랜만에 만든 샌드위치를 흐뭇하게 바라보던 채윤이 방문 열리는 소리에 또다시 긴장했다.

"벌써 다 했어?"

"어, 뭐. 매일 만들던 거라서 어렵지 않거든."

"맛있게 생겼다."

다 마르지도 않아 물기를 머금은 머리를 하고서는 식탁에 앉은 세온은 샌드위치를 크게 한 입 베어 물었다. 음, 낮은 탄식과 함께 고개를 끄덕인 그가 자신을 빤히 바라보고 서 있는 채윤에게 시선을 옮겼다.

"입맛에 맞아?"

"응. 맛있어. 앞으로 자주 해 줘."

"그래. 많이 먹어."

채윤도 제 샌드위치를 들고 세온의 맞은편에 앉았다. 사람들이 자신이 만든 샌드위치를 맛있게 먹는 모습을 보는 건 꽤나 기분 좋은 일이었다. 그런데 그 사람들과는 조금 다른 기분이 들었다. 훨씬 더 기분 좋고 뿌듯하다고 해야 하나.

"그리고."

벌써 샌드위치 한 조각을 먹어 해치운 세온이 말문을 열었다.

"응."

"매일은 아니어도 시간 날 때, 앞으로도 계속 같이 운동하자. 너 체력이 너무 총체적 난국이라 내가 관리를 좀 해 줘야겠어."

세온의 말이 귀에 잘 들어오지 않았다. 지금 시각적으로 보이는 저것 때문이리라. 세온의 입술 옆에 살포시 묻어 있는 딸기잼과 식빵 부스러기. 그가 말을 하면서 달싹이는 붉고 도톰한 입술……. 어제 꿈에서 저 입술로 제 몸 구석구석에 닿아 은밀하게 움직였었다. 또다시 떠오르는 꿈의 잔해에 채윤은 세차게 고개를 내저었다.

"그렇게 운동하기가 싫어? 너 그렇게 관리 안 하다가는 한 번에 훅 가. 이제 우리 나이 때는 슬슬 관리를 해 줘야 한다고."

"……."

"이참에 간단한 호신술도 가르쳐 줄게."

아무것도 모르는 세온은 운동 전도사라도 되는 양 굴었다.

"어, 그래. 그래. 시간 나면."

대충 대답한 채윤은 샌드위치를 먹으며 여전히 딸기잼이 묻어 있는 그의 입술을 바라보았다.

"닦아 주고 싶으면 닦아 주든가."

"알고 있었어?"

"계속 고민하는 것 같길래. 내가 닦으면 아쉬워할까 봐."

"웃겨. 네가 닦아. 손이 없는 것도 아니고."

채윤은 속마음이 들킨 것이 민망해서 오히려 더 무심하게 툭 내뱉었다.

"그럼 고민이라도 하지 말든가. 괜히 사람 기대하게."

들릴 듯 말 듯 퉁명스러운 반응을 보이며 휴지로 입가를 닦는 세온을 채윤은 곁눈질로 쳐다보았다. 얼마 있지 않아 세온의 시선도 바로 채윤에게 닿았다.

"왜?"

눈이 마주치고 주변의 묘해진 공기에 채윤이 물었다.

"그건 내가 물을 말인데, 네가 나 계속 쳐다보고 있었잖아."

"내가 언제?"

"너 오늘 진짜 이상해."

나도 알아. 하지만 너도 그 생생한 꿈을 한번 꿔 봐. 감당도 되지 않을 그 야한 꿈을. 사람이 어디 이상하지 않을 수 있나.

"난 아무렇지도 않은데. 네가 더 이상해."

하지만 그 말을 차마 내뱉을 수도 없어서 고등학생 때나 할 법한 유치한 말로 대답했다. 역시 그가 유치하다는 듯이 고개를 내젓는다. 그런 세온을 보며 채윤이 피식, 웃었다. 그리고 맛있는 샌드위치를 한 입 베어 물었다.

평범하지만 자꾸만 웃음이 새어 나오는 느긋한 주말의 오전이었다. 그렇게 식사를 끝내고 채윤은 휴식을 취하기 위해 이층으로 올라왔다. 혼자 방에 들어서니 급격한 외로움이 몰려오는 것 같았다. 아래에 있는 세온이 자꾸만 신경이 쓰였다.

그 감정이 무척이나 이질적이어서 쉽게 거두어 낼 수 없었다. 이젠 이 감정이 점점 깊어지고 있다는 것을 채윤은 깨닫고 또 깨달았다. 인지하지 못하는 사이에 마음속에 깊이 박혀 버린 세온의 존재를 이제 뽑아낼 수도 없다는 것을…….

보고 싶었다. 방금 전에 보았는데도 채윤은 세온이 다시 보고 싶어졌다.

***

주말을 보내고 다시 맞이한 평일.

세온은 채윤을 회사까지 데려다주고 자신도 법원으로 향했다. 세온은 세상에 범죄가 없길 바라는 마음으로 오늘도 산더미처럼 쌓인 서류에 손을 가져다 댔다.

그렇게 한참 일에 몰두를 하다 보니 점심시간이 다가왔다.

"식사하러 가시죠, 검사님."

민우의 제안을 세온은 가볍게 거절했다. 나가기 귀찮기도 했고 일의 흐름을 끊고 싶지도 않아서였다.

"들어오실 때, 간단하게 뭐 하나 사다 주세요."

세온은 보고 있는 자료에서 눈도 떼지 않으며 말했다.

"또 대충 드시게요? 그러다가 사모님이 아시기라도 하면 걱정 많으시겠습니다."

채윤이 걱정이나 하려나? 그런 의문을 갖던 중, 휴대전화가 짧막하게 울렸다.

[점심 맛있게 먹어.]

처음에는 잘못 본 줄 알았다. 하지만 문자를 보낸 이는 정말 채윤이었다. 보고 또 봐도 채윤이었고 그 몇 마디가 세온의 감정을 멋대로 조절하는 것 같았다.

"사모님이세요?"

"네. 점심 맛있게 먹으라고 문자가 왔네요."

"입 찢어지시겠어요, 강 검사님."

"제가 그렇게 웃었습니까?"

"네. 강 검사님과 몇 년 일하는 동안, 이렇게 환하게 웃으시는 거 처음 보는 것 같은데요. 겨우 문자 하나로도 그렇게 행복해하실 수 있다니, 부러우면서도 질투 납니다."

세온이 가볍게 웃으며 채윤에게 빠르게 답장을 보내고 사무실을 나가는 민우와 지영을 따라 나갔다.

"식사 가시게요?"

지영이 의아하게 묻자, 세온이 고개를 끄덕였다.

"말 들어야죠."

세온은 잠시 고민하다가 남들 앞에서 그토록 하고 싶었던 말을 꺼냈다.

"아내가 한 말이니까."

채윤과 여전히 완벽한 부부는 되지 못했지만 세온은 오늘만큼은 남들에게도 행복하고 완벽한 부부처럼 보이고 싶었다. 채윤이 제 점심을 챙기고 있다는 것을 남에게 자랑하고 싶었고 부러워하는 모습을 보며 으쓱한 기분을 마음껏 누려 보고 싶었다.

***

세온은 늦은 시간에 퇴근을 했다.

오늘은 참고인들을 심문하느라 도저히 따로 나올 수가 없는 상황이었다. 그래서 채윤을 데려다주지 못했다. 자신도 꽤나 늦게 퇴근을 한 건데, 야근을 한다던 채윤도 아직 퇴근을 하지 않은 모양인지 집 안의 불이 온통 꺼져 있었다.

채윤이 없는 집이라서 그런지 어쩐지 들어가고 싶지 않았다. 현관문 앞에 서서 채윤에게 전화를 걸었다. 회사 근처라면 데리러 갈 생각이었다. 하지만 신호가 몇 번이나 울려도 채윤의 목소리로 바뀌지 않았다.

지난번 일로 걱정이 된 세온은 무작정 다시 차에 올라타 채윤의 회사로 향했다. 로비로 들어가 보안팀에게 채윤의 퇴근 여부를 확인해 달라고 부탁했다. 그러나 그녀는 이미 두 시간 전 퇴근을 했다는 답이 돌아왔다.

심장이 쿵, 하고 내려앉는 것 같았다.

그러지 말아야 하는데 머릿속에서는 불안한 상상들이 뒤섞여 세온을 압박했다. 불안함이 최고조로 솟아올라 정신없이 다시 차에 올라탔다. 아무리 바빴어도 상황이 그랬어도 채윤의 퇴근을 자신이 신경 써야 했다.

그러지 못했다는 죄책감에 목이 졸리듯 괴로웠다. 세온은 경찰서에 신고를 하기 위해 휴대전화를 켠 순간, 전화가 울렸다. 채윤이었다.

"이채윤!"

-깜짝이야.

다행히 채윤에겐 아무 일도 일어나지 않은 듯했다. 세온은 안도의 한숨을 내쉬었다. 몸에 힘이 풀리는 바람에 핸들에 엎드려 기댔다.

"너 어디야, 지금."

-나 이제 집에 가려고.

"어디냐고 물었어."

-여기 회사 근처 일식당인데…….

"이름."

-왜 그래? 무슨 일 있어?

"가게 이름!"

채윤에게 식당 이름을 듣고 내비게이션을 찍고 곧바로 출발했다. 회사 바로 뒤쪽에 위치한 식당 앞에서 채윤이 발로 바닥을 톡톡 치며 좌우를 살피고 있었다. 그러다 자신과 눈이 마주치고서는 종종걸음으로 달려와 조수석에 올라탔다. 채윤에게서 희미한 술 냄새가 났다.

"회식을 하면 회식을 한다고 좀 말해주면 혀가 뽑히기라도 해?"

"난 네가 야근한다고 하기에."

"그걸 지금 변명이라고 하는 거야?"

답답한 마음에 한숨이 섞여 나왔다.

"저녁만 먹고 헤어지는 자리인 줄 알았어. 마시더라도 가볍게 술 한잔 정도만 하는 줄 알았다고. 그래서 너보다 집에 일찍 들어갈 줄 알았는데……. 임원들 말이 생각보다 길어져서 나도 거기에 집중하다 보니."

잠시 말을 멈추고 허공을 응시하던 채윤이 작게 숨을 내뱉고 말을 이었다.

"그런데…… 생각해 보니까, 내가 사과해야 하는 일이긴 한 것 같아. 저번 일 때문에 네가 많이 놀랐을 텐데. 걱정시켜서 미안해."

자신의 섣부른 생각이 괜히 채윤을 핍박한 것 같아 세온도 마음이 편하지 못했다.

"연락해. 다음부터는, 제발 좀. 사람 피 말리게 하지 말고."

"걱정 많이 했어?"

"당연한 거 아니야? 안일하게 생각하지 마."

세온은 또다시 얼마전 그 사건을 떠올리고 싶지 않아 말을 멈췄다. 다정한 남편 흉내 내지 말라느니, 그런 말을 들을 것 같아서 슬쩍 눈치를 봤다. 하지만 채윤의 얼굴은 그때처럼 화에 일그러지지 않고 편안했다.

"그런데 너 땀을 왜 이렇게 흘렸어?"

채윤이 손을 뻗어 세온의 얼굴을 쓸었다. 긴장한 탓에 땀이 났나 보다.

"더러워. 만지지 마."

"……안 더러운데."

채윤이 낮게 중얼거리더니 다시 큰 목소리로 묻는다.

"궁금한 게 있어."

"뭐?"

"오늘 점심 뭐 먹었어?"

뭐 엄청난 거라도 물어 오는 줄 알았는데, 허무해서 어깨에 힘이 다 빠질 질문이었다.

"불고기 백반."

"그랬구나."

"엉뚱하긴."

"또 물어볼 거 있어."

"뭔데? 설마 저녁은 뭐 먹었어는 아니지."

채윤이 슬쩍 눈치를 보더니 대답한다.
"……맞아."
"뭐야, 자꾸 엉뚱하게."
"말해 봐. 뭐 먹었어?"
"삼각 김밥 먹었어. 됐지?"
"편의점에서 파는 거?"
"응."
"그런 걸로 밥이 돼? 이렇게 늦은 시간까지 삼각 김밥 먹고 더는 안 먹은 거야? 배 안 고파?"
봇물처럼 터지는 채윤의 질문에 핸들을 움직이려던 세온이 손을 떼어 내고 그녀를 바라보았다. 예전과는 다르게 채윤은 자신을 바라보는 세온의 눈을 피하지 않고 담았다. 기분 탓일 수도 있겠지만, 그녀가 진짜 궁금해하는 건 단순히 자신의 식사 여부가 아닌 것처럼 느껴졌다.
"진짜 하고 싶은 말은 따로 있는 거지?"
"그렇기보다는 그냥, 궁금한 거뿐이야."
채윤이 갑자기 실없이 웃는다.
"나 요즘 이상한 거 같지?"
"응. 이상해. 너 요즘."
"그래서 싫어?"
지난 며칠 동안, 채윤이 어떻게 달라졌는지에 대해 세온은 잠시 생각했다. 그리고 내린 결론은 싫지 않다는 거였다. 그녀가 제 앞에서 전보다 훨씬 많이 웃는 모습들이 떠올랐기 때문이었다.
"싫을 리가."

본인 스스로가 이상해졌다는 것을 느꼈다면 그건 분명하게 달라진 것이 있다는 것을 뜻한다.

"넌 늘 날 걱정하는 것 같아. 어느 순간부터 단순히 재완의 부탁이 아니라, 네가 네 감정대로 움직인다는 느낌을 받았어. 그래서 널 외면해야 했어. 우리는 처음부터 좋은 감정으로 시작한 부부가 아니니까."

"……."

"그런데…… 이상해. 자꾸만 날 챙겨 주고 같이하는 시간이 많아질수록 외면하는 것이 잘 안 되더라. 아니, 오히려 나는……. 오히려 나는 잘 모르겠어. 나 정말 이상한 거 같아. 이러면 안 되는 건데, 그렇지?"

'그렇지?'라고 물어보면서 그렇게 대답하지 말아 달라는 듯이 채윤의 눈동자는 작게 일렁이고 있었다. 마음이 완벽하게 정리되지 않은 채윤은 얼버무리며 말을 매듭지으려 했다. 하지만 세온은 그럴 수 없었다.

"너랑 헤어지고 싶지 않아. 1년 뒤에도."

세온은 어렵게 겨우 한 발자국 내디딘 채윤을 놓치고 싶지 않았다. 붙잡고서 제게 끌어당겨 기꺼이 품으로 안고 싶었다.

"네 가짜 남편, 이제 그만둘래."

채윤의 눈동자가 초점을 잃고 방황했다.

"난 너의 진짜 남편이 돼야겠어. 처음 결혼을 결심했을 때도 그랬고, 지금도 그러고 싶으니까."

세온은 간절함을 실어 채윤에게 고백했다.

"채윤이 널 사랑하니까. 난 지금부터 네 곁에서 평생 진짜 남편으로 머물러야겠어."

세온은 손을 뻗어 그녀의 뺨을 어루만졌다 그러곤 채윤과 입술 간격을 천천히 좁혀가 포개었을 때, 그녀는 눈을 감았다. 볼에 얼핏 그녀의 눈물이 닿은 것 같았지만 세온도 그대로 눈을 감았다. 촉촉했던 채윤의 입술이 세온으로 하여금 더욱 젖어 들었다. 서로의 공간에 오래도록 머물고 싶다는 생각이 들 만큼 온 감각을 지배했다.

점점 더 깊게 들어오는 세온이 채윤의 뺨을 더욱 애틋하게 어루만지자 채윤은 그런 세온의 손등 위로 제 손을 올려 잡았다.

서로를 머금은 입술과 닿은 손길에서는 오롯이 서로만을 향한 따뜻한 온기가 느껴졌다.

6. 진짜 부부의 하루는

설레다 못해 황홀했던 시간이 멈추길 바란 키스가 끝이 나고 찾아온 건 부끄러움이었다. 그리고 그 부끄러움은 어색함과 침묵을 동반했다.

"올라갈게. 쉬어."

채윤은 자신이 들어도 어색한 감정이 고스란히 드러난 목소리로 인사를 했다. 하지만 뒤에서 세온이 잡는 바람에 채윤은 단 한 발자국도 내딛지 못했다.

"오늘 같이 자."

"……난 거기까지는 준비가 안 됐어."

채윤이 잔뜩 긴장한 얼굴로 불쑥 말했다. 잠시간의 침묵이 이어졌다.

"그거 하자는 소리 아닌데."

세온의 대답을 듣고 아차 싶었다. 멍한 표정의 채윤을 보며 세온이 조금씩 웃기 시작했다.

"웃지 마."

채윤의 경고에도 세온의 웃음은 점점 더 커져 갔다.

"웃지 말라니까."

급격하게 몰려오는 민망함에 채윤이 목소리에 한껏 힘을 주어 경고했다. 하지만 이미 웃음이 터져 버린 세온을 말리기에는 턱없이 부족했다.

"됐다. 됐어."

결국 채윤은 체념한 채, 세온에게 붙들린 손을 빼려고 했다. 하지만 이번에도 역시 세온이 잡고 끌어당기는 바람에 그대로 그의 품에 안기고 말았다.

그의 품은 안온했다. 안아 주면서 어깨를 어루만져 주는 세온의 손길도 좋았다. 이런 품이라면 하루 종일 안겨 있을 수도 있을 것 같았다.

세온의 일정하게 뛰는 심장 소리가 기분 좋게 들려왔다.

"그런데 무슨 준비를 어떻게 한다는 거야?"

"뭐?"

"혼자서 연습이라도 하게?"

어쩐지 자신을 놀리는 것처럼 느껴져 채윤은 세온을 빤히 올려다보았다.

"그건 절대 혼자서 연습한다고 될 일이 아닐 텐데."

"그런 뜻으로 한 말 아니거든?"

"준비됐을 때는 뭘 어떻게 알릴 생각이야? '나 이제 준비됐어.' 이렇게 말할 거야?"

"민망하니까 그만해. 나도 좀 봐주고."

"봐주면 올라가려고 하니까, 안 돼."

세온이 안고 있는 팔에 더욱 힘을 주었다. 봐달라고 했던 사람이라는 게 무색하게 채윤도 웃음이 새어 나왔다.

"씻기는 해야 할 거 아니야."

"안 씻어도 돼."

"……얘가 뭐라는 거야? 비켜."

"빨리하고 내려와."

세온을 겨우 떼어 내고 2층으로 올라갔다.

'……난 그거까지는 준비가 안 됐어.'

'그거 하자는 소리 아닌데.'

아무리 생각해도 정말 얼굴이 다 화끈거릴 정도로 민망한 상황이었다. 왜 그런 말이 멋대로 튀어나왔는지, 시간을 되돌리고 싶을 정도였다.

"아휴!"

아마도 평생 제 얼굴을 화끈거리게 만들 그 말에 채윤은 후회가 되어 허공에 대고 발길질을 해 댔다. 그러다 일어나 샤워실로 들어가 미지근한 물로 샤워를 끝내고 가볍게 머리를 말리고 나오는데, 세온이 계단으로 올라오고 있었다.

"뭐가 그렇게 오래 걸려?"

"30분밖에 안 걸렸어."

"그러니까 뭘 하는데 30분이나 걸리냐고."

샤워를 하고 나온 그의 머리는 촉촉이 젖어 있었고 피부는 더욱 깨끗해 보였다.

“네가 빠른 거야. 참을성도 없는 거고.”
“그런가? 하긴 내가 성질이 좀 급하긴 하지.”
고요한 주변과 서로를 향한 달라진 감정 때문인지, 주변을 감싸고 있는 온도가 미묘하게 바뀐 것을 감지할 수 있었다.
세온이 손을 뻗어 아직 다 말리지 못한 채윤의 머리카락을 코끝으로 가져갔다.
“좋은 향 난다.”
지금의 이 고요함과 잘 어울리는 목소리였다. 그의 목소리와 눈빛에 채윤은 설레면서도 긴장이 되었다. 세온이 마지막 계단 한 칸을 올라와 채윤의 앞에 섰다.
고개를 숙여 거리를 좁혀 온 세온의 입술이 채윤의 입술 위로 포개졌다. 부드럽게 밀고 들어오는 세온의 혀에 채윤은 속수무책으로 입술을 벌렸다.
타액과 호흡이 한껏 뜨거워지며 뒤엉켰다. 한없이 깊고 진해지는 키스에 채윤은 아찔함을 느끼며 다리에 힘이 풀리는 것 같았다. 어정쩡하게 늘어져 있던 팔이 세온에 의해 그의 목을 끌어안게 만들었다.
한껏 안정적인 자세가 되었지만, 그것은 잠시뿐이었다. 집요하게 안으로 파고드는 세온의 움직임에 채윤은 또다시 다리에 힘이 빠지고 있었다. 그것을 느꼈는지, 허리를 감싸고 있던 세온이 가볍게 힘을 주어 그녀를 안아 들었다.
그 와중에도 두 사람은 서로에게서 빠져나오지 못했다. 세온은 채윤이 쓰던 방으로 들어와 입술을 잠시 떼어 내고 침대 위에 조심스럽게 눕혔다. 손등으로 제 볼을 가볍게 쓸어 만지는 세온의 보드라운 살결이 간지럽고 야릇했다.

"나 성질 급한 거 알지? 그러니까 되도록 빠르게 준비를 끝냈으면 좋겠어."

급하게 재촉하는 그가 싫지 않다. 그래서 채윤은 다시 팔을 뻗어 그의 목을 끌어안아 제게로 잡아당겼다. 잠시 떨어져 있던 두 사람의 입술이 다시 서로를 탐닉했다.

***

서서히 잠에서 깨어난 세온은 품에서 느껴지는 채윤의 존재에 작게 웃었다. 아침에 일어나자마자 이렇게 웃을 일이 다 생기다니, 그것이 신기하고 설레었다.

깨우면 안 된다고 머리는 그렇게 생각하면서도 몸은 그것을 따르지 않고 채윤을 더욱 꽉 끌어안았다.

"으음."

하지만 옅은 신음만 낼 뿐, 그녀는 쉽게 잠에서 깨어나지 않았다.

"잠귀가 밝다고 확실히 착각하고 있구나."

평소였다면 바로 운동을 나갔을 텐데, 품에 있는 채윤 때문에 한껏 늑장을 피우게 되었다. 이 순간을 늘 간절하게 바라 왔었다. 그러면서도 늘 어긋날까 싶어 초조해했던 시간들이었다. 하지만 이제 더는 놓치고 싶지 않은 순간이 되었기에 최선을 다해서 제 바람이 이루어진 이 날들을 지켜 낼 생각이다.

그러다 세온은 문득 재완이 떠올랐다. 하지만 그에게 더는 미안해하지 않기로 했다. 그녀를 사랑하는 것이 누군가에게 미안해할 일은 아니기에, 그러나 채윤에게 확실히 얘기해주고 싶은 것은 있었다. 더 이상의 상처는 받지 않게 해주겠다고. 오래도록 아파했던 그녀가 앞으로는 상처받지 않게 자신이 곁에서 꼭 지켜 주겠다고.

앞으로 살아갈 날들을 잔뜩 기대되게 하고 설레게 해주겠다고. 세온은 그렇게 마음속으로 누구도 듣지 못할 말을 반복하며 다짐했다.

***

벌써 세온과 한 침대, 한 이불을 덮고 잔 지도 일주일이 넘어가고 있었다. 되도록 두 사람은 비슷하게 퇴근을 했고 마주 보고 앉아 저녁 먹는 시간을 자주 가지려고 노력했다.

저녁을 먹고 나면 팝콘과 맥주를 들고 TV 앞에 앉아 영화를 보거나 근처 공원을 돌거나, 마트에 가서 장을 보며 남들이 보기에는 평범하지만 채윤이 느끼기에는 특별한 시간들을 보냈다.

그러던 중 문제가 터진 건 어제였다. 어제도 지난 일주일 동안 그랬던 것처럼 하루의 마무리를 짓고 잠을 자기 위해 함께 누운 침대 위에서 서로를 끌어안고 진한 키스를 하고 있었다.

세온의 품에 안겨 서로에게 달뜬 숨결을 밀어 넣으며 점점 농도가 짙어지는 키스를 하는 순간이 채윤에게는 가장 행복한 순간이었다. 그때 세온의 손이 잠옷 상의 안을 파고 들어왔다. 한 번도 경험해 보지 못한 간지럽고 생소한 감촉과 상황에 당황한 나머지 채윤이 세온을 힘차게 밀쳐 내 버렸다. 그 바람에 그가 침대 기둥에 쿵, 하고 머리를 아주 세게 박았다.

채윤은 저도 모르게 나온 행동에 놀랐지만 세온은 삐치고 말았다. 결국 채윤은 토라진 세온에게 제 나름의 애교를 펼쳐야 했다.

'미안해. 싫어서 그런 것도, 일부러 그런 것도 아니야. 나도 모르게 그런 거니까, 없어 보이게 삐치지 마.'

삐친 와중에도 뒤돌아 눕지 않고 제 쪽으로 누운 세온의 감은 눈을 손가락으로 억지로 뜨게 하며 말했다. 처음에는 미동도 안 보이더니 결국 웃음을 터트리며 눈을 뜬 세온은 삐침을 풀고 채윤을 끌어안은 채 잠들었다.

확실히 세온과 가까워졌다는 것이 느껴졌다. 스스럼없어지는 순간이 많아지고 그의 앞에서는 스스로가 의아할 만큼 새로운 모습을 보이기도 했다. 하지만 짚고 넘어가야 할 것은 분명했다. 언제까지고 그와 키스만 할 수는 없는 노릇이었다.

'아직도 준비가 안 됐어? 나를 아예 말려 죽일 셈이야?'

오늘 회사에 데려다주면서 장난스럽게 묻던 세온이지만 그도 분명히 언제까지 이래야 하는지 아쉬움과 막막함을 느끼고 있을 거였다. 마치 자신처럼.

비록 당황스러움에 그를 밀쳐 내 버리는 바람에 분위기를 초 쳐 버렸지만 그 뒤로 따라오던 아쉬움을 채윤은 잊을 수가 없었다. 그 아쉬움을 채우고 싶었다. 사실 준비가 되지 않았다고 얘기한 건 너무 놀라서 나온 변명이었다.

그래서 딱히 준비를 할 것도 없는데, 세온이 은근히 기대를 하고 있는 것 같아서 정말 뭐라도 준비를 해야 할 것만 같았다. 예전에 캐나다에서 일할 때, 함께 일했던 여직원들에게 얼핏 들었던 얘기들이 떠올랐다. 관심에도 없던 남자에 관한 얘기들이라서 채윤은 그저 듣기만 했던 이야기들이었다.

'남자와 섹스를 할 때, 너는 뭘 가장 신경 써?'

'나는 뱃살이 나왔는지, 나오지 않았는지. 너는?'

'그것도 그거지만, 짝짝이에 아주 허름한 속옷을 입고 있다면 남자들이 꽤나 실망할지도 몰라.'

"속옷이 맘에 들지 않는데."

퇴근하고 속옷을 사러 가야겠다. 하지만 세온이 데리러 온다고 할 것이 분명하다.

"……야근을 한다고 뻥이라도 쳐야 되나."

사람의 감정이란 게 참 우습고 간사하다. 처음에는 이런 것조차도 생각하지 못했던 관계에서 작은 행복을 느끼고 나니 더 큰 행복을 바라게 되고, 그 행복을 놓치고 싶지 않아 때때로 과거의 행복을 지워 버리기도 했다.

제게서 재완이 잊혀 간다는 것이 슬펐지만, 그 슬픔 때문에 지금의 행복을 놓치고 싶지 않았다. 그래서 채윤은 제 머릿속에 잠시 그려졌던 재완을 다시 지웠다.

***

너무 집중한 나머지 목이 뻐근하고 눈이 시렸다. 세온은 자료에서 눈을 떼고서는 목을 한 번 풀어 주며 시간을 확인했다.

저녁 9시. 세온은 야근을 한다던 채윤과 함께 들어가기 위해 전화를 걸었다.

-응.

"일은 끝나 가?"

-나 지금 집인데.

"늦게까지 야근할 것 같다면서."

-아, 그럴 것 같았는데 생각보다 일찍 끝나서.

"그럼 전화를 해야 할 거 아니야."

-난 너 바쁠 줄 알고.

"그딴 거 신경 쓰지 말고 전화하라니까."

-화났어?

"늦은 시간에 혼자 들어가지 말라고 몇 번을 말해?"

-9시면 그렇게 늦은 시간도 아닌데. 아무튼 너도 이제 그만 마무리 짓고 얼른 집으로 와.

세온은 전화를 끊고 서둘러 사무실을 나섰다. 적막한 복도에 세온의 재촉하는 발걸음 소리가 길게 울려 퍼졌다. 채윤에게 예민하게 군 것은 안다. 하지만 아직도 그때 채윤에게 있었던 불미스러운 일에 대한 걱정이 가시지 않아서 세온은 여전히 불안했다.

"그래도 조금 부드럽게 말할걸."

세온은 금방 후회했다. 아무튼 감정이 격해지면 말을 다소 거칠게 하는 이 못난 습관부터 고쳐야 했다. 세온은 서둘러 집으로 향했다. 채윤은 벌써 씻었는지, 화장기 없는 얼굴과 젖은 머리를 하고 있었다.

"왔어?"

그런데 아주 미세하게 자신을 대하는 채윤의 표정이 오늘따라 달라 보였다.

"얼른 씻고 나와."

"왜 시선을 피해?"

그렇다. 그녀가 세온과 시선을 제대로 마주치지 못하고 있었다.

"내가 언제?"

되물을 때 짓는 표정도 어색했다. 세온은 그것이 대충 무엇을 짐작하는 것인지 알 것 같았다. 짓궂게 물어서 당황하는 채윤의 모습을 보고 싶다는 충동이 일기도 했다. 세온은 고개를 숙여 채윤의 입술에 가볍게 입을 맞췄다.

"조금만 기다리고 있어. 금방 씻고 나올 테니까."

세온이 욕실로 들어간 후 채윤은 깊은 한숨을 크게 내쉬었다.

"왜 이렇게 긴장이 되지? 아휴."

원래 긴장 같은 거 잘 안 하는 성격이었다. 그래서 이 긴장을 어떻게 풀어야 할지 잘 몰랐다. 주방에 가서 미리 사 놓은 와인과 잔을 꺼내 침실로 향했다. 목이 마른 것 같아서 먼저 와인 한 잔을 들이켰다. 가볍게 같이 곁들일 나쵸을 들고 다시 침실로 들어왔을 때, 욕실 문 열리는 소리가 났다.

채윤의 손동작이 잠시 멈칫했다.

"뭐 해?"

침실로 들어온 세온이 젖은 머리를 수건으로 말리며 물었다.

"와인 한잔 하자."

채윤이 잔에다가 와인을 따라 건넸다. 그것을 받아 든 세온이 멋없이 그대로 와인을 원샷했다.

"무슨 와인을 그렇게 급하게 마셔?"

"나한테는 와인 천천히 마실 여유가 없어서."

수건을 테이블 의자에 아무렇게나 걸쳐 놓은 세온이 성큼 채윤에게 다가왔다. 이제 막 씻은 그에게서는 좋은 향기가 났다.

"예쁜 속옷 입었어?"

그가 묶여 있던 채윤의 가운 끈을 슬쩍 잡아당겼고 끈이 스르르 풀렸다. 그 바람에 채윤이 안에 입고 있던 속옷이 그대로 드러났다. 쑥스러웠지만 감추지는 않았다.

"알고 있었어?"

"들어올 때 표정이 매우 비장하기에."

"설마."

세온은 채윤이 들고 있던 잔을 가져가 테이블 위에 올려놓고 그녀의 허리를 끌어안았다.

"더 예쁜 거 보여 줘."

채윤은 아랫입술을 지그시 깨물며 한껏 요염한 표정으로 입고 있던 가운을 벗었다. 그녀의 새하얗고 고운 어깨선이 드러났다.

"그 표정 뭐야?"

애정이 한껏 들어간 세온의 물음에 채윤이 웃음을 터트렸다.

"섹시한 척 한번 해 봤어."

"너 굳이 그런 거 안 해도 지나치게 섹시해."

"그래?"

"여태 그걸 몰랐으니 내가 얼마나 힘들어했는지 전혀 몰랐겠구나."

세온이 채윤의 하얗고 보드라운 어깨선에 가볍게 입을 맞추고 몸을 일으켰다. 두 사람의 시선이 맞닿았고 누가 먼저랄 것도 없이 서로의 입술로 향했다. 도톰하고 촉촉한 혀가 여린 점막을 거칠게 탐하며 움직였다. 모든 곳에 영역 표시라도 하려는 것처럼, 세온은 채윤의 안을 격렬하고 빠짐없이 핥고 빨았다. 그로 인해 채윤은 점점 달아올라 짜릿한 감각이 몸을 금방 지배할 거라는 생각이 몰려왔다.

세온의 이끌림에 따라 채윤이 침대에 눕혀졌다. 그는 누워 있는 채윤을 바라보며 제 상의를 위로 올려 벗었다. 단숨에 셔츠를 벗자 그의 탄탄한 근육에 채윤이 잠시 매료가 되었지만, 찰나의 시간일 뿐이었다.

세온이 다시 채윤의 입술을 포개 왔다. 그의 손길이 닿는 곳마다 마치 성감대인 것처럼 짜릿해졌다.

그의 큰 손이 채윤의 봉긋 솟은 가슴을 움켜쥐었다. 강하면서도 묘한 부드러움이 동반되어 기분을 이상하게 만들었다.

"흐응."

자신도 모르게 흘러나온 신음 소리에 채윤이 깜짝 놀랐다.

"좋으면 자연스럽게 나는 소리니까 이상하게 생각할 거 없어."

놀란 채윤을 알아차리고 세온이 달래 주듯 말했다. 말을 끝낸 그는 자신의 입술에서 한껏 머물렀던 입술을 아래로 내렸다. 어느 한 군데 빠트리지 않겠다는 듯이 소중한 것을 대하듯, 몸 구석구석에 입을 맞췄다.

그럴 때마다 전기가 온몸을 관통하고 지나가는 것처럼 격하게 짜릿했다.

"흐읏."

제멋대로 허리가 활처럼 휘어지고 몸이 이제는 주체할 수 없을 만큼 뜨겁다.

"기분 좋아……."

이번에도 역시 저도 모르게 튀어나온 말이었다. 하지만 아까와는 다르게 민망하지 않았다. 세온이 했던 말처럼 정말 기분이 좋으면 충분히 나올 수도 있는 말일 테니까.

가슴을 매만지던 그가 손가락 끝을 세워 살을 스치며 은밀한 곳으로 향했다. 다리 사이에서 멈춘 그의 움직임에 채윤은 더 이상 참을 수 없는 야릇한 감각에 다른 건 생각조차 할 수 없었다.

"흐읏. 흐."

그녀의 달뜬 신음 소리가 이 공간을 가득 채웠다. 제 움직임에 반응하는 채윤을 바라보는 세온의 눈동자에는 그녀를 향한 애틋함이 들어 있었다. 그가 그녀의 안으로 깊숙이 들어와 가득 채웠다. 천천히 들어와서 유연하게 때로는 난폭하게 움직일 때마다 생경한 감각들이 주체할 수 없을 만큼 채윤의 몸을 휘어 감았다. 서로로 인해 뜨거워진 살결이 빈틈 없이 맞닿았다.

채윤을 향한 오랜 갈증에 시달리던 세온은 아주 깊은 밤이 될 때까지 그녀를 놓아 주지 않았다.

***

세온이 데려다준 회사 앞에 차가 멈추고 채윤은 서둘러 벨트를 풀었다.

"오늘 야근하지 말고 무조건 일찍 들어와."

그런 그녀를 향해 세온이 나지막한 목소리로 말했다.

"왜? 상황 봐서."

"'왜?'라는 말은 모르고 물어보는 거야?"

"순간 몰랐는데. 이제 알 것 같아. 그런데 너는 어제 그렇게 많이 해 놓고 또 하고 싶어?"

"같이 저녁 먹으려고 빨리 들어오라고 한 건데."

"나 놀리면 재밌니? 그럼 정말 너랑 저녁만 먹는다?"

채윤은 전혀 당황해하지 않고 오히려 상황을 역전시켰다.

"나 놀려?"

"너도 놀렸잖아."

"……."

"어쨌든, 내가 허락하기 전까지 넌 내 몸의 털끝 하나 건들지 못해."

"너 되게 잔인하다."

"응. 내가 원래 냉정한 면이 있지. 그럼 잘 가."

채윤은 끝까지 세온을 놀리듯 그대로 차에서 내리려 했다. 하지만 밖으로 발을 내딛지는 못했다. 세온이 그녀의 옷자락을 잡고 다시 앉혔기 때문이었다.

"잘못했어. 그러니까 허락해 줘."

세온이 채윤의 곁으로 가까이 다가왔다. 어제 밤새도록 제 안을 헤집고 다닌 촉촉하면서도 불그스름한 그의 입술을 보자 채윤은 격한 충동심이 들끓었다.

"널 만지고, 느끼고, 사랑할 수 있게."

그의 말이 끝남과 동시에 채윤이 목을 감싸듯 껴안았다. 그러고는 가볍게 입을 맞추고 떨어졌다.

"좋아. 허락해줄게. 언제든지 나를 만지고 느끼고 사랑할 수 있게."

세온이 다시 입을 맞춰 왔다.

벌어진 입술 사이로 그의 뜨겁고 말캉거리는 것이 들어와 금세 채윤의 안을 정복했다. 세온은 한참을 나올 생각 하지 않고 집요하게 안을 헤집으며 어젯밤부터 시작된 짜릿한 감각을 다시 선사했다.

***

요즘 두 사람의 퇴근 시간이 눈에 띄게 빨라졌다. 세온은 6시 정각이 되자마자 보고 있던 노트북을 끄고 자리에서 일어섰다.

"오늘도 일찍 들어가시게요?"

그런 세온을 향해 민우가 반가운 얼굴을 하고 물었다.

"네."

"이래저래 많이 바쁘시네요."

"그러게요. 그래도 피곤한 걸 전혀 모르겠어요. 내일 뵙겠습니다."

인사를 하고 사무실을 나섰다. 속도위반까지는 아니어도 평소보다 밟아 일찌감치 그녀의 회사 앞쪽에 도착했을 때였다. 늘 그 자리에 서 있던 채윤의 곁에 한 남자가 함께 서 있었다.

뒷모습을 하고 있는 채윤의 표정은 보이지 않는데, 남자는 세온의 신경이 매우 민감해질 정도로 환하게 웃고 있었다.

"뭐야. 저 허여멀건한 놈은?"

세온이 매우 불편한 심기를 드러내며 두 사람 앞에 차를 멈추었다. 그러고는 기꺼이 차에서 내려 채윤의 곁으로 다가갔다.

"여보."

세온이 채윤의 어깨에 다정하게 손을 올리며 부르자, 채윤이 깜짝 놀랐다.

"놀랐어?"

"응? 응."

"배 많이 고프지? 저녁 맛있는 거 먹으러 가자."

평소보다 몇 배는 다정한 말투와 미소. 채윤은 세온이 바로 앞에 있는 남자를 의식하고 있다는 것을 느꼈다. 마음에 담아 두고 있는 사람을 질투로 애태우게 하고 싶은 생각은 없다.

"내 남편이에요. 잘생겼죠?"

채윤이 얼른 세온의 팔짱을 끼며 앞에 있는 남자에게 자랑했다. 남자는 아까 환하게 짓던 미소와는 다르게 굉장히 떨떠름해진 미소를 지었다.

"네. 소문대로 잘생기셨네요. 선배 남편분."

"아니죠. 소문 '이상'으로 잘생겼죠. 성격도 얼마나 다정다감하고 좋은데요. 내 남편."

말을 덧붙이는 채윤에 세온이 흐뭇해했다.

"그럼 저는 가 보겠습니다."

남자가 인사를 한 후 사라지고 세온이 조수석 문을 열어 주었다.

"너 원래 이런 거 잘 안 하잖아."

"소문 '이상'으로 잘생긴 데다 성격도 얼마나 다정다감한 남편인데, 이 정도는 기본이지."

칭찬에 기분이 좋았나 보다. 그는 즐거워 보였고 그래서 채윤도 마음 편하게 웃으며 조수석에 올라탔다.

"그런데 뭐 하는 놈이야?"

하지만 그 남자에 대한 궁금증은 확실하게 풀 모양이다. 아니, 뒤끝이 조금 있는 것 같기도 했다.

"그냥, 같은 팀 후배야."

"그렇구나."

"……딱히 신경 안 써도 돼. 질투 같은 거 안 해도 되고."

"응."

대답은 했지만 무성의하다. 그건 방금 전 얘기를 한 귀로 듣고 한 귀로 흘려버렸다는 것을 뜻했다.

"강세온."

채윤이 몸을 옆으로 돌려 세온에게 손을 뻗어 턱을 가볍게 잡았다. 두 사람의 눈이 마주쳤다.

"다른 사람한테 신경 쓸 시간에 서로에게 더 신경 쓰고 집중하는 거 어때?"

이번에는 채윤이 세온에게 가까이 다가갔다.

"나는 그게 훨씬 더 좋을 것 같은데."

채윤의 입술이 가볍게 세온의 입술에 닿았다 떨어졌다.

"강세온은 어떻게 생각해?"

"네 말이 옳다고 생각해."

자신을 바라보는 세온의 눈동자에 빨려 들어갈 것만 같았다. 두 사람의 따뜻한 입술이 또 한 번 포개졌다.

***

주말의 아침은 평온했다. 채윤은 제 이마에서 느껴지는 촉촉한 세온의 입술 감촉에 잠에서 깨어났다. 아침에 눈을 떠 가장 먼저 보는 사람이 세온이라는 것에 채윤은 일어나길 잘했다는 생각이 들었다. 그런데 이제 막 일어나 부스스한 자신과는 다르게 세온은 머리에 물기가 묻어 있었다.

"샤워했어?"

채윤이 그의 젖은 머리를 매만지며 물었다.

"응."

"일찍 일어났구나, 너."

머리를 괴고 있던 세온이 채윤의 베개와 목 틈 사이로 손을 넣고 허리를 끌어안아 당겼다. 그에게서는 좋은 향이 났다.

"너는 많이 피곤했나 봐."

"왜?"

"아무리 만져도 안 일어나더라."

"……어딜 그렇게 만졌는데?"

"내가 만질 수 있는 곳."

"그럼 다 만진 거네?"

"응."

아주 당당한 대답이다. 채윤은 그게 귀여워서 옅게 웃었다.

"잠 좀 깼어?"

세온의 질문에 채윤이 고개를 끄덕이다가 맞닿는 그의 맨살에 이불 아래를 살폈다. 그는 새벽에 흠뻑 땀에 젖을 정도로 격렬한 정사를 끝낸 후의 모습과 같았다.

"샤워까지 하고 나와서 왜 맨몸이야?"

"앞으로도 너하고 침대에 누울 때는 아무것도 안 입을 거야."

"왜?"

"알면서 또 왜라고 묻는다."

대답과 함께 몸을 일으킨 세온이 채윤의 다리를 벌리고 틈 사이에 자리를 잡았다.

"잠깐만."

"잠 깼다며."

"아니, 그게 아니고 나 양치질이라도……."

"괜찮아."

세온은 일어서려는 채윤을 놓아 주지 않았다. 자신이 충분히 녹아들고 그의 것을 받아들일 수 있는 상태가 될 때까지, 정성스럽게 어루만져 주는 세온의 손길과 입맞춤에 채윤은 금방 몸이 달아올랐다.

그의 손길에 익숙해진 것인지 몸은 금방 반응을 보였다. 헤집고 들어오는 그 강한 힘에 제 모든 것들이 부서질 것 같은 고통도 느꼈지만 그건 아주 잠시뿐이었다.

세온과 이렇게 몸을 섞는 것이, 제 안이 세온으로 온전히 채워지는 것이 황홀하고 행복했다.

금세 침실에는 채윤의 달뜬 신음 소리로 가득 퍼졌다.

그 뒤로도 침대 위에서 한참을 뒹굴뒹굴하며 게으름을 피우던 두 사람은 허기짐을 느끼고 주방으로 나왔다.

"아휴, 네가 계속 달라붙으니까 아무것도 못 하겠다."

채윤은 제 등에 찰싹 붙어 안고 있는 세온에 싫지 않다는 듯 말했다.

"뭐 시켜 먹자. 귀찮잖아."

"나도 그럴까 했는데, 이것저것 사 놓은 것들이 많아서 해치워야 해. 안 그러면 다 썩어서 버려야 할지도 몰라."

"시켜 먹자."

세온이 고집을 피운다.

"방금 말했잖아."

"요리하는 데, 두 시간씩이나 걸리잖아."

"최대한 빨리해 볼게."

"그럼 나가서 먹자."

"강세온?"

"주말인데 데이트하러 가자고."

'데이트'라는 단어에 채윤이 혹했다.

"그럴까? 어디 가고 싶은데?"

"너랑 가고 싶은 곳은 많지."

"얘기해 봐."

"다 얘기하려면 지구 열 바퀴 정도는 돌아야 할걸."

"아무튼 강세온 오버는."

"아니면 말 나온 김에 아예 지구 열 바퀴 돌아 버릴까?"

"다리 아프다고 못 걸어도 화 안 낼 거야?"

"업어 줄게."

이렇게 실속 없는 대화에도 두 사람의 얼굴에는 웃음이 떠나질 않았다.

"나갈 거면 씻고 준비해야겠다."

서둘러 준비하려고 욕실로 가려고 했지만, 뒤에서 끌어안고 있는 세온이 놓아 주지 않아 꼼짝할 수가 없었다.

"좀 놔줘. 준비를 해야지 나갈 거 아니야, 강세온."

"그리고 말끝마다 강세온, 강세온. 마음에 안 들어. 호칭을 제대로 정정해야겠어."

그의 불만 서린 뜨거운 숨결이 귓가를 자극시킨다.

"무슨 호칭이 좋은데?"

"당연히 세상에서 서로를 유일하게 부를 수 있는 호칭 '여보'여야지."

"알았어. 여보, 나를 좀 놓아 주겠어요?"

"싫소."

더욱 꽉 끌어안으며 갑자기 뜬금없이 사극 톤으로 받아치는 세온에 채윤도 맞장구쳤다.

"이러지 마시고 놓아 주시옵소서."

"싫다 하였소."

'놓아 달라, 싫다.' 같은 말을 되풀이하는 유치한 장난을 두 사람은 멈출 생각 없이 오래도록 쳤다. 그래서 결국 애매한 오후 때쯤 집을 나서게 되었다. 극도의 허기에 시달리던 두 사람은 집과 가까운 곳에 있는 대형 쇼핑몰 센터로 향했다.

"저기 가자."

채윤이 쇼핑몰 입구에 들어서자마자 보이는 씨푸드 뷔페로 향했다. 세온은 군말 없이 그녀를 따라갔다. 직원의 안내를 받고 샐러드 바로 향했다. 정신없이 음식을 접시에 담아서 테이블로 돌아온 채윤은 세온을 기다릴 틈도 없이 음식들을 입에 욱여넣었다.

"야, 회색 맨투맨에 검은색 바지 입은 남자 봤어?"

"어. 봤어. 지극히 평범한 옷을 입었음에도 불구하고 눈에 확 띄는 남자 말하는 거 맞지?"

"적어도 키 183센티."

"여자 친구 있을까?"

음식을 담는 여자 두 명의 대화를 들으며 채윤은 별생각 없이 여전히 샐러드 바에 있는 세온을 바라보았다. 회색 맨투맨에 검은색 바지를 입은 남자. 설마, 강세온을 말하는 건가?

"그건 그렇고, 허기가 진 게 맞는 거야……?"

세온의 접시 위에는 딱 고기 한 점 정도가 담겨져 있었다. 그는 집게로 손을 뻗었다가 거두기를 반복하고 있었다.

"이러다가는 여기서 나 혼자만 배 채우고 나가겠네."

하는 수 없이 채윤이 일어서 세온에게로 다가갔다.

"아직도 못 골랐어?"

"먹고 있지. 왜."

"같이 먹어야 맛있지."

"이미 먹은 것 같은데?"

세온이 손을 뻗어 채윤의 입술 옆을 쓸었다. 그의 손에 소스가 묻어 나왔는데, 그는 그걸 자연스럽게 빨아 먹었다.

"그걸 왜 빨아 먹어."

"왜? 더러워서?"

"내 입술에 묻어 있던 거잖아."

채윤의 대답에 세온이 귀에 가까이 대며 말했다.

"안 더러워. 그거보다 더한 것도 빨아 먹잖아."

능청스러운 대답에 채윤이 눈을 얇게 뜨고 그의 어깨를 아프지 않게 때렸다.

"이거 먹어. 아까 내가 가져가서 먹어 보니까 맛있더라."

마침 자신이 한 입 먹고 맛있어서 두 번째 음식 담을 때 또 가져와야겠다고 생각한 음식이 보여 세온의 접시 위에 담아 주었다.

"이거 맛있겠다. 일단 네 접시에 담자."

그리고 못 보던 음식이 보여 얼른 세온의 접시 위에 담았다. 그렇게 접시를 채워 자리로 돌아왔을 때 채윤은 보았다. 옆 테이블 여자들이 자신들을 보다가 시선을 돌려 속닥거리는 모습을. 하지만 그것을 세온은 전혀 눈치채지 못하고 있었기 때문에 채윤은 굳이 언급하지 않았다. 다만 다른 여자들이 행여나 세온을 상대로 연애나 그 이상의 것을 상상할까 봐 불쾌하고 신경이 쓰일 뿐이었다.

"나랑 자리 바꿔."

그럼 여자들에게는 세온의 뒤통수만 보일 거였다.

"그래."

아무것도 모르는 세온은 순순히 자리를 바꾸어 주었다. 마주 보고 앉은 세온이 새우 하나를 집어 들더니, 어설프게 까서는 채윤의 접시 위에 놓아준다.

"멋있다. 우리 신랑."

"우리 신랑?"

"새우 까 주는 사람은 사랑이랬어."

"통째로 가져와서 다 까 줄게."

어차피 진짜 통째로 가져오지 않을 걸 알면서도 일어서는 세온을 채윤이 잡았다.

"이제 너도 얼른 먹어. 우리 이거 먹고 영화 볼까? 아까 영화관도 있는 것 같던데."

"그러자."

식사를 끝내고 나와 영화관으로 향했다. 커플석 티켓을 끊고 나란히 앉았다. 밥을 먹어서 그런지, 영화가 반쯤 진행될 때 채윤은 솔솔 잠이 몰려왔다. 꾸벅꾸벅 제대로 잠들지 못하고 조는 자신의 머리를 세온이 부드러운 손길로 감싸 어깨에 받쳐 주었다.

편안해서 스르르 잠이 들었다. 그와 함께 있는 순간이 좋다. 함께 있을 때, 때로는 전혀 다른 내 모습을 발견하여 생소할 때도 있지만 그럼에도 그와 함께하는 모든 순간들이 행복하다.

이렇게 행복해도 되는 걸까, 이렇게 행복해 본 적이 없어서 불안하기도 하지만 채윤은 최대한 지금 이 순간을 느끼고 싶었다. 세온의 아내로, 세온의 유일한 여자로…….

***

-시간과 장소는 문자로 다시 보내 줄게. 많은 기업과 정치인들이 참석할 거라고 회장님께서도 꼭 참여하길 바라시더라고.

HC그룹과 오래도록 협업으로 사업을 해 온 기업의 창립 기념회를 참석하라는 유 비서의 연락을 받았다.

"네. 확인하겠습니다."

-그래.

유 비서의 목소리는 여전히 쓸쓸했다. 그럴 때마다 억눌러지는 죄책감. 오랜만에 떠오른 재완의 생각에 세온은 멍해졌다.

"누구야?"

출근 준비를 끝내고 다가와 묻는 채윤이 아니었다면, 아마 세온은 오래도록 재완의 생각에 꼼짝하지 않았을 거였다.

"이번 주 토요일에 가온그룹 창립기념회 참석하라고 연락이 왔어."

"귀찮게. 몇 시쯤인데?"

"5시."

"그럼 여행 못 가겠네."

지난 주말에 서울 근교나 집에서 놀기만 했던 것이 아쉬워서 돌아오는 주말에는 무려 부산으로 여행을 가기로 약속했었다.

"끝나고 가자."

"그 저녁에 가서 뭐 해."

"저녁에 가서도 할 거 많지. 나가서 하면 또 색다를걸."

세온은 깃이 살짝 접혀 있는 채윤의 옷매무시를 가다듬어 주며 말했다.

"너 이 정도면 섹스 중독이야."

그런 세온을 향해 채윤이 거침없이 말했다.

"너는 아니야?"

"……음, 생각해 보면 나도 맞는 것 같아."

팔짱을 끼며 대답하던 채윤이 가만히 세온을 올려다보았다.

"나는 아닌데."

"아니라고?"

"나는 섹스 중독이 아니라, 내 아내 중독."

"음, 손발이 다 오글거려서 펴질지 안 펴질지는 몰라도 두고두고 생각해 보면 아주 기분이 좋은 대답이겠어."

"그럼 너도 내 기분 좋은 대답을 해 줘야지."

"좋아. 나도 섹스 중독이 아니라, 내 남편 중독."

"그 중독, 허락하지. 아주 이로운 것이니까."

대화가 끝났는데도 채윤은 세온을 바라보는 시선을 거두지 않았다.

"할 말 있지?"

"우리 그냥 가지 말자. 창립 기념회고 나발이고."

"안 가고 싶어?"

"가족이랑 부딪혀서 좋은 꼴 한 번도 본 적 없으니까."

"나쁜 꼴 볼 것 같으면 내 뒤로 와. 내가 다 막아 줄게."

"나는 네가 아픈 것도 싫어."

채윤이 이러는 걸 충분히 이해한다. 하지만 세온은 매번 이렇게 피할 수 없는 일이고 피한다면 그들의 건방은 더욱 하늘을 찌를 거라 여겼다.

꼭두각시 아버지로 아내의 비위를 맞추기 위해 자식이고 뭐고 없는 장인. 채윤을 대놓고 미워하지는 않지만 재산에 대한 욕심은 있어 보이는 장모. 그리고 엄청난 욕심과 야망으로 어떻게든 HC 그룹의 일부분을 차지하려고 드는 장모의 오빠까지.

똥이 더러워서 피하는 것이지만, 그들은 자신이 무서워서 피한다고 생각할 거였다. 그러니 그냥 똥을 치워버리는 것이 최선의 방법이라 여겼다.

"네가 생각하는 것 이상으로 강한 사람이라는 걸 보여 줄 테니까, 쓸데없는 걱정 하지 말고 가자."

"든든해. 내게 네가 있어서 다행이야."

괜히 하는 소리가 아닌 듯, 채윤이 세온을 꼭 끌어안고 품에 기대었다. 살짝 내려다본 그녀는 마치 포근한 인형을 끌어안기라도 하듯 평온하면서도 옅은 미소를 띠고 있었다.

세온도 채윤을 안았다.

너의 미소가 이 세상에서 가장 아름답다는 것을 알기에, 너의 미소가 살아가는 데 있어서 나 자신을 가장 행복하게 해줄 수 있다는 걸 알기에, 나는 너의 미소를 반드시, 끝까지 지킬 생각이다.

***

원하지 않는 일들은 꼭 찾아온다. 기다리지 않는 것 또한 훨씬 일찍 다가온다. 주말에 있을 타 기업의 창립 기념회가 그랬다.

"대충 얼굴 도장만 찍고 나오는 거야. 부산까지 가야 할 길이 너무 머니까. 알았지?"

집을 나서기 직전 채윤은 세온을 붙잡고 신신당부를 하듯 말했다.

"알았어."

기념회장은 눈이 다 부실 정도로 휘황찬란한 전등들이 화려하게 켜져 있었고 어지러울 정도로 꽃향기가 가득했다. 하지만 누구 하나 인상 찌푸리는 것 없이 품격 있는 사람들처럼 고고한 표정을 하고 자리를 지키고 있었다.

두 사람이 도착하고 얼마 되지 않아 최 회장을 비롯하여 가족들도 안으로 들어왔다.

"오셨어요?"

세온이 얼른 자리에서 일어나 어른들을 예의 바르게 맞이하고 최 회장이 앉을 수 있게 부축했다. 채윤은 뒤늦게 일어나 가볍게 묵례로 대신했다. 초대받지 않았을 텐데, 동생을 어깨에 짊어지고 자리에 참석한 태석과 그의 아들 형우가 채윤의 눈에 거슬렸다. 그리고 그걸 태석이 금방 알아차렸다.

"조카는 내가 이 자리에 오는 것이 마음에 들지 않나 보네."

"왜요, 형님."

전규가 눈치를 보며 물었다.

"표정을 보면 그렇잖아……. 아무래도 내가 오지 말아야 할 곳을 온 것 같네."

풀이 죽은 척을 하며 말하는 태석에 전규가 손까지 휘적거리며 부정했다.

"아닙니다, 형님. 쟤 표정이 원래 저래요. 신경 쓰지 마세요."

채윤은 듣기 싫어 바로 시선을 최 회장에게 돌렸다. 전에 봤을 때보다 훨씬 더 야위어 보였다. 안부를 물어보고 싶은데 어떻게 물어봐야 할지 몰라 잠시 망설이고 있는데 세온의 목소리가 들렸다.

"요즘 컨디션은 어떠세요?"

"나쁘지 않은 것 같네."

하지만 대답과는 다르게 그녀의 목소리는 예전처럼 강단 있지 않았다.

"조만간 날이 풀릴 것 같은데. 꽃이 피면 함께 구경하러 가셨으면 좋겠습니다."

세온의 말에 최 회장은 무표정한 얼굴로 낮게 고개를 끄덕였다. 그러는 사이, 이 사람 저 사람들이 곁으로 다가와 인사를 건넸다.

"강 검사 아닌가?"

창립기념회에 온 사업가들 대부분이 검사인 세온에게 관심이 쏠려 있었다.

"안녕하십니까. 화차그룹의 김 회장님 아니십니까?"

눈치 없이 태석이 그 사이에 껴들어 제 명함을 들이밀었다. 사람들은 어리둥절했고 태석은 제 회사에 대해서 말을 해주고 싶어 안달이 났다. 하지만 그들의 관심은 역시 태석보다는 최 회장님의 손녀이자 강 검사의 아내, 그리고 앞으로 HC그룹을 이끌어 나갈 차기 경영인인 채윤에게 쏠렸다.

"이렇게 든든한 남편을 둬서 좋겠구만."

"네. 든든합니다."

채윤은 망설이지 않고 대답했다.

"이번 두바이 건설 투자에도 지극히 관심을 보이고 있는 것 같던데."

건설 투자에 정말 관심이 있는 건 자신이 아니라 HC그룹이지만 채윤은 굳이 그런 자잘한 이야기는 하지 않았다.

오고 가는 사람들이 한마디씩 하고 창립 기념회 분위기는 무르

익어 갔다. 하지만 채윤은 더 이상 이곳에 앉아 있고 싶지 않았다. 관심에도 없는 사업 얘기를 계속해야 하고 남을 의식하며 정자세를 유지하는 것도 불편했다.

"이제 가자."

그래서 세온의 재킷 자락을 잡아당겼다.

"알았어. 화장실 갔다 올게."

채윤을 자리에 두고 세온은 연회장 밖에 있는 화장실로 향했다. 볼일을 보고 손을 씻고 있는데 안으로 태석이 들어왔다.

"강 검사 다음 주 주말에 시간 좀 되나?"

"무슨 일이십니까?"

"내가 친구들이랑 골프 모임이 있는데, 와서 얼굴 좀 비쳐 줘. 좋은 조카사위 둔 거 자랑 좀 하게."

굳이 안 가도 뻔한 자리였다. 세온은 태석이 자신의 지위를 앞세워 과시하는 모습을 보고 싶지 않았다.

"그건 조금 곤란할 것 같습니다."

세온의 대답이 떨어지기가 무섭게 태석이 붉으락푸르락한 표정을 지었다.

"'아내가 고우면 처갓집 말뚝 보고 절한다.'라는 말도 있는데, 강 검사는 우리 채윤이를 그렇게까지 사랑하지 않는 모양이야?"

어떻게 하면 사람이 저렇게까지 뻔뻔할 수 있는 건지. 가증스러워서 짜증이 치밀어 오르는 걸 겨우 참고 말을 꺼냈다.

"아내에게 참석을 해도 되는지에 대해 직접 물어보겠습니다."

"어디 남자가 할 게 없어서 여자한테 휘둘려서 살아?"

"그건 휘둘려서 사는 것이 아니라, 의견을 묻고 상의를 하는 겁니다. 사랑이라는 게 그런 거 아닙니까? 상대방을 제압하고 이기려고 드는 것이 아닌 의견을 묻고 상의하는 것. 전 그게 사랑이라고 생각합니다."

제 대답이 마음에 들지 않는지 입을 씰룩거리는 태석에게 예의바르게 묵례한 후, 화장실에서 나오려 했다.

"돈이 좋긴 좋은 거구만?"

하지만 뒤에서 비아냥거리는 태석의 말이 발목을 붙잡았다. 세온은 돌아서 태석을 응시했다.

"말이 좋아 의견을 묻고 상의하는 거지. 강 검사 역시 채윤의 재산 때문에 그렇게 꼭두각시 같은 남편을 자처한 거 아닌가?"

"말씀 삼가서 하세요."

"어른한테 지적질을 하네? 이채윤 그것도 그렇게 건방지더니 남편도 똑같구만? 그렇게 건방 떨다가는 손에 쥐고 있는 것도 놓치는 법이야!"

건방을 떨고 있는 건 누군데, 저렇게 경솔하게 굴다니.

"놓치지 않습니다. 제가 지켜 줄 거니까."

"어디 그게 둘만 아등바등한다고 되는 일인 줄 알아?"

"아등바등할 이유가 뭐가 있습니까? 뺏으려고 발악하는 사람이 아닌 이상."

세온은 깊게 한숨을 내쉬며 태석에게 성큼 다가갔다. 자신보다 큰 키와 체격으로 인해 생겨 난 커다란 그림자에 태석은 저도 모르게 흠칫 놀랐다.

"왜요? 뺏으려고 했는데, 제가 먼저 알아버려서 당황이라도 하셨습니까?"

"뺏, 뺏다니. 누가? 내 동생이 HC그룹에 하나밖에 없는 며느리야. 강 검사의 장모님이 되기도 하고! 어디 HC그룹에 대한 소유권이 이채윤에게만 있는 줄 알아?"

"제 몫만 챙기시죠. 남의 것 탐내지 말고."

"경영의 '경' 자도 모르는 이채윤이 무슨 경영을 한다고. 걔 친엄마 DNA에는 사업을 말아먹는 것밖에 없더만. HC그룹 안 말아먹으면 다행이네."

채윤을 무시하는 발언을 세온은 참을 수 없었다. 분노에 차오른 그의 눈은 어느새 충혈되어 있었다.

"뒷일을 어떻게 감당하시려고 이렇게 멋대로 구십니까?"

"뭐?"

"단 한 톨의 먼지도 나오지 않으셔야 할 겁니다. 제 수사에서 벗어나시려면."

태석이 마른침을 요란스럽게 삼켰다. 그런 태석의 정장에 손가락을 올려 한 번 쓰윽 훔쳤다. 작은 먼지가 세온의 손가락에 묻어 나왔다. 세온은 그걸 보며 옅은 미소를 띠고 몸을 돌려 화장실을 나섰다. 그 앞에 최 회장이 서 있었다.

"잠깐, 잠깐만 기다려 봐. 조카사위!"

다급하게 뒤따라오던 태석도 앞에 있는 최 회장을 발견하고 걸음을 멈추었다.

"어찌 사람이 그리도 경솔한지."

최 회장은 그런 태석을 보며 말과는 달리 차분한 표정으로 한마디 했다.

"죄송합니다."

자신이 정말 뭘 잘못했는지도 모르면서 태석은 무조건 고개를 숙였다. 최 회장은 그런 태석을 외면하고 세온을 올려다보았다.

채윤의 남편으로 세온을 선택한 것은 아주 잘한 일이라는 생각이 들었다. 이제 죽어도 채윤에 대한 걱정이 많이 덜어질 정도로 최 회장은 세온이 믿음직스러웠다. 채윤을 향한 절대적인 세온의 사랑이 부디 죽을 때까지 가기를 바랐다. 채윤은 사랑받아야 할 아이이니까.

7. 우리의 밤은 너무 짧다

"아무것도 안 보이네."

"그럼 나 봐."

실망스러운 목소리로 어둠이 진하게 깔려 있는 창밖을 바라보며 툭, 내뱉는 채윤에게 세온이 답했다. 창밖을 보고 있던 채윤이 몸을 돌려 세온을 바라보았다.

"음, 역시 볼 게 많아."

"어디 어디?"

"이 쫙 찢어진 눈하며 높은 코랑 음, 종이도 베어 버릴 것 같은 날렵한 턱?"

"쫙 찢어진 눈? 욕하는 거지?"

"욕 아니야. 칭찬이야."

"억양이 전혀 칭찬이 아닌데."

"칭찬 맞아. 왜냐면 그 눈이 정말 내 스타일이거든."

채윤이 세온의 손을 끌어다 가볍게 입을 맞추고 놓아 주었다. 세온이 기분 좋게 웃는다.

"다음으로 나오는 휴게소 들르자."

"배고파?"

"응. 조금 출출하고 커피도 한잔 마시고 싶어서. 그리고 휴게소를 들러야지 뭔가 여행하는 분위기가 제대로 나잖아."

"그런 게 확실히 있긴 있지."

얼마 가지 않아 나온 휴게소로 들어섰다. 즐비하게 늘어져 있는 즉석 식품 코너를 두 사람은 그냥 지나칠 수 없었다. 뭘 먹을지 고민하다가 결국 먹고 싶은 것을 다 사서 안으로 들어갔다.

"소금보다 설탕에 찍어 먹는 게 훨씬 맛있다."

알감자를 소금에만 찍어 먹는 세온에게 채윤이 설탕을 찍어 건넸다. 세온이 입을 벌려 감자와 함께 채윤의 손까지 앙 하고 물었다.

"안 돼. 놓아줘."

그러자 세온이 고개를 내저으며 어눌한 발음으로 말했다.

"시르. 내 거야."

"야아아."

채윤이 세온의 입 안에서 손가락을 꼼지락거리며 장난쳤다. 유치하기만 한 장난을 치면서도 두 사람은 즐거워했다.

휴게소에서 출출한 배를 채우고 적당한 휴식을 취한 후, 다시 출발했다. 커피를 마셨음에도 불구하고 채윤은 자꾸만 잠이 쏟아졌다.

"의자 뒤로 빼고 편히 누워서 자."

"……너 운전하는데 나만 잘 수는 없지. 아하하암."

그러면서도 하품이 나오는 건 참을 수가 없었다.

"너 옆에서 꾸벅꾸벅 조는 게 더 신경 쓰이니까, 의자 눕혀서 얼른 자."

"그래? 네가 신경 쓰면 안 되니까, 그래야겠다."

채윤이 의자를 뒤로 빼서 편안하게 누웠다. 그리고 잠깐 눈을 감는다는 것이 그대로 잠이 들어버렸다.

***

"여보."

얼마간의 시간이 흐르고, 자신을 깨우는 듯한 세온의 목소리에도 채윤은 순순히 일어나지 않았다. 잠시의 침묵. 그리고 이내 입술 위에 닿는 촉촉한 감촉. 채윤은 반응을 하지 않으려야 않을 수가 없었다.

"누가 허락도 없이 막 뽀뽀하래?"

"뽀뽀 안 해주면 일어날 생각 없었던 거 아니었어?"

좋으면서 핀잔을 하는 채윤에 세온이 되받아쳤다.

"맞아. 사실 그랬어."

채윤이 주변을 둘러보았다. 미리 예약을 해두었던 호텔은 아닌 듯했다.

"어디야, 여기?"

"해운대. 같이 밤바다 소리 듣고 싶어서."

"잘했어."

두 사람은 차에서 내렸다. 손을 잡고 싶어서 팔을 뻗었던 채윤은 세온의 품으로 안겨져 재킷으로 덮어졌다. 푹신푹신하게 들어가는 모래 해변을 세온의 품에 안겨서 걸으니 추운 줄도 모르겠다.

"예전에 말이야. 이러고 걷는 커플들 보면서 '꼴값 떨려고 불편함을 감수하는구나.'라고 생각했었거든? 그런데 지금 그 꼴값을 내가 떨고 있네."

세온은 채윤의 어깨를 더 꽉 끌어안았다.

"그 사람들 불편해도 이게 좋았던 거지."

채윤이 살포시 세온의 가슴에 머리를 기대었다. 사랑하는 사람의 체온을 느끼고 심장 소리를 듣는 것.

모든 것이 불편할지라도 사랑하는 사람을 느낄 수 있는 이 순간을 놓치고 싶지 않았다. 어둠에 완전히 파묻혀 보이지 않는 바다에서는 잔잔하게 파도가 몰려오는 소리가 들려왔다.

"바다 소리 좋다."

"사랑해."

느닷없는 그의 고백에 채윤이 놀라 올려다보았다. 자신을 놀라게 해 놓고 당사자인 세온은 담담하다.

"뭐야, 갑자기?"

"그냥 갑자기 그런 생각이 들어서. 내가 너를 아주 많이 사랑하고 있구나……. 그래서 말하고 싶었어."

"……."

"사랑해, 채윤아."

채윤은 그도 느끼고 있다는 것을 알았다. 지금 서로로 인해서 행복을 느끼는 이 순간을 놓치고 싶지 않았다는 것을.
“나도, 사랑해. 내 하나뿐인 남편.”
편안했다.
오래오래 이 시간에 머물러 있고 싶을 만큼.

***

다채로운 전경이 훤히 내려다보이는 호텔 방 안.
채윤은 보면 볼수록 예쁜 전경에서 눈을 떼지 못하고 있었다.
“이제 그만 보고 샤워하고 자자.”
같이 보던 세온이 채윤의 목덜미에 입을 맞추며 말했다.
“너무 예뻐. 그래서 보기만 해도 기분이 좋네.”
하지만 세온이 그대로 커튼을 치는 바람에 전경 감상을 끝내야 했다.
“더 기분 좋게 해줄 테니까, 얼른 씻고 나와.”
“……귀찮아.”
채윤이 침대로 가서는 벌러덩 누웠다. 그 옆으로 세온이 따라 누워서는 손끝으로 그녀의 미간부터 코 라인을 쓸어 만졌다.
“귀찮으면 씻지 마.”
“안 할 거야?”
자신을 빤히 바라보며 묻는 채윤에 세온이 고개를 내젓는다.
“아니. 할 거야.”
“그럼 씻어야겠네.”
“나는 상관없는데.”

"……나는 싫어. 씻고 하고 싶어. 아, 그런데 너무 귀찮아서 몸이 움직이질 않네."

"그럼 내가 씻겨 줄까?"

"뭐?"

"씻기는 해야 하는데 귀찮다며. 그러니까 나한테 맡겨."

거절할 틈도 없이 세온이 채윤의 몸을 안고 일어섰다. 아무리 자신의 헐벗은 몸을 많이 봐 온 남편이라도 씻겨 준다는 것 자체가 낯 뜨거운 일이었다. 그래서 말려야 하는데 묘한 호기심이 그것을 막고 서 있는 바람에 밀어낼 수가 없었다.

욕실 세면대 옆 공간에 채윤을 앉힌 세온이 천천히 그녀의 옷을 벗겼다. 조명을 받아서 그런지, 유난히도 더 뽀얀 그녀의 속살이 드러났다. 세온이 입술을 살짝 숙여 그녀의 봉긋 솟아오른 가슴을 핥았다. 기분 좋은 감각이 순식간에 온몸으로 퍼져 채윤은 옅은 신음 소리를 냈다.

"으음."

"얼른 씻겨 줄게."

"아니. 같이 씻어."

속옷도 걸치지 않고 여린 속살까지 드러낸 채윤이 세온의 옷으로 손을 뻗으며 말했다. 이번에는 채윤의 손에 의해 세온의 옷이 천천히 벗겨졌다. 늘 보고 또 봐도 멋스러운 그의 몸을 감탄하고 싶었지만, 사실 그럴 여유가 채윤에게도 없었다. 얼른 그에게 안기고 싶다. 그래서 애매하게 달아오른 이 몸을 뜨겁게 달구고 싶다.

"이리 와."

채윤이 앉아 있던 곳에서 내려와 세온의 손을 이끌고 샤워기 밑으로 향했다. 그러고는 그의 목을 감싸고 까치발을 올려 입을 맞췄다. 가벼웠던 입맞춤이 서로의 호흡이 가빠질 정도로 진하고 격렬해졌다.

"왜 이렇게 적극적이야?"

"그래서 싫은 거야?"

"나를 이렇게 적극적으로 원하는데, 싫을 리 없지."

키스에 정신이 팔려 있다가 모르고 샤워기 버튼을 눌러 버렸다. 순식간에 뜨거운 물이 두 사람을 공격하듯 쏟아졌다.

"괜찮아?"

하지만 채윤은 고작 몇 방울밖에 맞지 않았다. 세온이 본능적으로 그녀를 감싸고 몸을 돌려 물줄기에서 빠져나온 덕분이었다.

"나는 괜찮은데, 너는?"

"나도 괜찮아."

세온이 일어나 샤워기를 껐다.

"등이 빨개."

"일시적으로 이러다가 금방 정상으로 돌아올 거야. 아프지 않으니까, 걱정하지 마."

"정말?"

채윤이 재차 확인하듯 되물었다.

"응. 정말."

"그럼 다행이고."

팔을 뻗어 다시 세온의 목을 감싸 안았다.

"그런데, 너 무척 위태로워 보인다."

채윤은 슬쩍 아래로 눈길을 내리며 말했다.

"맞아. 그래서 더 이상 여유 부릴 시간 없을 것 같아."

그가 다시 입을 맞춰 왔다. 채윤은 적당한 온도로 맞추고 샤워기를 다시 틀었다. 쏟아지는 물줄기를 맞으려니 마치 비를 맞으면서 하는 것 같은 낭만적인 기분이 들었다.

그런 채윤의 마음을 읽기라도 했는지, 세온은 굳이 샤워기 헤드의 물줄기를 잠그지 않았다. 몇 번이고 뜨거운 밤을 보냈지만 그때마다 채윤이 세온에게 절실하게 감지하는 것이 있었다. 그는 변함없이 자신을 소중하게 대해 준다는 것이었다. 마치 깃털이 몸을 간지럽히기라도 하는 것처럼 그의 입술이 몸을 스친다.

그는 늘 채윤이 모든 것을 받아들일 충분한 몸이 될 때까지 정성스럽게 어루만졌다. 그의 사랑으로 몸은 뜨겁게 적셔 든다. 안으로 밀고 들어오는 그를 받아들였다. 뜨거운 것이 여린 속살을 헤집을 때마다 늘 새로운 고통과 쾌락이 공존한다.

세온이 움직일 때마다 벽에 기댄 채윤의 몸이 위로 올라갔다가 내려오기를 반복했다.

***

침대로 돌아와 채윤이 세온의 등을 어루만졌을 때, 세온이 미간을 찌푸렸다. 채윤이 얼른 자신이 방금 만진 곳을 살펴보니, 등 일부분이 붉게 달아올라 있었다. 심각한 상처는 아니었지만, 일시적인 화상은 맞는 것 같았다.

"안 다쳤다는 거 거짓말이잖아."

"그냥 조금 따가울 뿐이야. 신경 쓸 정도 아니야."

하지만 채윤은 마음이 편하지 않아 침대에서 내려와 주섬주섬 옷을 입었다.

"뭐 해?"

세온이 곁으로 다가와 옷을 못 입게 끌어당겼다.

"약국 다녀올 거야. 가서 화상 연고라도 사 와서 바르자."

"괜찮다고 했잖아. 요란 떨 거 없어."

"내가 안 괜찮으니까, 더 이상 말릴 생각하지 마."

"하면?"

"나 다시는 못 안을 줄 알아."

세온이 순순하게 채윤의 옷을 놓아준다. 대신 제 옷으로 그 손을 뻗었다.

"그럼 같이 가."

"호텔 밑에 약국 있어. 금방 다녀올 테니까, 여기서 얌전히 기다려."

빠르게 옷을 갈아입은 채윤이 호텔을 나섰다. 마침 대기하고 있던 엘리베이터를 타고 아래층으로 향했다. 다행히도 늦은 시간임에도 불구하고 약국은 문이 열려 있었다. 화상에 바를 연고와 혹시 몰라서 밴드까지 사서 다시 룸으로 올라왔다.

"엎드려 봐."

세온은 군말하지 않고 침대에 엎드렸다. 채윤이 그 옆에 앉자, 상체를 일으켜 채윤의 허벅지를 베고 허리를 끌어안는다.

"이런 자세면 연고 바르기가 불편해."

"대충 발라."

채윤은 고개를 내저으며 연고를 꺼내 붉게 달아오른 세온의 등에 약을 발라 주었다.

"아프면 아프다고 해."

"별로 안 아파."

상처가 정말 별로 안 아픈 건지, 아니면 워낙 아픈 것에 익숙해서 이 정도 상처는 아프지도 않은 건지…….

채윤은 대충 바르라는 세온의 말과는 반대로 아주 정성스럽게 약을 발라 주었다.

"다 발랐어. 무슨 호텔 샤워기 물이 사람 피부에 화상을 입힐 정도로 뜨거워? 내일 컴플레인 좀 해야겠어."

"……."

"내일 조금 늦게 호텔에서 나가자. 너 좀 푹 쉬고."

하지만 세온은 대답이 없다.

"강세온?"

제 배에 파묻혀 있는 그의 얼굴을 살폈다. 손길이 좋았는지, 세온은 잠이 들어 있었다. 채윤은 그런 세온의 머리를 쓰다듬어 주었다.

"아프지 마."

이 세상에서 내가 유일하게 사랑하고, 나를 유일하게 사랑해주는 네가 아픈 거 싫으니까.

***

채윤이 서서히 잠에서 깨어난 건, 자신의 이마에 가볍게 닿은 세온의 입술 감촉 때문이었다. 눈을 뜨기 전부터 입가에 미소가 퍼졌다.

"잘 잤어?"

그가 부드러운 목소리로 물어 왔다. 채윤은 눈을 떠 그를 마주 보았다. 지금 막 일어난 사람답지 않게 그의 상태는 매우 좋아 보였다.

"언제 일어났어?"

"좀 됐어."

"어제 일찍 잠들더니 일찍 일어났구나. 등은 좀 어때?"

"괜찮아. 덕분에."

세온이 채윤의 목덜미에 얼굴을 파묻고는 촉촉한 입술을 대고 바람을 불어 넣었다. 간지러움에 채윤이 발버둥을 치며 기분 좋은 웃음소리를 냈다. 발버둥을 칠 때 조금 멀어졌던 몸이 세온이 허리를 안고 잡아당기는 바람에 다시 가까워졌다. 그의 깊은 눈동자에 자신이 담겨져 있는 것이 좋았다. 볼을 어루만져 주는 다정한 손길도 좋았다. 그가 엄지로 채윤의 아랫입술을 어루만지듯 쓸었다. 그 손의 움직임이 어찌나 야릇하게 느껴지는지, 채윤의 기분은 벌써부터 나른해지는 것 같았다.

바라보는 것만으로도, 아주 작은 스킨십 하나만으로도 세온은 이제 자신을 묘하게 만들었다. 그가 천천히 입술을 맞춰 오며 어제 뜨겁게 달구었던 제 몸을 또다시 달아오르게 했다. 지금 이 순간이 결코 평범하다는 생각이 들지 않는다. 채윤은 행복했고 이 행복한 순간에 오래도록 머물고 싶었다.

***

부산 여행을 끝내고 돌아온 일상.

세온은 오늘도 채윤을 회사까지 데려다주고 법원으로 출근했다. 채윤이 집을 꾸밀 거라며 부산 기념 스토어에 가서 물건을 살 때, 세온은 사무실 직원들 것을 몇 개 사 왔었다.

"이거 받으세요."

"오? 부산 다녀오셨어요?"

기념품을 확인한 민우가 알은체했다.

"이 액자에 담긴 엽서 너무 예쁘다."

"가죽 여권 케이스도 예쁜데?"

뒤이어 지영도 한마디 했다.

"네."

"아내분이랑 다녀오셨구나."

잠시 그 존재만 언급되어도 세온을 환하게 웃게 만드는 사람은 채윤뿐이었다.

"네. 아내랑 다녀왔습니다."

"그건 양 검사님 거예요?"

"네."

점심시간에 전해줘야지, 생각했는데 문이 열리고 유성이 들어왔다.

"선배."

유성이 민우와 지영에게 가볍게 묵례를 하고 세온에게 다가와 커피를 놓아 주었다.

"온 김에 이거 가져가."

세온은 유성에게 쇼핑백을 건넸다.

"이게 뭐예요?"

"강 검사님 주말에 아내분이랑 부산 여행 다녀오셨대요. 가신 김에 기념품 사 오셨나 봐요."

"오올. 여행이라면 귀찮다고 그렇게 싫어하시더니, 역시 남자는 여자 하기 나름이라니까."

유성은 쇼핑백 안을 살펴보며 선물이 의외라는 반응이다.

"이거 선배가 고른 거예요?"

"아니."

"그럼 그렇지. 형수님이 센스 있게 고르신 거네."

인정하는 바다.

"선배는 좋겠다. 형수님처럼 좋은 여자분 만나셔서."

그것도 인정하는 바다. 그래서 고개를 끄덕이고 있는데, 주변이 조용해졌다. 유성, 민우, 지영이 세온을 빤히 쳐다보고 있었다.

"왜요?"

세 사람은 대답 대신 미소를 지을 뿐이었다.

반갑지 않은 태석과 혜련이 찾아온 것은 점심시간을 앞두고였다. 함께 점심을 먹으러 왔다는 장모의 말에 세온은 함께 한식당으로 향했다. 주문을 하고 음식들이 하나둘씩 나올 때, 혜련이 맛있는 음식을 슬쩍 밀어 주며 말했다.

"우리 오빠가 자네에게 실수를 조금 한 것 같아서, 그게 마음에 걸려서 이렇게 불쑥 찾아온 거야. 약속도 없이 찾아와서 미안해."

정말 이번에 태석의 회사를 한번 털어 볼까, 생각했었다. 그래야지만 채윤을 건들지 않을 것이라는 생각이 들었다. 여동생을 앞세워 직접 찾아오게까지 한 태석이 세온은 같잖아 보였다. 옆에 있는 태석은 세온의 반응을 살피려고 눈치를 보고 있었다.

"아닙니다."

"내가 그때 너무 흥분을 한 것 같아. 이래서 안 돼. 흥분을 하면 마음에도 없는 소리를 마구 해 대는 바람에."

태석이 얼른 말을 덧붙였다. 세온은 그런 태석을 매서운 눈으로 바라보다 입술을 떼어 냈다.

"다시는 그런 실수 하지 마십시오. 똑같은 실수를 반복하면 그건 실수가 아니라, 본심으로 받아들여지니까요."

"아, 알았네."

떨떠름하게 대답했지만 그래도 태석은 어느 정도 겁을 먹은 듯한 눈빛을 하고서는 겨우 대답했다.

"저는 채윤의 남편으로 그녀를 지키기 위해서라면 최선을 다할 겁니다."

"……."

"그 상대가 누구든, 가리지 않습니다."

태석에게 향했던 세온의 눈이 그 옆에 앉아 있는 혜련에게로 향했다. 역시나 떨떠름한 혜련에 세온은 싱긋 웃었다.

"이 집 불고기가 정말 맛있네요, 장모님. 다음에 우리 채윤이도 데리고 오고 싶을 정도로요."

혜련이 어색하게 웃어 보인다. 그 뒤로 오고 가는 대화는 없었다. 세온은 그것이 당연하다는 생각이 들었다. 어차피 그들의 목적은 처음부터 사위와의 식사가 아닌 강 검사와의 식사였을 테니까.

"오늘 우리가 찾아온 건, 채윤인 몰랐으면 하네."

식당에서 나올 때 혜련이 말했다.

"네. 알겠습니다."

이 정도쯤은 세온도 굳이 채윤에게 말할 생각이 없었다. 두 사람은 식당에 세워 둔 차에 올라탔다. 안에서 태석이 또 뭐라고 떠들어 댔고 혜련은 짜증 섞인 얼굴이 가득했다.

사람은 욕심을 부리는 순간 추해진다. 여유로움이 사라지고 조급함만 남기 때문이다. 그 두 사람이 세온의 눈에는 이루 말할 수 없을 정도로 추해 보였다.

***

얼마간의 시간이 흘렀다.

오랜만에 법원 근처에 있는 초코라테가 마시고 싶어진 채윤이 퇴근 후, 세온에게 연락을 하고 그쪽으로 향했다. 도착했다는 문자를 보내고 얼마 있지 않아, 멀리서 걸어오는 세온을 보며 채윤은 저도 모르게 중얼거렸다.

"누구 남편인지, 훤칠하네."

사랑에 빠진 여자의 눈에는 오로지 제 남자만 빛나 보이는 법이었다. 가뜩이나 그런데 외모나 조건 자체가 빛나는 세온을 보면 은근히 불안하고 불만이 생길 때도 있다. 지나가면서 본능적으로 힐끔거리는 여자들의 시선이 채윤은 매우 못마땅했다.

"생각보다 일찍 도착했네. 배고프지? 뭐 먹을까."

오자마자 세온은 손깍지를 꼈다.

"앞으로 머리 좀 내리고 다녀."

머리를 내리는 것도 물론 잘생겼지만, 그래도 머리를 올리고 다니는 것보다는 덜 튈 것 같다는 생각이 들어 말했다.

"왜? 머리 올린 거 마음에 안 들어?"

"아니. 아주 마음에 들어. 그러니까 내리고 다녀."

세온은 채윤의 말을 제대로 파악하지 못하는 듯했다. 그러든지 말든지 제 말을 끝낸 채윤은 세온의 손을 힘주어 잡았다.

"그때 먹었던 갈비탕집 가자. 거기서 저녁 먹고 카페 가게."

"응. 그러자."

나란히 마주 보고 앉아 저녁을 먹고 카페에 가서 남들이 들을 땐 시답지 않은 대화이겠지만, 두 사람에게만큼은 더없이 재밌기만 한 수다를 떨었다.

"여기 묻었다."

세온이 채윤의 입가에 묻은 초코케이크 가루를 손으로 쓸어 닦아 준 후, 자신의 입으로 가져갔다.

"그런 거 있으면 말을 하든지, 휴지로 닦아 달라니까?"

"싫어."

"이상한 고집을 피워. 강세온은."

핀잔을 하며 채윤은 세온의 손목을 끌어다 초코 가루가 묻어 혀로 살짝 핥은 손가락을 물티슈로 닦아 주었다.

"이번 주말에 나들이 가자."

"어디로?"

되묻는 채윤의 말에 세온이 잠시 고민에 빠져 있을 때였다. 테이블 위에 올려 두었던 채윤의 휴대전화가 날카롭게 울렸다. 발신인은 유 비서였다.

두 사람의 시선이 불안하게 마주쳤다. 채윤이 휴대전화를 받았다.

"여보세요?"

-아가씨.

슬픔에 잔뜩 잠겨 있는 유 비서의 목소리에 채윤은 숨을 크게 들이마셨다.

-회장님께서 돌아가셨습니다.

***

장례는 대단한 기업가의 회장답게 거하게 치러졌다. 하지만 그 어디에서도 소중한 사람을 잃은 비통한 울음소리는 들리지 않았다. 하얀 소복을 입은 채윤은 영정사진에서조차도 웃지 않고 있는 최 회장을 가만히 바라보았다. 채윤은 조문객들을 맞이하며 심심한 위로의 말을 들었다.

세온도 출근하지 않고 자리를 지켰다.

"상심이 크겠구나."

소식을 전해 들은 정우와 성희도 장례식에 왔다. 정우의 안타까운 감정이 실린 말에 채윤은 아무 대답도 하지 않았다.

"어머니."

나지막하게 성희를 부는 세온의 목소리에는 은근한 반가움과 애틋함이 묻어 있었다. 하지만 오랜만에 보는 자식인데도 눈길 하나 주지 않는 엄마 성희에 시선을 떨어트렸다. 절을 하고 잠시 화장실로 향하는 성희를 채윤이 따라나섰다. 손을 씻고 있던 성희는 자신을 따라 들어오는 채윤의 존재에 잠시 놀란 듯했다가 다시 무관심한 얼굴로 바뀌었다.

"어머니, 잘 지내셨어요?"

채윤의 물음에 성희는 아무 대답 없이 시선을 외면했다.
"미국은 날씨가 어때요?"
"나에게 무슨 할 말이라도 있는 거니?"
"나중에 시간 나면, 세온이랑 같이 미국 놀러 갈게요. 그때 식사 한 번 같이 해요."
"굳이 나를 보러 올 필요 없다."
"세온이 어머니를 아주 많이 사랑해요."
성희는 긍정도 부정도 하지 않은 채, 무거운 표정을 지었다.
"그리고 저는 세온이를 사랑하고요. 그래서 저도 어머니를 사랑해 보려고요."
"……."
"한순간에 모든 관계가 변할 거라는 생각은 들지 않아요. 그래도 노력은 해 보려고요. 천천히, 아주 조금씩이라도……. 세온이 사랑하는 어머니가 다시 세온이의 손을 한 번만이라도 잡아 주실 때까지."
채윤은 아무 말도 하지 않는 성희에게 허리를 굽혀 인사한 후, 그가 있는 곳으로 다시 돌아왔다. 조문객들을 맞이하고 있던 세온이 채윤의 시선을 느꼈는지 고개를 돌렸다. 이제 채윤에게 세상에서 가장 소중한 건 세온이 되었다. 그렇기에 그 소중한 것을 끝까지 지켜 주고 싶었고 사랑해주고 싶었다. 그가 자신을 그렇게 대해 주는 것처럼.
두 사람은 오래도록 서로를 바라보며 서 있었다.

***

채윤은 할머니의 삼일장이 끝나고 납골당에 들렀다가 집으로 돌아가기 위해 차에 올라탔다.

"이채윤 양."

뒤에서 저를 부르는 유 비서의 목소리에 채윤은 고개를 돌렸다. 유 비서는 중간 사이즈의 상자를 채윤에게 건넸다.

"최 회장님께서 살아생전 아끼시던 유품입니다."

채윤은 그것을 받아 들고 조수석에 올라탔다. 운전석에 타 있던 세온은 박스를 열어 보는 채윤을 바라보았다.

상자 안에는 자신의 사진이 가득했다.

"이게 뭐야?"

〈채윤이 세 살 된 지 104일 되는 날. 아이의 오동통하고 불그스름한 볼살이 귀여워 한참을 쳐다보았다. 웃거라, 그래. 그렇게 많이 웃거라.〉

〈채윤이 네 살 된 지 59일 되는 날. 뛰어놀다가 넘어져 상처가 났는데 처음에는 울지 않더니 나와 눈이 마주치고 눈물을 터트렸다. 어떻게 달래 줘야 할지 몰라 그냥 계속 쳐다보고만 있었다. 손을 뻗어서 모래라도 털어줄걸.〉

〈채윤이 다섯 살 된 지 92일 되는 날. 반찬 투정을 하는 나이가 된 것 같다. 그중 소시지에 맛이 들려 큰일이다.〉

〈채윤이 열세 살 된 지 34일 되는 날. 입힌 옷이 형편이 없다. 저것도 옷이라고 입혀 놓은 건지.〉

〈채윤이 열다섯 살 된 지 29일 되는 날. 교복이 아주 잘 어울린다.〉

〈채윤이 스물아홉 살 된 지 11일 되는 날. 샌드위치가 생각 이상으로 맛이 있었다.〉

〈채윤이 결혼식 날. 예쁘구나. 아주 예뻐.〉

사진의 대부분은 멀리서 몰래 찍은 듯했다. 사진 한 장 한 장에 할머니의 글씨가 정성스럽게 쓰여 있었다.

무언가가 울컥하고 치밀어 올라 목울대를 날카로운 것으로 긁는 것 같았다.

“거지 같아…… 누가 이런다고 용서할 줄 알아?”

채윤은 들고 있던 사진을 그대로 박스에 던져 버리고 차에서 내렸다. 벅차오르는 눈물을 감당할 수가 없었다. 그래서 울분을 토해냈다. 악다구니를 쓰고 발에 밟히는 돌을 집어 아무 곳에나 세게 집어 던지기도 했다.

“채윤아.”

“뭐가 이렇게도 어려워. 뭐가 이렇게도 복잡하냐고. 다른 사람들 다 쉽게 하고 당연하게 하는 거.”

“…….”

“우리한테는 뭐가 이리도 힘겹냐고!”

세온은 그런 채윤을 잠시 바라보다 그녀를 말리듯 끌어안았다.

“한 번도 말해주지 않았으면서 내가 알아주길 바란 거야? 사랑한다고 말해준 적 없고 표현도 해준 적 없었어. 그건 사랑하는 게 아니야. 결국 아무것도 하지 않아서 내가 받은 건 상처뿐이니까. 그러니까 나는 할머니한테 미안해하지 않을 거야.”

그런데도 왜 이렇게 눈물이 나오는 건지 모르겠다. 그저 사랑하는 방법을 제대로 알지 못해서 자신도 아프고 사랑하는 이도 아프게 만들었던 할머니를 인정하고 싶지 않지만 한편으론 안쓰러운 마음도 들었다.

슬픔에 어깨까지 들썩이며 우는 채윤에 끌어안으며 세온도 눈물을 머금었다.

***

최 회장의 유언장을 공개할 거라며 참석하라는 변호사의 말에 채윤은 또다시 본가에 싫은 발걸음을 해야 했다. 본가에는 장례식장에서 본 외가 친척들이 모여 있었다. 다정하거나 애틋한 인사 같은 거 없이 가볍게 묵례를 하고는 세온과 자리를 잡고 앉았다. 변호사가 인원을 모두 확인을 한 후, 유언장을 공개했다.

"이 유언장은 안에 명시되어 있는 모든 사람들이 참석할 때 공개한다. 첫 번째는 내 아들 전규에게 HC그룹의 회장직을 임명하며 모든 경영권을 넘긴다."

외가 친척들은 충분히 예상을 했다는 반응이었다.

"두 번째는 내 남동생인……."

순차적으로 유연장이 공개되면서 친척들은 은근한 불만을 가졌지만 누구도 대놓고 그것을 표출하지 않았다.

"그리고 내 손녀 이채윤에게는."

채윤은 자신의 이름 앞에 '손녀'라고 붙여진 것이 낯설게 느껴졌다. 채윤이 세온의 손을 꼭 잡자 세온이 어깨를 감싸 다독여 주었다.

"HC호텔과 면세점, HC푸드의 한국 지사와 더불어 일본, 중국, 뉴욕……."

"잠깐만."

변호사의 말이 전규로 인해서 끊어졌다.
"채윤이한테 호텔과 푸드를 넘기신다 했다고?"
친척도 아닌 채윤의 친아버지가 불만을 가지자 대부분의 사람들이 질린다는 얼굴을 했다.
"채윤이 말고 이 사람은, 이 사람에게 남기는 건 없어?"
전규가 대놓고 패악질을 부리며 혜련의 손을 붙잡고 변호사에게 따져 물었다.
"HC미술관을 남기셨습니다."
"그거 하나? 정말 달랑 그거 하나?"
"네."
변호사의 담담한 말에 전규는 어처구니없다는 듯이 하늘에 대고 고함을 질렀다.
"정말, 대단하십니다, 어머니!"
"그럼 이채윤 양에 대한 유언을 계속 읊겠습니다."
전규가 성질을 부리든지 말든지 변호사는 덤덤하게 말을 이어갔다.
"그리고 제주도와 괌에 있는 별장, 강남에 있는 아파트와 21층 빌딩, 여의도에 있는 17층 빌딩, 뉴욕에 있는 10층짜리 빌딩 또한 이채윤에게 남긴다."
"괌에 있는 별장은 이 사람이 갖고 싶어 했다는 걸 그리도 잘 아시면서!"
결국 혜련은 자리를 뛰쳐나갔고 그 뒤를 전규가 빠르게 따라나섰다. 하지만 모두들 두 사람에게 딱히 신경을 쓰지 않았다. 말이 좋아 HC그룹을 전규에게 맡긴 것이지, 실질적으로는 채윤에게 모든 것을 맡겼다고 해도 과언이 아닐 정도의 유언장이었다. 변호사는 계속 유언을 이어 갔다.

"또한 친인척은 아니지만 오래도록 나를 보필해 온 유은영 비서에게는 서초동에 있는 7층 빌딩을 남긴다. 그리고 마지막으로……."

변호사는 말을 잇다 채윤의 옆에 있는 세온을 바라보았다.

"손녀사위인 강세온에게 나의 손녀 이채윤을 부디, 잘 부탁하는 바이다."

세온에게 남긴 마지막 유언에 모두가 침묵했다. 그렇게 시간이 지나, 하나둘 자리를 뜨고 채윤 또한 집을 나서려는데 할머니의 방문이 시선을 잡았다.

"나 잠깐만."

채윤의 말에 세온이 가볍게 고개를 끄덕이고 자리를 비켜 주었다. 조심스럽게 들어간 주인을 잃은 방은 서늘하고 외로워 보였다. 더 이상 눈물은 나지 않았다. 채윤은 커다랗고 푹신한 할머니의 침대에 걸터앉았다.

"나를 불행하게만 하는 이 집에서 주는 것들은 전부 받지 않으려고 했어요. 그래서 할머니가 물려주신 것도 다 안 받으려고 했었죠."

채윤은 깊게 한숨을 내쉬었다.

"그런데 그냥 받으려고요. 왜 숨어서 혼자 저를 사랑하신 건지 이해가 되지 않지만. 왜 그런 방법으로밖에 저를 사랑하셨는지 이해하고 싶지 않지만……."

채윤은 울컥하고 치밀어 오르는 감정을 어떻게든 억누르기 위해 아랫입술을 지그시 깨물었다.

"어쨌든 나를 사랑했던 사람이 준 것이니까…… 지킬게요. 물려주신 것을 가지고 있어야만 제가 행복할 거라고 믿는 할머니를 위해서 처음이자 마지막으로 말 들어 볼게요."

채윤은 할머니가 오래도록 꽤나 좋아했던 이불을 손으로 쓸어 만졌다.

"이제 편히 쉬세요, 할머니."

***

살아오면서 절실하게 깨달은 것이 있다. 누군가가 더 이상 이곳에 존재하지 않는다 하더라도 세상은 너무 아무렇지 않게 돌아간다는 것.

엄마가 돌아가셨을 때도, 재완이 죽었을 때도, 할머니가 가 버리셨을 때도 세상은 아무것도 모르는 것처럼, 새로운 아침을 맞이하고 어두운 밤을 지새웠다.

하지만 이번에는 엄마가 돌아가셨을 때처럼 이불을 뒤집어쓰고 울지도, 재완이 죽었을 때처럼 한국을 도망치지도 않았다. 할머니에게 애정이 없어서 슬프지 않았기 때문이 아니다.

채윤은 방에서 나왔다. 다사로운 햇살이 비추고 있는 거실에서 탁탁, 옷을 터는 소리가 들려왔다. 그 소리를 따라가니 세온이 베란다에서 빨래를 널고 있었다.

"일어났어?"

"배고파."

"이것만 널고 마트 가자."

채윤이 세온의 곁으로 다가가 그의 허리를 끌어안고 등에 머리를 기대었다.

"왜? 또 악몽 꿨어?"

"아니. 그냥 안고 싶어서."

더 이상 혼자 울지 않고 도망도 가지 않는 건, 곁에 세온이 있기 때문이었다. 아주 조금 아프긴 했지만, 세온이 곁에 있었기 때문에 금방 털고 일어날 수 있었다.

"강세온, 이놈의 빨래 좀 그만 널고 나 좀 봐 봐."

채윤은 세온이 들고 있는 빨래를 뺏어서 다시 바구니에 넣은 후, 그를 마주 보았다. 그러고는 장난스럽게 입술을 내밀었다. 세온이 옅게 미소 지으며 채윤의 입술에 가볍게 입을 맞추었다.

"무슨 입술이 매일 이렇게 감촉이 좋아? 자꾸 뽀뽀하고 싶게."

"네가 더 촉촉하게 길들여 놔서 그렇지."

채윤이 세온의 품에 안겨 몰려오는 행복에 몸을 흔들며 말했다.

"나가서 먹자. 오랜만에 데이트 좀 하자, 남편."

"그러자."

"사랑해."

갑작스러운 고백에도 세온은 당황해하지 않는다. 세온이 채윤의 볼을 감쌌다.

"나도 사랑해."

좀 전과는 달리 두 사람이 진하게 입술을 맞춰 왔다.

8. 네가 나를 원할 때까지

3년 후.

할머니가 물려준 모든 회사를 채윤 혼자서 경영할 수는 없었다. 그래서 각 회사에 전문 CEO 대표이사들을 두고 경영해 나갔다. 채윤은 가장 관심이 있었던 HC그룹의 푸드와 호텔의 식음료 경영에만 신경을 기울였다.

채윤은 이번에 새로운 메뉴를 선보일 홍콩 지점 호텔을 방문한 후, 한국으로 귀국하기 위해 공항으로 향했다. 회의 때문에 바빠서 확인하지 못한 문자를 뒤늦게야 확인할 수 있었다.

[인천공항으로 마중 나가 있을게.]

세온에게서 온 문자를 확인한 채윤이 바로 통화 버튼을 눌렀다.

-회의 잘 끝났어?

부드러운 세온의 목소리에 회의 내내 머리가 지끈거릴 정도로 아팠던 통증이 사라지는 것 같았다.

"다 끝나서 마무리 짓고 공항으로 가는 중이야."

-6시 20분 비행기라고 했지?

세온의 말과 함께 뒤에서 비 내리는 소리가 들렸다.

"한국은 비 와?"

-응. 여기 비 많이 와.

"공항으로 마중 나올 필요는 없어. 비도 오고, 너도 피곤할 텐데."

-일주일이나 못 본 아내 얼굴 1초라도 더 보려면 당연히 가야지. 그리고 어차피 차 타고 가는 건데, 비가 무슨 상관이야.

"나 없는 일주일 어땠어? 대부분의 남편들은 아내가 집에 없으면 좋아하던데."

-네가 대부분의 아내들과 다르듯, 나도 대부분의 남편들과는 달라.

"……."

-보고 싶어. 아주 많이. 출장 같은 거 제발 안 갔으면 싶을 정도로. 아니면 내가 네 비서로 취업을 할까 고민이 될 정도로.

"어이구."

세온의 투정이 싫지 않아 채윤은 작게 웃었다. 그러다 제 옆에 있는 쇼핑백으로 슬쩍 눈을 돌렸다. 공항으로 오기 직전 대형 쇼핑몰에 잠깐 들렀다. 그리고 그곳에서 아주 마음에 드는 속옷을 발견하게 되었고 망설임 없이 구매했다.

"네가 좋아할 만한 걸 샀어."

물론 세온이 자신의 속옷에 연연하지 않는다는 건 알지만, 일주일 동안 함께하지 못했으니 특별한 것을 보여 주고 싶었다. 이런 디자인의 속옷은 한 번도 입어 본 적 없는데 오늘 큰마음 먹고 고르게 된 거였다.

-뭔데?

"집에 가서 내가 직접 보여 줄게."

-기대된다. 내가 좋아할 만한 거라고 하니까.

"사실 네가 좋아하는 건지 잘 몰라. 그래도 좋아해 줬으면 좋겠어."

-네가 사 온 선물인데 당연히 좋지.

"아무튼 조금 있다가 봐."

-응. 조금 있다가 봐.

채윤은 전화를 끊고 몸을 편안하게 소파에 기대었다.

"대표님은 늘 부러워요."

앞에서 운전을 하던 비서가 한마디 했다. 같이 일한 지 3년이 되어 가는 비서는 채윤과 동갑내기로 일을 야무지게 잘했다.

"우리 신랑 얘기죠?"

"네. 지난 3년 동안, 대표님 밑에서 일하면서 저도 남자 보는 눈이 너무 높아진 것 같아요. 그래서 계속 이렇게 솔로로 지내는 것 같기도 하고."

"혹시 내가 일 많이 시킨다는 투정을 내 남편 핑계로 하는 건 아니죠?"

채윤은 장난기 가득한 목소리로 말했는데, 정 비서는 심하게 부정을 했다.

"아니에요. 정말 강 검사님 때문에 눈이 높아졌다니까요. 결혼생활 거의 4년 다 되어 가시는 걸로 아는데, 아직도 두 분 보면 서로를 너무너무 사랑하고 아끼는 것이 눈에 보여요. 대표님을 매일 꿀 떨어지는 눈빛으로 바라보시는데, 부럽다니까요."

"부러워요?"

"네. 저도 남자한테 그렇게 사랑받는 여자가 되고 싶거든요."

"인정하지 않을 수는 없는 부분이네요."

"……."

"누군가에게 사랑받는 건 정말 행복한 일이니까. 그게 내가 사랑하는 사람이라면 더더욱."

채윤은 창밖으로 시선을 옮겼다. 비가 온다는 한국과는 다르게 홍콩의 날씨는 좋았다. 할 수만 있다면 조금이라도 더 빨리 한국으로 돌아가고 싶다. 세온이 너무 보고 싶으니까.

***

채윤이 도착하기로 한 시각보다 한 시간 정도 먼저 인천공항에 도착한 세온은 입국장으로 향했다. 시간이 유난히도 느리게 가는 것처럼 느껴졌다. 사실 채윤이 없던 지난 일주일 동안 절실하게 느꼈었다. 그토록 좋아하던 집에 들어가고 싶지 않았고 격한 외로움과 그리움이 자신의 몸을 뒤덮어 버리는 것 같았다.

열심히 업무를 보는 건 좋지만 요즘 채윤의 잦은 출장은 세온의 맥을 빠지게 하곤 했다. 그래서 피곤해하는 걸 알면서도 새벽까지 영상통화로 그녀를 붙잡고 있어야 했다. 그런 채윤이 출장에서 돌아온다. 세온은 화장실로 가서 자신의 옷매무새를 다시 한번 가다듬고 그 자리에서 꼼짝 없이 채윤을 기다렸다. 그리고 시간이 흐르고 채윤이 입국장에서 나왔다.

“여보.”

세온이 손을 들어 채윤을 반겼다.

“잘 지냈어?”

새삼스럽게 안부를 묻는 채윤에 세온은 그녀의 머리카락을 귀 뒤로 넘겨 주며 웃었다.

“아니. 잘 못 지냈어.”

“그런 것 같아.”

“그런데 왜 물어본 거야?”

“내가 보고 싶었다는 말을 직접 듣고 싶어서.”

“어디 보고 싶기만 한 줄 알아? 그리워서 죽을 뻔했다고. 일주일이 넘었으면 홍콩으로 당장 쫓아갔을 거야.”

채윤은 세온의 대답에 만족하는 눈치다. 그러는 사이 뒤늦게 나온 비서가 세온을 향해 가볍게 묵례했다.

“정 비서도 수고했어요. 가요.”

세온은 채윤의 캐리어를 들고 주차장으로 향했다.

“저는 대중교통 이용해서 가도 되는데.”

정 비서가 눈치를 보며 말했다.

“얼마나 일정이 빡세고 힘들었는데, 대중교통을 이용하게 만들겠어? 얼른 타.”

채윤이 강경하게 말하자 정 비서는 뒷좌석에 올라탔다. 그리고 얼마 되지 않아 입까지 벌리며 잠이 들었다. 채윤도 살짝 잠이 들었다. 한참을 달려 정 비서 집 앞에 도착했다.

“집에서 푹 쉬고 월요일에 봐요.”

"네. 수고하셨어요, 대표님. 그리고 데려다주셔서 감사합니다, 강 검사님."

정 비서가 인사를 하고 내리자 차 안에 온전히 둘만 남겨졌다. 세온은 채윤의 손을 잡았다.

"잡고 싶어서 죽는 줄 알았네."

"뭘 또 죽기까지."

채윤은 세온의 손을 두 손으로 감싸서 안에 후후 입김을 넣었다.

"뭐 하는 거야?"

"그냥."

싱거운 대답에도 세온은 웃었다.

"귀여운 여자 같으니라고. 근데 기내식 먹어서 배 안 고프지?"

"아니. 배고파. 나 비행기 안에서 기내식도 안 먹고 내내 잤거든."

"그럼 저녁 먹고 들어가자."

"좋아. 아차, 그리고 여보는 그거 알아?"

"뭐?"

"엄청난 시간과 감정을 투자했던 프로젝트가 성공하는 것보다, 당신이랑 저녁 한 끼 먹는 게 나한테 더 행복한 거."

순간순간 세온에게 느끼는 이 감정을, 점점 더욱 깊어지고 있는 이 사랑이라는 감정을 채윤은 절대 아끼거나 숨기지 않을 생각이다.

"당연히 알지. 내가 느끼는 감정이니까."

그리고 세온 또한 그것을 숨기지 않았다. 세온이 채윤의 손을 끌어와 손등에 가볍게 입을 맞추고 말했다.

"사랑해."

언제 어디서 들어도 채윤을 환하게 웃게 하는 한마디였다

***

채윤과 세온은 저녁을 먹고 집으로 돌아왔다. 거실 안으로 막 들어가던 채윤은 뒤에서 캐리어를 끌고 들어오던 세온에게 붙잡혀 금방 입술이 점령당했다.

"잠……!"

하지만 그의 가슴팍을 얼른 밀쳐 내 나왔다.

"왜 그래?"

세온이 서운하다는 듯이 물었다.

"내가 보여 줄 거 있다고 그랬잖아."

"아. 맞다."

"일단 위에서 씻고 와. 나는 아래서 씻을 테니까."

"같이 씻어."

"안 돼. 몰래 준비해서 보여 주고 싶은 거라서."

세온의 손을 뿌리치고 채윤은 제 캐리어를 끌고 침실로 들어갔다. 혹시 몰라서 문까지 걸어 잠그자마자 고리가 돌아갔다.

"문까지 잠글 필요는 없잖아."

"조금 있다가 봐요."

역시 문을 잠그기 잘했다는 생각과 함께 채윤은 캐리어에 넣어 둔 속옷을 꺼냈다. 조금 과한 것 같기도 하다. 하지만 채윤은 큰마

음을 먹고 욕실로 향했다.

한편 방 밖에 서 있던 세온은 쥐고 있던 문고리에서 손을 뗐다.

“대체 뭐기에 이렇게까지 하는 거지?”

채윤의 행동이 궁금하면서도 사랑스러웠다. 같이 씻고 싶은 아쉬움을 뒤로하고 2층으로 향했다. 채윤이 오래 걸릴 것을 알기에 여유롭게 씻고 나왔는데도 그녀는 아직도 나오지 않았다.

“채윤아.”

참지 못하고 결국 세온이 노크를 했지만 안은 잠잠했다. 하는 수 없이 거실 소파에 앉아 채윤을 기다렸다. 그로부터도 한참 후 잠겼던 방문이 열리는 소리가 들려왔다.

“여보.”

부르는 소리에 돌아보자, 채윤이 가운을 입고 문 벽에 요염한 자세로 기대어 자신을 바라보고 있었다. 그녀는 가운 사이로 길고 하얀 다리를 은밀하게 내보였다.

“이리로 와.”

채윤이 윙크를 하며 침실 안으로 들어가고 세온이 따라 들어갔다. 채윤은 침대 옆에 서서 가운을 벗었다. 채윤은 은밀한 곳을 가릴 듯 말 듯한 속옷을 입고 있었다.

“어때?”

“예뻐.”

세온이 곁으로 다가가 그녀의 맨어깨에 가볍게 입을 맞추며 말했다.

“그게 끝이야?”

“그런데 그거 알아?”

세온이 말을 이으며 채윤의 다리를 들어 가운데로 들어가 자리를 잡은 후, 침대에 눕혔다.

"뭐?"

"너 이런 거 안 입어도 충분히 예쁘고 날 흥분시킨다는 거."

그녀의 브래지어 끈 안에 손가락 하나를 집어넣어 손으로 쓸며 내려와 정점을 어루만지자 채윤이 금방 반응을 보인다.

"특히 네가 나로 인해 이런 반응을 보이는 거, 그거 진짜 나를 미치게 만드는 일인 거 알고 있어?"

채윤이 대답을 하려고 입을 벌리자 살포시 그의 뜨겁고 말캉거리는 것이 들어왔다. 고른 이와 천장, 여린 속살들을 유영하듯 미끄럽게 움직이는 세온에 채윤은 더 이상 아무 생각도 할 수가 없었다. 오늘도 세온은 다정함과 애정이 섞인 몸짓으로 채윤을 충분히 적셨다.

그러다 잠시 두 사람은 서로를 마주 보았다. 채윤은 지금 세온을 바라보고 만지고 느끼고 있음에도 아주 작은 불안감이 몰려왔다.

"언젠가는 네가…… 나를 원하지 않는 날이 올 수도 있겠지?"

"그런 날은 없어."

"영원히 내 옆에서 이렇게 나를 사랑해 줘."

"네가 나를 원할 때까지, 곁에 있어 줄게."

"아니. 내가 원하지 않는다고 해도 있어 줘. 내가 그렇게 말한다면 아마 그건, 너한테 서운해서 부리는 투정일 뿐일 테니까."

"그래. 아무 데도 가지 않고 네 곁에서 너를 사랑하다가 죽을게."

"안아 줘. 나를 너로 꽉 채워 줘."

그녀의 바람대로 세온은 뜨겁게 달아오른 채윤에게 자신을 여지없이 밀어 넣었다. 세온에게 오랜만에 안기는 채윤은 그를 마음껏 느꼈다.

***

잊고 싶지만 잊어서는 안 되고 잊을 수도 없는 날이 있다. 채윤에게도 세온에게도 오늘은 그런 날이었다. 꽃집에 가서 꽃을 사고 다른 곳도 아닌 편의점에 들러서 이것저것 골라 담았다. 평소에 늘 애정 어린 장난을 치기 바빴던 두 사람은 손만 잡을 뿐, 오고 가는 어떠한 대화도 없었다.

그렇게 도착한 곳은 산으로 둘러싸여 있는 납골당이었다. 두 사람은 머뭇거리는 것 없이 한 곳에서 걸어가 멈췄다.

"우리 왔어, 재완아."

오늘은 재완이의 기일이었다. 이제 서른의 중반이 되어 버린 자신들과는 달리 여전히 열여덟 살의 재완이 두 사람을 반기기라도 하는 듯 환하게 웃고 있었다. 채윤이 비밀번호를 눌러 안치단을 열고 조금 시든 꽃과 물건들을 뺀 후, 싱싱한 꽃과 사 온 것들을 넣었다.

여전히 이 세상에 재완이 존재하지 않는다는 것에 격한 슬픔이 되어 몰려왔지만, 채윤은 울지 않았다. 두 사람은 한동안 재완의 사진을 보다가 돌아섰다.

재완아, 너를 잊은 건 아니야. 너를 평생 잊을 수도 없고……. 하지만 이제 너를 떠올려도 더 이상 울지 않으려고. 너 내가 울면 항상 난감해하고 속상해하고 힘들어했었잖아. 그래서 이제 울지 않으려고. 우리 말이야. 여기서 정말 행복하게 살다가 너를 만나러 갈게. 너무 늦게 왔다고, 왜 너희만 행복했냐고 네가 원망할까 싶어서 조금 겁이 나기도 하지만, 그래도 우리는 꼭 행복하게 지내다가 그곳으로 갈게. 미안하고 여전히 내게 너무 소중한 재완아, 우리 그때…… 보자.

***

평소와 같이 커피를 두 잔 마셨다. 그럼에도 채윤은 격하게 몰려오는 피로함을 이겨 낼 수가 없었다.

"요즘 정말 왜 이러지? 카페인 내성이 생겼나. 세 잔으로 늘려야 되는 거야, 뭐야."

몸이 으슬으슬 춥기도 하고 눈 쪽이 욱신욱신 쑤시기도 했다.

"정 비서."

-네, 대표님.

"나 몸이 조금 안 좋아서 퇴근을 해야 할 것 같은데."

-차량 바로 대기시키겠습니다.

결국 퇴근 두 시간 전에 병원을 가기 위해서 회사를 나섰다.

"많이 아픈 신거예요? 대표님?"

정 비서가 걱정스럽게 물었다.

"몸살인 것 같아요. 홍콩 출장 다녀오고 나서 2주 뒤에 또 뉴욕 출장 다녀온 것이 타격이 컸나 봐요."

"……강 검사님께 연락드릴까요?"

"아니요, 절대. 걱정해서 바로 달려올 게 분명하니까. 일하는 데

방해하고 싶지도 않고."

채윤은 회사 근처에 있는 내과로 향했다. 순서를 기다리다가 들어가서 진료를 받는데 의사의 표정이 묘해졌다.

"기혼이시죠?"

"네."

"혹시 생리를 언제쯤 하셨어요?"

"워낙 불규칙해서요. 확실한 건 한 달은 넘게 안 한 것 같아요."

그러다 채윤은 잠시 멈칫했다.

"저 임신인가요?"

"그런 것 같습니다. 산부인과로 가 보시는 게 좋으실 것 같아요."

"알겠습니다."

채윤은 밖에서 걱정하며 대기하고 있던 정 비서에게 향했다.

"뭐래요? 감기 몸살이래요?"

"……아니요."

"그럼요?"

"……다른 병원으로 가 봐야겠어요."

정 비서가 고개를 갸웃했다.

"산부인과로."

"산부인과요?"

화들짝 놀라 묻는 정 비서에 채윤이 머쓱하게 웃으며 말했다.

"어쩌면 그이를 뛰어오게 할지도 모르겠네요."

그렇게 가게 된 산부인과에서 임신 6주라는 진단을 받았다. 자신의 배 속에 자리 잡고 있다는 태아 사진을 채윤은 가만히 들여다보았다. 신기하면서도 신비로운 기분에 말로 표현할 수 없는 감정들이

몽글몽글 피어올랐다. 채윤이 초음파 사진을 가만히 바라보고 있는데, 현관문이 거칠게 열리고 안으로 세온이 들어오는 소리가 들렸다. 곧이어 조금 흐트러진 세온이 거친 숨을 몰아쉬며 다가왔다.

"그게 정말이야?"

채윤은 자신이 보고 있던 사진을 세온에게 보여 주었다. 세온의 표정은 뭐랄까, 뭐라고 표현할 수 없는 환희와 감동에 차 있었는데, 어느새 눈은 붉게 물들어져 있었다.

"……사진 보니까, 기분이 어때?"

채윤 스스로도 말로 정의할 수 없는 감정에 세온에게 물었다.

"모르겠어."

하지만 세온의 대답에서도 자신의 감정을 완벽하게 알기는 어려웠다.

"이게 무슨 감정인지 모르겠어."

"나도, 이게 무슨 감정인지 모르겠어."

사진을 바라보는 세온을 채윤이 안았다. 두 사람의 시선은 사진에서 쉽게 떨어지지 못했다.

"많이 사랑해 줄 거야. 행복하게 해 줄 거야. 이 세상에 태어난 걸, 참 잘했다고 생각할 정도로."

세온이 애틋하게 사진을 어루만지며 말했다.

"……나도 꼭 그런 엄마가 될 거야."

***

채윤은 평소 입이 짧은 편이었다. 그래서 임산부들이 괴로워한다는 입덧을 걱정했는데, 의외로 그 시기를 금방 넘겼다. 대신 엄청난 식욕이 몰려왔고 평생 살 안 찌는 체질인 줄 알았던 몸의 무게가 꽤나 많이 늘어나서 볼살이 통통해졌다.

"완전 보름달 같잖아?"

채윤은 거울을 보고 불만을 내보이며 침실에서 나왔다. 하지만 그 불만은 주방에서 솔솔 나는 고소한 죽 냄새 때문에 더 증폭되었다. 안으로 들어가니 세온이 가스레인지 앞에서 무언가를 휘젓고 있었다.

"뭐야?"

"소고기 미역 전복죽."

"……맛있겠다."

세온은 바쁜 와중에도 채윤에게 본인이 직접 만든 음식을 먹여야 마음이 놓인다며 아침저녁으로 늘 팔을 걷어붙이고 요리에 열을 올렸다. 점심도 도시락을 싸 주는 바람에 회사에선 '팔불출 남편을 둔 대표님'이라는 별명도 얻게 되었다.

일이 바쁠 것 같으면 미리 음식을 많이 해 놓기도 했다. 그래서인지 세온의 요리 솜씨는 나날이 늘었고 다 맛있는 편이었다.

"식탁에 앉아. 얼른 먹자."

"나는 조금만 줘."

"왜?"

"……살이 너무 많이 쪘어."

"임신하면 다 그러잖아."

"이렇게 많이 안 먹는 사람들도 많대."

"그래서 다이어트라도 하려고?"

"응."
"다이어트하면서 스트레스 안 받겠어?"
"받겠지."
"그럼 너도 힘들고 딸기도 힘들잖아."
태명은 딸기로 정했다. 채윤이 유난히 딸기를 많이 먹어서였다.
"나도 나지만, 딸기가 많이 힘들까?"
"당연하지."
"근데 이 와중에 나 살 안 쪘다는 소리는 안 하네?"
"살은 찌긴 쪘어."
"……."
"근데도 예뻐서 미치겠어."
세온이 고개를 살짝 숙여 채윤의 입술을 앙, 하고 물었다가 놓아 주었다. 그런 세온을 채윤이 안았다.
"내가 아직도 그렇게 좋아?"
자신의 배 때문에 예전처럼 몸이 완전히 밀착되진 않았지만, 그럼에도 예전보다 더 포근한 기분이 들었다.
"사랑해. 너를 사랑한 순간부터 단 한 번도 사랑하지 않았던 적이 없었어."
그의 대답은 완벽했다.
"사랑해."
"이리 와. 나도 널 사랑해 줄게."
채윤이 살포시 입술을 내밀었다. 늘 한결같이 따뜻하고 부드러운 그의 손이 볼을 감싸고 입술을 맞닿아 왔다.
여전히 세상에서 자신을 가장 소중하게 여기며 조심스럽게 파고드는 세온을 채윤도 받아들였다.

세상 그 무엇보다도 소중하고 사랑하는 남자이니까.

오늘도 두 사람은 제 마음을 숨기지 않고 미루지 않고 사랑을 나눴다. 말하지 않으면 상대는 절대로 모른다는 진리를 알고 있는 두 사람의 하루는 오늘도 무척이나 애틋하고 뜨거웠다.

-마침-